GARY C. KING

IM SCHATTEN

Geschäftsmann, Familienvater ...
und Serienmörder

Aus dem Amerikanischen
von Alessandro Ricciarelli

Deutsche Erstausgabe

WILHELM HEYNE VERLAG
MÜNCHEN

HEYNE ALLGEMEINE REIHE
NR. 01/8584

Titel der Originalausgabe
BLOOD LUST

Umwelthinweis:
Dieses Buch wurde auf
chlor- und säurefreiem Papier gedruckt.

2. Auflage

Printed in Dänemark 1997
Umschlaggestaltung: Atelier Ingrid Schütz, München
Satz: Buch-Werkstatt GmbH, Bad Aibling
Druck und Bindung: Nørhaven A/S, Viborg

ISBN 3-453-11652-6

Anmerkungen des Autors

Es ist dies ein höchst komplizierter und verwickelter Fall von Folter, Verstümmelung und Massenmord, den ich durch unzählige Stunden des Recherchierens in Polizeiakten, Gerichtsprotokollen, psychologischen Gutachten und Dutzenden von Interviews rekonstruiert habe. Die Geschichte ist ebenso dargestellt, wie sie sich im Laufe der Ermittlungen entwickelt hat. Ich hoffe, daß die Vorgänge dadurch klarer werden und daß vor allem der Leser die Möglichkeit hat, das Geschehen aus dem Blickwinkel der Kriminalbeamten zu erleben.

Alle hier dargestellten Geschehnisse entsprechen der Wahrheit, und keine der vorkommenden Personen ist erfunden. Ich habe beschlossen, die Namen einiger Menschen zu ändern, die Opfer von Vergewaltigung und Folter wurden, um ihnen zusätzliche Scham zu ersparen, sowie die Namen anderer, die mit den Morden nur am Rande zu tun haben. Ich habe nichts erfunden; die dramatisierten Geschehnisse nehmen eine gesonderte Stellung in diesem Buch ein. Alles wurde so wirklichkeitsgetreu wie möglich geschildert. Beim erstmaligen Erscheinen eines geänderten Namens ist dieser durch Asteriskus (*) gekennzeichnet.

G. C. K.

Schnöder Mord,
wie er aufs beste ist,
Doch dieser unerhört und unnatürlich.

William Shakespeare,
Hamlet, 1. Aufzug, 5. Szene

Wer Menschenblut vergießt,
dessen Blut wird durch Menschen vergossen.

Genesis, 9,6

VORWORT

Da ich mich auf Detektivgeschichten des Genres ›Wahre Verbrechen‹ spezialisiert habe, mußte die merkwürdige Geschichte des Massenmörders Dayton Leroy Rogers, der auch als ›Molalla Forest Killer‹ bekannt wurde, zwangsläufig meine Aufmerksamkeit erregen. Solche Fälle verfolge ich immer, doch wenn die Recherche nicht besonders faszinierend oder das Verbrechen als solches nicht ungewöhnlich ist, wird die Geschichte nicht unbedingt niedergeschrieben. Der Fall Rogers jedoch fesselte meine Aufmerksamkeit schon zu Beginn der Untersuchung im August 1987. Das liegt wohl auch an der besonders grausigen Natur der Verbrechen, vor allem aber an meiner schier unersättlichen Neugier herauszufinden, welche Macht solche Menschen antreibt und sie zu dem werden läßt, was sie sind. Die Beschäftigung mit einem kaltblütigen, psychopathischen Triebmörder ist manchmal aufwühlend, oft widerwärtig oder gar angsteinflößend, doch niemals langweilig.

Als die polizeilichen Ermittlungen ihre entscheidende Phase im Hochsommer 1987 erreichten, wurde offensichtlich, daß der Fall Rogers als schlimmster Massenmord in die Kriminalgeschichte des Staates Oregon eingehen würde. Bis dahin hatten weder die Öffentlichkeit noch die Behörden auch nur die geringste Ahnung davon gehabt, daß ein sadistischer Massenmörder in ihrer Mitte sein Unwesen trieb. Rogers – und darin stehen ihm die meisten solcher Killer in nichts nach – hatte mit großem Geschick Frauen buchstäblich von den Straßen Portlands weggepflückt. Einige dieser Frauen wurden danach nie wieder lebend gesehen. Zum Zeitpunkt seiner Festnahme hatte Rogers mindestens acht junge Frauen auf dem Gewissen, allesamt Prostituierte.

Im Gegensatz zu vielen anderen Massenmördern beging Rogers seine Taten nicht in einem weiträumigen Gebiet, es tauchten nicht hie und da, weit voneinander entfernt, vereinzelt Leichen auf. Die polizeilichen Behörden wären sonst wenigstens gewarnt gewesen, daß sie es mit einem Serientäter zu tun hatten, und die Bevölkerung hätte pflichtgemäß aufgeklärt werden können.

Die Polizei hätte die Leute dann auffordern können, nach ganz bestimmten Eigenarten Ausschau zu halten, wie etwa der speziellen Vorgehensweise des Killers oder der Art des Fahrzeugs, das er vermutlich benutzte. Wenn die ermittelnden Beamten in der glücklichen Lage gewesen wären, über einen oder mehrere Augenzeugen zu verfügen, hätte man sogar eine Personenbeschreibung des Täters publik machen können. Die Polizei hätte etwas unternehmen können, um den Mörder zu identifizieren und im Idealfall festzunehmen, und zwar bevor er eine so hohe Anzahl von Opfern fordern konnte, nicht erst hinterher. Doch ehe man überhaupt daran denken konnte, dem Mörder das Handwerk zu legen, brauchte man zuerst Hinweise darauf, daß ein Verbrechen verübt worden war. Die Polizei mußte von der Tatsache Kenntnis erhalten, daß Frauen verschwanden und ermordet wurden. Als die Leichen schließlich - eher zufällig - auftauchten, waren die dem Fall zugeteilten Beamten nicht minder geschockt als die Öffentlichkeit.

Jeder gute Polizist weiß, daß es selbst im günstigsten Fall eine enorm schwierige Aufgabe ist, einen Serientäter auch nur zu identifizieren, geschweige denn, ihn einzufangen, einfach aufgrund der Art und Weise, wie solche Täter naturgemäß vorgehen. Normalerweise gibt es bei Mordfällen einen Verdächtigen, den die Ermittler schon unter die Lupe nehmen, bevor die Leiche des Opfers ganz kalt geworden ist. In diesen Fällen ist der Verdächtige ein Verwandter, ein Geschäftspartner, ein Bekannter des Opfers, möglicherweise eine flüchtige, in einem ganz anderen Zusammenhang stehende Bekanntschaft. Es besteht also irgendeine Verbindung zwischen Täter und Opfer, selbst wenn diese zu Anfang der Untersuchungen unklar ist und von den Ermittlern nicht sofort erkannt wird.

Ein Massenmörder gewährt der Polizei keine so großzügige Hilfestellung. Der typische Massenmörder ist schlau und vorsichtig und würde sich niemals ein Opfer aus seinem Bekanntenkreis suchen. Statt dessen streift er umher, bis er jemand vollkommen Fremden gefunden hat, oft eine jugendliche Ausreißerin oder eine Prostituierte – Frauen, mit denen er nicht leicht in Verbindung zu bringen ist. Werden seine Taten endlich entdeckt, hinterläßt er den frustrierten Polizeibeamten als einzige Anhaltspunkte die Leichen seiner Opfer.

Oft entledigt er sich ihrer an geheimen Orten, zu denen er immer wieder zurückkehren kann, wenn nicht mit neuen Leichen, so doch wenigstens, um sich an den ›Trophäen‹ und ›Souvenirs‹ früherer Morde erneut zu erfreuen. Häufig sammelt ein Serienkiller Zeitungsberichte seiner Verbrechen, was zur Folge hat, daß er sich der Polizei immer mindestens einen Schritt voraus weiß. Er ist stets bestens informiert, er weiß, ob eine Leiche oder belastendes Beweismaterial gefunden wurde, er weiß, ob er seine Vorgehensweise ändern oder an einen anderen Ort fliehen sollte, wo ihn noch keiner kennt.

Es war nicht das erste Mal, daß der Staat Oregon von einem so unbarmherzigen Killer heimgesucht worden war, der in den Straßen der Stadt, in Einkaufszentren, ja selbst auf Feldwegen seinen zumeist völlig arglosen Opfern auflauert. Und dennoch: Jedesmal, wenn die Polizeibeamten einen solchen Fall abgeschlossen hatten, hofften sie wider besseres Wissen, daß dieser der letzte seiner Art sein würde – zumindest in ihrem Zuständigkeitsbereich.

Gegen Ende der sechziger Jahre hatten es die Behörden mit den blutrünstigen Morden des Jerome Henry Brudos zu tun. Brudos, ein hervorragender Elektriker, verheiratet, Vater zweier Kinder, fand Gefallen daran, junge Frauen zu entführen und im Hobbyraum seiner Garage gefangenzuhalten. Er zwang sie, von ihm speziell zu diesen Zweck ausgesuchte Spitzenwäsche anzuziehen, und fotografierte die völlig verängstigten Frauen darin – für seine eigene, sehr private Kollektion. Später folterte er seine Opfer stundenlang und erwürgte sie dann mit seinen kraftvollen Händen. Abgeschnittene Teile ihrer Körper bewahrte er als Erinnerungsstücke auf. Brudos war ein sadistischer Teufel, einer der schlimmsten Sorte, und er hielt den Rekord in Oregon für die höchste Anzahl von Mordopfern – bis Dayton Leroy Rogers auftauchte.

Der Nordwesten der USA mit seinen ausgedehnten, undurchdringlichen Wäldern und dem bergigen Hinterland scheint ein ideales Operationsgebiet für Killer wie Rogers zu sein. Es gibt reichlich abgelegene Plätze, die zum Vergraben von Leichen geeignet sind, und die klimatischen Bedingungen begünstigen rasche Verwesung. Unter diesen Umständen kann es Monate oder gar Jahre dauern, bis die Überreste eines Opfers entdeckt werden – der Mörder kann völlig unbemerkt seine grauenhaften Verbrechen begehen, ohne daß ihn irgend etwas verraten könnte.

Vor Rogers' Zeit, in den siebziger Jahren, geschahen beispielsweise die ›Ted‹-Morde – in den dichtbewaldeten Hügeln wurden immer wieder die verwesten oder skelettierten Leichen hübscher Studentinnen gefunden, die bestialisch getötet worden waren. Später fand man heraus, wer für diese Taten verantwortlich war: ein gutaussehender, unschuldig wirkender Jurastudent und Wahlkampfhelfer namens Ted Bundy – ein geständiger Mörder, dessen Namen nun bald schon jedes Kind kennt. Er büßte für seine schrecklichen Taten im Januar 1989 auf ›Old Sparky‹, Floridas elektrischem Stuhl, doch nichts kann sein finsteres Erbe tilgen, die Leben, die er zerstört, die Träume, die er zunichte gemacht hat.

Dann kamen die achtziger Jahre und mit ihnen die mörderischste Periode in der Geschichte dieser Region, wenn nicht der gesamten USA, als Polizeibehörden und Psychiater sich gleichermaßen fassungslos mit dem Phänomen einer ständig wachsenden Anzahl von Massenmördern konfrontiert sahen. Zu Beginn des Jahrzehnts wurde wieder der pazifische Nordwesten, vor allem Oregon, heimgesucht, dieses Mal von einem virilen, äußerst anziehenden jungen Mann namens Randall Woodfield. Woodfield war ein Top-Athlet und vorzüglicher Student, die Sorte Mann, für den sich Frauen, ob jung oder alt, begeistern. Doch es kam anders: Woodfield wurde zwar in das Footballteam der Green Bay

Packers aufgenommen, entschied sich aber gegen eine Profikarriere, gegen die Aussicht auf Ruhm und Reichtum; stattdessen wurde er der ›I-5-Killer‹ – bekannt nach dem vielbefahrenen Highway I-5. Entlang dieser Autobahn, die Washington, Oregon und Kalifornien miteinander verbindet, suchte sich dieser Triebtäter seine Opfer, junge Frauen und Kinder, um sie zu vergewaltigen und anschließend zu ermorden. Er wurde zu lebenslänglichem Zuchthaus verurteilt – und korrespondierte später mit Elizabeth Diane Downs als deren Brieffreund.

Und dann war da natürlich noch der ›Green River Killer‹ – ein Massenmörder, der sich immer noch auf freiem Fuß befindet und die vielleicht höchste Anzahl an Opfern auf dem Gewissen hat – wenn man Henry Lee Lucas' Recherche oder der aktuellen Schätzung von Donald Leroy Evans Glauben schenken mag, derzufolge er 72 Menschen tötete. Die Opfer des ›Green River Killer‹ waren zumeist Prostituierte und weibliche Drogensüchtige, manche von ihnen Teenager, andere wiederum reife Frauen. Doch alle waren ›streetwise‹, vorsichtig und erfahren im täglichen Leben auf der Straße. Die Aktivitäten dieses Killers beschränkten sich nach dem aktuellen Wissensstand vor allem auf den Staat Washington; dennoch brachte er es fertig, auch die Behörden des Staates Oregon mit hineinzuziehen, indem er auch dort einige Leichen ablud. Später stellte er aus unbekannten Gründen das Morden im Nordwesten ein. Die Polizei geht davon aus, daß dieser Killer entweder tot ist oder im Gefängnis sitzt – oder aber in eine andere Gegend gezogen ist, wo er seine Mordlust weiterhin befriedigen kann, ohne von der Polizei gejagt zu werden.

Und dann, gegen Ende des Jahrzehnts, kam Dayton Leroy Rogers, der ›Molalla Forest Killer‹, um den es in diesem Buch geht.

Die Ermittlungen von John Turner, Detective des Clackamas County Sheriff's Department, dem Leiter der Untersuchung, und anderer Experten ergaben, daß die mörderischen Aktivitäten von Rogers im August 1987 ihren Höhepunkt erreichten. Wie die Recherchen Turners jedoch erwiesen, hatte es sich schon lange vorher abgezeichnet, daß Rogers irgendwann einen Mord begehen würde.

Detective Turner machte zahllose Opfer ausfindig, die durch Rogers' Hand unsagbare Qualen erleiden mußten. Fast 15 Jahre lang hatte er seine Opfer gefoltert und verstümmelt, bevor die erste Leiche entdeckt wurde. Alle diese Taten waren ohne Motiv verübt worden und rein sexueller Natur. Es stellte sich heraus, daß niemand auf die Alarmsignale, die darauf hindeuteten, daß Rogers irgendwann einmal einen Mord begehen würde – was in Anbetracht seiner bisherigen Verbrechen unübersehbar war –, reagiert hatte. Rogers war irgendwie durch die Maschen des Systems geschlüpft, das eigentlich Tragödien wie diese verhindern soll.

Im Laufe der Untersuchung dieses komplizierten Falls mußte sich Detective Turner schließlich eingestehen, daß Rogers ein Paradox darstellte. Einerseits war dieser Mann ein wildgewordener Psychopath, andererseits – was eigentlich noch angsterregender ist – war er außergewöhnlich diszipliniert und umsichtig. Tagsüber spielte er perfekt die Rolle des liebenden Ehemanns und Vaters, galt als intelligenter Geschäftsmann und war ein respektiertes Mitglied seiner Gemeinde. Doch die Mordkommission unter Turners Leitung fand heraus, daß Rogers nachts die Maske fallen ließ. Er verwandelte sich in einen sadistischen Sexualmörder, in einen brutalen Fetischisten, dem es Lust bereitete, seinen Opfern entsetzliche Schmerzen zuzufügen, bevor er sie auf unvorstellbar grausame Weise tötete.

Ein Marquis de Sade wäre stolz auf ihn gewesen, Jack The Ripper hätte ihn beneidet.

Vor ihm hat es eine ganze Reihe solcher Mörder gegeben, die im Mittelpunkt des öffentlichen Interesses gestanden und die Bevölkerung in Angst und Schrecken versetzt hatten. Serienkiller wie Woodfield, Brudos, Bundy, der ›Green River Killer‹ oder der ›Hillside Strangler‹ hatten aufsehenerregende, scheußliche Morde begangen, daran besteht kein Zweifel. Doch sie hatten auch – und sei es unabsichtlich – beim Morden durch die sich häufenden Leichenfunde einen gewaltigen Polizeiapparat in Bewegung gesetzt. Manche Experten vertreten die Ansicht, daß die Leichen mehr oder weniger absichtlich an Orten abgeladen wurden, wo sie leicht auffindbar waren. Warum das passiert sein mag, aus Schlamperei, Gedankenlosigkeit oder dem unbewußten Wunsch, gefaßt zu werden, kann niemand genau sagen, wahrscheinlich nicht einmal der Mörder selbst.

Rogers war keineswegs gedankenlos gewesen, wenigstens nicht bis zu seinem achten Opfer. Er benutzte falsche Namen, verhielt sich unauffällig und konnte deshalb unbehelligt in den Straßen der Städte seinen Opfern auflauern, denn *seine* Leichen wurden nicht gefunden. Er liebte es, anonym zu sein. Die Tatsache, daß niemand ihn jagte, ließ ihn erst zu dem werden, was er war. Wäre er nicht unvorsichtig, sich vielleicht seiner Sache ein bißchen zu sicher geworden, wer weiß, wie lange er noch ungestraft seine Schlachterei fortgesetzt hätte?

Als die Polizei sich endlich doch mit Rogers befaßte, wurde bald klar, daß er nicht planlos vorgegangen war. Turner und andere mit diesem Fall beauftragte Experten sind sich einig, daß sein Wahnsinn Methode hatte.

Wie so oft bei Massenmördern, waren auch Rogers' Opfer ausnahmslos Frauen, nach dem aktuellen Wissensstand allesamt Prostituierte. Er suchte sich Straßenhuren aus, weil sie leicht verfügbar waren, leichte Beute, ganz einfach Gelegenheitsopfer. Er wußte, daß diejenigen, die er ermordete, aufgrund ihres unsteten Lebenswandels nicht so schnell vermißt werden würden, daß ihr Verschwinden, falls ein Freund oder Geliebter es irgendwann doch der Polizei melden sollte, kein großes Aufsehen erregte. Ebenso war ihm klar, daß diejenigen seiner Opfer, die er nicht tötete, sondern laufen ließ, aller Wahrscheinlichkeit nach nicht zur Polizei gingen, da ihr Beruf illegal war und gegen einige ein Haftbefehl vorlag. Diejenigen, die ihre Begegnung mit dem Folterer der Polizei meldeten, wurden anfangs nicht sehr ernst genommen, ihre Geschichten wurden als alltägliches Berufsrisiko einer Hure abgetan – bis sie auf John Turners Schreibtisch landeten. Turner war ein Mann des Gesetzes, der seinem Beruf mit Hingabe verpflichtet war. Er nahm alle seine Fälle ernst, behandelte alle Opfer mit der gleichen ungeteilten Aufmerksamkeit, ganz gleich, woher sie kamen oder was sie taten. Für ihn waren sie in erster Linie Menschen, und es war seine Pflicht, ihnen Gerechtigkeit zuteil werden zu lassen und anderen potentiellen Verbrechern ein warnendes Beispiel zu geben, um sie von ihren unmenschlichen Taten abzuhalten.

Wie Brudos war auch Rogers ein Familienvater. Er hatte ein vorteilhaftes Äußeres, wie Bundy. Wie der Green River Killer suchte sich auch Rogers Prostituierte als Opfer und verscharrte ihre Leichen im Freien, in regelrechten Massengräbern. Er wußte, was er zu tun hatte, und mit der Zeit wurde er ein Experte. Die Verstümmelung der Opfer, während sie sich bei vollem Bewußtsein befanden, war sein Markenzeichen – er tat das immer, es war seine Methode, seine Fantasien auszuleben. Und doch sollte er eines Tages einen Fehler begehen, sollte eine ganze Gemeinde in hellen Aufruhr versetzen und – wie alle anderen vor ihm – ans Tageslicht gezerrt werden und in das dunkelste Kapitel der Verbrechensgeschichte eingehen.

Man weiß mit Sicherheit von acht toten Opfern. Turner und seine Mitarbeiter vermuten, daß es noch viel mehr sind; ihre Leichen wurden bisher noch nicht gefunden und werden es vielleicht auch nie. Hier ist nun die haarsträubende Geschichte, wie aus Dayton Leroy Rogers der ›Molalla Forest Killer‹ wurde, ein unbändiger, triebhafter Geisteskranker, dessen Mordlust keine Grenzen kannte.

PROLOG

März 1987

Es war wieder Frühling im Nordwesten Oregons, jedenfalls dem Kalender nach. Es sollten aber noch mindestens sechs Wochen vergehen, bevor der Rhododendron seine ersten Blüten in Weiß und Rosa entfalten, bevor die ersten Rosenknospen voll erblühen würden. Und es würde noch länger dauern, bis die ersten warmen Sonnenstrahlen durch den dichten Grauschleier dringen sollten, als Beweis, daß es über all diesem milchigen Dunst – an den sich die Leute aus dem Nordwesten so gewöhnt haben, daß sie ihn gar nicht mehr bemerken – noch so etwas wie einen blauen Himmel gab. Bis dahin jedoch würden die kühlen Nebel und Wolkenfelder weiterhin entlang des Küstengebirges auf und ab ziehen und buchstäblich jeden Flecken Erde westlich der Rocky Mountains unter Wasser setzen.

Tracie Baxter*, kaum 16 Jahre alt, zog den Kopf ein und versuchte, den häufigen Windstößen und dem kalten, peitschenden Märzregen so wenig Angriffsfläche wie möglich zu bieten, als sie ihren Stammplatz auf Portlands geschäftiger 82nd Southeast Avenue einnahm, entlang des Häuserblocks zwischen Foster Road und Flavel Street. Sie trug einen kurzen, enganliegenden Jeansrock, der viel von ihren Schenkeln zeigte, aufreizende rosa Kettchen um ihre Knöchel und schwarze Schuhe mit hohen Absätzen. Sie war eine Straßenhure, blond, mit braunen Augen, und sie zitterte vor Kälte und wünschte, sie hätte sich etwas Wärmeres angezogen. Doch sie wollte schnell noch ein paar Dollar machen, und sich so anzuziehen war die schnellste ihr bekannte Methode, einen Freier zum sofortigen Anhalten zu bewegen – das einzige, was noch sicherer zum Erfolg führte, war, völlig nackt dazustehen. An diesem Abend war sie die einzige Prostituierte weit und breit und – außer ein paar Nachzüglern des Pendelverkehrs – völlig allein in der Dunkelheit. Sie beobachtete die Menschen, die an dem nahegelegenen Transitstopp voller Ungeduld den Bussen entstiegen, und fragte sich, wie lange sie wohl noch zu warten hatte, bevor ein Kunde anhielt. Sie wußte sehr wohl, daß sie trotz ihres Unbehagens in diesem scheußlichen Wetter ausharren würde, solange es nötig war.

Die 82nd Southeast Avenue ist eine der meistbefahrenen Verbindungsstrecken zwischen dem Nord- und dem Südteil der Stadt. Mit ihrem zu jeder Tages- und Nachtzeit grellen Neonlicht und ihren in halsbrecherischem Tempo dahinsausenden Autos erinnerte sie sehr an den Sunset Boulevard in Los Angeles – was fehlte, waren die berühmten Wahrzeichen und all der Rummel von Hollywood. Wie der Sunset Boulevard war auch die 82nd ein Hafen für Prostituierte, Zuhälter, Freier, Ausreißer, Drogensüchtige und Dealer – den Bodensatz der Gesellschaft, Menschen, die ausgemustert, ohne Hoffnung, ohne Zukunft waren. Die meisten von ihnen hatten Spitznamen wie Dee Dee, Mo, Gipsy, Noni oder so ähnlich. Viele waren schon so hinüber, daß sie sich nur mit der größten Anstrengung überhaupt daran erinnern konnten, wie sie hießen, sei es nun ihr Tauf- oder ihr Spitzname. Die Menschen dieser Straße lebten oft nur für ihren nächsten Schuß Heroin oder Crack. Die meisten wußten nicht, wo sie die Nacht verbringen würden, und die Verzweifelteren unter ihnen, die nur deshalb hierherkamen, weil sie nirgendwo anders hingehen konnten, verkauften ihre Körper für einen Hamburger plus Milkshake oder ein 15-Dollar-Zimmer in einem schäbigen Motel. Die regulären Kunden, die einsamen Parias, die Einzelgänger der Vorstädte – sie wußten genau, wo sie hingehen mußten, um zu finden, wonach sie suchten.

Tracie, die weit über ihr zartes Teenager-Alter hinaus schlau und erfahren war, kannte die 82nd Avenue gut und klapperte an einem normalen Werktag einen Großteil der Straße ab. Am liebsten arbeitete sie an einem sehr belebten Abschnitt des Bürgersteigs vor dem damaligen ›Bob's-Big-Boy‹-Restaurant, wo sie den größten Erfolg bei Freiern zu haben schien. Mit der Zeit wurde dieses Stück Straße ihr ganz persönliches Revier, und die meisten anderen Prostituierten ließen sich einem ungeschriebenen Gesetz zufolge nicht blicken, solange Tracie dort war. Im Gegenzug respektierte auch Tracie meistens die Territorien der anderen Frauen.

Tracie, die von ihrem Zuhälter-Liebhaber dazu erzogen worden war, ihren Körper als Ware zu betrachten, die man verkaufen konnte, lernte ihren Fleck auf der Straße mit der Zeit mehr und mehr zu schätzen. Sie hatten nach sorgfältiger Überlegung diesen Platz ausgesucht, nachdem sie beide zu dem Schluß gekommen waren, daß die Innenstadt nichts für Tracie war. Dort gab es zu viele Polizisten, und außerdem schien jener Teil Portlands ein viel größeres Kontingent an ›Weirdos‹ und ›Creeps‹ – komischen, wirren Typen – anzuziehen als andere Gegenden: die Einlauf-Enthusiasten, Folter-Fans, Bestialitäten-Begeisterten und alle sonstigen Perversen, mit denen sie nichts zu tun haben wollte. Ihr Platz auf der 82nd bot nicht nur eine höhere potentielle Anzahl von Freiern aufgrund des höheren Verkehrsaufkommens, er schien auch, wie Tracie – zu Unrecht – annahm, von einer etwas respektableren Kundschaft frequentiert zu werden. Auch sah sie weniger Strichjungen – sie nannte sie ›Punks‹ –, die in die Luxuslimousinen von Anwälten und Geschäftsmännern stiegen, und hatte insgesamt weniger Konkurrenz von anderen Prostituierten zu fürchten. Sie mochte diesen Platz auch, weil sie sich leicht im ›Bob's Big Boy‹ verstecken konnte, falls sie einen Polizeiwagen die Straße herunterkommen sah. Dort kannte man sie inzwischen, und wenn sie, was nicht oft vorkam, eine schlechte Nacht hatte, so konnte sie sich drinnen hinsetzen, eine Tasse Kaffee trinken und sich ein wenig aufwärmen. Wenn der Geschäftsführer nicht hinsah, bot sie sich auch gelegentlich einem einsamen Gast an. Normalerweise jedoch arbeitete sie draußen – sie wollte nicht riskieren, im ›Bob's Big‹ Hausverbot zu bekommen.

Es war Freitag, Zahltag, wie sie wußte, und sie tänzelte den Bürgersteig auf und ab, ließ mit gespielter Fröhlichkeit den geöffneten Regenschirm auf der Schulter kreiseln. Mit geübter Koketterie lächelte und winkte sie den vorbeifahrenden Autofahrern zu – jeder war ein potentieller Freier. Tracie machte sich nichts vor, ihr Ziel war klar umrissen: Entweder sie schaffte es, genug Geld zu verdienen, um sich und ihren Liebhaber wenigstens für einige Tage mit einem Motelzimmer, Lebensmitteln, Crack und Alkohol zu versorgen, oder sie riskierte, am Ende dieser Nacht grün und blau geschlagen zu werden. Doch dank ihres schlanken, zierlichen Körpers war sie eine begehrte Ware, und sie machte sich keinerlei Sorgen, daß das Geschäft einmal schlecht laufen könnte.

Es war ein paar Minuten nach sieben Uhr, als sie den hellen, silberblauen Nissan Pick-up – einen Kleinlaster mit offener Ladefläche – zum ersten Mal bemerkte. Er fuhr langsam an dem Restaurant vorbei, der Fahrer drehte den Kopf und sah sie durch das Beifahrerfenster hindurch an, und Tracie glaubte in der Dunkelheit die Spur eines Lächelns zu entdecken. Sie folgte den Rücklichtern des Pick-ups mit ihrem Blick und erinnerte sich plötzlich an Unterhaltungen mit anderen Prostituierten, die sie vor einem Freier mit genau so einem Auto gewarnt hatten. Die anderen Mädchen hatten von ihm gesagt, daß er schmutzigen Sex und Fesseln liebe und daß es ihm besonders die Füße von Frauen angetan hätten. Er könnte brutal, ja sadistisch sein, habe eine Vorliebe für Messer und füge seinen Opfern oft Schnittwunden zu. Diejenigen der Mädchen, die unklugerweise mit ihm mitgegangen waren, erzählten, daß ihn der Anblick ihres Blutes sexuell errege – bei vielen hatte die Begegnung mit ihm tiefe physische und emotionale Wunden hinterlassen, an die sie sich ein Leben lang erinnern würden. Er war bekannt dafür, daß er bis zu 150 Dollar für ein ›Rendezvous‹ bezahlte, doch die Mädchen rieten Tracie, sich auf alle Fälle von ihm fernzuhalten. Selbst für soviel Geld müßte eine schon total verzweifelt oder verrückt oder beides sein, sagten sie, um sich mit ihm einzulassen. Tracie machte sich nicht viel aus solchen Warnungen und glaubte ohnehin nicht, daß ihr jemals etwas Derartiges zustoßen könnte. Sie versuchte, nicht mehr an diesen Typen zu denken.

An der nächsten Querstraße bog der Pick-up von der vielbefahrenen Durchgangsstraße ab und hielt an. Der Fahrer lehnte sich über den Beifahrersitz, öffnete die Wagentür und deutete Tracie durch den dichten Regen hindurch mit Gesten an, sie solle zum Auto kommen. Tracie wollte so viel wie möglich verdienen und glaubte fälschlicherweise, dieser Kunde suche tatsächlich nur das, was sie anzubieten hatte. Sie ging ohne zu zögern zu ihm hinüber. Es war alles gar nicht so schlimm, wie sie gedacht hatte, sie hatte nur zehn Minuten gebraucht, um aufgelesen zu werden.

»Hi! Hast du Lust, ein bißchen mit mir rumzufahren und irgendwo etwas trinken zu gehen?« Er sprach langsam, vorsichtig, als müsse er sich auf unbekanntem Terrain zurechtfinden. Er grinste sie breit an, während er ihren jungen Körper mit seinem hündischen Blick verschlang. In seinem jungenhaften Gesicht war ein leichter Anflug von Triefaugen. Er war blaß und hatte eine sanfte Stimme. Aus der Ferne hätte man ihn für den Schauspieler John Ritter halten können, von nahem ähnelte er irgendwie dem Nachrichtensprecher einer örtlichen Fernsehstation. Er sah eigentlich relativ harmlos aus, fand Tracie, also setzte sie sich schnell neben ihn.

Sie fand, daß er gelassen wirkte, ruhig und unverkrampft, als er losfuhr. Aber dieser Eindruck täuschte, sie hatte ihn völlig falsch eingeschätzt, wie sie erst viel zu spät herausfinden sollte. Seine umgängliche, freundliche Art war eine kaltblütige, berechnende Tarnung, und Tracie war zwar für ihre 16 Jahre ziemlich ›streetwise‹ – ausgeschlafen und gar nicht naiv –, doch immer noch viel zu unerfahren, um das Böse zu wittern, das hinter der sympathischen Maske lauerte. Schlaglichtartig drangen Bruchstücke der Horrorstorys, die sie von dem Folterer gehört hatte, in ihr Bewußtsein, doch eigentlich hatte sie keine Lust, sich irgendwelche Sorgen darüber zu machen, daß dieser Mann vielleicht derjenige sein könnte, vor dem sie die anderen Mädchen gewarnt hatten. Sein Pick-up war das gleiche Modell wie das von dem Folterfanatiker, na und? Verdammt, es gab wahrscheinlich Hunderte, ja Tausende kleiner blauer Trucks in Portland und Umgebung. Warum sollte sie davor Angst haben, daß ausgerechnet dieser hier *sein* Wagen sein könnte? Außerdem, dieser Typ schien ganz nett zu sein, und sie brauchte wirklich unbedingt Geld.

»Mein Name ist Steve«, sagte der Mann leise und kaute an den Fingernägeln seiner linken Hand, während er mit der rechten den Wagen lenkte. Als sie auf dem Parkplatz vor ›Bob's Big Boy‹ wendeten, fiel Tracie auf, daß er nicht nur an den Nägeln knabberte, sondern sie bis auf die Fingerkuppen herunterbiß. Er spürte ihre Blicke und zog schnell seine Hand weg. Ohne ein weiteres Wort zu sagen, lenkte er den Wagen rückwärts vom Parkplatz hinunter auf eine Seitenstraße der 82nd Avenue. Als sie vor dem Stoppschild warteten, war im Wagen außer dem Rauschen der vor ihnen vorbeirasenden Autos nur das Quietschen der Scheibenwischer zu hören, die gegen den Dauerregen Oregons ankämpften. Er nutzte die erste Gelegenheit, sich in den endlosen Verkehrsfluß der 82nd Avenue einzureihen, und fuhr Richtung Süden, nach Oregon City, einem Vorort Portlands.

Es war ein schönes Auto, mit Handschaltung, und der Innenraum war in einem geschmackvollen Graublau gehalten. Tracie fiel auf, daß dieser Pick-up kein verschiebbares Heckfenster hatte. Alles machte einen sehr gepflegten Eindruck, zumindest nach außen hin, und es schien Tracie, als lege der Besitzer dieses Wagens großen Wert auf Reinlichkeit. Während der Fahrt wurde ihre Aufmerksamkeit vorübergehend von einem langen schwarzen Plastikhaken, der von dem Schlüsselanhänger im Zündschloß hinunterhing, gefesselt, dessen Hin- und Herpendeln sie wie hypnotisiert mit ihren Blicken folgte. Seltsamerweise blieb ihr ausgerechnet dieses Detail in Erinnerung.

Um das Schweigen zu brechen und eine Unterhaltung in Gang zu bringen, nannte Tracie ihm ihren Namen und zwang sich diesen Steve anzulächeln – falls das sein richtiger Name war. Ihr Instinkt sagte ihr, daß er es nicht war, doch das war ja auch nicht wichtig. Falls ein Freier sie nicht auf irgendeine Weise besonders beeindruckte, vergaß sie seinen Namen sowieso fast immer. Tracie starrte geradeaus vor sich hin und wartete darauf, daß der Mann irgend etwas sagte. Doch er gab keinen Ton von sich.

Um ihm nicht das Gefühl zu geben, als musterte sie ihn allzu eindringlich, vermied sie es, ihn beim Fahren direkt anzusehen; sie spürte jedoch, wie er seinen Blick immer wieder von der Straße abschweifen und über ihren schlanken Körper wandern ließ. Normalerweise hätte sie das nicht gestört. Die Typen machten das immer. Doch hier war es etwas anderes. Sie hatte schon so viel von dem Sadisten in dem blauen Pick-up gehört – sie fühlte, wie eine eisige Hand nach ihrem Herz griff. Sie zitterte unwillkürlich. War *er* es?

Auf einmal schien ihr der Mann vollkommen in Gedanken versunken, völlig geistesabwesend zu sein. Obwohl sie das nicht wissen konnte, entwarf ihr zeitweiliger Gefährte ein gewalttätiges Szenario, das er in diesem Augenblick in seinem Kopf durchexerzierte – später würde er sie zwingen, es mit ihm in Wirklichkeit durchzuspielen.

Der Mann spürte ihr offensichtliches Unbehagen und beendete seinen Tagtraum. Beiläufig griff er in eine Schachtel, die er auf dem Boden des Wagens aufbewahrte, nahm eine Kassette heraus und steckte sie in die Stereoanlage. Tracie war froh, etwas Musik zu hören, selbst wenn es nur ein Rolling-Stones-Album aus den siebziger Jahren war. Die Songs beruhigten sie irgendwie, das flaue Gefühl in ihrem Magen ließ etwas nach, auch schien die Stimmung im Wagen jetzt gelöster, freundlicher zu sein. Ein paar Meilen später fuhr der Mann den Pick-up auf einen Rastplatz vor einem ›Denny's‹-Restaurant gegenüber dem Clackamas Town Center, einem gigantischen Einkaufscenter auf der 82nd Avenue. Er brachte den Wagen abrupt zum Stehen und stellte den Motor ab.

»Ich könnte was zu trinken gebrauchen«, sagte er mit tonloser Stimme. Es klang, als spreche er mit sich selbst. Er langte hinter die Rückbank, holte eine Papiertüte hervor und nahm eine kleine Flasche Orangensaft und eine kleine Flasche Wodka heraus, wie sie auf Linienflügen serviert werden. Tracie hatte den Eindruck, daß er gut vorbereitet war – doch auf was, das wußte sie nicht.

Er trank etwas Orangensaft, offenbar, um in der Flasche Platz für den Wodka zu schaffen. Nachdem er den Alkohol hineingegossen hatte, machte er die Flasche wieder zu und schüttelte sie kräftig. Als der Drink zu seiner Zufriedenheit gemixt war, nahm er einen langen, tiefen Schluck – die Flasche war bereits halb leer, als er sie absetzte, um Luft zu holen.

»Möchtest du auch was?« Er reichte Tracie die Flasche, ohne auf eine Antwort zu warten. Sie nippte an dem lieblos zubereiteten Screwdriver, während er sich noch einen zurechtmachte. Diesmal goß er zwei Fläschchen Wodka hinein. Er trank schnell und mußte nicht lange auf die wärmende, aufputschende Wirkung des Alkohols warten. Wenn er trank, fühlte er sich immer sehr klar und überlegen, irgendwie unangreifbar.

»Laß mich deine Füße sehen«, verlangte er barsch.

»Was?« Das kam Tracie komisch vor. Das muß der Typ sein, dachte sie, und die Furcht machte sie wieder ganz taub.

»Zieh deine Schuhe aus. Ich will deine Füße sehen.«

Tracie gehorchte ängstlich, und der Atem des Mannes ging jetzt schneller. Es schien ihn sexuell zu erregen. Sie beschloß, daß sie sich noch keine Sorgen zu machen brauchte, zumindest jetzt noch nicht. Schließlich standen sie auf einem belebten Parkplatz. Er müßte verrückt sein, hier irgend etwas zu versuchen.

»Leg deine Füße in meinen Schoß«, sagte er. Sie gehorchte, und er begann ihre Füße zu massieren. Sie spürte die Steifheit unter seiner Hose, ihre Füße erregten ihn offenbar. Ein bißchen später befahl er ihr, ihre Fußsohlen gegeneinander zu pressen. Er fuhr fort, sie zu massieren und immer schwerer zu atmen, und Tracie fragte sich, was er wohl vorhabe. Unvermittelt unterbrach er die Massage und mixte sich noch einen Drink.

»Da, nimm noch einen.« Er schob ihr den Drink zu.

»Nein. Ich trinke so was eigentlich nicht«, sagte sie mit gespielter Leichtigkeit, und ihre letzten Worte erstarben in dem darauffolgenden Schweigen.

»Komm schon. Trink's einfach. Einen noch«, drängte er.

»Nein«, sagte sie mit fester Stimme, jetzt ein bißchen ungehalten. Aber sofort setzte sie wieder ein gequältes Lächeln auf. Hatten die anderen Mädchen nicht gesagt, daß der Folterer eine Vorliebe für Füße hatte? Ihre Angst kehrte bei diesem Gedanken zurück, doch irgendwie schaffte sie es, sie genauso schnell wieder zu verscheuchen, wie sie aufgetaucht war. Wie die meisten Menschen war auch sie überzeugt, daß schlimme Dinge nur den anderen zustießen. Ihr könnte niemals etwas passieren.

»Okay. Zurück zum Geschäft. Weißt du, ich habe nur 40 Dollar und noch ein bißchen Wodka«, sagte er nüchtern. »Mehr kann ich dir heute nacht nicht anbieten.«

Tracie war enttäuscht, gab sich jedoch alle Mühe, es nicht zu zeigen. 40 Dollar, das war bei weitem nicht das, was sie sich erhofft hatte. Ihr üblicher Tarif war schon für normalen Sex höher; für Extras wie zum Beispiel Fetische oder Analsex verlangte sie noch mehr, für Fellatio hingegen etwas weniger. Vielleicht hätte sie sein Angebot abgelehnt, wenn sie zuvor über den Preis verhandelt hätten. Doch sie beschloß, daß 40 Dollar besser als nichts waren, und außerdem mußte sie nicht draußen im Wind und Regen stehen. Widerwillig entschied sie sich dafür, es zu Ende zu bringen, und hoffte insgeheim auf das Beste.

»Was willst du haben für 40 Dollar?« fragte sie mit einem Anflug von Koketterie. »Normalen Sex? Oder soll ich dir einen blasen?«

»Keine Ahnung«, log er und lächelte sie an wie ein Krokodil. »Darüber habe ich wirklich nicht nachgedacht. Ich will eigentlich nur ein bißchen Gesellschaft, ein bißchen Zeit mit jemandem verbringen.«

Selbstsicher legte er seine Hand auf Tracies linken Oberschenkel und knetete ihn sanft mit den Fingerspitzen. Vor Abscheu bekam sie eine Gänsehaut.

»Wir könnten einfach eine Zeitlang herumfahren und vielleicht noch ein paar Drinks trinken. Ich weiß einen perfekten Ort dafür, in der Nähe von Molalla, ein ganz ruhiger Platz.«

Tracie brauchte unbedingt ein paar Dollars – sie erhob

keinen Einspruch, obwohl sie keine Ahnung hatte, wo Molalla überhaupt war. Außerdem schien er sein Interesse an ihren Füßen verloren zu haben, was sie ein wenig von ihrer Angst, er könne der brutale Fuß-Fetischist sein, von dem sie schon soviel gehört hatte, verlieren ließ. Der Mann, der sich Steve nannte, steuerte den Wagen aus dem Parkplatz vor Denny's Restaurant hinaus und begann, die Sunnyside Road hinaufzufahren, bis zur Auffahrt zur Interstate-205-Autobahn. Sie fuhren ein paar Meilen Richtung Süden und nahmen dann die Ausfahrt Park Place/Molalla, ließen die hellen Lichter und die relative Sicherheit der Stadt weit hinter sich.

Während der Fahrt wurde kaum gesprochen, und Tracie wurde sich bewußt, daß sie auf der dunklen Autobahn jegliche Orientierung verloren hatte. Unterwegs sah sie ein paar Wegweiser – einer wies zum ›Clackamas Community College‹ –, die ihr aber nichts weiter sagten. Als sie an dem College vorbeifuhren, schien es ihr, als ließen sie an diesem Punkt die zivilisierte Welt hinter sich. Plötzlich wünschte sie sich, daß sie nicht so weit mit diesem Mann hinausgefahren wäre. Sie hatte mittlerweile nicht mehr die geringste Ahnung, wo sie war.

Sie versuchte, ihre Nervosität zu unterdrücken, doch in der Dunkelheit, in dieser ihr völlig unbekannten Gegend war das unmöglich. Tracie fragte sich, wie lange es wohl noch dauern würde. Ihr Freund würde wirklich stocksauer sein, wenn sie mit nur 40 Dollars nach Hause käme. Doch sie konnte jetzt nicht mehr zurück. Sie hatte keine Lust, hier irgendwo in der Wildnis auszusteigen – sie beschloß, das Beste daraus zu machen. Sie hoffte nur, rechtzeitig zurück in der Stadt zu sein, um noch ein paar Freier abzufertigen, bevor sie für diese Nacht Schluß machte. In ihrem jugendlichen Leichtsinn kam es ihr überhaupt nicht in den Sinn, daß sie riskierte, gar nicht mehr zurückzukommen. Niemand, sagte sie sich, tötet einen anderen Menschen einfach so, ohne einen triftigen Grund.

Eine Dreiviertelstunde, nachdem er Tracie auf einer geschäftigen Straße Portlands aufgelesen hatte, bog der Mann rechts von der Molalla Forest Road auf einen kleinen Feldweg ab. Sie befanden sich tief im Wald, und es war pechschwarze Nacht ringsum.

»Wir sind fast da«, sagte er, als sie die fast unbefahrbare Straße hinaufkrochen, die sie immer tiefer in die Hügellandschaft hineinführte. Und er stoppte tatsächlich bald darauf den Wagen an einem Wendeplatz vor einer Weggabelung. Es war, als wären sie auf einem Berggipfel angelangt. Tracie bemerkte in der Nähe eine Lichtung und fragte sich, ob sie sich wohl auf einem abgelegenen Campingplatz befänden.

»Warum ziehst du dich jetzt nicht einfach ganz aus«, sagte er, und es klang nicht wie eine Frage, sondern wie ein Befehl. Tracie hatte nichts dagegen, wollte aber zuerst das Geld. Er gab ihr die 40 Dollar, und sie zog ihr Hemd aus. Ihr Freier starrte im hellen Licht der Innenbeleuchtung des Wagens auf ihre jungen Brüste. Sie wollte es nun schnell hinter sich bringen. Hastig schlüpfte sie aus ihrem Rock und streifte ihren Slip ab. Mit untergeschlagenen Beinen setzte sie sich hin und sah den Mann an.

»Möchtest du gerne gefesselt werden?« fragte er. Die Frage kam so plötzlich, daß Tracie, die nicht darauf gefaßt gewesen war, Mühe hatte, ihre Angst zu verbergen. Klar, das war der Typ. Sie hatte jetzt keine Zweifel mehr.

»Auf so was stehe ich nicht«, sagte sie nervös, mit zitternder Stimme. Ihr wurde auf einmal kalt.

»Also, das ist aber die einzige Art und Weise, wie ich es machen möchte. Ich feßle dich einfach und spiel' mit deinen Füßen, hol' mir dabei einen runter, und das war's.«

»Okay, ich schätze, das kann ich machen«, stotterte sie. Das schien ihr ein bizarrer, doch auch relativ simpler und harmloser Wunsch zu sein. Dennoch zuckte sie zusammen, als der Mann sich über sie beugte, um etwas aus dem Handschuhfach zu holen. Er nahm einen roten und einen blauen Riemen aus Nylon und einen Lederriemen heraus. Sie hatten alle eine silberne Schnalle und sahen aus wie Hundehalsbänder. Widerwillig ließ Tracie zu, daß der Mann ihre Hände fesselte. Sie dachte, damit wäre es genug.

»Das ist zu fest«, beschwerte sie sich, »ich will das nicht.«

»Du warst einverstanden, Schlampe, und das ist die einzige Art, wie du es hinter dich bringen kannst«, sagte er zornig, mit erhobener Stimme. Er schien wütend auf sie zu sein, obwohl sie doch alles so gemacht hatte, wie er es verlangt hatte – wie ein Bullterrier, der ein verspieltes Kind plötzlich angreift.

Bevor Tracie begriff, was geschah, hatte der Mann ihren Kopf in den Sitz gedrückt und sich rittlings auf ihren Rücken gesetzt. Mit einem der Riemen fesselte er ihre Knöchel. Er zog so fest zu, daß es sich anfühlte, als schneide er ihr ins Fleisch.

Sie wand sich, versuchte zu treten und fragte sich, wo zum Teufel sie hineingeraten war. Sie konnte nichts ausrichten. Die Fesseln machten es ihr nahezu unmöglich, sich zu bewegen, und im Wagen war es so eng, daß sie sich nicht einmal herumdrehen konnte. Tracie befand sich völlig in seiner Gewalt. Der Mann hatte sie sehr sachverständig gefesselt. Offensichtlich hatte er darin einige Übung und im wahrsten Sinn des Wortes kein Neuland betreten, als er sie in diesen Wald führte. Nachdem er Tracie bewegungsunfähig gemacht hatte, band er mit dem dritten Riemen ihre Hände und Fußknöchel zusammen.

»Los, schrei, soviel du willst«, sagte er ruhig, »hier oben kann dich keiner hören.«

Das Herz klopfte ihr im Halse, doch Tracie blieb ruhig, zumindest jetzt noch.

Der Mann knöpfte sein Hemd auf und zog sich die Hose herunter, ohne sie jedoch völlig abzustreifen. Beim Anblick des nackten Mädchens bekam er sofort eine Erektion. Er kletterte um ihren Körper herum, und Tracie, das Gesicht immer noch in den Autositz gedrückt, verdrehte ihren Kopf, um zu sehen, was er im Schilde führte. Doch sie konnte ihren Kopf nicht weit genug herumdrehen. Er änderte seine Position und bewegte sich jetzt in Tracies Blickfeld. Sie konnte sehen, daß er ein größeres Glied hatte als die meisten Männer – nervös fragte sie sich, ob es nicht zu groß für sie war.

Er bewegte seine Hände ihren Rücken hinunter, an ihrem Gesäß vorbei, entlang der Innenseiten ihrer nach oben gebogenen Schenkel. Langsam arbeitete er sich zu ihren Füßen vor. Er schien wenig Interesse an Geschlechtsverkehr zu haben. Später jedoch befeuchtete er sein Glied mit Speichel als Gleitflüssigkeit, befreite eines ihrer Beine von den Riemen und drang mit Gewalt in sie ein. Die Größe seines Glieds und ihre unbequeme Position ließen sie laut aufschreien. Einen Augenblick später zog er es wieder heraus und band ihre Füße erneut zusammen. Ganz offensichtlich war er fast ausschließlich an Tracies Füßen interessiert. Er schien mehr und mehr in eine Trance zu versinken und nannte Tracie oft ›Maureen‹, obwohl er wußte, daß das nicht ihr richtiger Name war.

»Maureen, deine Zehen sind so hübsch, so sexy«, sagte er, »du machst mich wirklich an, Maureen.«

Er zwang sie wieder, ihre Fußsohlen mit nach oben gerichteten Zehen zusammenzulegen. Er rieb seinen Penis mit Vaseline aus dem Handschuhfach ein, preßte ihre Beine mit seinen Händen zusammen und begann, seinen Penis rhythmisch zwischen ihnen hin und her zu bewegen. Das zog sich einige Zeit hin, bis es ihn offenbar langweilte oder er müde wurde. Aber er war noch nicht fertig. Noch lange nicht.

Er begann, an ›Maureens‹ Zehen zu saugen, und Tracie entspannte sich ein bißchen, fragte sich, ob diese Maureen, von der er immer sprach, dieselbe Maureen war, die sie auch kannte. Er fuhr fort zu lutschen, und sie dachte nicht mehr daran. Es fühlte sich anfangs sogar ganz gut an. Auf diese Weise gefesselt zu sein machte ihr zwar angst, doch vielleicht konnte sie mit heiler Haut davonkommen, wenn sie nur mitspielte und so tat, als gefiele es ihr.

Er leckte ihren rechten Fuß ab, bedeckte ihn von oben bis unten mit lautlosen, nassen Küssen, während er sich langsam zu ihrer Fußsohle vorarbeitete. Ohne Vorwarnung begann er plötzlich, wütend an ihrem zarten Fleisch herumzuknabbern. Mit steigender Erregung wurden seine Bisse kräftiger und kräftiger. Jedesmal, wenn er den Mund zumachte, biß er fester zu. Anfangs versuchte Tracie dem Schmerz zu widerstehen, doch bald wurde es mehr, als sie ertragen konnte.

Sie schrie auf vor Schmerz. Ihren Folterer schien das anzufeuern, und sein Atem ging schneller und schneller, als er dem Teenager immer heftigere Bisse zufügte. Sie schrie und schrie, und mit jedem Schrei wurde die Antwort des Sadisten schmerzvoller. Je heftiger sie ihn anflehte, desto brutaler wurde er. Er war wie von Sinnen – es war klar, daß er nicht aufhören würde, ehe sein Blutdurst gestillt war.

»Bitte nicht! Das war nicht ausgemacht!« schrie Tracie. Sie fuhr fort, sich verzweifelt zu winden, und einmal gelang es ihr, ihre Hand zu befreien und ihren Körper herumzudrehen. Sofort nahm er eine ihrer Brüste zwischen seine Zähne und biß fest hinein. Er werde sie nicht loslassen, murmelte er, den Mund an ihre Brust gepreßt, es sei denn, sie erlaube ihm, ihre Hände erneut zusammenzubinden. Sie hatte Angst, ihre Brustwarze zu verlieren, und ließ es zu.

Als sein Opfer wieder gefesselt vor ihm lag, arbeitete sich der Mann zu ihrem Gesäß vor, beißend und überall dort tiefe Eindrücke hinterlassend, wo sein Mund ihren Körper berührte. Er schmeckte ihr Blut und wandte sich wieder ihren Brüsten zu, biß dermaßen fest zu, daß Tracie fürchtete, er werde ihr die Brustwarzen abbeißen.

»Du weißt, es gibt nur einen Weg, wie du hier herauskommen kannst«, kreischte er. Seine Stimme überschlug sich, und das Echo wurde von den Innenwänden der Fahrerkabine zurückgeworfen. Er näherte sich dem Höhepunkt seiner Raserei.

»Ja? Wie denn?« schluchzte Tracie.

»Entweder du läßt mich deine Titten abschneiden, oder ich erwürge dich«, sagte er. Seine Stimme wurde mit jedem Wort höher und unmenschlicher.

Er öffnete das Handschuhfach und nahm ein Küchenmesser heraus. Es schimmerte hell in der Innenbeleuchtung des Wagens. Als er es in der Hand hielt, fühlte er sich auf eine perverse Art vollkommen. Er setzte das Messer an ihre Brüste. Tracies ganzer Körper wurde stocksteif, sie erwartete das Schlimmste. Sachte ließ er die Klinge um ihre Brustwarzen herumwandern, wobei er einige Male ihre Haut ritzte. Tracie zog die Luft ein und zuckte jedesmal vor Schmerz zusammen, wenn das Messer in ihre Haut eindrang. Einen Augenblick lang dachte sie, sie würde in Ohnmacht fallen.

Tracie war völlig fassungslos über das, was dieser Mensch sagte und tat – jetzt hatte sie genug. Sie würde sich nicht einfach verstümmeln lassen, doch gefesselt, wie sie war, konnte sie sich nicht verteidigen. Das einzige, was sie tun konnte, war, ihn verbal zu attackieren. Sie hatte nichts zu verlieren, das wußte sie. Er würde sie wahrscheinlich sowieso töten.

»Du wirst meine Titten nicht abschneiden, du Hurensohn!« schrie sie. Sie war fest entschlossen, sich gegen diesen Wahnsinnigen zu wehren, irgend etwas gegen ihn zu unternehmen, egal was. »Wer zum Teufel glaubst du eigentlich, daß du bist? Ich denke nicht daran, wegen dir den Rest meines Lebens verstümmelt herumzulaufen. Du mußt mich schon umbringen!«

Tracies Blase war voll mit Wodka und Orangensaft, den sie vorher getrunken hatte, und jetzt verschaffte sie sich Erleichterung, indem sie in den Innenraum des Wagens urinierte, aus Angst, Schmerz und auch aus Rache. Er merkte es natürlich, doch es schien ihn nicht zu stören, und er machte keine Anstalten, ihren Urin wegzuwischen.

»Ganz wie du willst«, sagte er, seine Stimme nun nicht mehr kreischend, sondern leise und sanft wie zuvor. »Ich werde dich erwürgen.«

Doch das tat er nicht. Er saß einfach da, leer und ausgelaugt, und fühlte sich, als hätte er eine Niederlage erlitten. Ohne sich dessen bewußt zu sein, hatte Tracie durch ihren mutigen Gegenangriff bewirkt, daß ihr Folterer seine Macht über sie verloren hatte. Sie in seiner Gewalt zu wissen hatte ihm alles bedeutet. Diesen Spaß hatte sie ihm verdorben und so ihr Leben gerettet.

Aus Wut über ihren mangelnden Gehorsam nahm er das Messer und zog es in einer schnellen Bewegung über ihre linke Fußsohle. Es war ein tiefer Schnitt, sie zuckte zurück und beschimpfte ihn, als sie spürte, wie ihr Blut das Bein hinunterlief. Wieder sank ihre Hoffnung, mit dem Leben davonzukommen, doch ihr Freier machte etwas Unerwartetes.

Er öffnete ihre Fesseln, erlaubte ihr, sich anzuziehen, und sie fuhren schweigend zurück nach Portland. Er stoppte in der Nähe der 82nd Avenue an der Ecke zur Powell Street – ungefähr zehn Häuserblocks von der Stelle entfernt, wo er sie einige Stunden zuvor aufgelesen hatte.

Tracie stieß einen Stoßseufzer der Erleichterung aus, als sie aus dem blauen Pick-up stieg und, den Schuh voller Blut, unter Schmerzen die Straße hinaufhinkte. Als sie ihn wegfahren sah, überlegte sie, ob sie die Polizei rufen sollte. Sie tat es nicht. Sie würden ihr eine Menge Fragen stellen, und sie fand den Gedanken, ihre Marter so bald erneut durchleben zu müssen, nicht besonders angenehm. Sie war vor allem dankbar, am Leben zu sein. Außerdem waren da auch noch einige Haftbefehle wegen verschiedener Straftaten auf ihren Namen ausgestellt, und sie hatte keine Lust, die Nacht im Gefängnis zu verbringen. Es sollten noch sechs Monate vergehen, bevor Tracie, wie zahlreiche andere Frauen, der Polizei von ihren schockierenden Erlebnissen mit dem Mann, der sich Steve nannte, berichten würde.

Die Folterung war auch für den Mann in dem blauen Pick-up eine vernichtende Erfahrung gewesen, wenn auch in anderer Hinsicht. Er hatte das Blut eines jungen Mädchens gefühlt und geschmeckt, doch er war enttäuscht, im Stich gelassen worden; er war weit davon entfernt, befriedigt zu sein. In seinem Kopf klangen noch die Schreie seines Opfers, und noch immer sah er ihr Blut vor sich. In Zukunft, soviel stand fest, würde er die Sache anders anpacken müssen. Er mußte noch viel weiter gehen, um den absoluten Höhepunkt zu erreichen, um so vollständig befriedigt zu werden, wie er sich es wünschte.

Einige Tage nach ihrer schrecklichen Begegnung mit dem Mann in dem blauen Pick-up traf Tracie, die wegen der Wunde an ihrem Fuß an Krücken ging, auf ihre Freundin Maureen Ann Hodges, eine sechsundzwanzigjährige Prostituierte, die in der Szene als ›Mo‹ bekannt war. Es war früher Nachmittag, als sich die beiden Frauen auf der 82nd, in der Nähe des ›Bob's Big Boy‹, begegneten. Mo war beim Arbeiten; sie beklagte sich, daß das Geschäft schlecht laufe. Sie brauche ganz schnell einen Schuß, habe aber kein Geld, um bei ihrem Dealer Heroin zu kaufen. Sie schuldete ihm bereits Geld, und er akzeptierte, bis sie ihre Schulden bezahlt hatte, nur noch Bargeld von ihr.

In der Stadt war Mo bekannt als Hure mit einem Herz aus Gold, doch sie war auch eine Drogensüchtige, die jeden Tag 80 Dollar für ihren Stoff auftreiben mußte. Andere Leute aus der Szene sagten von ihr, sie sei ziemlich am Ende; sie war viel schlechter dran als Tracie, und man erzählte sich, daß sie »alles jederzeit mit jedem« machen würde, um Geld für Stoff aufzutreiben. Sie tat Tracie leid, und sie bedauerte, daß sie ihr nichts leihen konnte. Aber sie hatte wirklich selbst genug Sorgen und konnte sich nicht auch noch um die Probleme anderer Leute kümmern.

Tracie hinkte einige Häuserblocks lang neben Mo her, und als Mo mal nicht über ihr verpatztes Leben jammerte, erzählte ihr Tracie, wie sie von einem Mann, der sich Steve nannte, gefesselt und in den Fuß geschnitten worden war. Als Mo den Namen des Mannes und die Beschreibung seines Trucks hörte, war sie verstört, regelrecht entsetzt. Eindringlich warnte sie Tracie, sich von ihm fernzuhalten. Mo war drei- oder viermal mit ihm mitgegangen. Sein Name war nicht Steve, sondern Dayton Leroy Rogers, und er liebte es, seine Huren zu fesseln. Er war ein Fuß-Fetischist, und er hatte sie zwar nicht in den Fuß geschnitten, ihr jedoch große Schmerzen zugefügt, besonders, als er in ihre Füße gebissen hatte. Sie sagte, er habe niemals von ihr verlangt, sich auszuziehen, er habe immer nur ihre Füße ›ficken‹ wollen.

»Er hat wirklich was für dich übrig«, sagte Tracie. »Er hat mich immer mit deinem Namen angeredet, als er mit mir zusammen war.«

»Jesus Christus«, flüsterte Maureen angeekelt und noch besorgter als zuvor. »Hör zu, wenn er versucht, dich mitzunehmen, hau bloß ab. Ruf die Polizei, wenn's sein muß, aber steig nie wieder zu ihm in den Wagen.« Mo fügte noch hinzu, daß er seltsam sei und daß sie selbst schreckliche Angst vor ihm habe. Sie wollte nie mehr etwas mit ihm zu tun haben.

Als sie sich verabschiedeten, versicherte ihr Tracie, daß sie vorsichtig sein werde. Tracie sah sich am Ende des Blocks noch einmal um und winkte zum Abschied. Mo hatte ihre blaue Stofftasche mit den langen Riemen, die sie immer bei sich trug, um ihre Schulter gehängt und bot sich den vorbeifahrenden Autofahrern von ihrem Platz auf dem Gehweg aus an. Einer fuhr rechts ran, und Tracie wußte, daß Mo bald genug Geld zusammenhaben würde, um diese Nacht zu überstehen.

Tracie sah Mo noch einige Male während der nächsten Monate, immer auf der 82nd Avenue. Obwohl sie Tracie gesagt hatte, daß sie nichts mehr mit Dayton Leroy Rogers zu tun haben wollte, ging sie dreieinhalb Monate später noch einmal mit ihm mit, da sie verzweifelt Geld für ihre Drogen brauchte. Tracie und einige andere Leute wunderten sich anschließend, wo sie wohl abgeblieben sei. Tracie hatte keine Ahnung davon, daß zwischen dem 8. Juli und dem 2. August 1987 auf mysteriöse Weise noch mindestens sechs weitere Frauen spurlos verschwanden.

Sorgfältig las Turner den Bericht durch, der zuerst von Deputy Bill Strosser bearbeitet worden war. Ungestört von der Hektik seiner Kollegen ringsum und dem ständigen Klingeln der Telefone, studierte er das handgeschriebene Dokument in absoluter Konzentration. Er hatte sich an den permanenten Lärm und die Unterbrechungen, die die Polizeiarbeit mit sich brachte, schon so sehr gewöhnt, daß er sie gar nicht mehr wahrnahm, wenn er sich mit einem Fall beschäftigte.

Dem Bericht zufolge war am 7. Juli gegen 12 Uhr mittags das Opfer, Heather Brown*, 31 Jahre alt, von einem unbekannten Weißen in Portland aufgelesen worden. Sie hatte gerade ihre beiden kleinen Kinder der Obhut einer Freundin überlassen und ging die Straße hinunter in Richtung eines ›7-Eleven‹-Supermarkts, um sich Zigaretten zu kaufen. Ein Mann in einem blauen Pick-up hielt neben ihr und bot an, sie mitzunehmen. Sie nahm das Angebot an, stieg in den Wagen ein und wurde in eine bewaldete Gegend irgendwo zwischen Oregon City und Molalla gefahren.

Ihren Angaben nach hatte Heather dem Mann gesagt, daß sie nur ein paar Straßenzüge weit bis zu dem ›7-Eleven‹ mitfahren müsse, doch er habe gesagt, er müsse nach Oregon City und hätte sie gerne als Gesellschaft dabei – wenn sie nichts dagegen habe, könne er sie ja später wieder zurückbringen. Heather berichtete Deputy Bill Strosser, daß sie zugestimmt habe, den Mann zu begleiten.

Sie fuhren den McLoughlin Boulevard nach Süden in Richtung Oregon City. Der Mann sagte, sein Name sei Steve, er sei von Reno und halte sich seit etwa einer Woche in der Gegend um Portland auf. Er gab an, er sei Glücksspieler von Beruf.

Irgendwann hielten sie an einem anderen ›7-Eleven‹. Der Verdächtige kaufte ein Sixpack Bier und zwei Dosen Cola, Heather kaufte sich Zigaretten. Er bot Heather etwas zu trinken an, und sie entschied sich für die Cola. Der Mann, der sich Steve nannte, schlürfte sein Bier und fuhr ein paar Minuten später, in der Nähe von Oregon City, von der Straße hinunter. Heather konnte dem Deputy später nicht genau beschreiben, wo sie abgebogen waren. Sie hatte die Orientierung verloren und wußte nur noch, daß sie offensichtlich auf einen Forstweg irgendwo hinter Oregon City gefahren waren. Detective Turner vermutete, daß der Mann sie auf einen der Forstwege, die von der Molalla Forest Road abzweigten, gebracht hatte.

Die Fahrt nahm kein Ende; schließlich fragte ihn Heather, wohin er denn fahre. Er antwortete, er werde jetzt diese Hügel hinauffahren, und dann sagte er noch, er wolle »jemanden fesseln und sie ficken«. Diese Antwort erschreckte Heather, und als er seine Hand auf ihren Schenkel legte, stieß sie sie beiseite. Sie verlangte, er solle sie nach Portland zurückfahren, doch er lehnte das ab und beschleunigte den Wagen auf der unasphaltierten Straße auf etwa 65 Stundenkilometer.

Heather nahm ihre Schuhe in die Hand und war bereit, die nächstbeste Gelegenheit zum Hinausspringen zu nutzen, doch der Mann bemerkte, wie sie nach dem Türknauf schielte, und reagierte sofort. Um sie aus dem Gleichgewicht zu bringen, fuhr er Schlangenlinien, so daß der Pick-up wie wild hin und her schlingerte. Gleichzeitig streckte er seinen Arm aus, legte seine Hand auf ihre Brust und drückte sie in den Sitz zurück, um sie am Herausspringen zu hindern. Dann gab er Gas und raste schließlich mit über 90 Stundenkilometern dahin.

Obwohl sie furchtbare Angst davor hatte, vergewaltigt oder ermordet zu werden, gab Heather nie auf. Sie versuchte weiterhin verzweifelt, sich zu befreien. Kurz vor einer Kurve gelang es ihr, sich aus dem Griff des Mannes herauszuwinden. Als sie den Lastwagen eines Holzfällers bemerkte, der hinter ihnen fuhr, öffnete sie die Wagentür und sprang hinaus. Der Verdächtige verlangsamte seine Fahrt, sah dann offenbar den Laster und fuhr weiter, ohne anzuhalten.

Der Holzfäller bog um die Kurve, sah Heather, die mitten auf der Straße lag, und trat auf die Bremse. Er war froh, daß er sie nicht überfahren hatte, und als er sah, daß sie verletzt war, half er ihr in die Fahrerkabine seines Lasters. An einem ihrer Augen lief Blut hinunter, und er half ihr, es zu verbinden. Sie hatte darüber hinaus noch ein paar Schrammen und Kratzer. Sie erzählte dem Holzfäller, daß sie aus dem Pick-up des Mannes hatte springen müssen, weil er sie umbringen wollte. Offensichtlich war sie sehr verstört, und der Holzfäller vermied es, ihr noch weitere Fragen zu stellen. Statt dessen sorgte er dafür, daß sie in ein Krankenhaus in Molalla gebracht wurde, wo eine Gehirnerschütterung sowie mehrere Schürfwunden an der linken Schläfengegend, ihrem rechten Unterarm und ihrer Hand festgestellt wurden.

Turner las den Bericht zu Ende und fragte sich, ob Heather eine Prostituierte war und diese Tatsache absichtlich vor Deputy Strosser geheimgehalten hatte. Dieser Fall hatte seinen Anfang in einer sehr übel beleumdeten, für Prostitution bekannten Gegend Portlands genommen, und die Umstände, unter denen sie mitgenommen worden war, deuteten für Turner natürlich darauf hin, daß auch sie sich dort prostituiert hatte. Seine Intuition sagte ihm, daß das wahrscheinlich war, doch aus dem Bericht allein konnte er das unmöglich mit Sicherheit schließen.

Pflichtbewußt rief er Heather an und erklärte ihr, daß er sie persönlich treffen müsse, da er ein Phantombild des Verdächtigen erstellen wolle. Sie sagte zu, ihn am Nachmittag in einem ›Sheri's‹-Restaurant im Oregon City Shopping Center zu treffen, erschien jedoch nicht zur verabredeten Zeit. Turner wartete geduldig eine halbe Stunde lang und kehrte dann zum Polizeipräsidium zurück. Er verfügte nur über Heathers unvollständigen Bericht, also legte er ihn zu den Akten und beschäftigte sich nicht mehr damit. Zumindest jetzt noch nicht.

ERSTER TEIL

DER LETZTE MORD

Montag, 13. Juli 1987
Clackamas County Sheriff's Department
Oregon City, Oregon

Den ersten Hinweis auf die grauenhaften Verbrechen erhielt John T. Turner, Detective des Clackamas County Sheriff's Department – ein 44 Jahre alter, distinguiert aussehender Mann angelsächsischer Herkunft –, in Form eines Routineberichts. Der erfahrene Detective ahnte nicht, daß der teuflische Zorn, der sich gegen die Straßenprostituierten Portlands richtete, ihn die nächsten zwei Jahre so gut wie Tag und Nacht beschäftigen sollte. Der Gegenstand des besagten Routineberichts war ein Fall von Entführung zweiten Grades, der am Dienstag der vorangegangenen Woche angezeigt worden war, am 7. Juli. Im Verlauf der Untersuchung sollte sich Turner mit dem grausamsten, unbarmherzigsten Killer konfrontiert sehen, der ihm jemals begegnet war – und es ist sehr unwahrscheinlich, daß er jemals wieder auf einen Mörder wie diesen treffen wird.

Der Fall Nr. 87-20998 war fast zuoberst auf dem Stapel von Akten in seinem Fach, als er sich an diesem Sommermorgen, eine Tasse Kaffee in der Hand, an seinen Schreibtisch setzte. Während er die Akten überflog und sie dabei automatisch nach Wichtigkeit und Schwere der begangenen Straftat einordnete, zündete er sich eine Marlboro Light aus der Schachtel an, die er ständig in seiner linken Brusttasche trug. Beim Lesen strich er sich einige Male über sein kurzgeschorenes graues Haar. Es waren vor allem die üblichen Schlägereien und von ihren Ehemännern verprügelten Frauen von Freitag und Samstag nacht, dazu ein Raubüberfall und ein paar Familienstreitigkeiten. Der Fall Nr. 87-20998 landete schließlich ganz oben auf Turners Stapel.

ERSTES KAPITEL

Man sagt, daß der Blutdurst eine nur dem Menschen eigene Form der Abweichung ist. Wenn ein menschliches Wesen an Blutdurst leidet, so geschieht das ohne Grund und dient nicht dem Überleben der menschlichen Rasse. Diese Anomalie ist rein sexuell motiviert und durch und durch böse – der Durst nach Blut hebt sein gräßliches Haupt, wenn ein Mensch auf keine andere Art sexuell befriedigt werden kann. Es sind zumeist Kinder und Frauen, die, wenn sie das Pech haben, einem solchen Menschen zu begegnen, durch ihn einen unnötigen, erbarmungslosen Tod sterben müssen.

Dayton Leroy Rogers, 33 Jahre, von vielen Prostituierten Portlands als ›Steve, der Spieler‹, gefürchtet, wurde bereits als Jugendlicher, vielleicht auch schon vorher, von Blutdurst geplagt. Er bekam öfters entsetzliche, unerträgliche Kopfschmerzen, und es ist möglich, daß er im Unterbewußtsein immer schon gewußt hatte, daß nur der Schmerz eines anderen Wesens, die Schreie und das vergossene Blut eines wehrlosen Opfers sein eigenes Leben lindern konnten. Wenn die Kopfschmerzen begannen, konnte er sie nur loswerden, indem er seine dunkelste Seite auslebte.

Dayton schien recht umgänglich – wenn er sich nicht gerade in einem seiner Stimmungstiefs befand. In den kleinen Orten Woodburn und Canby war er gut bekannt, und die Leute schienen ihn zu mögen. Er war von Beruf Mechaniker – seine Lehre hatte er im Gefängnis gemacht – und betrieb eine kleine, gutgehende Werkstatt, die auf die Reparatur von Motoren spezialisiert war. Er war verheiratet und hatte einen 18 Monate alten Sohn, der ihm sehr ähnlich sah. Nur wenige erkannten das Böse, das hinter Rogers' Fassade lauerte, und viele, die das Pech hatten, mit seiner dunklen Seite in Kontakt zu kommen, überlebten es nicht.

Daytons Kopfschmerzen wurden im Sommer 1987 schlimmer, und er war aus diesem Grunde oft außer Haus. Er behauptete, in der Werkstatt zu arbeiten, wenn er weg war. Manchmal blieb er ein paar Stunden fort, gelegentlich auch die ganze Nacht. Seine Frau Sherry sah anfangs keinen Grund, an seinen Angaben zu zweifeln. Wenn sie am frühen Abend anrief, war er normalerweise da. Wenn er einmal nicht da war, hatte er immer eine Ausrede parat. Er sagte beispielsweise, er sei mitten in der Arbeit gewesen und habe diese nicht unterbrechen wollen, um den Hörer abzunehmen. Oder, was öfter vorkam, er behauptete, er sei nur mal schnell rausgegangen, um sich einen Kaffee oder etwas zu essen zu holen. Meistens jedoch wartete er bis spät nachts, wenn er sicher war, daß Sherry schlief, bevor er seine Streifzüge unternahm. Bald wurden seine Nachtschichten zur Gewohnheit und Sherrys Anrufe seltener. Obwohl ihr zugetragen wurde, daß er sich nachts in Bars und Kneipen aufhielt, gab sie sich alle Mühe, das Vertrauen, das sie schon immer in ihn gesetzt hatte, nicht zu verlieren. Vielleicht hätte sie ernsthaft Verdacht geschöpft, wenn sie sich die Mühe gemacht hätte, den Kilometerzähler seines Pick-ups zu kontrollieren. Doch das hatte sie nicht getan, und er legte weiterhin in einer Woche mehr Kilometer zurück als die meisten Leute in einem ganzen Monat. Der 6. August, ein Donnerstag, begann für die Familie Rogers wie jeder andere Tag auch. Dayton stand früh auf, duschte und rasierte sich und fuhr nach einem leichten Frühstück noch vor 8 Uhr morgens in Richtung seiner Werkstatt in Woodburn. Nach außen hin schien er ein glücklicher Mann zu sein. Das Geschäft lief in diesem Sommer so gut, daß er sogar einen Mitarbeiter hatte anstellen müssen, und jeder Tag brachte neue Aufträge. Doch bald geriet er trotz des neuen Mitarbeiters in Verzug, seine Kopfschmerzen wurden häufiger und mit ihnen seine nächtlichen Ausflüge. Sherry fragte sich manchmal, was nur mit ihm los war, wenn er einfach still dasaß und vor sich hin starrte, doch sie sagte nie etwas. Sie hatte zwar das Gerücht gehört, daß er sich nachts in Bars herumtrieb, und sie fürchtete insgeheim, er ginge zu anderen Frauen, doch irgendwie hatte sie sich eingeredet, daß er schon genug Schwierigkeiten mit seiner Arbeit hatte – sie wollte nichts tun oder sagen, was ihm noch mehr Sorgen bereiten könnte.

Am späten Nachmittag konnte Dayton seine Kopfschmerzen nicht mehr ertragen. Er mußte etwas unternehmen. Er ließ seinen Assistenten in der Werkstatt zurück und fuhr zu dem Getränkemarkt bei der North Park Plaza in Woodburn. Dort erstand er zehn kleine Fläschchen Smirnoff-Wodka, um den hinter der Rückbank seines Wagens verstauten Vorrat aufzufüllen. Er kaufte auch zwei Flaschen Orangensaft in den Wegwerf-Plastikflaschen, die er so sehr mochte. Schnell trank er einen zusammengemixten Wodka-Orange. Der Kopfschmerz wurde etwas besser. Danach fuhr er in die Werkstatt zurück und wartete auf den Abend, schmiedete Pläne. Die Medizin war da, in rauhen Mengen auf den Straßen Portlands, er mußte nur 50 Dollar zahlen und zugreifen. Mit den anderen war es so leicht gewesen, was hätte ihn jetzt aufhalten sollen?

Um 20 Uhr 30 fuhr Dayton nach Hause und aß mit Sherry und seinem Sohn zu Abend. Er erklärte, er müsse zurück in die Werkstatt und noch bis sehr spät, möglicherweise bis in die Morgenstunden, arbeiten, um überfällige Aufträge zu erledigen. Sherry, seine attraktive Frau – sie hatte braungelocktes Haar mit silbernen Strähnen, war 1 Meter 63 groß, wog 54 Kilo und war drei Jahre jünger als Dayton – protestierte nicht. Sie sagte nie etwas. Sehr religiös und ein bißchen leichtgläubig, wie sie war, vertraute sie ihrem Ehemann vollkommen und zweifelte nie an seinen Worten.

Eine halbe Stunde später verließ Dayton das Haus. Er fuhr in die Werkstatt, genehmigte sich noch einige Drinks und werkelte an ein paar kleineren Aufträgen herum, um die Zeit totzuschlagen. Kurz nach Mitternacht zog er seine Ausgehkleidung an, die er in einem speziellen Kleiderspind in seiner Werkstatt aufbewahrte, und wartete noch ein bißchen, um sicherzugehen, daß Sherry zu Bett gegangen war. Um halb ein Uhr früh fuhr er los Richtung Portland.

Statt vom Südosten auf die 82nd Avenue zu fahren, fuhr Dayton nach Norden auf dem Highway 99E, der vor Jahrzehnten, vor dem Bau der Interstate 5, des ›Super Slab‹, der ›Superautobahn‹, die meistbefahrene Nord-Süd-Passage zwischen Portland und dem Willamette-Tal gewesen war. In

Richtung Nordosten verwandelt sich der Highway 99E auf Höhe der Grand Avenue in die Union Avenue, die ›Prostitute Row‹, den ›Laufsteg der Prostituierten‹. Dieser alte Highway war die direkteste Verbindung zwischen der Gemeinde Woodburn und Daytons Ziel in Portland. Oft, wenn auch nicht in dieser speziellen Nacht, konnte man dort Anhalterinnen auflesen.

Mit seinen ausgebrannten Gebäuden, mit Brettern verrammelten Läden und vergitterten Fenstern gehörte das Ghetto längs der Union Avenue nicht unbedingt zu den Sehenswürdigkeiten der ›City of Roses‹ – eines Stadtteils, der früher einmal als besonders gutes Wohngebiet gegolten hatte. Jede Nacht wird die Union Avenue von den Straßenhuren in Beschlag genommen, die auf vorbeifahrende Freier warten. Diese Straße, die den nordöstlichen Teil Oregons mit dem südöstlichen verbindet, ist ein Supermarkt für Sex unter freiem Himmel und ohne Zweifel eine Zone mit einer besonders hohen Kriminalitätsrate. Der Großteil der anständigen Bürger hält sich nachts von ihr fern, und wer doch gezwungen ist, sie zu befahren, tut dies angesichts all der Berichte von Schießereien, Messerstechereien und Schlägereien nur mit einem flauen Gefühl im Magen. Dayton war der schlechte Ruf dieser Avenue egal. Er hatte sie viele Male befahren und hatte keine Angst – er kannte sich aus, wußte, wo er hinzugehen hatte, um sich schnell das zu besorgen, was er brauchte, und dann ebenso schnell wieder zu verschwinden.

Es war eine schwüle Nacht, und eine rekordverdächtige Anzahl arbeitender Mädchen war unterwegs. Normalerweise testete Dayton immer erst ein paar Mädchen entlang der Union Avenue, bevor er seine Wahl traf. Manchmal fuhr er bis zur Northeast Lombard Street hinaus, wo die Zahl der Prostituierten schon merklich geringer wurde, bevor er wendete und die Avenue Richtung Süden hinunterfuhr. Dayton war gut vorbereitet, und dies war eines seiner bevorzugten Jagdreviere. Zuerst fuhr er an ein paar Mädchen vorbei, ohne anzuhalten. Sie waren ihm zu alt oder sahen zu verwahrlost aus. Manche hatten ihm auch mehr als einmal zu verstehen gegeben, daß sie nichts mehr mit ihm zu tun haben wollten, da er sie im Molalla-Wald bei früheren Gelegenheiten schon mißhandelt hatte. Er fürchtete sogar, daß sie zur Polizei gehen könnten, falls er es noch einmal bei ihnen versuchte. An diesem Abend jedoch fand er das, was er suchte, schon bei der ersten Runde, noch weit vor der Lombard Street.

Jenny Smith, 26, eine dralle, braunäugige Blondine, hatte gerade zum fünften oder sechsten Mal an diesem Abend ihren Stammplatz in der Nähe der Kreuzung Union Avenue und Wygant Street eingenommen und sich in eine aufreizende Pose geworfen. Sie trug ein schwarzes Nike-Sweatshirt mit grauen und weißen Streifen, hautenge Levis-Jeans, rosa Söckchen und weiße Turnschuhe. Sie hoffte, daß bald ein Kunde vorbeikommen würde. Ihre Füße taten höllisch weh, und sie war drauf und dran, für diese Nacht Schluß zu machen, als Dayton rechts ranfuhr. Jenny setzte ein gekünsteltes Lächeln auf, als sie den alten Kunden erkannte.

Sie war schon zweimal mit ihm ausgegangen: einmal beim alljährlichen Rosen-Festival der Stadt Portland im Juni, bei dem die Matrosen in die Stadt einfallen und sie eine Woche lang in eine große Party verwandeln, und einmal davor, irgendwann im Frühling. Sie verspürte keinen Haß oder Widerwillen gegen ihn, zumindest bis jetzt noch nicht. Er war immer freundlich gewesen und hatte anständig bezahlt. Als er zu dieser frühen Morgenstunde am 7. August an ihrem Stammplatz hielt und sie einlud, mit ihm zu kommen, zögerte sie keinen Augenblick. Sie stieg schnell zu ihm in den Truck und winkte ihrer Freundin – auch sie eine Prostituierte, und für diesen Abend Jennys Aufpasser und Fahrerin – zum Abschied zu.

Jenny war eine dicke Frau, doch sie wußte, wie sie sich anzuziehen hatte, um sich schlanker zu machen. Sie war nicht hübsch, aber auch nicht häßlich, und sie hatte einen sehr großen Busen. Dayton mochte das bei Frauen, und Jenny war so angezogen, daß ihre beste Seite voll zur Geltung kam. Es war Dayton auch angenehm, daß sie bei früheren Gelegenheiten seinen sexuellen Fetischismus nicht abgelehnt hatte. Sie hatte nichts dagegen gehabt, gefesselt zu werden, während er mit ihren Füßen spielte und sich dabei selbst befriedigte. Doch bei ihr war er ja auch noch nicht brutal geworden. Jetzt, wo er ihr Vertrauen gewonnen hatte, würde sich das ändern lassen.

Zweifellos begann alles so wie sonst auch. Dayton mixte ein paar Wodka-Orange, um sich etwas in Fahrt zu bringen und seine Begleiterin gefügiger zu machen. Es ist auch wahrscheinlich, daß sie erst ein bißchen herumfuhren, bevor sie die Stadt verließen. Aus irgendeinem Grunde jedoch brachte Dayton sie nicht in den Molalla-Wald.

Vielleicht hatte sie ihn überredet, nicht dorthin zu fahren, weil es zuviel Zeit kosten würde, und Zeit war Geld für Jenny. Vielleicht war Dayton auch noch nicht bereit gewesen, ihr sein Versteck im Wald, seine Folterkammer unter freiem Himmel, zu zeigen. Es ist sogar möglich, daß er ihr irgendwie Angst eingejagt und sie ihm daraufhin vorgeschlagen hatte, alles zu tun, was er verlange, solange sie nur in der Stadt blieben. Aus welchem Grunde auch immer sie nicht nach Molalla fuhren, im Gegensatz zu manch anderen Frauen, die später von dem, was ihnen mit Dayton widerfahren war, berichten konnten, sollte Jenny Smith diese Nacht nicht überleben. Jennys Schicksal war es, zu den Toten zu gehören, zu den Opfern der bestialischen Fantasien Daytons, von deren Leichen die Polizei noch nichts ahnte.

Wo sie in diesen ersten eineinhalb Stunden ihres Zusammenseins hingingen und was genau sie taten, konnte nie mit absoluter Gewißheit rekonstruiert werden. Was zwischen 1 Uhr 30 und 3 Uhr früh wirklich geschah, darüber könnten nur Jenny oder Dayton Auskunft geben, und da Dayton nicht aussagt und die Toten nicht reden, wird es vielleicht niemand je erfahren. Bekannt ist nur, auf welch brutale Weise Dayton Leroy Rogers an diesem Sommermorgen Jenny Smith ermordete.

Es war kurz vor 3 Uhr früh, als sie in Oak Grove, einem Vorort Portlands im Clackamas County, auf dem Parkplatz eines kleinen Bürogebäudes am Southeast McLoughlin Boulevard, Nummer 16239, anhielten. Auf der einen Seite dieses begrünten Parkplatzes waren die Büros der ›Safeco Insurance‹ und ein verlassenes Gebäude, auf der anderen Seite befanden sich eine Zweigstelle der ›General Motors Acceptance Corporation‹, kurz GMAC genannt, und ein ›Denny's‹-Restaurant.

Dayton parkte weiter hinten, vor dem GMAC-Gebäude – er war dort schon sehr oft gewesen und wußte, daß es die dunkelste Ecke des Parkplatzes war. Hier würden sie ungestört sein, zumindest so lange, bis Jenny zu schreien anfangen würde.

Dayton hatte es eilig, er überzeugte Jenny davon, daß es an der Zeit sei anzufangen. Sie hatte offensichtlich nichts dagegen und zog ihre Sachen aus. Da er seine Fesseln nicht finden konnte, band Dayton ihre Füße mit Fesseln zusammen, die er aus den Schnürsenkeln ihrer Turnschuhe fabriziert hatten. Ihre Beine blieben frei. Das mißfiel ihm zwar, mußte aber ausreichen. Sie kniete nun auf dem Boden des Pickups, nackt, fast völlig hilflos, und wartete, was er als nächstes tun würde. Er konnte mit ihr machen, was er wollte.

Dayton konnte sich nun nicht länger beherrschen. Ohne Vorwarnung beugte er sich vor und nahm das Küchenmesser aus dem Handschuhfach. Jenny, die neugierig war, drehte und wendete sich, um zu sehen, was er vorhatte. Als sie das Messer in seiner Hand und die Mordlust in seinen Augen sah, begann sie zu schreien. Die Maske war gefallen, und der dunkelste Abgrund seiner Seele war deutlich zu sehen. Er verharrte in dieser Position, bewegungslos, wie eine schwarze Mamba, die sich darauf vorbereitet, wieder und wieder zuzustoßen, bis ihr Opfer verendet ist.

Er genoß ihre verzweifelte Angst, und sein Blutdurst erreichte schnell ein Stadium fieberhafter Ekstase. Außerhalb des Pick-ups waren Jennys Schreie anfangs fast unhörbar, denn er hatte die Fenster vorsorglich hochgekurbelt, bevor er das Mädchen fesselte. Dennoch mußte er schnell handeln und dann ebenso schnell verschwinden. Dieser Parkplatz war nicht der Molalla-Wald. Sehr bald würden Leute auf Jennys Schreie aufmerksam werden.

Anfangs versuchte Dayton, die Ruhe zu bewahren und kaltblütig vorzugehen. Er fügte ihr einen Schnitt am Rücken zu; dann, als sie ihren Körper herumwälzte, einen tieferen

Schnitt in eine ihrer Brustwarzen. Sie warf den Kopf zurück und stieß einen gellenden Schrei des Schmerzes und des Entsetzens aus. Dayton wurde klar, daß es diesmal keine Masturbation geben würde. Sie machte zuviel Lärm, und er konnte sich nicht soviel Zeit lassen wie im Wald. Statt dessen drang er machtvoll in sie ein, doch nicht mit seinem Penis, sondern mit dem Messer. Alle Muskeln seines Körpers waren angespannt, die Hände zu Fäusten geballt – so wurde Dayton als Hauptdarsteller lebendig in diesem Alptraum aus Fleisch und Blut, den er speziell für Jenny inszenierte. Ihre Schmerzen waren unerträglich, und ihr Blut floß in Strömen. Je heftiger sie sich wehrte, desto wilder und unbeherrschter ging er vor. Bei jedem Stich krümmte und verdrehte sie ihren Körper, und die Fesseln aus Schnürsenkeln schnitten tief in das Fleisch ihrer Handgelenke. Jenny war nun völlig außer sich – bald würde sie den Tod als ihre einzige Rettung vor dem Wahnsinn dieses Monsters herbeisehnen.

In lustvollem Delirium stieß Dayton das Messer wieder und wieder in ihren Körper und zog es ganz langsam zurück, denn es verschaffte ihm intensive Lust, Jennys Schmerzen noch zu verlängern. Er kreischte ekstatisch, während sie sich weiterhin krümmte und wand und um ihr Leben flehte – ihre Schreie schienen ihm nicht enden zu wollen, schienen immer und ewig zu währen. Dann verschaffte ihm der Anblick ihres Blutes die machtvollste Erektion, die er je gehabt hatte. Mein Gott, was hätte er darum gegeben, sich selbst zu befriedigen – doch er hatte einfach nicht genug Zeit. Jeden Augenblick konnte jemand herbeilaufen, um sie zu retten. Hysterisch kichernd stieß er das Messer in ihren Körper, zog es heraus und stieß wieder zu. Er genoß es, wie die stählerne Klinge durch Jennys Gewebe schnitt und dabei gelegentlich auch lebenswichtige Organe verletzte. Immer wieder tat er es, empfand es wie einen Liebesakt, bis sein Penis sich anfühlte, als explodiere er gleich.

Plötzlich gaben die Schnürsenkel unter Jennys verzweifelten Anstrengungen nach, und sie fühlte einen kurzen Augenblick der Freiheit. Dayton merkte, daß sie ihre Fesseln abgestreift hatte, verlor auch den letzten Rest von Selbstbeherrschung und stieß noch wilder zu, falls das überhaupt möglich war. Dayton würde sie nicht gehen lassen; das konnte er nicht mehr. Zu sehr hatte er sie zugerichtet, sie jetzt gehen zu lassen würde ihn sicherlich in Gefahr bringen. Er mußte sie erledigen. Außerdem ... diese Nutte, sie hatte sich gewehrt, hatte ihn abgelehnt; sie verdiente den Tod! Er haßte sie jetzt, so wie er alle Frauen haßte, er haßte Jenny fast so sehr wie seine Mutter. Jenny war genau wie die anderen – wie hatte er nur so dumm sein können, zu glauben, daß sie anders war!

Dayton zitterte vor wütender Erregung, und Jenny versuchte immer noch, das Messer abzuwehren. Obgleich sie schwer verwundet war, schaffte sie es, mit einer Hand die Beifahrertür zu öffnen. Sie fiel auf den Asphalt neben dem Wagen.

Während aus ihren Wunden das Blut in Strömen floß, unternahm sie einen schwachen Versuch wegzurennen, sich vor diesem Wahnsinnigen zu retten, irgend jemanden zu finden, der sie retten konnte. Doch sie war nur ein paar Schritte weit gekommen, als Dayton sich von hinten auf sie stürzte und ihren Hals umklammerte. Sie ruderte verzweifelt mit den Armen, als Dayton sie zu Boden zerrte. Jenny fuhr fort zu kreischen, denn das war alles, was sie noch tun konnte, und nun waren ihre Schreie nicht mehr gedämpft. Dayton kauerte über ihr und hob das Messer, die stählerne Klinge blitzte im hellen Licht der Parkplatzbeleuchtung. Jenny versuchte, sich mit ihren Händen zu wehren, als er immer wieder zustach. Doch es half nichts. Sie hatte keine Kraft mehr, gegen ihn zu kämpfen. Ihre Abwehr wurde schwächer und die Bewegung schließlich automatisch, instinktiv – ihr Überlebenswille erstarb. Sie verlor das Bewußtsein, und ihr Körper wurde schlaff.

Dayton hatte zwar auf dem weiträumigen Parkplatz die dunkelste Ecke ausgesucht; gegenüber befand sich jedoch ein 24-Stunden-Restaurant, das ›Denny's‹. Die umliegenden Restaurants und Bars hatten eine halbe Stunde davor zugemacht, und der Betrieb im ›Denny's‹ lief auf Hochtouren. Zu dieser morgendlichen Stunde war es weit und breit das einzige Restaurant, das offen hatte, und es herrschte ein unaufhörliches Kommen und Gehen.

James Virgil Dahlke, dem nur noch drei Tage zu seinem einundfünfzigsten Geburtstag fehlten, war ungefähr zur selben Zeit beim ›Denny's‹, angekommen, als Jenny Smith aus Dayton Leroy Rogers Truck floh. Der schnurrbärtige Mann hatte kurzes braunes Haar, einen ungewöhnlich langen Backenbart und trug eine blaue Nylonjacke, ein grünkariertes Hemd und Bluejeans. Er war allein gekommen und hatte seinen blauen 1983er Ford Van an der Seite des Gebäudes geparkt, das dem McLoughlin Boulevard am nächsten stand. Er stieg aus und begann, in Richtung des Restaurants zu gehen, als er Jennys Schreie und Heulen hörte. Er konnte nicht genau verstehen, was sie sagte – wenn sie überhaupt etwas sagte –, er konnte nur schemenhaft die Umrisse zweier Menschen wahrnehmen, und zwar auf dem GMAC-Parkplatz, aus dessen Richtung auch die Schreie gekommen waren. Er schob das Drahtgestell seiner Brille zurecht, um besser sehen zu können, was da los war.

Zur selben Zeit verließ der dreiunddreißigjährige Kurt Thielke das ›Denny's‹ und ging in Richtung seines braunen Dodge Vans, Baujahr 1966, der in unmittelbarer Nähe des Haupteingangs geparkt war. Auch Thielke hörte die Schreie und sah die beiden Gestalten auf dem GMAC-Parkplatz. Er hörte auch so etwas wie einen gedämpften Ausruf. Dann sah er Jenny. Seine Sicht war von den parkenden Autos teilweise verstellt, doch er konnte erkennen, daß sie die ausgestreckten Arme nach oben hielt – es sah aus, als versuche sie von dem Mann, der nun von hinten ihren Hals umklammert hatte, wegzukommen. In diesem Augenblick gingen Jenny und Dayton zu Boden, und Thielke konnte sie nicht mehr sehen. Anfangs dachte er, daß der Mann versuche, eine Frau zu beruhigen, die ›high‹ war, im Drogenrausch, oder vielleicht geisteskrank – doch dann hörte er ihre verzweifelten Hilferufe und wußte, daß er etwas unternehmen mußte.

»Hilfe! Bitte helft mir! Vergewaltigung! Ich werde vergewaltigt!« Jenny hatte offenbar entsetzliche Schmerzen, und ihre Stimme überschlug sich. In der Dunkelheit konnte man nur schwer erkennen, was genau dort vorging. Dahlke und Thielke tauschten einen kurzen Blick aus, einen Augenblick lang wußten beide nicht, was sie tun sollten.

»Schauen wir, was da los ist«, sagte Dahlke. Er übernahm die Führung und rief Thielke zu, er solle ihm in Richtung der Schreie folgen. Als sie ankamen, sahen Dahlke und Thielke die nackte Jenny auf dem Rücken liegen. Zwischen ihren Beinen, sein Gesicht ihr zugewandt, lag Dayton. Es sah so aus, als habe er Sex mit ihr oder versuchte es zumindest.

»Was machst du da, verdammt noch mal?« schrie Dahlke den ihm völlig Fremden an. Er konnte es nicht glauben. In seinen 51 Jahren war er noch nie Zeuge solch empörender, schamloser Gewalt gegen einen anderen Menschen gewesen. Erst dann sah er, wie ernst die Situation wirklich war.

Als Dayton angesprochen wurde, sah er sich nach Dahlke um und richtete seinen Oberkörper auf, indem er sich auf die Arme stützte. Er rollte von Jenny herunter und rannte an der Westseite des GMAC-Gebäudes entlang. Thielke überlegte einen Augenblick, ob er ihm nachlaufen sollte, doch er glaubte, ein Messer in der Hand des Flüchtenden gesehen zu haben, und entschied sich dagegen.

Dahlke beugte sich über Jenny, und sein Magen drehte sich um. Er war zutiefst schockiert. Aus einem Loch in Jennys Hals schoß Blut, und sie gab Hustenlaute von sich. Sie hatte auch Wunden am Unterleib, aus denen Blut sickerte. Dahlke fühlte einen schwachen Atem aus ihren Lungen, doch Jenny schien nicht bei Bewußtsein zu sein. Er rief Thielke zu, er solle Hilfe holen, und blieb bei Jenny. Thielke rannte in das Restaurant.

»Ruft den Notarzt und die Polizei! Da draußen ist eine Frau vergewaltigt worden!«

Der einundzwanzigjährige Stan Conner sah von seinem Tisch auf, um zu sehen, was los war, ebenso Richard Bergio, 24 Jahre alt, und Charles Gates, 23. Alle drei verließen ihre Tische und eilten nach draußen. Als der querschnittgelähmte Gates mit seinem Rollstuhl bei Jenny ankam, war er außer sich.

»Mein Gott!« rief er. »Ihr Hals ist aufgeschlitzt worden!«

Gates hatte Erfahrung in Erster Hilfe, und ohne sich um all das Blut zu kümmern, ließ er sich von seinem Rollstuhl auf die Knie fallen. Er mußte einfach versuchen, ihr zu helfen. Er legte seine Hand an ihre Halsschlagader, konnte jedoch keinen Puls feststellen. Jenny reagierte nicht auf seine Fragen und atmete auch nicht. Gates begann sofort mit Wiederbelebungsversuchen, während Dahlke versuchte, ihre Blutung durch gezielten Druck auf die Wunde zu verringern. Gates war von dem Blutbad zutiefst angeekelt und doch unermüdlich in seinen Bemühungen, Jenny, eine ihm und allen Anwesenden völlig Fremde, zu retten.

Es bildete sich eine Menschenansammlung, und Bergio lief zurück zum Restaurant, um nachzufragen, ob jemand Polizei und Notarzt verständigt hatte. Als er auf den Parkplatz zurückkehrte, hatte Gates' heldenhafter Einsatz Jenny immer noch nicht zum Leben erweckt. Er sah genauer hin und gab alle Hoffnung auf. Sie hatte viel zu schwere Verletzungen am Oberkörper.

Während sich alle bemühten, Jennys Leben zu retten, wurde Dayton gesehen, wie er um das GMAC-Gebäude herumging. In einer Art hüpfendem Trott, der irgendwo zwischen Laufen und Gehen angesiedelt war, bewegte er sich den Bürgersteig entlang, wobei er sich von Zeit zu Zeit vergewisserte, daß ihm niemand folgte. Keiner machte Anstalten, ihm nachzulaufen, dennoch versuchte er offenbar, denen zu entfliehen, die ihn aus sicherer Entfernung beobachteten; er lief einen Treppenaufgang hinauf, wohl um zu sehen, ob er sich dort irgendwie vor dem stetig anwachsenden Menschenauflauf in Sicherheit bringen könnte. Als er sah, daß die Stufen nirgendwo hinführten, wo er sich hätte verstecken können, lief er an der anderen Seite wieder hinunter und ging in Richtung seines Pick-ups. Erstaunlicherweise zeigte er jetzt keinerlei Eile mehr.

»Das ist er!« schrie jemand, als hätte es eines Hinweises bedurft, wo doch ohnehin die Aufmerksamkeit aller auf ihn gerichtet war. »Das ist der Hurensohn! Schreibt sein Autokennzeichen auf!« Unter den ungünstigen Lichtverhältnissen konnte jedoch niemand sein Nummernschild lesen.

Ohne die Scheinwerfer anzumachen, setzte Dayton den Truck vom GMAC-Gebäude, vor dem er geparkt gewesen war, schnell zurück, wobei er fast ein hinter ihm stehendes rotes Auto streifte. Er raste dann in westlicher Richtung über den Parkplatz, in die Richtung eines Mietshauses. Er fuhr eine schmale Kiesauffahrt hinunter, die sich als Sackgasse erwies. Dayton war gezwungen zu wenden und denselben Weg wieder zurückzufahren.

Zu diesem Zeitpunkt waren sowohl Stan Conner als auch Richard Bergio bereits in ihren Fahrzeugen und fuhren in Richtung des Ausgangs. Dort parkten sie ihre Autos quer über die Parkplatzausfahrt. Beide dachten, sie hätten dadurch den Parkplatz hinreichend abgeriegelt, so daß der Mann in dem Pick-up nicht entkommen konnte. Doch Dayton überraschte sie. Er fuhr mit hoher Geschwindigkeit auf sie zu, machte die Scheinwerfer an und lenkte den Wagen auf dem Bürgersteig an ihnen vorbei, wobei er fast Stan Conners Wagen streifte. Er flüchtete auf dem McLoughlin Boulevard in südlicher Richtung.

Bergio war voller Selbstbewußtsein und empfand einen überwältigenden Drang zu helfen – ohne einen Augenblick zu zögern, lenkte er seinen Wagen ebenfalls auf den McLoughlin Boulevard und nahm die Verfolgung auf. Der blaue Nissan fuhr Bergios Schätzung nach über 140 Stundenkilometer. Er beschleunigte seinen eigenen Truck und holte Dayton beinahe ein, als sie durch die Ortschaft Jennings Lodge rasten. Beim Versuch, einen Blick auf das Nummernschild zu werfen, kam er mit seinem Pick-up einige Male bis auf wenige Meter an Daytons Auto heran, doch dessen Kennzeichenlicht war ausgeschaltet; Bergio konnte in der Dunkelheit die Nummern und Buchstaben nicht entziffern. Endlich, gerade als sie den Stadtrand von Gladstone hinter sich ließen, fuhr Bergio ganz dicht auf. Er raste mit über 160 Stundenkilometern dahin, doch jetzt konnte er das Kennzeichen lesen: CYW 194, Oregon. Bergio hielt an, notierte die Nummer und fuhr zurück zum Schauplatz des Verbrechens.

Die erste Meldung über die Gewalttat wurde um 3 Uhr 3 morgens in der Telefonzentrale des Clackamas County Sheriff's

Office entgegengenommen, während Bergio den Täter noch verfolgte. Der diensthabende Beamte gab folgende Meldung weiter: »VERGEWALTIGUNGSOPFER MIT DURCHGESCHNITTENER KEHLE. HINTER DENNY'S RESTAURANT; 16251 MCLOUGHLIN. VERDÄCHTIGER WEISSER ERWACHSENER, 25–30 JAHRE, LANGES BRAUNES, GEWELLTES HAAR, UNGEFÄHR 1 METER 85, 110 KILO. TRÄGT WAHRSCHEINLICH WEISSES HEMD UND JEANS. FAHRZEUG DES VERDÄCHTIGEN WAHRSCHEINLICH BLAUER NISSAN PICK-UP. FÄHRT AUF DEM MCLOUGHLIN BOULEVARD IN SÜDLICHER RICHTUNG.«

Sergeant Danny Fine hielt sich in der Zentrale auf, als der Anruf kam, und wurde von der Telefonistin pflichtgemäß über den Vorfall unterrichtet, als sie die Meldung an alle Streifenwagen weitergab. Sergeant Fine verließ sofort das Polizeipräsidium an der South Kaen Road in Oregon City und fuhr nach Norden zum Tatort.

Während Fine unterwegs war, reagierte auch Deputy Randy M. Barry auf die Meldung. Barry kam um 3 Uhr 11 an, Fine eine Minute später. Einige Sanitäter der Feuerwehr von Oak Lodge waren bereits da und versorgten das noch nicht identifizierte nackte Opfer. Sie selbst waren nur wenige Minuten vor Barry und Fine angekommen. Captain Glenn Summerville und Lieutenant Walter Rivers leiteten den Einsatz, während Ingenieur Donald Boling und der Feuerwehrmann Emory Sandusky den Sanitätern assistierten, indem sie den Ambulanzwagen zu sofortiger Abfahrt bereit hielten.

Nach einer kurzen Unterredung mit Summerville und Rivers näherten sich Fine und Barry dem Opfer, während die Sanitäter William Kost und Richard Wilcox versuchten, ihre Blutung zu stoppen. Die Beamten wurden darüber informiert, daß sie nicht bei Bewußtsein war, und bemerkten eine Stichwunde in ihrer rechten Brust und an der linken Seite ihres Halses. Sie habe noch mehr Wunden, wurde ihnen gesagt, doch Barry und Fine waren nicht nahe genug, um etwas zu sehen. Nach Angaben der Sanitäter waren ihre Augen offen und starr und ihre Haut bleich.

Als er sichergestellt hatte, daß das Opfer so gut wie möglich versorgt war, ordnete Sergeant Fine Deputy Barry an, den Ort des Verbrechens abzusichern. Ohne Frage war es wichtiger, das Leben des Opfers zu retten, doch Sergeant Fines Pflicht war es auch, dafür Sorge zu tragen, daß so wenig Beweismaterial wie möglich verlorenging.

Als Richard Bergio zurückkam, war der Tatort mit Streifenwagen und Ambulanzen vollgestellt, und überall waren Leute – solche, die ihre Arbeit taten, und andere, die dort eigentlich nichts zu suchen hatten. Für die Schaulustigen sah es vielleicht chaotisch aus, doch alle Beamten am Ort des Verbrechens erledigten die ihnen zugewiesene Aufgabe mit ruhiger Effizienz.

Deputy Peter Tutmark erreichte den Tatort um 3 Uhr 26 und wurde von Sergeant Fine beauftragt, die Berichte der anwesenden Augenzeugen aufzunehmen. Deputy Barry, dessen Aufgabe es war, den Schauplatz des Mordes abzusichern, markierte währenddessen verschiedene Gegenstände als mögliche Beweisstücke. Inmitten all dieser Aktivitäten wurde Richard Bergio zu Sergeant Fine geschickt und teilte ihm das Kennzeichen des Fahrzeugs des Verdächtigen mit.

Die Sanitäter bemühten sich in der Zwischenzeit, das Leben der blutüberströmten Jenny Smith zu retten. Sie fürchteten, daß ihre Anstrengungen letzten Endes erfolglos sein würden, doch sie gaben selbst angesichts der aussichtslosen Lage nicht auf. Nach einigen Minuten entschieden sie, daß Jenny zuviel Blut verloren hatte und daß sie alles in ihrer Macht Stehende für sie getan hatten, und luden sie in den bereitstehenden Krankenwagen. Sie zeigte keine Anzeichen von Leben mehr, und es gab nur eine verschwindend geringe Hoffnung, daß sie überleben würde. Die Sanitäter Kost und Wilcox brachten sie so schnell wie möglich in die Unfallstation des Emanuel Hospital and Health Center in Portland.

Es ist eine Ironie des Schicksals, daß das Krankenhaus, in dem Jenny Smith' Tod festgestellt wurde, nur einige Straßenzüge von dem Ort an der Northeast Union Avenue/Ecke Wygant Street entfernt lag, wo Dayton Leroy Rogers sie aufgelesen hatte. Jenny starb unweit von zu Hause.

ZWEITES KAPITEL

John Turner hatte schon im Alter von neun oder zehn Jahren gewußt, daß er einmal Polizist werden wollte, wenn er groß war. Er hatte auch mit dem Gedanken gespielt, Kampfflieger zu werden, da er von Flugzeugen begeistert war. Doch auf der Highschool stellte er fest, daß er die Mathematik nicht mochte, und da man für den Pilotenberuf gut in Mathematik sein mußte, entschied er sich für die Polizei – was ohnehin seine erste Wahl gewesen war. Nachdem er die Highschool abgeschlossen hatte, bewarb er sich bei der Armee und wurde dort Militärpolizist, um herauszufinden, ob ihm die Polizeiarbeit wirklich zusagte oder ob er etwas anderes versuchen sollte. Er fand schnell heraus, daß es ihm gefiel, und ging, nach einem Intermezzo in Vietnam mit dem ›I-Korps‹, von der Armee direkt zur zivilen Polizei.

Turner wurde am 29. September 1942 in Compton, Kalifornien, geboren, einer Vorstadt von Los Angeles. Nach seiner Entlassung aus der Armee kehrte er in die Nähe seines Heimatorts zurück und arbeitete von 1970 bis 1973 als Streifenpolizist unter Chief Ed Davis für das Los Angeles Police Department. Die Hektik der Großstadt wurde ihm jedoch schnell zuviel, und er zog nach Norden, nach Oregon. Am 20. Juli 1974 fing er beim Clackamas County Sheriff's Department an und arbeitet seitdem dort. Er hatte wenig Interesse an der Verwaltungsarbeit, statt dessen arbeitete er sich bis zum Rang eines Detective hoch, eine Position, in der er sich nun schon seit einigen Jahren auszeichnet. Der Dienst macht ihm Spaß. Er selbst sagt, er habe als Detective seine eigene kleine Nische im Leben gefunden.

Detective Turner schlief tief und fest in seinem Heim in der Gemeinde Eagle Creek unweit vom Clackamas-Fluß. Um 3 Uhr 30 am 7. August 1987 riß ihn das Klingeln des Telefons aus seinen Träumen. Er war sofort hellwach und hob den Hörer ab. In den vielen Jahren als Polizist hatte er sich an nächtliche Telefonanrufe gewöhnt und gelernt, seine Träume – und andere Dinge – hintanzustellen. Er wußte mittlerweile auch, daß solche Anrufe nie Gutes verhießen.

Am anderen Ende der Leitung war Lieutenant H. Patrick Detloff, sein Vorgesetzter. Nach einer knappen Begrüßung teilte er Turner mit, daß eine noch nicht identifizierte weibliche Person mit einem Messer scharf verletzt worden war und daß kaum Hoffnung auf ihr Überleben bestand. Er wies Turner an, sich zu dem Parkplatz vor ›Denny's Restaurant‹ in Milwaukie zu begeben und dort als leitender Beamter die Ermittlungen zu übernehmen. Lieutenant Detloff informierte ihn auch darüber, daß Detective James E. Strovink und Detective Michael Machado gleichfalls dem Fall zugeteilt worden waren. Sergeant Danny Fine und Patrol Deputy Randy Barry, so Detloff weiter, hätten den Tatort abgesperrt, und Deputy Peter Tutmark und Deputy Joy Copley nähmen bereits vorläufige Zeugenaussagen auf.

Turner zog sich schnell an und küßte seine Frau Dee zum Abschied. Wie ihr Mann war auch sie an Telefonanrufe mitten in der Nacht gewöhnt. Sie mochte sie nicht sonderlich, akzeptierte sie aber als unvermeidlich. Als Turner in die Nacht hinausging, wußte sie, daß er mindestens mehrere Stunden, wenn nicht ein oder zwei Tage, wegbleiben würde.

Es war kein Zufall, daß ausgerechnet die Beamten Turner, Strovink und Machado mit den Ermittlungen im Fall des gewaltsamen Todes von Jenny Smith beauftragt worden waren. Dies war zweifellos ein äußerst brutales Verbrechen, und sowohl Lieutenant Detloff als auch Sheriff Bill Brooks wollten ihre allerbesten Leute auf des Killers Fährte setzen, solange sie noch heiß war. Diese drei bildeten ein äußerst verantwortungsbewußtes Team. Jeder von ihnen hatte sich in langen, frustrierenden Jahren vom Streifenpolizisten bis zum Detective der Mordkommission hochgearbeitet. Sie waren nicht einfach nur kompetent. Sie waren ein eingespieltes, extrem sorgfältig arbeitendes Team. Sie waren beinahe perfekt, und es mußte einem Verbrecher äußerst unangenehm sein, sie auf seiner Fährte zu wissen.

Turner kam um 4 Uhr 20 im Büro des Sheriffs in Oregon City an. Er wurde dort von Lieutenant Detloff und Detective Strovink begrüßt. Man teilte ihm mit, daß Machado später am Tatort zu ihnen stoßen werde. Detloff informierte ihn auch darüber, daß das Opfer im Operationssaal des Emanuel-Krankenhauses gestorben war, während er sich auf der Fahrt zum Büro befunden hatte. Turner war nicht überrascht – das war er nie. Diese Nachricht bedeutete jedoch, daß es sich bei dem Verbrechen nicht mehr um schwere Körperverletzung, sondern um Mord handelte – und Turner war jetzt noch versessener darauf, sich sofort auf die Fährte des Täters zu setzen, solange die Hinweise, Beweisstücke und vor allem das Gedächtnis der Augenzeugen noch frisch waren. Wie alle Polizisten wußte auch Turner, daß die beste Gelegenheit zur Identifizierung und Festnahme eines Mörders oder anderen Verbrechers in den ersten 24 Stunden nach der Tat besteht. Danach wird die Spur immer kälter und damit auch die Aussicht auf einen erfolgreichen Abschluß der Fahndung immer geringer.

Turner und Strovink packten ihre Ausrüstung zusammen, Werkzeuge zur Spurensicherung, Taschenlampen und tragbare Funkgeräte, die sie am Tatort brauchen würden. Bevor sie fuhren, versuchten sie noch, Deputy John Gilliland, den Kriminologen des Departments, aus dem Schlaf zu reißen, doch dieser hatte offenbar vergessen, seinen Anrufbeantworter auszuschalten. Es klingelte nur zweimal, bevor sich die Maschine einschaltete, und das reichte nicht, um ihn zu wecken. Er war normalerweise nicht angewiesen, einen ›Pager‹, ein telefonisches Ortungsgerät, zu tragen, und so konnte man ihn in diesem Augenblick nicht sofort erreichen. Gilliland wohnte in Portland, also wies das Clackamas County Communications Center die Polizeizentrale von Portland an, einen Beamten zu Gillilands Haus zu schicken, um ihn aufzuscheuchen. 20 Minuten später, im ersten Morgengrauen des neuen Tages, gelangten die Beamten an den Schauplatz des Verbrechens. Man teilte ihnen mit, Gilliland sei geweckt worden und befinde sich auf dem Weg zu ihnen.

Deputy Tutmark wies Turner, Strovink und Lieutenant

Detloff den Weg zu einer Blutlache und machte sie auf blutverschmiertes Erste-Hilfe-Gerät aufmerksam, daß die Sanitäter in der nordöstlichen Ecke des Parkplatzes zurückgelassen hatten. Tutmark erklärte, daß man das Opfer an dieser Stelle aufgefunden hatte, nachdem es offenbar von dem Täter über eine kurze Distanz gejagt worden war.

Tutmark führte die Beamten dann vor das GMAC-Gebäude und lenkte ihre Aufmerksamkeit auf eine Pfütze, in der Frostschutzmittel schwamm. Turner und Strovink sahen, daß die Reifenspuren, die offensichtlich verursacht worden waren, als die Räder des Fahrzeugs durch die grünlich-gelbe Flüssigkeit fuhren, mit Farbspray markiert worden waren. Ebenfalls markiert waren einige Teile weiblicher Kleidung, die in der Nähe auf einem Haufen lagen. Turner machte sich Notizen: Levis-Jeans, ein weißer Schuh, einige Schnürsenkel, die an den Enden zusammengebunden waren, ein weißer BH, ein Nike-Sweatshirt und eine rosafarbene Socke. Turner merkte an, daß die zusammengeknoteten Schuhbänder aussahen wie eine Fessel.

»Wo ist die Unterwäsche des Opfers?« fragte Turner. »Und was ist mit dem zweiten Schuh und der zweiten Socke?« Tutmark gab an, daß sie nicht gefunden worden seien, aber möglicherweise bei einer genauen Untersuchung des Tatorts auftauchen würden, es sei denn, der Täter hatte sie mitgenommen. Tutmark fuhr in seinem Kurzbericht fort, und Strovink wurde von einem anderen Deputy für einige Minuten zu sich gerufen.

Ein Mann namens Richard Bergio, sagte Tutmark, habe den Verdächtigen mutig verfolgt. Bergio habe sich die Fahrzeugnummer notiert und das Aussehen des Wagens genau eingeprägt. Er sei überzeugt, es jederzeit wiedererkennen zu können. Turner fragte, wie er da so sicher sein könne, und Tutmark sagte, Bergio erinnere sich daran, daß das Nummernschildlicht des Pick-ups defekt war.

Als Turner von dem Verbrechen unterrichtet wurde, hatte ein anderer Augenzeuge, James Dahlke, bereits eine Beschreibung des Täters gegeben. Der Angreifer sei ein weißer Erwachsener, ca. 1 Meter 75 groß, mit dunklem, durchschnittlich dichtem, schulterlangem, gewelltem Haar. Dahlke erwähnte noch, daß der Verdächtige eine komische Art zu laufen gehabt habe – er sei nicht gerannt, sondern habe sich in einer Art Hüpfschritt bewegt, als er in Richtung des GMAC-Gebäudes flüchtete. Dahlke war sich nicht sicher gewesen, was für Schuhe der Verdächtige getragen hatte.

Ein weiterer Augenzeuge, Kurt Thielke, gab eine ähnliche Beschreibung und fügte noch hinzu, der Verdächtige habe einen kompakten Körperbau. Er sei weder fett noch besonders muskulös. Thielke glaubte nicht, daß der Täter einen Bart trage, er habe ihn als glattrasiert in Erinnerung.

Tutmark wurde in seiner kurzen Zusammenfassung der bisherigen Ergebnisse von Strovink unterbrochen, der wieder dazukam. Man hatte die Nummer des Fahrzeugs des Verdächtigen in den Computer des Department of Motor Vehicles eingegeben und verfügte nun über Namen und Adresse des Fahrzeughalters. Das Auto mit der Nummer CYW 194 war ein 1985er Nissan Pick-up (was mit den Zeugenaussagen übereinstimmte), und der Name des Besitzers war Dayton Leroy Rogers, geboren am 30. September 1953. Die Adresse lautete 10518 S. Heinz Road in Canby, eine kleine Gemeinde südlich von Portland. Turner kannte sie und wußte, um vom Schauplatz des Verbrechens dorthin zu gelangen, mußte man nur den McLoughlin Boulevard, der auch Highway 99E genannt wurde, in südlicher Richtung hinunterfahren. Als das Fahrzeug des Verdächtigen zuletzt gesehen worden war, fuhr es in ebendiese Richtung.

Turner war zufrieden mit dem Verlauf der Ermittlungen. Ein solcher Hinweis – normalerweise das Ergebnis unzähliger Verhöre und Überstunden – in einem so frühen Stadium war ein Glücksfall. Er hoffte nur, daß Richard Bergio die Nummer richtig aufgeschrieben hatte. Bergio sei felsenfest davon überzeugt, sagte Strovink. Auch Bergio selbst bekräftigte Turner gegenüber, daß er den Pick-up des Verdächtigen verfolgt habe, bis er Gewißheit über das vollständige Kennzeichen gehabt habe.

»Sofort nachdem er an mir vorbeigefahren war, sprang ich in meinen Truck«, sagte Bergio. »Ich fuhr raus und dann den McLoughlin Boulevard hoch.« Er habe sogar angehalten, fügte er hinzu, um die Nummer aufzuschreiben, solange seine Erinnerung noch frisch war.

Selbst wenn die Nummer richtig war, das wußte Turner aus Erfahrung, gab es immer noch eine Menge Arbeit zu erledigen. Es würde ein langer, ein sehr langer Tag werden.

Turner und Strovink blieben am Tatort. Lieutenant Detloff sandte Deputy Mike Helmstedt und Reserve Deputy Ed Schroeder zu der Adresse in Canby. Sie waren angehalten, im Moment noch nichts zu unternehmen, sondern nur festzustellen, ob ein blauer Nissan Pick-up dort geparkt war. An der Adresse South Heinz Road Nummer 10518 fanden sie einen Wohnwagen vor. Es brannte kein Licht, und der Pick-up war nirgends zu sehen. Sie wollten niemanden unnötigerweise aus dem Schlaf reißen und vermeiden, daß der Täter, falls er sich irgendwo verborgen hielt, von ihrer Anwesenheit Notiz nahm, also parkten die Beamten ihren Wagen so leise wie möglich, mit abgeblendeten Scheinwerfern, in der Auffahrt.

Plötzlich und ohne Vorwarnung fielen Schüsse, die offenbar von irgendwo gegenüber abgegeben wurden. Beide Polizisten suchten hinter ihrem Wagen Deckung und warteten, während weitere Schüsse zu hören waren. Helmstedt duckte sich so gut wie möglich, langte in den Wagen und meldete über Funk, daß sie unter Beschuß stünden und man Verstärkung schicken solle. Einige Sekunden später war alles wieder still, und sie bemerkten, daß in dem Wohnwagen die Lichter angegangen waren.

Einen Augenblick darauf trat eine Frau aus der Tür und rief ihnen zu, sie sei Sherry Rogers. Sie entschuldigte sich, es habe da ein Mißverständnis gegeben. Als sie sah, daß die Beamten ihre Waffen gezogen hatten, versuchte sie, sie davon zu überzeugen, daß niemand auf sie schießen wollte. Sie erklärte, daß die Schüsse, die man gehört habe, von ihrem Vater, Roy Miller, der schräg gegenüber wohnte, in die Luft gefeuert worden waren. Er habe den Streifenwagen gesehen, erklärte sie, doch in der Dunkelheit habe er nicht gleich erkannt, daß es sich um einen Polizeiwagen handelte. Er habe die Beamten für Räuber gehalten und sie angerufen, um sie zu warnen. Als sie jedoch aus dem Fenster gesehen hatte, hatte sie den Wagen als Streifenwagen identifiziert und ihrem Vater gesagt, er solle das Schießen einstellen.

Sichtlich verstört und doch dankbar, daß die Schüsse in die Luft gegangen waren, steckten Helmstedt und Schroeder ihre Waffen wieder ein. Wenigstens war nicht auf sie gezielt worden, und das machte die ganze Sache etwas weniger schlimm. Doch in Anbetracht des Grunds für ihren Besuch wollten sie kein Risiko mehr eingehen. Sie ließen sich Roy Millers Telefonnummer von seiner Tochter geben und riefen ihn über die Funkzentrale von ihrem Wagen aus an. Als sie mit ihm sprachen und erkannten, daß er einen ehrlichen Eindruck machte und es ihm offenbar aufrichtig leid tat, beruhigten sie sich etwas. Trotzdem mußte jemand anderes sie ersetzen und ihre Aufgabe übernehmen, um einen sachlichen Fortgang der Operation zu gewährleisten und ihnen etwas Zeit zu geben, sich von ihrem Schock zu erholen.

Kurze Zeit später wurden Deputy Larry Beckwith und Deputy Kevin Layng von der südlichen Patrol Division der Region zur Adresse des Verdächtigen in Canby beordert. Sie parkten um 4 Uhr 56 vor dem Wohnwagen und lösten Helmstedt und Schroeder ab, denen der Schreck über die vermeintlich lebensgefährliche Situation noch in den Knochen saß. Alles war jetzt ruhig und offensichtlich harmlos. Beckwith und Layng stellten fest, daß sich der blaue Nissan weder auf dem Grund rings um den Wohnwagen noch gegenüber vor dem Haus des Verwandten befand.

Nach kurzer Rücksprache mit der Zentrale näherten sich Beckwith und Layng dem Wohnwagen und klopften an die Tür. Frau Rogers, die immer noch verschlafen wirkte, öffnete, und in ihrem hübschen, jugendlichen Gesicht lag ein Ausdruck von Hilflosigkeit und Verständnislosigkeit, da noch mehr Beamte des Sheriff's Office sie zu solch nachtschlafender Zeit in ihrem Heim aufsuchten. Sie wußte, daß etwas Ernstes passiert sein mußte, doch sie hatte keine Ahnung, was. Ihren Vorschriften gemäß durften Beckwith und Layng ihr nichts mitteilen. Sie sah sie prüfend an, entschuldigte sich erneut für ihren Vater und wiederholte ihre Erklärung für seine Schüsse. Beckwith sagte, sie kämen nicht wegen ihres Vaters, sondern suchten einen 1985er Nissan Pick-up, der unter ihrer Adresse registriert war. Daraufhin bat Frau Rogers die Beamten zögernd, hineinzukommen.

»Ich bin Mitbesitzerin des Trucks«, sagte sie besorgt. »Er ist auf mich und meinen Mann Dayton angemeldet.«

Auf Beckwith' Fragen antwortete sie, daß Dayton den ganzen Tag gearbeitet habe und daß sich der Pick-up an seinem Arbeitsplatz im nicht weit entfernten Woodburn befände. Sie wisse das, sagte sie, weil sie ihren Mann angerufen habe, nachdem sie den Anruf ihres Vaters erhalten habe, der sie wegen des Wagens in der Auffahrt gewarnt hatte. Das Unternehmen hieß ›Small Engine Repair Unlimited‹, die Adresse war 11635 Pacific Court N.E. Sie sagte den Beamten, daß Dayton um 20 Uhr 30 nach Hause gekommen sei, um zu Abend zu essen. Er sei eine halbe Stunde später gegangen und habe gesagt, er habe noch einige Aufträge in der Werkstatt zu erledigen. Dayton arbeite oft bis spät in die Nacht hinein, sagte sie.

»Benutzte er den blauen Nissan Pick-up, als er fortging?« fragte Layng.

»Ja.«

»Welche Kleidung trug er?«

»Er hatte blaue Jeans an. Worum geht's denn überhaupt?« Sie war nun ernstlich in Sorge und wollte wissen, warum das Sheriff's Department sich so sehr für ihren und Daytons Truck interessierte.

Beckwith und Layng wechselten einen kurzen Blick, ohne ihre Frage zu beantworten, und gingen hinaus, um sich untereinander zu beraten und ihre Informationen an Lieutenant Detloff weiterzugeben. Als sie wiederkamen, sagte Frau Rogers, daß sie ihren Mann soeben erneut angerufen habe, während die Beamten draußen gewesen seien. Dayton, sagte sie, sei nicht beunruhigt, da er nichts zu verbergen habe.

Während Beckwith und Layng sich Notizen machten, klingelte das Telefon. Aus den Worten von Frau Rogers schlossen die Beamten, daß sie wieder mit ihrem Mann sprach. Nach einigen Augenblicken deutete sie Beckwith an, daß ihr Mann mit ihm sprechen wolle. Beckwith nahm den Hörer.

Warum interessierte sich das Büro des Sheriffs für seinen Pick-up? wollte Dayton wissen. Beckwith informierte ihn höflich, daß dieser Pick-up gesehen worden war, als er den Schauplatz eines sehr ernsten Vorfalls verließ, und daß seine Abteilung beauftragt sei festzustellen, ob es sich in der Tat um Daytons Pick-up handele.

Dayton sagte unverzüglich, daß er die ganze Nacht in seiner Werkstatt gewesen sei, aber sehr gerne der Polizei, soweit es ihm möglich sei, helfen wolle. Während des Telefongesprächs erschien es Beckwith als bedeutsam, daß Dayton sich nicht für die Einzelheiten des ernsten Vorfalls interessierte. Auch schien er die Tatsache, daß die Beamten annahmen, er oder sein Pick-up seien darin verwickelt, widerspruchslos zu akzeptieren. Beckwith unterrichtete Dayton, daß in Kürze einige Beamte zu ihm nach Woodburn kommen würden, um sich näher mit ihm zu unterhalten, und daß er ihnen weitere Fragen stellen könne.

Als Turner und Lieutenant Detloff erfuhren, daß Beckwith und Layng den Aufenthaltsort des Verdächtigen ausfindig gemacht hatte, überließen sie den Schauplatz des Verbrechens vor dem ›Denny's‹ der Obhut des fähigen Kriminalisten John Gilliland und setzten sich unverzüglich in Richtung der Gemeinde Woodburn in Bewegung.

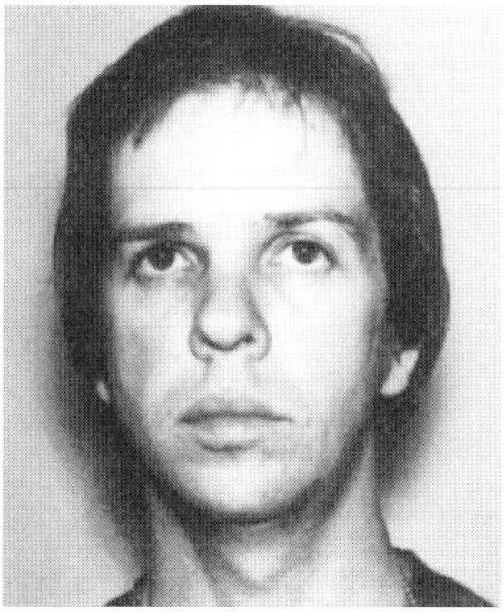

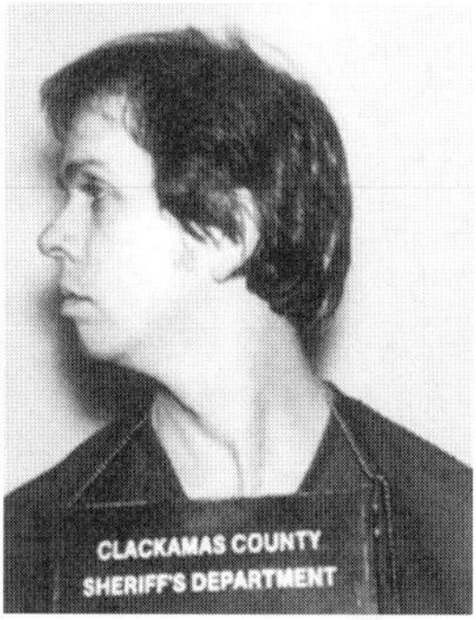

Dayton Leroy Rogers nach seiner Verhaftung wegen der brutalen Vergewaltigungen und Morde an mindestens acht Frauen in Portland, Oregon

OBEN: Niemand wäre auf den Gedanken gekommen, daß der höfliche Unternehmer, der diese Reparaturwerkstatt leitete, der erbarmungsloseste Massenmörder in der Geschichte des Staates Oregon war.

LINKS: Rogers benutzte häufig diesen Pickup, um seine Opfer zu ihrer letzten Ruhestätte im Molalla-Wald zu bringen.

Im Molalla-Wald werden die Leichen weggebracht.

Fährtensucher durchkämmen den Boden auf der Suche nach Beweisen.

Rogers ermordete sein letztes Opfer, Jenny Smith, auf diesem Parkplatz, der für die Kundschaft im nahegelegenen Denny´s-Restaurant gut sichtbar war.

Diese Schnürsenkel wurden benutzt, um Jenny Smith zu fesseln. Ähnlich verknüpfte Schnürsenkel wurden auch am Leichenfundort im Molalla-Wald entdeckt.

Jenny Smith´s Kleidung, die am Tatort zurückgelassen wurde

DRITTES KAPITEL

Um 5 Uhr 35 kamen Detective Turner und Lieutenant Detloff an der Nummer 11635 Pacific Court N.E. in Woodburn an, einer Gemeinde des benachbarten Marison County. In dem einstöckigen Gebäude brannte Licht. Das Haus bestand nur aus der Werkstatt, war von bräunlicher, fast beiger Farbe und lag an der nordwestlichen Ecke der Straßenkreuzung zwischen Pacific Court und dem Highway 99E. An der östlichen Mauer des Hauses hing ein Schild, auf dem ›SMALL ENGINE REPAIR UNLIMITED‹ zu lesen war. Ein hellblauer Nissan Pick-up mit dem Kennzeichen CYW 194 parkte direkt vor der Eingangstür.

Turner ging um das Auto herum. Er legte eine Hand auf den Kühlergrill und spürte die Wärme, die vom Kühler aufstieg. Die Beamten näherten sich der Eingangstür, und Turner deutete schweigend auf einen Blutstropfen in der Nähe der Tür. Detloff machte sich eine Notiz, um sich später daran zu erinnern, mit den selbstklebenden Blättern seines kleinen gelben Notizblocks eine Art Haube darüber zu stellen, sobald er die Möglichkeit dazu fand; auf diese Weise konnte er den Blutstropfen provisorisch abdecken, bis er sachgerecht aufgenommen werden konnte. Zu jeder Seite der Vordertür befand sich eine Art Schiebetür, die nach oben aufzuschieben war. Turner spähte durch das Fenster in einer der Türen. Er sah einen etwa 1 Meter 75 großen Mann, mit braunem, schulterlangen Haar, der mit einem blauen Overall bekleidet war. Turner sah sich den Overall genau an. Der Mann stand vor einer Schraubzwinge, die auf einer Werkbank montiert war, und zog offenbar gerade einen Stahlbolzen darin fest. Seine Kleidung stimmte nicht mit den Zeugenaussagen über die Kleidung des Verdächtigen überein. Doch von seiner Flucht vom Tatort bis zum Zeitpunkt, als sie hier an seine Tür klopften, würde er wohl ausreichend Zeit zum Umziehen gehabt haben, überlegte Turner und pochte an die Eingangstür.

«Wer ist da?« fragte eine Stimme von drinnen.

»Polizei.«

»Kommen Sie herein.«

Turner drehte den Türknauf, doch es war von innen verriegelt.

»Ist sie verschlossen?«

»Ja, ist sie«, antwortete Turner trocken.

»Augenblick.«

Turner trat beiseite, spähte erneut durch das Fenster der Schiebetür und beobachtete, wie der Mann zur Tür ging. Als er sie öffnete, zeigte ihm Turner seinen Ausweis.

»Sind Sie Dayton Rogers?«

»Ja.« Der schmächtige Mann bat die Beamten hinein. Turner sah, daß er, abgesehen von dem Overall, im großen und ganzen der Beschreibung des Mannes entsprach, den die Augenzeugen vom Parkplatz hatten fliehen sehen. Außerdem fiel ihm sofort auf, daß der Mann nach Alkohol roch und blutunterlaufene Augen hatte. Als sie dem Verdächtigen nach drinnen folgten, nahmen Turner und Detloff sorgfältig die Einrichtung des Raums in sich auf. Sie hielten auch nach offensichtlichen Beweisstücken, wie etwa noch mehr Blutstropfen oder blutverschmierter Kleidung, Ausschau.

Die Werkstatt bestand aus einem großen Raum. Links waren Werkbänke, rechts einige Regale, und ein Schreibtisch für die Auftragsannahme stand direkt vor der Eingangstür. Dahinter war eine weiträumige Fläche, auf der eine lange Reihe elektrischer und gasbetriebener Maschinen mit unterschiedlich schweren Mängeln stand, Rasenmäher, Kettensägen und anderes Gerät. In einer Ecke stand ein Holzofen, der offensichtlich während der Wintermonate zum Heizen benutzt wurde.

Am anderen Ende des Raums hingen die Werkzeuge wohlgeordnet an der Wand. Auf den Werkbänken lagen keine Werkzeuge, die nicht gerade in Gebrauch waren. Es kam Turner irgendwie seltsam vor, daß eine Reparaturwerkstatt so sauber, so penibel aufgeräumt war.

An der nördlichen Wand des Gebäudes bemerkte Turner zwei Türen. Als er Dayton folgte, fiel ihm auf, daß eine der

Türen in einen Raum führte, der offenbar als Büro diente. Auch dort war alles sehr ordentlich. In dem anderen Raum neben dem Büro befanden sich eine Theke und ein Waschbecken. Auf der Theke stand eine ›Mr. Coffee‹-Kaffeemaschine, in der gerade Kaffee gebraut wurde. Turner ging hinter Dayton her, und als sie hinter dem Schreibtisch vor der Eingangstür inmitten all der kaputten Maschinen standen, fiel ihm auf, daß Daytons rechte Hand an mehreren Stellen bandagiert war.

Als er sich wieder zu den Beamten umdrehte, informierte ihn Turner über den Grund ihres Besuches: Sie seien hier, weil man seinen Truck gesehen hatte, als er den Schauplatz eines ›sehr ernsten Zwischenfalls‹ verließ. Turner ließ es dabei bewenden, ging nicht ins Detail, hielt absichtlich einige Informationen zurück, die nur der Polizei oder dem Täter bekannt sein konnten. Er beobachtete den Verdächtigen scharf, damit ihm nichts entging, keine Bewegung, Handlung oder Reaktion, durch die sich der Mann ungewollt verraten könnte.

»Ich war die ganze Nacht hier und habe gearbeitet«, sagte Dayton ruhig. Er war fast zu gelassen, fand Turner. Er fand es auch ungewöhnlich, daß Dayton ihn nicht nach Einzelheiten über den ›sehr ernsten Zwischenfall‹ fragte – dasselbe war schon Deputy Beckwith aufgefallen.

»Haben Sie Ihren Truck heute nacht irgend jemandem geliehen?«

»Nein. Der Truck war ebenfalls die ganze Nacht hier.«

Turner stand etwa einen Meter von Dayton entfernt und roch erneut den starken Alkoholgeruch, der von ihm ausging. Er machte eine dementsprechende Bemerkung und fragte Dayton, wo er sich in den letzten paar Stunden aufgehalten habe. Dayton erklärte kühl, er habe die ganze Nacht in der Werkstatt selbstgemixten Erdbeer-Bourbon getrunken. Turner bemerkte, daß Daytons Pupillen geweitet waren, daß er sich jedoch klar und deutlich artikulieren konnte und sich auch normal bewegte. Er schloß daraus, daß Dayton zwar getrunken hatte, aber eindeutig nicht betrunken war.

»Haben Sie etwas dagegen, wenn ich mir kurz Ihren Truck ansehe?« fragte Turner.

»Nein, machen Sie ruhig.«

Turner ging hinaus und öffnete die Motorhaube des Pickups. Er legte seine rechte Hand auf das Kühlerventil des Motors und zog sie schnell wieder zurück. Es war immer noch heiß, zu heiß zum Anfassen. Dayton, oder jemand anderes, hatte den Motor vor sehr kurzer Zeit voll ausgefahren. Mit sehr hoher Geschwindigkeit. Der Detective ging zurück in die Werkstatt.

»Sie waren die ganze Nacht hier, was? Die ganze Nacht nicht weggefahren? Warum ist dann der Motor so heiß?«

»Das habe ich vergessen. Ich ließ ihn eine Weile laufen.«

»Warum ließen Sie ihn eine Weile laufen?«

Dayton sagte, er sei etwas früher noch mal zu einem ›Safeway‹-Laden gefahren, um sich eine Tasse Kaffee zu holen. Turner wies ihn sofort darauf hin, daß in der Werkstatt frischer Kaffee in der Maschine war.

Rogers erkannte, daß er einen Fehler gemacht hatte, und machte sofort einen Rückzieher: Er sei nicht wirklich zu dem Geschäft gefahren, sondern habe nur Anstalten gemacht loszufahren. Dann habe das Telefon geklingelt. Da er den Truck bereits gestartet hatte, sagte er, ließ er ihn laufen, während er zurück in die Werkstatt ging, um den Anruf zu beantworten. Der Anruf sei von seiner Frau gewesen, die ihn darüber informieren wollte, daß einige Beamte des Sheriffs auf dem Weg zu ihm seien, um mit ihm zu sprechen. Er schien auf alles eine Antwort zu haben.

»Wie lange haben Sie den Motor laufen lassen?«

»Nur ein paar Minuten.«

»Der Motor war noch heiß, nicht nur warm«, antwortete Turner. »Ihre Geschichte stimmt hinten und vorne nicht.«

»Was wollen Sie?« erwiderte Dayton verärgert. »Ich bin die ganze Nacht nicht von hier fortgegangen.«

»Mr. Rogers«, sagte Turner mit Nachdruck, »bei dem ernsten Zwischenfall, den wir untersuchen, handelt es sich um Mord, und wir glauben, daß es Ihr Fahrzeug war, das beim Verlassen des Tatorts gesehen wurde.« Turner versuchte ihn zu verunsichern und aus der Fassung zu bringen, bis er die Wahrheit sagte. Doch Dayton behielt die Nerven.

»Ich war nirgends. Ich war die ganze Nacht hier.« Dayton bemerkte, daß Turner auf seine rechte Hand sah. Turner beschloß, Daytons Spiel im Augenblick noch mitzuspielen.

»Was ist mit Ihrer Hand passiert?« fragte der Detective. »Haben Sie sich geschnitten?«

»Ich habe mich mit einer Säge geschnitten«, sagte er knapp.

»Sind Sie Links- oder Rechtshänder?«

»Linkshänder.«

»Wo waren Sie, als Sie sich geschnitten haben?«

Turner zeigte auf eine Säge, die auf einem Werkzeugkasten neben der Werkbank lag, an der Turner ihn das erste Mal gesehen hatte, als er durch das Fenster der Schiebetür spähte. Turner nahm die Säge, konnte aber kein Blut an ihr entdecken.

»Macht es Ihnen was aus, wenn ich die Säge beschlagnahme? Ich gebe Ihnen eine Quittung.«

»Nein, das ist mir egal.«

Turner wechselte das Thema und fragte Dayton, wo er denn getrunken habe. Dayton antwortete, er habe in dem nahe gelegenen ›Safeway‹-Supermarkt Wein gekauft und ihn mit etwas anderem zusammengemixt – an den Namen des Getränks könne er sich gerade nicht erinnern. Er gab an, den Wein gegen 23 Uhr gekauft und ihn dann in der Werkstatt getrunken zu haben.

Hatte er nicht vorher gesagt, er habe *Bourbon* mit einem Erdbeermix getrunken? Jetzt auf einmal war es Wein, den er getrunken hatte. Turner merkte sich alle diese Ungereimtheiten in den Aussagen Daytons. Er war wohl müde, von all den Aktivitäten der vorangegangenen Stunden erschöpft. Turner führte das Verhör fort, er wußte nur zu gut, daß es einem Verdächtigen viel schwerer fiel, sich nicht zu verhaspeln, wenn er müde war und pausenlos Fragen beantworten mußte.

»Wo haben Sie all die leeren Flaschen hingetan?« fragte Turner.

»Ich habe Miniaturfläschchen im Supermarkt gekauft«, antwortete er ausweichend. Eine weitere Ungereimtheit. Wein in Miniaturfläschchen? Oder Schnaps in Miniaturfläschchen? Soweit Turner wußte, war der einzige Alkohol, der in Miniaturfläschchen in den staatlich kontrollierten Spirituosenläden angeboten wurde, harter Schnaps, wie er auf Linienflügen serviert wurde. Er beschloß, im Augenblick nicht nachzuhaken. Außerdem waren in Oregon die Schnapsläden von Gesetzes wegen verpflichtet, um 19 Uhr zu schließen, und folglich um 23 Uhr geschlossen. Das war Beweis genug, daß Dayton log.

Turner schwieg, doch Dayton fuhr fort zu erzählen, sagte, daß er gerne trinke, seine Frau das aber mißbillige. Wenn er sich abends entschließe zu trinken, so tue er das in der Werkstatt.

»Wo sind die Flaschen, Dayton?« fragte Turner unvermittelt zum zweitenmal. Doch Dayton antwortete nicht. Er starrte den Detective nur an.

»Was dagegen, wenn ich in der Mülltonne nachsehe?« half ihm Turner.

»Nein, machen Sie ruhig. Durchsuchen Sie alles, wenn Sie wollen. Durchsuchen Sie den Truck. Soll ich mitgehen? Sagen Sie's nur.«

Nachdem Dayton ihm die Erlaubnis gegeben hatte, durchsuchte Turner alle Mülleimer in der Werkstatt. Bis auf den unter dem Waschbecken waren sie leer. Der Mülleimer unterm Waschbecken enthielt weggeworfenes Verpackungsmaterial von Heftpflastern der Marke ›Curad‹. Turner nahm an, daß es sich um die Verpackungen für die Pflaster handelte, die Dayton auf seiner rechten Hand trug. Als er zu dem Platz, wo Dayton stand, zurückging, bemerkte Turner einen Blutfleck direkt über der Türklinke der Toilettentür. Er behielt es für sich.

»Sie sagen, Sie hätten sich mit einer Säge geschnitten«, sagte Turner und fixierte den Verdächtigen mit einem bohrenden Blick. »Doch ich kann nirgendwo Blut finden, weder auf der Werkzeugkiste noch auf der Säge, der Schraubzwinge oder irgendwo auf dem Boden an der Stelle, wo Sie sich geschnitten haben wollen. Wo standen Sie noch mal, als Sie sich in die Hand schnitten?«

»Da, wo Sie jetzt stehen.«

»Wissen Sie, ich konnte auch keine dieser Schnapsflaschen finden. Wo, sagten Sie, haben Sie sie hingetan?«

Dayton sagte jetzt nichts mehr. Er starrte den Polizisten wütend an.

»Ihre Erklärungen machen einfach keinen Sinn.«

Dayton starrte noch wütender und wiederholte: »Durchsuchen Sie die Werkstatt. Durchsuchen Sie den Truck. Wollen Sie, daß ich mitgehe? Sagen Sie's nur.«

Turner sagte ihm, daß es noch nicht nötig sei. Er erklärte, daß ein Zeuge auf dem Weg nach Woodburn sei, um sich den Truck anzusehen. Er sagte, der Zeuge habe gesehen, wie Daytons blauer Nissan vom Schauplatz des Verbrechens davonfuhr.

»Gut, dann will ich mit einem Anwalt sprechen.«

Um 5 Uhr 42 verlas Turner, der später keine Verwicklungen haben wollte, dem Verdächtigen seine Rechte. »Verstehen Sie den Inhalt dieser Rechte?«

»Klar, ich habe das schon mal mitgemacht.«

Dayton fragte Turner, ob er Fingerabdrücke nehmen wolle.

»Das würde ich gerne, wenn Sie nichts dagegen haben.«

»Bin ich verhaftet?«

»Nein, im Augenblick nicht.« Turner unterrichtete ihn darüber, daß sie ihn, nachdem der Zeuge den Truck in Augenschein genommen hatte, mit zum Büro des Sheriffs nehmen würden. Dort werde man dann sowohl Fingerabdrücke als auch ein Foto von ihm anfertigen. Da Dayton zu verstehen gegeben hatte, daß er von seinen Rechten Gebrauch machen wollte, unterließ es Turner, ihn weiter zu verhören.

Dayton fragte jedoch den Beamten, ob er seine Werkstatt aufmachen könne. Turner sagte ihm, daß er nichts einzuwenden habe. Daraufhin drehte sich Dayton um und ging in sein Büro. Turner blieb dicht bei ihm und beobachtete, wie Dayton die oberste Schublade eines Aktenschranks öffnete. Er griff mit seiner *rechten* Hand hinein – der Hand, die verletzt war – und zog eine Tüte mit Geld hervor. Er verließ dann das Büro und ging hinüber zur Kasse, die sich in dem Schreibtisch vor dem Eingang befand. Er plazierte das Wechselgeld sehr methodisch von links nach rechts in der Geldschublade. Dabei benutzte er wieder seine rechte Hand. Linkshänder, daß ich nicht lachte! dachte Turner.

»Haben Sie was dagegen, wenn ich meine Frau anrufe?« fragte Dayton, als er die Schublade zumachte.

»Rufen Sie an, wen Sie wollen.« Turner hörte zu, wie Dayton in den Hörer sprach, angeblich mit seiner Frau. Er redete über das Geschäft und bemühte sich darum, jemanden zu organisieren, der den Laden für ihn aufmachen könnte. Um 6 Uhr 10 machte er noch einen weiteren Anruf und unterhielt sich ungestört mehr als eine halbe Stunde lang.

Um 6 Uhr 45, während Dayton immer noch telefonierte, tauchte Deputy Tutmark mit dem Zeugen Richard Bergio auf, kurz darauf stießen Deputy District Attorney Andrejs ›Andy‹ Eglitis und der Ermittlungsbeamte Tom Kusturin hinzu. Die beiden Beamten repräsentierten das Büro des Staatsanwaltes, des County District Attorney James O'Leary. Tutmark und Turner brachten Bergio zu dem Pick-up hinüber und unterrichteten Eglitis und Kusturin über den bisherigen Stand der Ermittlungen.

»Ist das das Fahrzeug, dem Sie heute nacht vom Parkplatz des ›Denny's‹ aus folgten?« fragte Turner.

»Das ist das Auto«, sagte Bergio, ohne zu zögern. »Wenn Sie sichergehen wollen, machen Sie das Licht an. Das Nummernschildlicht funktioniert nicht.«

Turner ging zu dem Truck, langte ins Wageninnere und schaltete die Scheinwerfer ein. Und tatsächlich, als er um den Pick-up herumging, sah er, daß das Nummernschild nicht beleuchtet war.

»Haben Sie irgendeinen Zweifel daran, daß dies der Wagen ist, dem Sie vorhin gefolgt sind?«

»Nein. Das ist er.«

Das Fahrzeug mußte zum Abschleppen zu einer Verwahrstelle vorbereitet werden. Turner öffnete die Wagentür – die Erlaubnis hierfür hatte er sich vorher von Dayton geben lassen –, um zu sehen, ob sich irgendwelche Gegenstände von Wert darin befanden, und wenn ja, eine Liste davon zu machen. Zu diesem Zeitpunkt bemerkte er einen Schnitt in der Verschalung der Beifahrertür und Blut in der Türleiste. Doch wessen Blut war es?

Turner kehrte in die Werkstatt zurück und machte dem

immer noch telefonierenden Dayton ein Zeichen, daß er mit ihm sprechen wolle. Dayton bat die Person am anderen Ende der Leitung zu warten und ging zu Turner hinüber, der direkt vor der Eingangstüre stand. Turner teilte ihm unverzüglich mit, daß sein Pick-up eindeutig als jener identifiziert worden war, den man vom Tatort hatte wegfahren sehen. Es gebe nun keinen Zweifel mehr, sagte Turner.

»Ich habe nichts zu sagen«, antwortete Dayton.

Nach einer kurzen Unterredung mit Lieutenant Detloff stellte sich Turner vor Dayton hin und erklärte ihn in offiziellem Tonfall für verhaftet wegen des Mordes an der unbekannten Frau, die, solange sie noch nicht identifiziert war, von den Beamten ›Jane Doe‹ genannt wurde. Turner gestattete Dayton, sein Telefongespräch zu Ende zu führen. Dann legte er ihm Handschellen an und verlas ihm erneut seine Rechte. Dayton wurde anschließend sofort abgeführt und in das Clackamas County Jail, das Gefängnis in Oregon City, gebracht.

Als Turner etwas später in sein Büro zurückkehrte, übergab ihm der Kriminologe und Computerexperte Deputy Dave Bloomfeld einen Computerausdruck. Turner überflog schnell das mehrseitige Dokument und sah, daß Dayton Leroy Rogers für die Behörden von Oregon kein unbeschriebenes Blatt mehr war. Er war einige Male mit dem Gesetz in Konflikt gekommen und schon aufgrund sehr schwerer Delikte angeklagt worden: gewalttätige sexuelle Angriffe und ein Messerüberfall mit beinahe tödlichem Ausgang.

Obwohl sein Vorstrafenregister beträchtlich war, konnte es wohl nicht die Sorte Hinweise liefern, von denen Turner wußte, daß man sie für eine Verurteilung Daytons benötigen würde. Das Ausmaß seiner Polizeiakte deutete für Turner darauf hin, daß in mehreren anderen staatlichen und städtischen Behörden Akten existieren mußten, die Aufschlüsse über sein Vorleben geben konnten. Er mußte an vielen Stellen nachfragen, und das würde einige Zeit in Anspruch nehmen.

VIERTES KAPITEL

Kurz nach 8 Uhr morgens wurde Detective Mark White zum Gefängnis beordert, um Detective Turner zu helfen. Er nahm seine 35-mm-Kamera mit, da seine Aufgabe darin bestand, als zusätzliches Beweismaterial Fotos zu schießen. Nachdem Dayton ordnungsgemäß untergebracht war, übergab Turner dem Beamten White einen blauen Arbeitsoverall, braune Arbeitsstiefel der Marke ›Golden Retriever‹, einen braunen Gürtel, ein weißes T-Shirt, blaue Levis-Jeans, ein Paar schwarze Socken, eine blaue Unterhose und einen Schlüsselbund mit Schlüsseln zu Daytons Nissan, zu seinem Haus und zur Werkstatt. Auch hing daran noch ein langer schwarzer Plastikhaken. All diese Gegenstände waren Dayton bei seiner Einlieferung abgenommen und in separate Plastiksäcke gesteckt worden.

Dayton, der mittlerweile Gefängniskleidung trug, wurde in die Krankenstation gebracht. Während Detective White seine Kamera schußbereit machte, fielen ihm die Bandagen an Daytons rechter Hand auf. Dayton wartete geduldig; er machte einen ruhigen, wenn auch verdrossenen Eindruck. Die Oberschwester der Gefängniskrankenstation, Phyllis Flowers, eine resolute, mit allen Wassern gewaschene Krankenschwester, die von ihren Kolleginnen gefürchtet und respektiert wurde, schlug vor, die Bandagen von Daytons Hand zu entfernen, um festzustellen, ob die Wunden genäht werden müßten. Dayton war klug genug, nicht mit ihr zu diskutieren. Vorsichtig entfernte er die Bandagen und warf sie in einen leeren Mülleimer.

White und die Schwester Flowers stellten fest, daß zwei Schnittwunden sichtbar waren, eine am kleinen Finger und eine auf der Handfläche unterhalb des Ringfingers. Der Schnitt auf der Hand verlief in einem Winkel von etwa 45 Grad zum Ringfinger und war ungefähr einen Zentimeter lang. Der andere Schnitt befand sich an der Innenseite des kleinen Fingers. Beide Wunden wiesen glatte Ränder auf. Der Schnitt auf der Handfläche schien bereits geschlossen, der am kleinen Finger jedoch war ziemlich tief und immer noch offen.

White bemerkte auch einen Kratzer oder eine Abschürfung auf der Unterseite von Daytons rechtem Ellenbogen und einen Kratzer an der Außenseite seines linken Unterarms. Er machte Fotos von allen Verletzungen und holte die Pflaster, an denen getrocknetes Blut klebte, wieder aus dem Mülleimer heraus. Schwester Flowers schlug vor, Dayton zur Untersuchung seiner Handwunden ins Willamette Falls Hospital zu bringen.

Die Deputys John Mills und John Naab brachten Dayton und Deputy White auf die Unfallstation des Krankenhauses. Mills schrieb sorgfältig alles auf, was Dayton während der Aufnahmeprozedur zum Personal sagte.

»Wo haben Sie sich geschnitten?« fragte ein Assistent.

»In meiner Werkstatt«, antwortete Dayton.

»Und womit?«

»Metall.«

Nachdem er ordnungsgemäß registriert war, brachte man Dayton in die Notaufnahme, wo ein Arztgehilfe weitere Fragen stellte.

»Wann ist das passiert?«

»Gestern.«

»Um wieviel Uhr?«

»10 Uhr 30.«

»Abends?«

»Ja.«

Im Zimmer war es still, während der Arztgehilfe die Wunden untersuchte.

»Wann, sagten Sie, ist das passiert?«

»Letzte Nacht, ich schätze so zwischen ein und drei Uhr früh. Ich habe die ganze Nacht durchgearbeitet.«

Die widersprüchlichen Zeitangaben fielen Mills auf, und er nahm sie in seinen Bericht auf.

»Nehmen Sie irgendwelche Medikamente zu sich?«

»Nein.«

Einige Minuten später betrat Dr. Anne Brown das Zimmer und begann, Daytons Wunden zu behandeln. Sie säuberte und versorgte die Schnitte und stellte dabei einige Fragen.

»Was ist letzte Nacht geschehen?«

»Ich habe mich mit einer Säge geschnitten. Ich hatte sie im Schraubstock eingezwängt.«

»Wann war das?«

»So gegen ein, zwei Uhr früh.«

»Wie haben Sie es geschafft, eine Sägenklinge da« – die Ärztin deutete auf den Zwischenraum zwischen Daytons kleinem Finger und dem Ringfinger – »hineinzukriegen?«

»Ich habe sie festgehalten, und sie ist mir aus der Hand gerutscht.« Er erklärte, daß er Linkshänder sei. Er habe die Säge in seiner Linken gehalten, als sie sich in den Ansatz seines kleinen Fingers bohrte. Beim Versuch, die Hand wegzuziehen, habe er sich dann an der Oberfläche des Fingers geschnitten.

In Anbetracht der großen Zeitspanne zwischen dem Schnitt und Daytons Eintreffen im Krankenhaus entschied sich Dr. Brown, die Wunde nicht zu nähen. Statt dessen desinfizierte sie den Schnitt und behandelte ihn mit einer antibiotischen Salbe und Wundpulver; den verletzten Finger umwickelte sie mit einer Bandage. Mit einem in Salzlösung getauchten Wattebausch wischte sie anschließend das geronnene Blut von den umliegenden Hautpartien. Die benutzten Wattebäusche wurden aufgehoben und in separaten braunen Papiertüten verwahrt.

Eigentlich wollte Detective White Proben von eventuellem Beweismaterial unter Daytons Fingernägeln nehmen. Diese waren jedoch bis auf die Kuppe abgebissen. Unter den Fingernägeln konnte nichts steckenbleiben, dafür war einfach nicht genug Platz, und White konnte seine Proben nicht anfertigen. Dayton sagte spöttisch, daß er Nägel kaue.

Etwas später an diesem Morgen kam John Turner, um sich über den Verlauf von Daytons Behandlung zu informieren. Er fragte die Ärztin, ob es möglich sei, daß der Schnitt von einer Säge verursacht wurde, und die Ärztin erwiderte, sie halte das für äußerst unwahrscheinlich. Wenn er sich tatsächlich an einer Sägezahn-Klinge geschnitten hätte, wären die Wundränder unregelmäßig und gezackt. Daytons Schnitte hingegen seien glatt und regelmäßig, wie von einer Messerklinge. Genau das wollte Turner hören.

Im Laufe des Vormittags, während Detective Jim Strovink noch immer Zeugen befragte, stieß Detective Michael J. Machado zum Team. Man hatte ihn noch bei sich zu Hause von dem brutalen Mord in Kenntnis gesetzt und an diesem Morgen statt ins Büro direkt zum Schauplatz des Verbrechens beordert. Anfangs bestand sein Auftrag darin, Strovink beim Aufnehmen der Zeugenaussagen zu helfen. Als sich der Fall jedoch später ausweitete, wurde er Turners Partner.

Bei seiner Ankunft unterrichtete ihn Strovink, daß Deputy Randy Barry über Namen und Anschrift eines zweiunddreißigjährigen Zeugen namens Michael Fielding verfügte. Fielding hatte Gelegenheit gehabt, sich den Verdächtigen genau anzusehen, er gehörte nicht zu der Gruppe von Zeugen aus dem ›Denny's‹. Machado fuhr zu einem direkt hinter dem ›GMAC‹-Gebäude gelegenen Apartmentkomplex an der Southeast Vineyard Lane, Nummer 16350.

Um 8 Uhr 45 klingelte Machado an der Tür von Fieldings Reihenhaus. Fielding hatte ihn bereits erwartet, ließ ihn ein und zeigte ihm die Wohnung, damit Machado ein Gefühl für deren Schnitt bekam. Wohnzimmer und Küche befanden sich im Erdgeschoß, die Schlafzimmer und das Badezimmer im ersten Stock. Machado stellte fest, daß die Vorderseite der Wohnung dem Parkplatz gegenüber lag. Vom ersten Stock aus hatte man freie Sicht auf den Tatort.

Fielding gab an, daß er gemeinsam mit seinem Wohnungsgenossen das Haus gegen 1 Uhr 20 verlassen hatte, um auf einen Drink ins ›Stuart Anderson's Cattle Company‹ zu gehen, das sich einige Häuser vom Tatort entfernt am McLoughlin Boulevard befand. Der Fußmarsch dorthin nahm zehn Minuten in Anspruch; im Lokal trank Fielding in 40 Minuten drei Flaschen Bier. Es war 2 Uhr 25, als sie in ihr Apartment zurückkehrten, und Fielding ging schlafen, sein Wohnungsgenosse jedoch blieb noch unten, um fernzusehen. Fielding bestand darauf, daß seine Wahrnehmung der darauf folgenden Geschehnisse nicht durch Alkohol beeinträchtigt war.

Nur fünf Minuten, nachdem er sich ins Bett gelegt hatte, hörte Fielding plötzlich ein schrilles Kreischen, das wie ein Katzenschrei klang. Die Geräusche kamen vom Parkplatz unter seinem Fenster. Anfangs versuchte er nicht darauf zu achten, doch das Geschrei hörte nicht auf. Schließlich vernahm er den ›haarsträubenden‹ Schrei einer Frau.

Fielding begriff, daß dies nicht das Geschrei kämpfender Katzen war, sprang aus dem Bett und lief ans Fenster. Das Fenster ging nach Osten – um zu vermeiden, daß die Morgensonne in das Zimmer schien, hatte Fieldings kurz nach seinem Einzug eine schwarze, semitransparente Plastikplane vor das Fenster gehängt. Jetzt zog er einen Teil dieser Plane zurück und sah in Richtung des ›Denny's‹. Er gab an, die Schreie hätten zwei oder drei Minuten lang nicht aufgehört.

Als er hinausblickte, so Fielding, hatte er keine Ahnung, was er zu Gesicht bekommen würde. Da er niemanden sah, ging er zunächst davon aus, daß die Schreie vielleicht von einem betrunkenen Mädchen gekommen seien. Dann hörte er, wie eine männliche Stimme etwas sagte wie: »Hey, du Hurensohn.« Darauf folgte eine kurze Pause und ein Geräusch, als liefe jemand mit Cowboystiefeln über den Asphalt des Parkplatzes. Plötzlich sah er an der Westseite des Parkplatzes einen Mann die nordwestliche Seite des GMAC-Gebäudes entlanglaufen. Der Mann rannte in einem weiten Bogen um die Ecke; als er in die beleuchtete Zone des Parkplatzes kam, sah er sich um, ob ihm jemand folgte. Aber da war niemand.

Als der Mann direkt unter seinem Fenster stand, sah Fielding, daß er ein glänzendes Metallobjekt in seiner rechten Hand hielt. Er hielt es so, daß es in einer geraden, nur ein wenig nach oben weisenden Linie vom Körper wegzeigte. Der Metallteil des Gegenstands war schätzungsweise zwölf Zentimeter lang und sah dünn aus. Bei genauerem Hinsehen erkannte er ein Messer, konnte aber nicht erkennen, ob Blut daran klebte.

Der Mann lief weiter an der Westseite des Gebäudes in

Richtung Süden entlang. An der südwestlichen Ecke wandte er sich nach links und rannte in östlicher Richtung weiter. Der Verdächtige befand sich immer noch in Blickweite Fieldings, als er einen kurzen Treppenaufgang neben dem GMAC-Gebäude hinauflief. Fielding hörte ein Geräusch wie von zwei Metallgegenständen, die aneinanderschlagen. Er konnte jedoch keine Auskunft darüber geben, ob der Mann versucht hatte, eine der Türen am GMAC-Gebäude zu öffnen, oder ob das Messer in seiner Hand beim Hinauflaufen an das Geländer gestoßen war. Fielding gab an, noch einige Minuten gewartet zu haben, doch der Mann sei nicht wieder aufgetaucht. Er nahm an, daß der Mann über den Zaun hinter dem Gebäude gesprungen war.

Fielding berichtete weiter, daß er zu diesem Zeitpunkt schnell seine Hose angezogen habe. Er wollte eben die Treppe hinunterlaufen, um seinem Wohnungsgenossen zu erzählen, was er gerade gesehen hatte, als er auf dem Kiesweg unter seinem Fenster das Geräusch durchdrehender Reifen hörte. Er rannte zurück zum Fenster und sah gerade noch, wie ein kleiner Pick-up über den Parkplatz in Richtung des ›Denny's‹ raste.

Er beschrieb den Verdächtigen folgendermaßen: ein männlicher Weißer, ungefähr 30 Jahre alt, ca. 85 bis 90 Kilo schwer. Es war zwar schwierig, die genaue Größe des Verdächtigen zu bestimmen, da er ihn nur von schräg oben gesehen habe, sagte Fielding, dennoch schätzte er ihn auf über einsneunzig, mit einem leichten Bauchansatz. Sein Haar war dunkelbraun, gewellt und schulterlang, vielleicht auch etwas kürzer. Der Mann trug braune Cowboystiefel und ein langes gelbes Polohemd, das ihm aus der Hose heraushing. Die Hose war eine Bluejeans, sagte Fielding, und das Hemd von normalem Zuschnitt. Obwohl er das Gesicht des Mannes nie von vorne gesehen hatte, sondern immer nur das Profil, versicherte Fielding, daß er ihn mit absoluter Gewißheit wiedererkennen könnte.

Bei Ermittlungen von diesem Ausmaß passieren naturgemäß immer mehrere Dinge auf einmal. Während die Beamten

Beckwith und Layng in Canby Daytons Frau Sherry Rogers befragten, wurden Turner und Detloff am Schauplatz des Verbrechens von dem vorläufigen Ermittlungsstand in diesem Fall in Kenntnis gesetzt. Gleichzeitig bemühten sich die Ärzte im Emanuel-Krankenhaus verzweifelt, Jenny Smith' Leben zu retten, und sahen bald, daß es keine Hoffnung mehr gab. Als Detective Turner dann etwas später Dayton verhaftete und ihn zum Clackamas-County-Gefängnis überführen ließ, befand sich Deputy John Gilliland, der Kriminalist des Clackamas County Sheriff's Office, bereits am Tatort, nachdem er von Beamten der Polizei Portlands aus dem Schlaf geklingelt worden war, und durchkämmte den Parkplatz nach Spuren oder Hinweisen auf den möglichen Täter. Da sich alle diese Aktivitäten zur selben Zeit abspielen, werden solche Fälle schnell unüberschaubar. Dann gilt es, alle Teile des Puzzles zusammenzusetzen und den Fall in leicht verständlicher, klarer Form darzulegen, so daß alle Interessierten ohne Mühe verstehen können, was sich abgespielt hat. Darin besteht die Kunst des Polizeihandwerks.

Als Turner zum Tatort zurückkehrte, nachdem er dafür gesorgt hatte, daß der Mordverdächtige in Haft genommen wurde, versuchte er, in seinem Kopf eine ebensolche Ordnung herzustellen. Diese außergewöhnliche Fähigkeit, den Überblick zu bewahren, war das Ergebnis zwanzigjähriger Erfahrung als Polizist. Einige Stunden früher, während er sich Notizen machte und die Ereignisse der Nacht überdachte, hatte er geglaubt, daß er den Fall in ein paar Tagen gelöst hätte. Der Verdächtige war gestellt und verhaftet, und die Ermittler verfügten über mehrere Augenzeugen, die aussagten, den Mann, der vom Schauplatz des Mordes flüchtete, bei einer Gegenüberstellung wiedererkennen zu können. Mit jeder Minute schien die Beweislast gegen Dayton Leroy Rogers erdrückender zu werden. Für Turner und seine Kollegen sah es anfangs so aus, als sei die Aufklärung dieses Falls ein Kinderspiel – doch das war es nicht. Ganz und gar nicht.

Im hellen Morgenlicht führten Turner, Gilliland und weitere Beamte eine gründliche Untersuchung des Tatorts durch, wobei sie alles mögliche Beweismaterial fotografierten. Sie sammelten Blutproben von der Stelle, wo Jenny Smith gelegen hatte, und Proben von Urin und Exkrementen. Die Polizisten untersuchten den Parkplatz Zentimeter für Zentimeter. Jedes Beweisstück, auch Jennys Kleidung, wurde einzeln in Tüten oder sonstige Behälter gepackt. Sie entdeckten eine Blutspur, von der sie glaubten, sie käme von dem Verdächtigen, und folgten ihr um das Gebäude herum – auf demselben Weg, auf dem Fielding den Verdächtigen gesehen hatte.

Wo aber war die Mordwaffe? Immer wieder gingen sie auf der Suche danach um die Gebäude herum. Sie sahen in Mülltonnen nach, durchkämmten begraste Zonen und Strauchwerk, leuchteten mit ihren Taschenlampen in Abflußschächte, sie sahen überall nach, wo der Verdächtige seine Waffe auf der Flucht hingeworfen haben könnte. Doch sie war nirgends zu finden. Turner begann allmählich zu glauben, daß der Täter sie mitgenommen hatte.

Dann, um 9 Uhr 30, nachdem er dieselbe Stelle zum sechsten Mal durchsucht hatte, blieb Gilliland plötzlich stehen und drehte sich zu Turner um.

»Ich glaube, ich habe es gefunden«, rief er und deutete auf ein glänzendes Objekt. Es lag etwa einen Meter vom Bürgersteig hinter dem GMAC-Gebäude in einem Gebüsch, von Baumrinde und Laub verdeckt, an einer Stelle, wo man den Verdächtigen hatte laufen sehen. Gilliland hob es vorsichtig auf, achtete darauf, keine Fingerabdrücke zu verwischen. Es war ein Küchenmesser der Marke ›Regency-Sheffield‹, mit einer 15 Zentimeter langen Klinge aus rostfreiem Stahl und einem braunen Griff, wie es häufig in Komplett-Geschirr-Sets angeboten wird. Es war blutverschmiert, und die Klinge war verbogen. Gilliland markierte es und steckte es in eine braune Papiertüte, um es, zusammen mit anderen Beweisstücken, zum Polizeilabor der Landespolizei von Oregon zu schicken. Doch vorher wollte John Turner das Messer noch jemandem zeigen.

Um 9 Uhr 35, etwa 50 Minuten nach der Unterhaltung mit Deputy Machado, stand Turner vor Fieldings Haustür. Er hatte eine braune Papiertüte mitgebracht und entschuldigte sich für die Störung. Turner fragte:

»Können Sie sich an Ihre Aussage erinnern, daß Sie das Messer, das der Verdächtige hielt, als er im Licht der Straßenlampe stand, jederzeit wiedererkennen könnten?«

»Ja, ich glaube, ich könnte es wiedererkennen.«

Turner öffnete die braune Papiertüte und ließ Fielding einen Blick hineinwerfen.

»Ja. Ich glaube, das ist das Messer. Das ist genau so eins, wie er es hatte.«

Turner grinste breit, bis sein Schnurrbart unter seiner Nase eine fast gerade Linie bildete, dankte Fielding gutgelaunt für seine Hilfe und ging.

Nachdem Machado eine Anzahl Fotos zusammengestellt hatte, bestellte er Fielding noch einmal zu sich. Er nahm sechs Fotos von ähnlich aussehenden Männern und legte sie in zwei Reihen von jeweils drei Fotos nebeneinander. Machado fragte Fielding, ob der Verdächtige auf einem der Fotos abgebildet sei. Fielding überlegte genau 22 Sekunden lang und erklärte dann: »Ich würde sagen, Nummer drei.« Es war eine Fotografie von Dayton Leroy Rogers.

Um 13 Uhr trafen sich Detective John Turner, Deputy John Gilliland und der Unterstaatsanwalt des Clackamas County, Andy Eglitis, an der North East Knott Street Nr. 301 in Portland. Dort befand sich das Leichenschauhaus des Multnomah Countys. Sie wollten der Autopsie von Jenny Smith, die immer noch ›Jane Doe‹ genannt wurde, beiwohnen. Die Leichenbeschauerin Dr. Karen Gunson führte die Autopsie durch.

Nachdem alle in dem Raum versammelt waren, in dem sich Jennys Leiche befand – man hatte sie auf einen Tisch aus rostfreiem Stahl gelegt und ihre Hände zum Schutz eventuellen Beweismaterials in Papiertüten gepackt –, wurde der Raum verdunkelt. Ein technischer Assistent der Pathologie ließ ultraviolettes Licht langsam über ihren Körper wandern. Die Innenflächen ihrer Beine, insbesondere der Schenkel, und ihre Brüste wurden mit großer Sorgfalt auf Samen und Fingerabdrücke hin untersucht. Eine Viertelstunde später jedoch schaltete der Techniker das ultraviolette Licht aus und das gewöhnliche Oberlicht wieder an. Man hatte nichts gefunden. Auch unter ihren Fingernägeln sah man nach, ob man irgendwelche Hautproben entnehmen konnte, doch wie Dayton hatte auch sie ihre Fingernägel abgekaut, und nur unter ihren Daumennägeln war genug Platz für eventuelles Beweismaterial. Im Verlaufe der äußerlichen Untersuchung wies Dr. Karen Gunson auf elf Messerstiche in Jennys Körper hin, zehn davon sehr tief. Acht Verletzungen waren auf der Vorderseite, drei auf der Hinterseite ihres Körpers.

Jenny waren an beiden Brüsten Schnittwunden zugefügt worden. Eine davon war ein tiefe, horizontal verlaufende Stichwunde, die die linke Brustwarze durchschnitten hatte. Zwei Stichwunden im Unterleib hatten ihre Magenhöhle durchbohrt. Sie wies auch an den Händen tiefe Schnittwunden bis zu den Knochen auf, die Dr. Gunson als ›Defensiv-Wunden‹ beschrieb. Sie hatte offenbar versucht, ihrem Angreifer das Messer wegzunehmen oder ihn auf andere Weise am Zustechen zu hindern. Am Halsansatz war noch eine weitere Stichwunde.

Nachdem Jennys Oberkörper in der üblichen, Ypsilon-förmigen Schnittweise geöffnet worden war, stellte Dr. Gunson fest, daß eine wichtige Ader in ihrer linken Brustseite durchtrennt worden war; dies hatte wahrscheinlich zu ihrem Tod geführt. Eine V-förmige Wunde an ihrem Rücken hatte die Leber verletzt. Dr. Gunson erklärte die V-Form damit, daß sich vermutlich zwei Messerstiche gekreuzt hatten.

Dr. Gunson wies außerdem auf weitere Verletzungen hin, unter anderem zwei einen halben Zentimeter breite Abschürfungen an beiden Handgelenken. Diese Schürfwunden, erklärte Gunson, seien Anzeichen dafür, daß Jenny gefesselt worden war, möglicherweise mit den am Tatort gefundenen Schnürsenkeln. Gunson sagte auch, daß solche Abschürfungen nur unter erheblichem Druck entstanden sein könnten.

Von ›Jane Doe‹ wurden Finger- und Handabdrücke, Blut- und Urinproben und Haare vom Kopf- sowie aus der Schamgegend entnommen, außerdem Abstriche aus Mund, After und Vagina, um sie auf das Vorhandensein von Sperma zu untersuchen. Alle Proben, einschließlich der Papiertüten um Jennys Hände, wurden von John Gilliland in Verwahrung genommen.

Gilliland verließ das Leichenschauhaus und begab sich mit den Fingerabdrücken des Opfers unverzüglich in das hochaufragende Gerichtsgebäude in der Innenstadt Portlands. Dort befand sich die erkennungsdienstliche Abteilung der Polizei. Nachdem Gilliland den Sicherheitsvorschriften gemäß untersucht und eingelassen worden war, ließ er die Fingerabdrücke analysieren. Der oftmals langwierige Prozeß der Suche nach den identischen Fingerabdrücken in den Polizeiakten begann. Diesmal jedoch war die Suche glücklicherweise nur kurz: ›Jane Doe‹, so stellte sich schnell heraus, war Jennifer Lisa Smith, auch unter dem Namen Gypsy Roselyn Costello bekannt. Ihr Geburtstag war der 14. November 1961 – sie war 25 Jahre alt, als sie starb. Ihrer Akte nach war sie eine Prostituierte.

Während Gilliland in der Innenstadt die Personalien des Mordopfers feststellen ließ, kümmerte sich Turner im Büro des Staatsanwalts von Oregon City darum, ein Affidavit zu erstellen, um einen Durchsuchungsbefehl zu begründen. Das nahm ihn für den Rest des Nachmittags in Anspruch.

Um 5 Uhr 35 präsentierte Turner dem Richter des Clackamas County Circuit Court, Patrick Gilroy, die eidesstattliche Erklärung in dessen Amtsräumen. Gilroy las das Dokument und erteilte sofort Durchsuchungsbefehle für Dayton Leroy Rogers' Pick-up, sein Haus, seine Werkstatt und für ihn selbst. Die Durchsuchungsbefehle wurden noch am selben Abend ausgeführt. Es war ein langer Tag für alle Beteiligten.

Unter den als Beweismaterial beschlagnahmten Gegenständen befanden sich unter anderem: die zerrissene Verpackung der Heftpflaster, die Säge und Blutproben – alle aus Daytons Werkstatt. Bei ihm zu Hause im Wohnwagen nahmen die Beamten ein Paar Stiefel der Marke ›Texas‹ aus dem hinteren Schlafzimmerschrank mit; außerdem eine Levis-Bluejeans vom linken Nachttischschrank, ein Messer aus einem Messerblock in der Küche, zwei Messer aus einer

Schale auf der Anrichte und eine Schachtel Heftpflaster aus einem Küchenschrank neben dem Herd.

Während Turner die Durchsuchungsbefehle für Daytons Wohnwagen in Canby und seine Werkstatt in Woodburn ausführte und Vorbereitungen für das Abschleppen des Pick-ups zu näherer Untersuchung traf, verlas der Detective Michael Machado den Untersuchungsbefehl für Daytons Körper. Bei der Prozedur waren anwesend: Dayton, Machado, Daytons Anwalt Arthur Knauss, Deputy Larry Peck und der Strafvollzugsbeamte Mike Baumgartner. Dayton wurden zwei Fläschchen Blut entnommen, ebenso Proben seines Kopf- und Schamhaars.

Daytons Pick-up, von dem man annahm, daß in ihm die erdrückendsten Beweise im Zusammenhang mit dem Tod Jennifer Smith' zu finden seien, wurde von der Werkstatt entfernt und in eine gesicherte Garage auf dem Polizeigelände gebracht. Der Kriminologe Robert Thompson vom Labor der Staatspolizei von Oregon nahm im Beisein von Turner und Gilliland später eine peinlich genaue Untersuchung des Fahrzeugs vor.

Im Verlauf dieser Untersuchung nahmen die Beamten Fingerabdrücke von der rechten Tür sowie von der Oberleiste der hinteren Laderampe des Wagens. Ein schwarzes Stück Plastikabdichtung wurde von der Rückseite der rechten Tür gerade unterhalb der Fensterleiste abgezogen, da es Flecken hatte, die nach getrocknetem Blut aussahen. Auch entfernten sie einen Türgriff der rechten Tür, der auf der Innenseite Blutspuren aufwies. Einzelne Haare wurden unter dem Beifahrersitz eingesammelt und der gesamte Vorderraum des Autos mehrere Male gründlich abgesaugt. Eine Probe des mit Frostschutzmittel versetzten Kühlwassers wurde dem Kühler entnommen und in einen Beweisbehälter gefüllt. Der Kriminologe Thompson nahm auch einige Blutproben vom Beifahrersitz, der näheren Umgebung des Beifahrersitzes und von dem Areal unter der Fußleiste. Gilliland entdeckte mehrere Messerschnitte in der Wagenverkleidung, dem Armaturenbrett und dem Sitz. Er fotografierte auch einen schmalen grünen Plastikstreifen, der den provisorischen Verschlüssen von Plastikflaschen für Milch und kleinen Wegwerfflaschen für Fruchtsaft ähnelte.

Irgend etwas störte Turner, als er von dem Pick-up wegging – er konnte nicht genau sagen, was. Vielleicht war es die Farbe. Er hatte einen Gedanken im Hinterkopf, eine seltsame Idee, die sich langsam den Weg in sein Bewußtsein bahnte. Plötzlich erinnerte er sich daran: Der Zwischenfall mit Heather Brown am 7. Juli. War Dayton vielleicht jener Mann gewesen, der sie so verängstigt hatte, daß sie aus dem dahinrasenden Pickup gesprungen war? Daytons Pick-up paßte genau zu der Beschreibung, die Heather Deputy Bill Strosser gegeben hatte. Doch Turner verfügte nicht über eine genauere Beschreibung des Fahrers und konnte auch keine bekommen, es sei denn von Heather persönlich. Heathers Helfer, der Mann in dem Holzfäller-Truck, hatte nicht mehr als einen flüchtigen Blick auf den Fahrer des Pick-ups geworfen, er war also wahrscheinlich kein verläßlicher Zeuge. Nein, er mußte schon mit Heather selbst sprechen. Er mußte herausfinden, ob Dayton der verhinderte Kidnapper gewesen war – um die Ermittlungen voranzubringen und seine Neugier zu befriedigen.

Noch bevor er die Durchsuchungsbefehle vollstreckt hatte, war Turner davon informiert worden, daß das tote Mädchen auf dem Parkplatz identifiziert worden war. Es war wirklich einem glücklichen Zufall zu verdanken, daß ihre Identität so schnell festgestellt werden konnte, um so mehr, als weder in ihrer Kleidung noch an ihrem Körper, noch irgendwo sonst am Tatort irgendwelche Dokumente von ihr gefunden worden waren. Wenn bei einem Mordopfer keine Ausweispapiere gefunden werden, das wußte Turner, dauert es oft viel länger, Tage, Wochen, ja Monate, bis die Identität des Opfers feststeht. Da das natürlich oft neue Hinweise und Verdachtsmomente mit sich bringt, ist es für die Ermittlungen fast ebenso wichtig wie die Identifizierung und Festnahme des Tatverdächtigen. Nachdem die Durchsuchungen und Beschlagnahmungen vollzogen waren, dachte sich Turner, daß es wirklich gut laufe. Fast zu gut.

Bevor er für diesen Tag Schluß machte, rief er am Computer noch Daten des National Crime Information Center ab, der landesweiten Sammelstelle von Polizeidaten, kurz NCIC genannt. Er wollte sehen, ob er noch mehr über Jenny Smith in Erfahrung bringen konnte. Als der Computer ihre Akte ausdruckte, sah Turner, daß ihr Vorstrafenregister länger als die amerikanische Unabhängigkeitserklärung war, bei ihrem Beruf wohl nichts Außergewöhnliches. Jenny war zumeist wegen Prostitution angeklagt worden, aber einmal auch wegen öffentlicher Zurschaustellung, nachdem sie mit einem Freund nackt im Haus herumgetanzt hatte, vor geöffneten Fenstern, die auf die Straße hinausgingen. Sie hatte auch eine lange Liste von Decknamen und gefälschten Social-Security-Nummern, den Personenkennummern in den USA – eine Liste, die zu lang ist, um sie hier aufzuführen. Die letzte bekannte Adresse von ihr war 1205 Northeast Roselawn Street in Portland, mitten in der City Of Roses, der Stadt der Rosen, dem ›Crack-Boulevard‹. Der berüchtigtste Prostituiertentreff der Stadt, die Union Avenue, befand sich in Gehweite. Turner nahm an, daß Dayton Jenny auf der Union Avenue aufgelesen hatte, und dort wollte der Polizist sich folglich als nächstes umsehen. Er wußte aus Erfahrung, daß man von Prostituierten und anderen Menschen der Straße viel erfahren konnte, vorausgesetzt, man näherte sich ihnen auf bescheidene und respektvolle Weise.

Da Jenny eine Prostituierte war, hätten andere Polizisten den Mord an ihr vielleicht mit der Bemerkung beiseite gewischt, das gehöre zum Berufsrisiko einer Hure: »Pech gehabt, da können wir leider nichts machen.« Schließlich sind viele Polizisten der Meinung, daß Mordopfer vor allem an ihrer Umgebung sterben, an ihren Lebensumständen – und es gibt wohl keine Diskussion darüber, daß sich Prostituierte durch ihren Beruf zu leichten Opfern von Gelegenheitstätern machen. Man mag nun über diese Haltung urteilen, wie man will, die Statistiken geben diesen Polizisten recht, und manchen Menschen erscheint es zumindest als verständlich, daß diese Polizisten sich nur ungern solchen Mordfällen mit ungeteilter Aufmerksamkeit widmen.

Turner aber konnte diesen Fall nicht so einfach beiseite schieben. Ihm ging es um Menschen, egal, welcher Gesellschaftsschicht sie angehörten – deshalb war er Polizist geworden. Jenny Smith war ein Mensch gewesen, das Kind einer Mutter und selbst Mutter von zwei Kindern. Turner war zutiefst betroffen, daß sie auf so bestialische Weise umgebracht worden war. Sie hätte nicht so jung einen so grausamen Tod sterben dürfen. Er wollte so viel Beweise wie möglich gegen den Mann sammeln, von dem er glaubte, daß er Jenny auf dem Gewissen hatte.

Und es gab noch einen weiteren Grund. Man könnte es Instinkt nennen oder das Gespür eines Polizisten, ganz gleich: Irgend etwas sagte Turner, daß Jennys Mörder seine Gewalttat genossen hatte – und daß er solche Taten schon früher verübt hatte. Die Verletzungen, die ihr Mörder Jenny zugefügt hatte, waren unvorstellbar grausam und schmerzhaft gewesen, eine geplante Folter. Nur wenige Mörder, egal, wie gewalttätig sie sind, töten ihre Opfer so langsam und mit solcher Präzision.

Und dann war da noch dieser verdammte blaue Pick-up, der sich immer wieder in Turners Bewußtsein drängte. Warum mußte er dauernd daran denken, warum bekam er ihn nicht aus dem Kopf? Gab es vielleicht außer dem Fall Heather Brown noch einen Zwischenfall, bei dem ein blauer Pick-up erwähnt worden war? Irgendwie glaubte er das, denn die Beschreibung des Fahrzeugs war immer in seinem Hinterkopf. Gab es vielleicht noch andere Opfer wie Jenny, von denen er nichts wußte? Und wenn das der Fall war, verstaubten ihre Akten vielleicht in irgendwelchen Polizeischränken, da ihre Überreste nicht identifiziert werden konnten?

Der Mordfall Jenny Smith hätte einfach und ohne viel Aufhebens gelöst werden können. Turner hätte ihn vergessen und wäre zum nächsten Fall übergegangen. Doch irgendwie war er davon überzeugt, daß dieser Fall noch nicht zu Ende war, daß er noch nicht sein volles Ausmaß kannte. Und immer wieder sagte er sich, daß niemand einen so schrecklichen Tod verdient. Niemand verdient das.

FÜNFTES KAPITEL

Am nächsten Tag, dem 8. August, um 13 Uhr 30 fuhren Detective John Turner und Detective James Strovink zum Haus von Barbara Smith. Sie lebte in dem ›Fünfhunderter‹-Block der North Jarret Street (wo die Hausnummern mit 500 anfangen) in Portland, in der Nähe der ›Crack Alley‹, mitten im Kriegsgebiet. Dies war der Schauplatz für die Kämpfe zweier verfeindeter Gangs, der ›Bloods‹ und der ›Crips‹. Keiner der beiden Beamten hatte genug geschlafen, und sie waren nicht gerade glücklich, sich an diesem Ort zu befinden. In dieser Nachbarschaft fanden es die Bewohner nicht ungewöhnlich, sich gelegentlich zu ducken, um einer verirrten Kugel auszuweichen, die irgendeinem Gang-Mitglied gegolten hatte. Der Bandenkrieg, diese sich ständig ausweitende, sinnlose Gewalt, fordert oft Unschuldige als Opfer. Turner und Strovink zogen die zivilisiertere Umgebung ihrer eigenen Nachbarschaft vor, des Clackamas County, wo es normalerweise friedlich zuging. Doch sie hatten einen Job zu erledigen. Sie mußten herausfinden, wer Jenny Smith getötet hatte, in welche Lasterhöhlen von Portlands Unterwelt sie auch hinabsteigen mußten.

Nachdem sie die Beamten nach drinnen gebeten hatte, erklärte Barbara Smith unter Tränen, daß sie die Mutter von Jenny Smith' Ex-Mann und die Großmutter von Jennys Kindern sei.

Schluchzend erzählte sie Turner und Strovink, daß sie Jenny gegen Viertel vor zehn abends am 6. August in der Nähe des Holiday Park Hospitals gesehen hatte. Auf Jennys Bitte hatte Barbara sie dort hingefahren, da Jenny ihren Wagen, einen Honda Civic, dort stehengelassen hatte – sie hatte den Motor offenbar absaufen lassen und konnte ihn nun nicht mehr starten.

Als sie ankamen, sprang Jennys Wagen sofort an. Das letzte, was Jenny zu Barbara sagte, bevor sie abfuhren, war:

»Bitte, Oma, heb ein paar Essensmarken für mich auf.« Barbara fuhr nach Hause, und Jenny folgte ihr eine kurze Strekke lang in ihrem eigenen Wagen. Barbara Smith gab an, sie habe Jenny das letzte Mal gesehen, als diese ihr zum Abschied in der Nähe der Kreuzung zwischen Vancouver Avenue und Alberta Street zuwinkte.

Barbara erzählte den Beamten, daß ihr Sohn Frederick, Jennys Ex-Mann, sie am nächsten Morgen besucht hatte. Als er erfuhr, daß Jenny nicht zu ihrer Schwiegermutter zurückgekehrt war, um ihre Kinder abzuholen, fuhr er los, um nach ihr zu suchen. Offenbar war sie auch nicht bei sich zu Hause gewesen, wo sie zusammen mit Frederick lebte, obwohl die beiden voneinander geschieden waren. Sie stand auch nicht auf ihrem Stammplatz an der Ecke Northeast Union Avenue und Wygant Street.

Barbara erklärte, daß Jenny weder rauche noch trinke und auch keine Drogen zu sich nehme. Sie sei ein sehr ruhiger Mensch gewesen, eine Einzelgängerin, und habe nie die Beherrschung verloren. Sie selbst habe Jenny noch nie als gewalttätig erlebt. Das einzig ›Schlimme‹, was Jenny jemals getan habe, sagte Barbara, war, sich auf der Straße zu prostituieren.

Mit der Aussage ihrer ›Oma‹ und anderer Familienangehöriger rekonstruierten Turner und Strovink Jennys letzten Abend bis zur Wohnung einer Freundin, Tina Hall*, in der Northeast Seventh Street/Ecke Skidmore Street. Jenny war mit einer Schwarzen, April Bowen*, die bekanntermaßen mit Jenny auf den Strich ging, bei Tina gewesen. Sie waren in Jennys Honda angekommen, in sehr ausgelassener Stimmung, kichernd und herumalbernd. Tina gab an, Jenny habe Bluejeans und ein weißes T-Shirt mit blauen Ärmeln getragen. Jenny und April verließen Tinas Haus etwa eine halbe Stunde nach Mitternacht, mit welchem Ziel, das wußte Tina nicht.

Um 15 Uhr 30 kehrten Turner und Strovink zu Frau Smith' Wohnung zurück, nachdem man sie davon unterrichtet hatte, daß Jennys ehemaliger Gatte dort sei und mit ihnen reden wolle. Auch sie wollten hören, was er zu sagen hatte.

Frederick Smith erzählte ihnen, daß Jenny oft umgezogen sei und schon seit einiger Zeit nicht mehr unter der Northeast-Roselawn-Adresse gelebt habe, die der Polizei als ihr letzter Wohnsitz bekannt war. Sie habe sich statt dessen mit ihm eine Wohnung in der North Albina Avenue, Nummer 4804, geteilt. Bereitwillig brachte Smith die Beamten dorthin und erlaubte ihnen, sich in der Wohnung umzusehen. Das Apartment befand sich in einem alten, verwahrlosten Mietshaus und war nicht besonders ansehnlich. Es war jedoch sehr sauber und aufgeräumt, was bei Ermittlungen in diesem Milieu nicht oft der Fall war.

Als die Beamten gemeinsam mögliche Tathergänge durchspielten, überlegten sie sich auch, daß Jenny ein Messer oder eine andere Waffe auf Dayton Leroy Rogers gerichtet haben könnte, vielleicht weil Rogers sie bedroht hatte. Vielleicht hatte er ihr dann das Messer entwunden und sie damit umgebracht. Die Ermittler wollten wissen, ob Jenny im Besitz von Küchenmessern der Marke ›Regency-Sheffield‹ war (ein solches Messer war ja im Gebüsch hinter dem GMAC-Gebäude gefunden worden). Sie durchsuchten die Küche sehr gewissenhaft und fanden nichts. Sie fanden Ausweispapiere auf den Namen Jennifer Lisa Smith, doch keine Messer oder irgendwelche anderen Waffen, die Jenny mit sich herumgetragen haben könnte. Smith gab an, daß Jenny ihren Ausweis selten mit sich führte, von Waffen ganz zu schweigen. Jenny, sagte er auch, sei kein gewalttätiger Mensch gewesen.

Turner wußte, daß viele erfahrene Prostituierte ihre Ausweise nicht bei sich trugen. Wenn sie wegen Prostitution oder anderer Vergehen festgenommen wurden, konnten sie dem Polizisten leicht einen falschen Namen und eine falsche Adresse angeben. Da sie ihren Ausweis nicht dabei hatten, konnte der Beamte nicht sofort feststellen, ob sie die Unwahrheit sagten. Wenn sie dann später nicht zum Gerichtstermin erschienen, war der Bescheid auf eine falsche Anschrift ausgestellt. Auf diese Weise versuchten viele Prostituierte und Kleinkriminelle, das Verfahren zu verzögern.

»Jenny hatte niemals irgendwelche Waffen dabei, wenn sie arbeitete«, beantwortete Smith Turners Frage und begann zu weinen. »Sie hatte nicht einmal Mace dabei.« Turner wußte, daß die meisten Straßenprostituierten Spraydosen mit Reizgas der Marke ›Mace‹ oder Messer mit sich führten. Er fragte sich, warum Jenny das nicht getan hatte.

Sie hatte nie irgendwelchen Ärger auf der Straße gehabt, sagte Smith und wischte sich die Tränen aus den Augen. Vor kurzem aber sei sie eines Morgens nach Hause gekommen und habe erzählt, daß sie von einem Mann in einem weißen Auto älteren Baujahrs belästigt worden sei. Er sei ihr mit einem Schlagstock nachgerannt. Leider konnte Smith keine genauere Beschreibung des Mannes oder seines Autos geben. Er erzählte den Beamten jedoch, daß er mit Jennys Freundin April gesprochen habe. Sie sagte, Jenny sei gegen 1 Uhr 30 mit einem Weißen in einem hellen Pick-up davongefahren. Smith erbot sich, sie zu Aprils Wohnung zu bringen.

20 Minuten später kamen sie an einem weiteren verwahrlosten Mietshaus an, in dieser Gegend nichts Ungewöhnliches. Aprils Adresse war Northeast Wygant Street Nummer 4800. Sie war zu Hause. Nachdem sie Smith' Aussage über den Mann in dem weißen Pick-up bestätigt hatte, führte sie die Beamten 40 Häuserblocks weiter westlich zu der Stelle, an der sie Jenny das letzte Mal gesehen hatte.

Als sie an der Wygant Street/Ecke Union Avenue ankamen, erklärte ihnen April, daß sie an jenem Morgen des 7. August für Jenny gefahren sei – eine von Prostituierten angewendete Vorsichtsmaßnahme für den Fall, daß ein Freier Ärger machte oder sonstwie bedrohlich wurde. Sie wechselten sich dabei ab, eine fuhr und paßte auf, während die andere nach Kunden Ausschau hielt. Diese Methode bot nicht nur zusätzliche Sicherheit, es erlaubte den Mädchen auch, sich etwas auszuruhen, wozu sie sonst vielleicht keine Gelegenheit gehabt hätten. Leider hatte auch dieses System Jenny nicht vor dem Tod bewahren können, dachte Turner.

April sagte, sie habe sich auf dem Vordersitz des Honda, der auf der Wygant Street gegenüber der Union Avenue geparkt war, ausgestreckt, während Jenny auf der Avenue nach Kundschaft Ausschau hielt. Sie habe Radio gehört und sei irgendwann eingeschlafen. Um zehn nach eins sei sie jedoch aufgewacht, als ein Sprecher im Radio die Zeit ansagte. Einige Minuten später rief Jenny zweimal nach ihr, und als April sich aufrichtete, sah sie, wie der helle Pick-up von der gegenüberliegenden Straßenseite her auf Jenny zufuhr. Offenbar hatte sie einen Kunden.

April beobachtete, wie der Fahrer seinen Pick-up auf gleiche Höhe mit Jenny brachte, ohne auf ihre Seite der Straße herüberzufahren. Er machte seine Scheinwerfer aus, wendete auf der Kreuzung und parkte so, daß der Pick-up in die entgegengesetzte Richtung zeigte. Nachdem Jenny »April, April« gerufen hatte, habe April gesehen, wie Jenny ihr zuwinkte, ein Zeichen, daß sie ihr nicht zu folgen brauche. April erklärte den Beamten, daß die Fahrerin einer Prostituierten ihr manchmal hinterherfuhr, wenn der Freier bedrohlich schien oder wenn die Mädchen ihn nicht kannten.

»Mit diesem Typen muß sie sich sicher gefühlt haben«, sagte April. Sie hatte zugesehen, wie Jenny an der Beifahrerseite des Pick-ups einstieg, woraufhin der Fahrer sofort nach rechts abbog und wegfuhr. Innerhalb von wenigen Sekunden waren sie aus Aprils Blickfeld verschwunden. Sie wartete an ihrem Platz über eine Stunde lang, doch Jenny kam nie wieder.

»Arbeitete an diesem Morgen sonst noch jemand auf dieser Straße?« fragte Turner.

»Klar«, sagte April. »Wir waren nicht allein. Brenda war da, ein Transvestit, und Darla arbeitete am anderen Ende des Blocks.« April sagte, daß Brenda öfters an dieser Stelle zu finden sei, und auch Darla und ein paar andere Mädchen schafften gerne dort an. April kannte die Nachnamen der anderen Prostituierten nicht und hatte auch keine Ahnung, wo sie zu finden waren, wenn sie nicht arbeiteten. April versprach, daß sie versuchen werde, sie davon zu überzeugen, Turner zu kontaktieren, sobald sie sie zu Gesicht bekam.

Auf dem Rückweg in ihre Wohnung, als die Beamten mit April nochmals die Geschehnisse dieses Augustmorgens gemeinsam durchgingen, sah sie einen weißen Nissan-Pick-up über die Kreuzung fahren. Sie wurde auf einmal sehr aufgeregt, fing an, auf und ab zu hüpfen und mit dem Finger auf das Auto zu zeigen.

»Es war genau so ein Auto wie dieses dort!« schrie sie. »Jenny stieg in genau so einen Pick-up ein!« Turner folgte dem Fahrzeug mit den Augen und sagte sich, daß das einzige Problem darin bestand, daß *dieser* Pick-up weiß war und Daytons hellblau. Die Beamten dankten April für ihre Hilfe und brachten sie nach Hause.

April war eine gute Zeugin, entschied Turner. Doch es beunruhigte ihn, daß sie so schnell den weißen Pick-up wiedererkannt hatte. Falls sie als Zeugin vor Gericht aussagte, daß sie gesehen hatte, wie Jenny in einen solchen Wagen einstieg, würde sich das in den Augen der Geschworenen nicht so gut machen. Später in dieser Nacht jedoch, als er mit Strovink noch einmal alles rekapitulierte, hatte er eine Idee.

Um 23 Uhr 50 fuhren die Detectives noch mal nach Portland und zu der Straßenkreuzung Union Avenue/Wygant Street. Sie notierten, daß der Straßenabschnitt gemäß der Lichtvorschrift der Verkehrsordnung von Portland von vier besonders hellen ›Sodium-Vapor‹-Straßenlampen beleuchtet wurde. Obwohl der Himmel bedeckt war und ein leichter Regen fiel, war eines nicht zu übersehen: Alle Wagen, die an dieser Stelle unter der ›Sodium-Vapor‹-Beleuchtung parkten, schienen von hellerer Farbe, regelrecht gebleicht. Ein vorbeifahrender Wagen, der eine ähnliche Farbe wie Daytons Pick-up hatte, sah tatsächlich fast weiß aus!

Als er nach Hause aufs Land fuhr, auf einem einsamen Abschnitt des Highway Oregon 244, der längs des Clackamas-Flusses verläuft, versuchte sich Turner immer wieder vorzustellen, wie wohl Dayton Leroy Rogers' hellblauer Pick-up am Morgen jenes 7. August im gleißenden Licht der Sodiumlampen in Aprils Augen ausgesehen haben mochte. Mit Sicherheit war er ihr heller erschienen. Daran gab es keinen Zweifel. Und zu jener Morgenstunde, nachdem April gerade von einem Nickerchen erwacht war und ihre Augen noch müde waren, mochte der hellblaue Pick-up, in den Jenny einstieg, im Lichtkegel der Straßenlampen, in der Dunkelheit ringsum, tatsächlich weiß ausgesehen haben. Er zündete sich noch eine Marlboro Light an und dachte an all die Unwägbarkeiten in diesem Fall, vor allem daran, wie viele Morde Dayton wohl begangen hatte, die noch nicht entdeckt worden waren. Der Gedanke daran verstörte ihn, und in dieser Nacht schlief er nicht gut.

SECHSTES KAPITEL

Am 13. August um 9 Uhr 20 – Turner saß bereits etwas über eine Stunde da und bearbeitete den immer weiter anwachsenden Stapel von Akten zum Fall Jenny Smith – läutete das Telefon auf John Turners Schreibtisch. Der Anrufer stellte sich als Pfarrer der Gemeinde Canby vor. Er sagte, er habe soeben eine beunruhigende Unterhaltung mit Roy Miller, Dayton Leroy Rogers' zweiundsiebzigjährigem Schwiegervater, gehabt. Miller habe ihm gerade erzählt, daß er im Holzofen in Daytons Werkstatt einige verdächtige Dinge gefunden habe, und ihn, den Pfarrer, um Rat gebeten. Der Geistliche habe geraten, die Polizei zu verständigen, und sich bereit erklärt, auch dort anzurufen; Miller sei einfach zu verstört gewesen, um es selbst zu tun.

Turner beendete das Gespräch und fuhr unverzüglich zu Daytons Werkstatt nach Woodburn. Als er dort eintraf, unterhielt sich Roy Miller gerade am Telefon. Aus dem, was er mithörte, schloß Turner, daß Miller dabei war, das Unternehmen aufzulösen, und jetzt die rechtmäßigen Besitzer der Geräte, die vor Daytons Festnahme in Reparatur gegeben wurden, davon in Kenntnis setzte.

Nachdem er das Gespräch beendet hatte, führte er Turner in das Büro. Er schloß die Tür und drehte sich zu dem Detective um. Sein Gesicht war müde und eingefallen.

»Ich wollte mich eigentlich nur um die Rasenmäher, Kettensägen und alles andere kümmern und sie den Kunden zurückgeben«, sagte Miller düster. Er erklärte, daß Dayton ihm vom Gefängnis einen Brief mit der Bitte, die Werkstatt aufzulösen, geschickt hatte. Miller starrte einen Augenblick lang ins Leere, versuchte seine Gedanken zu ordnen. »Ich weiß nicht, ob ich mit Ihnen sprechen sollte oder nicht. Aber mein Gewissen sagt, daß ich es sollte.« Turner nickte und sagte nichts. Mit einem ernsten und besorgten Gesichtsausdruck erzählte Miller, daß er am Tag zuvor in der

Werkstatt gewesen sei und Dayton ihn vom Gefängnis aus angerufen habe.

»Ich gab ihm das Geld, damit er diese Werkstatt eröffnen konnte. Die ganze Zeit, als er in dem ›Coast-to-Coast‹-Laden hier in Woodburn arbeitete, habe ich ihn unterstützt. Und jetzt – ich weiß einfach nicht mehr weiter.«

Turner sagte nichts, er empfand Mitgefühl für diesen alten Mann. Er wußte, daß es Miller sehr schwerfallen mußte zu reden. Es traf immer die am härtesten, die einem Soziopathen vertraut hatten. Die Ereignisse der letzten Tage mußten Miller wie ein schlechter Traum vorkommen, doch was für ein Alptraum mußte es erst für seine Tochter Sherry sein, die viele Jahre Daytons Ehefrau gewesen war.

Miller sagte, daß Dayton seine erste Werkstatt in einer kleinen Laube auf dem Gelände vor seinem Wohnwagenheim eingerichtet hatte, während er noch in der Reparaturwerkstatt eines ›Coast-to-Coast‹-Eisenwarenladens voll beschäftigt gewesen war. Als es schien, als könne Daytons Reparaturwerkstatt ein Erfolg werden, lieh ihm Miller das Geld, um die Werkstatt am Pacific Court in Woodburn zu eröffnen; im Herbst 1986 erhielt Miller für sein Geld einen Schuldschein. Nach Daytons Festnahme und einer schriftlichen Anweisung Daytons, das Geschäft zu schließen, hatte Miller keine Wahl, als die Dinge selbst in die Hand zu nehmen.

»Ich hätte sowieso alles übernehmen müssen, denn auf dem Schuldschein steht, daß ich das Unternehmen bekomme, falls er seine Schulden nicht zahlen kann. Dabei kenne ich mich in diesem Metier überhaupt nicht aus.« Er hatte noch nicht ausgerechnet, wie hoch seine Verluste durch die Schließung der Werkstatt sein würden. Er befürchtete jedoch, daß er sehr viel Geld verloren hatte.

»Während des Gesprächs mit Dayton haben wir über verschiedene Kunden und über ein paar andere Dinge gesprochen, die das Unternehmen betreffen. Dann fragte er mich, ob die Polizei den Schrank in der Toilette durchsucht hat und ob jemand die Sachen, die dort hingen, mitgenommen hat. Ich sah nach und sagte ihm, daß nur noch eine Jacke dort hing.«

Dayton wollte auch wissen, ob die Polizei seinen Holzofen durchsucht hätte. Als Miller ihm mitteilte, daß es den Anschein habe, wurde Dayton schweigsam. Nach dem Gespräch überdachte Miller erneut, was Dayton ihn gefragt hatte, und er war schließlich so besorgt, daß er einen Magnet von der Werkbank nahm und ihn durch die Asche im Ofen gleiten ließ.

»Am Magneten hingen Metallteile«, sagte er. »Es hingen Schuhleisten daran, fünf Stück, außerdem kleine Haken, wie von BH-Verschlüssen, und einige Schuhösen.« Miller zögerte einen Moment lang, zog dann eine braune Papiertüte hinter der Theke hervor und reichte sie Turner. »Da ist alles drin, was ich im Ofen gefunden habe. Dann habe ich aufgehört, aber wenn Sie wollen, können Sie den Rest mitnehmen oder einen Magneten benutzen.«

Miller holte hinter der Theke eine leere Schachtel, in der sich einmal Windeln befunden hatten, und ging damit zum Holzofen. Gemeinsam füllten sie die noch im Ofen verbleibende Asche in die Pappschachtel. Für diese und für die braune Papiertüte schrieb Turner Miller eine Empfangsbestätigung aus.

»Was für ein Mensch ist Dayton?« wollte Turner nun wissen, da er spürte, daß Miller gerne reden wollte. »Können Sie mich bezüglich seines Charakters aufklären?«

»Ich dachte immer, er wäre in Ordnung«, sagte Miller. »Aber jetzt, wo er wegen Mordes angezeigt ist, weiß ich nicht mehr so recht.«

Nach seiner Festnahme hatten Daytons Frau Sherry und Miller eine Menge Dinge über Dayton erfahren, die Sherry schon lange geahnt, aber nie wirklich geglaubt hatte. Miller ließ sich nicht weiter über diese Dinge aus und sagte Turner, daß er von dem, was er gehört hatte, nichts mitteilen wollte.

»Ich habe alles in Gottes Hände gelegt. Was auch immer passieren wird, so soll es geschehen.«

Turner bedankte sich bei Miller und versicherte ihm, daß er das Richtige getan hatte, als er ihn anrief. Turner wollte eben hinausgehen, als Miller ihn nochmals zurückhielt und anfing, über den Morgen des 7. August zu sprechen. Er sagte, Dayton habe ihn an diesem Morgen zweimal angerufen, das erstemal gegen vier Uhr morgens.

»Er hörte sich nicht danach an, als sei er betrunken. Er klang nüchtern, aber man weiß ja nie.« Miller sagte, Dayton habe ihm erklärt, daß er die ganze Nacht gearbeitet habe. Miller machte eine Pause. Dann sagte er: »Wissen Sie, er hat mir das bei früheren Gelegenheiten auch schon erzählt. Wenn ich dann in die Werkstatt kam, habe ich daran gezweifelt, ob er die Wahrheit sagte. Es sah einfach nicht so aus, als sei irgendein Werkzeug benutzt worden.«

»Ja, auch als ich dort ankam«, pflichtete Turner ihm bei, »sah alles sehr sauber und ordentlich aus.«

»Ja, so ist er. Er war schon immer so.«

»Hat er sich in den letzten Monaten komisch benommen«, hakte Turner nach, »oder sonst irgend etwas Ungewöhnliches getan?«

»Nein. Er war ein ganz normaler Kerl, doch mittlerweile habe ich meine Zweifel. Ich finde langsam heraus, daß er nichts weiter als ein Lügner war.« Millers Augen füllten sich mit Tränen, und er konnte nur mit einiger Anstrengung seiner Gefühlsaufwallung Herr werden. Als Turner wegfuhr, stand Miller auf der Türschwelle und starrte zu Boden.

Nach seiner Ankunft im Polizeipräsidium lieferte Turner das Beweismaterial im Property Room des Sheriffbüros ab, dem Verwahrzimmer für beschlagnahmte Gegenstände. John Gilliland würde dafür Sorge tragen, daß das Material so schnell wie möglich von den Spezialisten des Polizeilabors der Bundespolizei in Portland analysiert wurde. In der Zwischenzeit schrieb Turner einen Bericht über sein Treffen mit Miller und schickte eine unterzeichnete Kopie an seinen Vorgesetzten, Lieutenant Detloff. Detective James Strovink wurde daraufhin beauftragt, Daytons Verbindung zu dem ›Coast-to-Coast‹-Eisenwarenladen zu überprüfen.

Strovink fuhr zu dem Eisenwarengeschäft in Woodburn, sprach dort mit einem der Geschäftsleiter und einigen Angestellten. Er versuchte herauszufinden, wer Dayton am besten gekannt hatte. Man gab ihm die Namen einiger Angestellter, unter anderen von John Frank, Teresa Dinges und Roberto Ancisco. Leider arbeiteten Frank und Ancisco nicht mehr im ›Coast-to-Coast‹, und Teresa Dinges war grippekrank. Kurz entschlossen rief Strovink sie an. Sie fühlte sich zwar sehr elend, sagte sie, doch es wäre in Ordnung, wenn der Detective vorbeikommen wolle.

Um zehn Uhr vormittags war Strovink bei Teresa Dinges' Wohnung in der Acacia Street in Woodburn. Als sie ihn einließ, teilte sie ihm mit, daß sie von Daytons Festnahme und der laufenden Morduntersuchung wußte, gab jedoch ihrer Verwunderung darüber Ausdruck, daß Dayton in einen solchen Fall als Hauptverdächtiger verwickelt war. Wie konnte das nur möglich sein, sagte sie. Er hatte immer so einen harmlosen Eindruck gemacht, mit seiner fröhlichen Art und seinen braunen Hundeaugen.

Obwohl Dayton ausschließlich in der Reparaturabteilung gearbeitet hatte, war sie mit ihm bekannt geworden, und sie hatten sich angefreundet. Er schien seine weiblichen Kollegen den männlichen vorzuziehen. Dayton war stets pünktlich an seinem Arbeitsplatz gewesen. Er tat immer so, als wäre er ihr großer Bruder, und sie aßen oft gemeinsam zu Mittag.

»Wir hatten lange, tiefe Gespräche, und ich habe Dayton oft um Rat gefragt, so wie eine Schwester ihrem großen Bruder von Problemen erzählen würde«, sagte sie.

»Hatten Sie jemals eine sexuelle Beziehung zu Dayton?«

»Nein. Niemals. Wir wurden nie intim. Wie ich schon sagte, er war für mich eher wie ein Bruder.«

Bei einer Gelegenheit hatten sie gemeinsam einen Ausflug unternommen. An einem arbeitsfreien Tag im Dezember 1986 oder Januar 1987 waren sie nach Lincoln City gefahren, einem Ferienort an der Küste Oregons. Sie hatten Woodburn gegen Mittag verlassen und waren in Richtung der Küste vor Salem gefahren, wobei sie irgendwann auf die Autobahn Oregon 18 kamen. Sie hielten an einem Naturschutzgelände, das auf dem Weg lag, dem Henry W. Van Duzer State Park, wo sie einen kurzen Spaziergang machten.

»Wie hat sich Dayton in Ihrer Gegenwart benommen?«

»Er war ein vollkommener Kavalier. Er hat niemals irgend etwas versucht oder irgendwelche Anspielungen gemacht.«

»War bei Ihrem Ausflug Alkohol im Spiel?«

»Nein. Wir tranken Kaffee und Fruchtsaft.«

Teresa sagte, daß sie nach ihrer Ankunft in Lincoln City am Strand spazierengegangen und dann nach Woodburn zurückgefahren seien. Sie kamen gegen sechs Uhr abends bei ihr zu Hause an.

»Er hat mich dann doch gebeten, niemandem von unserem Ausflug zum Strand zu erzählen«, sagte sie. »Er hatte Angst, daß man denken könnte, wir hätten eine Affäre, was natürlich nicht der Fall war.«

»In was für einem Fahrzeug sind Sie mit ihm ans Meer gefahren?«

»In seinem blauen Pick-up.« Obwohl er manchmal einen grauen Honda fuhr, von dem Teresa annahm, er gehöre seiner Frau, brachte sie Dayton vor allem mit seinem blauen Pick-up in Verbindung, der immer in sehr sauberem, ordentlichem Zustand war, außen und innen.

»Haben Sie jemals irgendwelche Waffen im Pick-up gesehen?« fragte Strovink.

»Nein. Nichts dergleichen.«

Teresa teilte Strovink mit, daß Portland immer eine merkwürdige Anziehungskraft auf Dayton ausgeübt habe. Er tat so, als sei die Großstadt eine völlig andere Welt. Oft betonte er, wie langweilig Woodburn doch sei und daß er drei- bis viermal die Woche nach Portland fahre. Er hatte wohl eine Vereinbarung mit seiner Frau, wonach er, ohne daß sie protestiert hatte, sich Freitag und Samstag nacht fein machte und nach Portland fuhr. Er trug gerne Kleidung im Western-Stil, Hemden in hellen Farben, Anzughose und Cowboystiefel.

»Hat Dayton in den Unterhaltungen mit Ihnen jemals über Sex gesprochen, insbesondere über irgendwelche ungewöhnlichen Praktiken?«

»Nein. Das einzige, was ein bißchen in diese Richtung

ging, waren seine Bemerkungen über diese Vereinbarung mit seiner Frau. Er redete immer davon, wie lebendig Portland sei und daß es der perfekte Ort sei, wenn man Spaß haben wolle.« Teresa sagte, daß sie sich öfters über Daytons Beziehung zu seiner Frau gewundert habe; irgend etwas daran war seltsam, fand sie. »Ich habe immer gedacht, er sollte eigentlich daheim bei seiner Frau und dem kleinen Kind sein.«

»Hat er jemals über Reisen gesprochen?«

»Er erwähnte, daß er jedes Jahr ein paarmal nach Reno fuhr.« Dayton hatte einen Freund, dessen Namen Teresa nicht kannte, und die beiden seien auf diesen zweimal jährlich stattfindenden Kurzreisen immer übers Wochenende in Reno geblieben.

»Können Sie mir sonst noch etwas über ihn sagen?«

»Er machte gern Zauberkunststücke.«

»Sie meinen Tricks mit Seilen, Knoten und dergleichen?«

»Nein. Die Tricks, die er mir vorführte, waren mit Spielkarten oder Münzen, und ein Trick mit einem Aschenbecher.«

Er war Nichtraucher, dennoch mochte er einen Trick besonders, bei dem er Asche auf geheimnisvolle Weise von der einen Hand verschwinden und in der anderen wieder auftauchen ließ. Das war alles, was Teresa im Moment über Dayton sagen konnte.

Strovink rief John Frank um sieben Uhr morgens am nächsten Tag, dem 14. August, in seiner Wohnung an. Frank bestätigte, daß er mit Dayton in dem Eisenwarenladen gearbeitet hatte, und zeigte sich überrascht, daß Dayton unter Mordverdacht stand. Dayton, sagte er, war jemand, der nie die Nerven verlor; er hatte ihn noch nie mit einer Waffe gesehen. Frank erzählte, daß er ein paarmal mit Dayton zum Angeln an den Molalla-Fluß gefahren war und ihn einige Male nach Portland begleitet hatte.

»Er schien einen sehr ungewöhnlichen Lebensstil zu haben«, sagte Frank. »Er ging gerne in Bars, obwohl er verheiratet war, und redete immer von dem aufregenden Nachtleben, das man in Portland finden konnte.« Frank sagte, er sei mit Dayton ein paarmal in Bars in Portland gegangen, wenn er, Frank, geschäftlich dort zu tun gehabt habe.

»Hat Dayton jemals Glück gehabt? Hat er jemals eine Frau kennengelernt?« fragte Strovink.

»Ich kann mich nur an eine Gelegenheit erinnern, wo Dayton auf einem dieser Ausflüge eine Frau aufgerissen hat. Oder besser gesagt, sie hat ihn aufgerissen.« Frank wußte nicht mehr genau, wo das passiert war, entweder im ›Denny's‹ oder in einem ›Vip‹-Restaurant. Frank betonte, daß er selbst nicht so sehr an diesen nächtlichen Aktivitäten interessiert sei. Seine Beziehung zu Dayton außerhalb der Arbeit habe sich auf das gemeinsame Angeln im Molalla-Fluß beschränkt.

»Haben Sie jemals eine Waffe, gleich welcher Art, an ihm gesehen?« fragte Strovink.

»Ja, er hatte immer einen Schlagstock im Laderaum seines Pick-ups liegen.« Frank fügte jedoch hinzu, daß er nie gesehen habe, daß Dayton ihn benutzt hätte. Dayton habe sich nie gewalttätig oder feindselig gezeigt.

»Hat er jemals von ungewöhnlichen Sexualpraktiken erzählt?«

»Einmal hat er erzählt, daß er eine Dame kennengelernt hat, die es gerne ›von hinten‹ mag«, sagte Frank. »Das ist etwa drei Jahre her. Er hat mir auch erzählt, daß er gerne in Restaurants geht, wo sich Huren aufhalten. Er fand Huren interessant und unterhielt sich gerne mit ihnen.« Frank konnte sich nicht an die Namen der Restaurants erinnern.

Frank sagte, daß Daytons Eheleben einen sehr langweiligen, gleichförmigen Eindruck mache. Er wußte von der Vereinbarung, die Dayton mit seiner Frau hatte, doch Dayton habe nie etwas gesagt oder getan, um Frank den Eindruck zu vermitteln, daß er, Dayton, einfach so losziehen und »mal eben Sex haben« könne. Frank sagte, daß Daytons Ehefrau eine nette, fromme Frau sei, von der er nicht glaube, daß sie ein solches Verhalten ihres Ehemannes dulden würde.

Frank teilte Strovink mit, daß Dayton Alkohol zu sich nehme und ›süßere‹ Drinks, wie etwa Sahnelikör oder Wodka mit Orangensaft, bevorzuge. Frank räumte auch ein, daß er und Dayton gelegentlich Marihuana geraucht hatten, doch nur selten, »ohne es zu übertreiben«. Frank beschrieb Dayton als einen Menschen, dem jegliches Taktgefühl im Umgang mit den Kunden des ›Coast-to-Coast‹-Geschäfts gefehlt habe. Frank zeigte sich überrascht, daß Daytons eigenes Unternehmen so gut lief.

Strovink konnte Roberto Ancisco nicht erreichen. Er arbeitete in Portland, und Strovink würde ihn aufspüren müssen.

Am Donnerstag nachmittag fuhr Turner nach Woodburn und hatte eine Unterhaltung mit der Geschäftsführerin und Mitbesitzerin des ›Coast-to-Coast‹, Beverly Clarambeau. Turner erfuhr, daß Frau Clarambeaus verstorbener Mann Dayton im Juni 1984 trotz seiner Vorstrafen angestellt hatte. Clarambeau gab an, daß sie immer angenommen hatte, Dayton sei wegen bewaffneten Raubes verurteilt worden. Sie wußte nichts von irgendwelchen anderen Verbrechen, die er begangen haben sollte. Er arbeitete in dem Geschäft auf der Basis eines Nebenvertrages bis zum September 1986.

»Er war launisch«, sagte sie. »Manchmal war er sehr kurz angebunden mit den Kunden. Er hatte immer recht, und die Kunden hatten grundsätzlich unrecht. Manchmal war er fast streitlustig.«

Frau Clarambeau sagte, daß sie und ihr Mann ihm diese schlechten Angewohnheiten nachgesehen hätten, da er in seiner Arbeit wirklich kompetent sei. Er sei ein Perfektionist und liebe es, wenn alles sauber und ordentlich sei.

»Oh, wo er arbeitete, hätte man vom Boden essen können. Wenn er nur einen Tropfen Öl vergoß, wischte er es sofort auf. Mein eigenes Haus war nicht so sauber wie der Boden in seiner Werkstatt.«

Sie sagte, daß er leider ein ›Ego-Problem‹ hatte (eine starke Fixierung auf seine eigenen Wünsche und Bedürfnisse), was seinen Umgang mit Kunden und Kollegen sehr belastete. Einmal habe sie ihn auch im Verdacht gehabt, Ersatzteile und Werkzeuge aus dem Geschäft für seine eigene Werkstatt zu stehlen. Nachdem er wegen Mordverdachts an Jenny Smith verhaftet worden war, habe ein Geschäftspartner von ihr, der Besitzer des ›Oregon Liquor Control Commission-Liquor Store‹ (OLCC), des staatlichen Spirituosenladens von Woodburn, ihr erzählt, daß Dayton einer seiner besten Kunden gewesen sei.

Turner war mit seiner Befragung eigentlich schon am Ende, da teilte Frau Clarambeau ihm noch mit, daß eine ihrer Angestellten, Joy Bean, Dayton mit fremden Frauen in seinem Pick-up beobachtet habe. Auf Turners Bitte rief Frau Clarambeau Frau Bean in das Zimmer.

»Mein Eindruck von Dayton war immer der eines Schürzenjägers«, erzählte Joy. Sie berichtete von den Gerüchten, denen zufolge sich Dayton oft in den Bars in der näheren Umgebung herumtrieb, und sie hatte ihn mindestens zweimal mit ihr unbekannten Frauen in seinem Pick-up gesehen. Ungefähr eine Woche vor seiner Festnahme hatte Joy ihn in südlicher Richtung auf dem Highway 99E fahren sehen. Neben ihm habe eine Frau mit langen dunklen Haaren gesessen.

»War es möglicherweise seine Frau Sherry?« fragte Turner.

»Nein, auf keinen Fall. Ich weiß, wie Sherry aussieht, und die Frau in seinem Pick-up war bestimmt nicht seine Ehefrau.« Sie fügte noch hinzu, daß es die beiden Male, als sie ihn mit fremden Frauen beobachtet hatte, jeweils gegen sieben oder halb acht Uhr abends gewesen war, beide Male in der Nähe der Kreuzung zwischen Aurora und Hubbard, nördlich von Woodburn und dem Highway 211. Turner kannte den Highway 211 und wußte, daß er die direkte Verbindung nach Molalla und zum Molalla-Wald war. Wieder fragte er sich, ob Dayton nicht doch jener Unbekannte gewesen sein konnte, der Heather Brown am 7. Juli in den Wald gefahren und völlig verängstigt hatte, doch in diesem Augenblick schob er den Gedanken beiseite.

»Was, glauben Sie, ist Dayton für ein Mensch?« fragte er.

»Er ist ein komischer Kauz«, platzte Joy heraus. »Er hat mich immer mit zweideutigen Bemerkungen angemacht.«

Sie sagte, sie habe ihn immer abblitzen lassen und sei ihm aus dem Weg gegangen. Sie hatte nicht unbedingt Angst vor ihm. Sie mochte ihn einfach nicht.

Die Asche aus dem Holzofen in Daytons Werkstatt war durchsiebt und analysiert worden. Die staatlichen Kriminologen hatten darin fünf Gürtelschnallen gefunden sowie Metalleisten von mindestens fünf Schuhen, zwei lange Metallfedern, einige Knöpfe, vier sternförmige Metallösen, Ohrringe, einige BH-Verschlüsse, Druckknöpfe, Strumpfhalter, weitere Damen-Utensilien und die Überreste eines verbrannten Tennisschuhs. Einige der Metallteile aus dem Holzofen glichen den Metallteilen des einzelnen Schuhs, der auf dem GMAC-Parkplatz gefunden wurde, wo Jenny Smith ermordet worden war.

Was hatte die Entdeckung all dieser Gegenstände zu bedeuten? Brachte dieses Beweismaterial lediglich Turners Mordanklage gegen Rogers einen gewaltigen Schritt weiter? Oder war es ein Indiz dafür, daß sie es mit etwas noch weitaus Schlimmerem zu tun hatten, von dem Turner und die anderen Ermittler noch nichts wußten? Turner hatte ein sehr komisches Gefühl, eine fürchterliche Ahnung, die mit jedem Tag beunruhigender wurde.

SIEBENTES KAPITEL

In der vierten Augustwoche machten in der Abteilung für vermißte Personen der Polizei von Portland Berichte über das Verschwinden der dreiundzwanzigjährigen Lisa Maria Mock die Runde. Lisa, eine polizeibekannte Prostituierte und Drogenabhängige, war nun schon seit über einem Monat als vermißt gemeldet, und die Polizeibeamten hatten bisher keinen Erfolg bei der Suche nach ihr gehabt.

Lisas Vater, James Holden, der seinen Wohnsitz in Kalifornien hatte, gab an, daß Lisa in Berkeley, Kalifornien, geboren wurde und im Alter von 16 Jahren begonnen habe, Drogen zu nehmen. Sie führte ein sehr unstetes Leben und gelangte schließlich nach Oregon. Sie wohnte mit ihrem ebenfalls heroinabhängigen Mann William, den sie am 9. August 1986 geheiratet hatte, in Gresham, einem Vorort von Portland.

»Sie hatte einen festen Freund, als sie William kennenlernte«, sagte ihr Vater, »doch dann gab es auf einmal nur noch William für sie.«

Lisa prostituierte sich, um ihre eigene Sucht und die ihres Liebhabers zu finanzieren. Mal schaffte sie in Gresham an, mal in Portland. Wenn sie in der Stadt war, benutzte sie als Basis das Continental Motel, das eine Kapazität von 80 Zimmern hatte, an der East Burnside Street in der Innenstadt. Es lag zwischen einem Restaurant auf der einen und einer Topless-Bar auf der anderen Seite, und ein Zimmer kostete 19,95 Dollar pro Nacht oder 99 Dollar für eine ganze Woche. Das Continental war ein äußerst übel beleumdeter Ort, in einer der berüchtigtsten Gegenden der Stadt gelegen und der Polizei gut bekannt. Die Beamten nannten es oft ›Mörder-Hotel‹ oder ›Motel Hell‹, denn unbestritten wurden nirgendwo sonst so viele Morde verübt.

Zwei Monate früher, am 21. Juni, hatten die Beamten der Mordkommission beispielsweise den grausigen Mord an der sechsundzwanzigjährigen Candace Marie Straub untersuchen müssen. Ihr schwer verbrannter Körper war in Zimmer 214 gefunden worden. Das Mädchen war von zwei Männern gefesselt und geknebelt worden. Nachdem die beiden Männer versucht hatten, sie zu vergewaltigen, folterten und erwürgten sie das Mädchen in der Badewanne. Bevor sie verschwanden, übergossen sie ihre Leiche mit Benzin und setzten sie und das Motelzimmer in Brand.

Ebenfalls in der Badewanne, am 17. Mai 1986, fand ein Zimmermädchen des Motels die halb bekleidete Leiche der vierunddreißigjährigen Barbara Ann Maher, in Zimmer Nr. 116. Maher war durch Messerstiche in die Brust getötet worden.

In den frühen achtziger Jahren wurde ein Paar in dem Motel erschossen aufgefunden. Es gab dort und in der unmittelbaren Umgebung im Laufe der Jahre immer wieder Schießereien und Messerstechereien. Bei einem der letzten Zwischenfälle, wo wieder ein Mann und eine Frau erschossen wurden, fand die Polizei am Tatort einen neun Monate alten Jungen, der im Blut seiner Mutter herumkroch. Angesichts der blutigen Vergangenheit ihres Aufenthaltsortes war es kein Wunder, daß die Ermittler über das Verschwinden der Lisa Maria Mock mehr als gewöhnlich besorgt waren. Sie war das letzte Mal gesehen worden, als sie am 23. Juli das Continental in Begleitung dreier Männer verließ. Lisas Vater erzählte der Polizei, er habe angefangen, sich ernstlich Sorgen zu machen, als Lisa zu einer Testamentsverlesung am 20. August nicht vor Gericht erschien. Im Testament eines kürzlich verstorbenen Verwandten waren für Lisa 25 000 Dollar vorgesehen.

Nach der Beschreibung ihres Vaters fertigten die Beamten der Vermißtenabteilung einen Fahndungsbrief. Dort wurde sie als 1 Meter 65 groß, etwa 60 Kilo schwer beschrieben, mit flachsblondem Haar und sehr geraden Zähnen (denn sie hatte in ihrer Kindheit eine Spange getragen). Sie war an mehreren Stellen ihres Körpers tätowiert, unter anderem mit einem schwarzen Harley-Davidson-Emblem mit dem Wort ›Bitch‹, das sich über ihren unteren Rückenbereich erstreckte, einem farbigen Einhorn auf dem Schulterblatt, dazu noch einigen Initialen (die sie selbst gemacht hatte) auf ihrem Oberarm.

»Sie war ein hübsches Mädchen«, sagte Holden, »bis auf diese Tätowierungen. Ich konnte ihren Anblick nicht ertragen.«

Als sie das letzte Mal gesehen wurde, trug Lisa Bluejeans, einen vielfarbigen Gürtel mit zwei ringförmigen Schnallen, eine schwarze, trägerlose Bluse, schwarze Reebok-Tennisschuhe, ein rosafarbenes Haartuch und einen silbernen Ring mit einer eingefaßten Perle.

Holden erzählte der Polizei, daß er Lisa einmal ›gekidnappt‹ und nach Kalifornien zurückgebracht hatte, um sie von den Drogen fernzuhalten. Nach drei Tagen verließ sie sein Haus erneut und begann in San Francisco – im Rahmen eines Resozialisierungsprogramms der Drogenhilfe – in einer Firma, die Alarmanlagen herstellte, als Sekretärin zu arbeiten.

»Sie war clean«, sagte Holden. »Sie hatte eine Arbeit als Hilfssekretärin. Alles schien gut zu werden. Sie war wieder unser kleines Mädchen.«

Dann jedoch begann sich Lisa mit einer Freundin wieder herumzutreiben, wobei sie irgendwann in Portland landete. William folgte ihr dorthin, und einen Monat später war sie wieder auf Heroin.

»Sie hat es mir nie erzählt«, sagte Holden, »denn sie weiß, was ich davon halte. Ihrer Großmutter jedoch hat sie's gesagt. Sie sagte ihr auch, daß sie als Prostituierte arbeitete. Da fingen dann die Schwierigkeiten an. Sie rief mich an und sagte, sie wolle ihr Leben wieder in den Griff bekommen. Sie sagte, sie werde mich zurückrufen. Das war am 21. Juli. Zwei Tage später verließ sie das Continental, um sich eine Packung Zigaretten zu holen. Sie kam nie zurück, und seither hat niemand irgend etwas von ihr gehört oder gesehen.«

Während die Ermittler sich bemühten, Lisa Mock wieder aufzufinden, beschäftigten sie sich gleichzeitig mit dem Fall der vermißten Maureen Ann Hodges, die unter dem Spitznamen ›Mo‹ bekannt war und zur selben Zeit wie Lisa auf ebenso mysteriöse Weise verschwand. Die Beamten nahmen beide Fälle gleich ernst; es gab jedoch noch keinen Hinweis darauf, daß sie in irgendeiner Verbindung zueinander stünden. Zu diesem Zeitpunkt war noch keine der Frauen tot aufgefunden worden, und es gab nur geringe Verdachtsmomente für ein Verbrechen. Sie waren einfach spurlos verschwunden, und das bedeutete nicht unbedingt, daß ein Verbrechen begangen worden war. Es verschwinden ständig Leute, aus den unterschiedlichsten Gründen, und oft tun sie das freiwillig.

Als sie Mos Lebenssituation untersuchten, erfuhren die Ermittler, daß Mo im Mai in einer Bar einen siebenundzwanzigjährigen Mann namens Tim Wilson* kennengelernt hatte. Das war etwa zwei Monate nach ihrer letzten Begegnung mit Tracie Baxter. Die Polizei wußte zu diesem Zeitpunkt noch nichts von Tracies Begegnung mit dem Mann in dem blauen Pick-up und sollte auch in den nächsten zwei Monaten nichts davon erfahren. Doch Tracie war inzwischen schwanger geworden, war weg von der Straße und versuchte nun, ihr Leben zu ändern. Soweit die Polizei es in Erfahrung bringen konnte, arbeitete Mo immer noch als Prostituierte, um sich ihre Drogen finanzieren zu können, als sie Tim kennenlernte. Tim hatte zu diesem Zeitpunkt noch keine Ahnung, daß Mo eine Prostituierte war, und die beiden verliebten sich ineinander. Sehr bald darauf zog Mo zu Tim in sein Hotelzimmer in der Innenstadt von Portland. Er stellte sie seinen Freunden und Verwandten als seine neue Freundin vor.

Nach den Maßstäben der meisten Leute war das Fairfield Hotel in der Southwest Stark Street, in der Nähe der 11th Avenue, ein schäbiges Loch. Es war ein Zufluchtsort für alle Sorten von Pennern, Huren und Drogenabhängigen. Es gab jedoch auch immer ein paar ständige Bewohner, wie Tim und Mo, die Pech gehabt hatten und ein paar Monate lang blieben, da es billig war. Obwohl Mo schon gerne etwas schöner gewohnt hätte, bot ihr das Fairfield doch ein Dach überm Kopf und wurde ein richtiges Zuhause – und sei es auch nur für ein paar Monate. Auch war die Mordrate bei weitem nicht so hoch wie im Continental. Mo war mit ihren 26 Jahren trotz ihres extrem harten, aufreibenden Lebensstils immer noch eine attraktive Frau. Ihr war früher einmal die Nase gebrochen worden, und obwohl sie jetzt ein bißchen schief war, tat das ihrem Aussehen keinen Abbruch. Sie war einssiebzig, wog 60 Kilo und hatte eine gute Figur. Ihr langes, braunes Haar und die haselnußbraunen Augen rundeten ihre Erscheinung ab. Die Tätowierungen auf beiden Armen und auf ihrer Brust störten etwas, waren jedoch glücklicherweise nicht zu sehen, wenn sie angezogen war.

Sie kleidete sich nicht wie eine Prostituierte, und vielleicht hatte Tim deswegen keinen Verdacht geschöpft oder ihr irgendwelche Fragen gestellt. Sie trug nicht die üblichen grellen, ordinären Kleider, sondern normale Stoffe, geschmackvolle Blusen und Levis-501-Jeans oder Stoffhosen. Manchmal zog sie einen weißen Pullover mit Vogel- und Baummuster darauf an; doch niemals trug sie ein Kleid, wenn sie ausging. Sie zog normalerweise auch keine Strumpfhose an, sondern weiße Socken und Tennisschuhe oder schwarze Stiefel. Sie war fast immer gegen halb fünf Uhr nachmittags zu Hause – Tim gefiel das. Es half auch, ihr wahres Leben vor ihm zu verbergen. Eines Tages jedoch kam er unerwarteterweise früher als gewohnt heim und entdeckte ihr Geheimnis. Ohne daß sie ihn bemerkt hätte, stand er ruhig in der Badezimmertür, die sie weit offen gelassen hatte, und sah zu, wie sie sich eine mit Heroin gefüllte Spritze in den Bauch stach. Er erfuhr nach und nach, daß das, was er soeben miterlebt hatte, einer von drei oder vier täglichen ›Schüssen‹ gewesen war, von denen jeder eine Tüte Stoff im Wert von 20 Dollar enthielt. Das war auch die Erklärung für all die Narben an ihrem Bauch.

Er fragte sie, wie sie ihre kostspielige Sucht finanziere, und unter Tränen gab sie zu, daß sie als Prostituierte arbeitete und auch häufig wertvolle Gegenstände in großen Kaufhäusern stahl. Tim war zunächst von ihrem Geständnis so erschüttert, daß er sie verlassen wollte. Doch als er sich, mit etwas mehr Ruhe, der Tatsache bewußt wurde, daß er Mo wirklich liebte, wollte er versuchen, ihr zu helfen. Um sie von der Straße wegzukriegen und den Kaufhausdiebstählen ein Ende zu setzen, begann Tim, ihre Sucht aus eigener Tasche zu finanzieren. Es kam sogar der Zeitpunkt, wo es so aussah, als könne Mo die Sucht wirklich besiegen, und die Menschen, die sie liebten und sich um sie sorgten, begannen zu hoffen, daß sie ihr Leben endlich ändern werde. Sie hatte es geschafft, ihren täglichen Drogenkonsum so zu senken, daß sie nur mehr 40 Dollar am Tag dafür aufwenden mußte, die Hälfte des Betrags, den sie in all den Jahren täglich benötigt hatte. Sie hoffte, in ein paar Wochen ihren Drogenbedarf noch mal halbieren zu können. Dann passierte jener dumme Streit am 8. Juli, einem Mittwoch, und alles änderte sich schlagartig.

Mo kam mit einem Stapel Anziehsachen nach Hause, die sie eigens für Tim gekauft hatte. Sie wollte ihm auf ihre Art zeigen, daß sie all die Liebe, die er ihr gegeben hatte, all die emotionale und finanzielle Unterstützung, wirklich schätzte und ihm dafür dankbar war. Aber Tim sah das anders. Er wollte nicht, daß sie ihm Sachen kaufte, schon gar nicht mit Geld, von dem er wußte, daß sie es durch Prostitution verdiente. Für ihn war das *ihr* Geld, es war schmutzig, und er wollte nichts damit zu tun haben.

Wütend rannte Mo aus ihrem gemeinsamen Zimmer. Es war um die Mittagszeit, als sie einen Bus von der Innenstadt zur 82nd Avenue nahm. Sie sah Tim nie wieder, sie kehrte nie zurück. Doch Tim sah Mo, ohne daß sie es merkte, an jenem Nachmittag noch einmal, aus dem Fenster eines vorbeifahrenden Busses, den er in der Innenstadt genommen hatte, um hier nach ihr zu suchen. Sie arbeitete auf ihrem Stammplatz auf der 82nd Ecke Holgate Boulevard, als der Bus an ihr vorbeifuhr, und es war das letzte Mal, daß er sie zu Gesicht bekommen sollte. Mo war extrem ›streetsmart‹ und mit allen Wassern gewaschen, aber Tim wußte, so wie sie jetzt war, elend, auf der verzweifelten Suche nach einem Schuß, war sie sehr verletzlich. Er stieg an der nächsten Ecke aus, wollte sie überreden, zurück nach Hause zu kommen, doch vergebens. Sie war bereits in den hellblauen Nissan Pick-up eingestiegen und verschwunden. Für immer.

In dieser vierten Augustwoche, während die Ermittler in Portland versuchten, das mysteriöse Verschwinden von Lisa und Mo aufzuklären, fahndeten die Beamten des Clackamas County Sheriff's Office nach dem Verbleib der sechzehnjährigen Reatha Maria Gyles, die von ihrem Zuhause in Estacada im Staate Oregon am 21. Juli verschwunden war und von der man seither nichts mehr gehört oder gesehen hatte.

Deputy John Johannessen war am Mittwoch, dem 29. Juli, zum Wohnsitz der Gyles-Familie, Southwest Maple Nr. 440 beordert worden. Er kam dort um 16 Uhr 22 an. Reathas Mutter Wanda Marie Gyles, eine Taubstumme, bat ihn hinein. Von diesem Zeitpunkt an übersetzten Reathas Freund Leonard Todd Thornton, 17 Jahre alt und auf der Straße ›Moose‹ (Elch) genannt, und Reathas vierzehnjährige Schwester Wanda ›Lovey‹ Gyles.

In Zeichensprache erklärte Wanda Gyles, daß sie Reatha als vermißt melden wolle, da sie sie über eine Woche nicht gesehen habe. Leonard sagte, er habe Reatha, die auf der Straße auch ›Leslie‹ hieß, zuletzt auf der 82nd Avenue/Ecke Division Street in Portland gesehen, sie sei auf dem Weg zu einer Freundin gewesen, die in der Nähe wohnte.

»Sie ist dort nie aufgetaucht, doch Reatha ist immer irgendwo herumgestreunt«, unterbrach die Mutter in Zeichensprache, »wir haben uns für eine Weile keine Sorgen gemacht.«

Wandy Gyles berichtete, daß Reatha die Marshall-Highschool im April kurz vor dem Abschluß verlassen und begonnen habe, sich auf der 82nd Avenue herumzutreiben. Lovey erzählte Deputy Johannessen, daß Reatha viele Bekannte habe, die sich auf der 82nd herumtrieben.

»Die 82nd Avenue, das war ihr Leben«, sagte Lovey. »Sie nahm niemals Drogen. Sie mochte nur das Geld und die Klamotten. Als ich erfuhr, was sie macht, war ich schockiert, aber sie ist meine Schwester, und ich liebe sie.«

Sie erzählten Johannessen, daß Reatha 1987 schon zweimal wegen Prostitution verhaftet worden sei, das letztemal am 10. Juli, weniger als zwei Wochen vor ihrem Verschwinden.

»Sie war ein so gutes Mädchen, bis sie ihre Freunde kennenlernte«, sagte Reathas Mutter. »Sie war so süß. Dann ging sie auf die Straße, und alles wurde anders. Ihre Freunde drängten sie dazu, schnelles Geld zu machen. Keiner von denen will zwei Wochen auf seine Lohntüte warten. Sie begann anzuschaffen, um schnell etwas zu verdienen. Ich wollte sie von der Straße weghaben, wollte, daß sie einen Job kriegt. Aber sie wollte nicht auf mich hören, sie wollte Spaß haben.«

Leonard sagte, er habe Reatha zwei Jahre zuvor kennengelernt, als sie noch 14 war. Er habe ihrer Mutter geholfen, Lebensmittel von einem Supermarkt im Südosten Portlands heimzutragen.

»Ich habe sie vom ersten Augenblick an gemocht«, sagte Leonard. »Sie kam zu mir zum Abendessen, und dann fingen wir an auszugehen. Sie ist ein bißchen naiv, aber gut und ehrlich.«

Nachdem sie eine Weile befreundet waren, begann Reatha, abwechselnd bei ihrer Mutter und bei Leonard im Südwesten Portlands zu leben. Irgendwann wechselte sie zur Marshall-Highschool, weil sie mittlerweile mehr Zeit bei Leonard als bei ihrer Mutter verbrachte. Sie nahm eigentlich keine Drogen, dennoch wurden ihre schulischen Leistungen immer schlechter; im Schuljahr 1986/87 bekam sie in fast allen Fächern nur die schlechteste Note.

Reatha wurde als ein hübsches Mädchen beschrieben, etwas über einssechzig groß und ungefähr 55 Kilo schwer; sie hatte üppiges, schulterlanges, gewelltes Haar und blaue Augen. Leonard sagte, ihre Erscheinung sei normalerweise recht lässig gewesen, doch habe sie sich immer gut gepflegt. Sie hatte eine helle Hautfarbe und war immer freundlich. Da eines ihrer Beine kürzer war als das andere, hinkte sie leicht; an beiden Beinen hatte sie eine Vielzahl von Narben von den zahlreichen Operationen, die über Jahre hinweg im Shriner's-Kinderkrankenhaus in Portland wegen des angeborenen Hüftleidens an ihr durchgeführt wurden. Trotz ihrer Leiden hatte Reatha ein fröhliches Wesen und besaß die Fähigkeit, andere Menschen zu lieben und sich um sie zu sorgen.

»Reatha trägt normalerweise an den letzten drei Fingern jeder Hand Ringe; um den Hals trägt sie eine Kette mit einem Anhänger aus Playboy-Hasen«, sagte Leonard. Am Tag ihres Verschwindens habe sie eine braune Wildlederjacke, mit unterschiedlichem Leder an den Ärmeln und Taschen, Levis-Jeans, ein helles Hemd und schwarze Lederstiefel angehabt.

»Hatte Reatha Ihres Wissens irgendwelche Feinde?« fragte Johannessen. »Irgend jemand, der ihr weh tun wollte?«

Leonard, Wanda und Lovey wechselten einen fragenden Blick; jeder wartete darauf, daß der andere etwas sagte. Schließlich begann Leonard:

»Milton Graves*, Wandas Ex-Freund, und ein paar seiner Freunde haben gedroht, Reatha umzubringen.«

Leonard erklärte, daß Graves zehn Tage vorher aufgrund einer Anzeige von Wanda wegen Körperverletzung verhaftet worden sei. Der Anzeige nach hatte Graves zweimal am 19. Juli vorsätzlich und mit Gewalt Wanda eine Droge namens ›Crank‹, ein sehr starkes Methamphetamin, injiziert. Graves flüchtete danach, doch Beamten des Sheriffs fanden ihn – er hatte sich im Gebüsch am Ende der Straße versteckt – und nahmen ihn wegen Körperverletzung vierten Grades fest. Er beteuerte seine Unschuld und beharrte vehement darauf, Wanda habe sich selbst eine Tüte Heroin besorgt und sich einen Schuß gesetzt. Graves verbrachte die Nacht im Gefängnis, doch Leonard erfuhr am darauffolgenden Tag, daß er für Arbeitsurlaub auf freien Fuß gesetzt worden war. Graves' Bewährungsfrist von einer früheren Verurteilung war jedoch noch nicht abgelaufen; er fürchtete, daß Leonard und Reathas Familie aussagen würden, daß er in Wanda Gyles' Wohnung sowohl Drogen als auch Waffen versteckt hielt, beides ein Verstoß gegen seine Bewährungsvorschriften. Leonard sagte, Graves wolle seine Waffen wiederhaben und jeden in der Familie umbringen, falls sie ihn verraten sollten.

Auch Lovey meldete sich jetzt zu Wort. Sie sagte, daß auch sie am Telefon von Graves und seinen Kumpanen nach seiner Haftentlassung bedroht worden sei. Sie wisse nicht, von wo er angerufen hatte, gab Deputy Johannessen jedoch die Adresse von einem von Graves' Freunden auf dem Southeast Powell Boulevard.

»Wenn du dein Maul nicht hältst«, wiederholte Lovey Graves' Drohung, »wirst du deinen 15. Geburtstag nicht erleben.« Lovey sagte, daß sie mindestens vier Handfeuerwaffen im Haus gesehen habe, die von der Polizei nicht gefunden worden seien. Graves habe sie irgendwo versteckt, doch sie wisse nicht, wo.

Nachdem Johannessen die Befragung der Familie Gyles beendet hatte, rief er im Polizeipräsidium an und meldete Reatha Gyles als vermißt. Er sandte auch eine Meldung, daß Reatha möglicherweise Opfer eines Verbrechens geworden war; schließlich gab er noch für Graves einen Haftbefehl in Auftrag, wegen Einschüchterung von Zeugen.

Als Graves erneut verhaftet wurde, beteuerte er, niemals irgendwen bedroht zu haben; auch habe er Reatha Gyles kein Haar gekrümmt. Tatsache sei vielmehr, sagte er, daß er sie seit einiger Zeit nicht mehr gesehen habe. Leider hatte sie auch sonst niemand gesehen. Daraufhin erklärte sich Graves bereit, sich freiwillig einem Lügendetektor-Test bezüglich Reatha Gyles' Verschwinden und ihrem möglichen gewalttätigen Tod zu unterziehen; er bestand diesen Test. Was die Polizei anging, so hatte Graves mit ihrem Verschwinden nichts zu tun.

Am Freitag, dem 28. August, traf sich Detective John Turner mit Maxine Jewell. Sie war eine Verkäuferin in dem OLCC-Spirituosen-Laden, in dem Dayton meistens seinen Alkohol gekauft hatte. Das Geschäft lag sehr günstig im North-Plaza-Einkaufszentrum, wo sich die Highways 211 und 99E kreuzten.

Maxine erklärte Turner, daß sie seit 17 Monaten in dem Spirituosengeschäft arbeite und Dayton Rogers viele Male bedient habe. Sie habe seinen Namen nicht gekannt, bis sie am Abend des 7. August in den Nachrichten die Berichte über seine mögliche Schuld am Tod der Jenny Smith gehört habe.

»Am 6. August kam er rein, kurz bevor wir zumachten«, sagte sie. Maxine sagte, daß sie sich deshalb so gut daran erinnern könne, weil Dayton davor eine Weile nicht dagewesen sei. Er sei ein Stammkunde gewesen, da er mindestens zwei-, dreimal in der Woche gekommen sei und immer die gleiche Sorte Wodka gekauft habe.

»Was für eine Sorte Wodka war das, Maxine?«

»Er besorgte sich immer Smirnoff-Wodka und spielte manchmal Lotto, kaufte sich ein paar Rubbellose. Er war immer sehr ruhig und zurückhaltend und hat im Geschäft nie Ärger verursacht.«

Der Pächter Willi Verboort sagte, daß Rogers ein unfreundlicher Typ gewesen sei, ein Eigenbrötler. Er sei anders als die meisten, ein staubtrockener Typ, der niemals lächelte, nicht einmal dann, wenn man ihm einen Witz erzähle.

»Kaufte er jemals eine andere Sorte Wodka?« fragte Turner.

»Nein, immer nur Smirnoff in den Miniaturfläschchen. Er kaufte immer eine ganze Kiste davon.«

»Hat er jemals seinen Wodka in einer größeren Flasche gekauft?«

»Nein, das ist alles, was ich ihm jemals verkauft habe, Miniaturfläschchen.«

Als Turner in sein Büro zurückkehrte, sah er, daß das Labor der Bundespolizei schon Ergebnisse der Untersuchung des Beweismaterials zurückgeschickt hatte, das am Schauplatz des Mordes an Jenny Smith gefunden worden war. Turner entnahm dem Bericht, die Untersuchung von Jennys Blut habe ergeben, daß sie nur eine winzige Menge Alkohol zu sich genommen haben konnte, weniger als ein Hundertstel Gramm pro 100 Kubikzentimeter Blut. Ganz zweifellos war sie zum Zeitpunkt ihres Todes nicht betrunken gewesen und hatte wahrscheinlich nicht mehr als einen Drink zu sich genommen.

Mehrere rötliche Flecken im Innenraum von Daytons Truck waren als Blutflecken identifiziert worden. Von besonderem Interesse waren Blutspritzer auf der Innenseite der Windschutzscheibe auf der Fahrerseite – die Anordnung der Spritzer ließ vermuten, daß sie aus Richtung des Beifahrersitzes kamen. Die Wunden also, aus denen das Blut spritzte, waren in der Gegend des Beifahrersitzes entstanden und hätten von Daytons Schnitten an der Hand herrühren können.

Ebenso zeigte das Ergebnis der Untersuchung, daß die Blutflecken an der Toilettentür von Daytons Werkstatt, die Blutstropfen in der Nähe des Eingangs, an der rechten Wagentür, an der Türdichtung und dem Innenknauf der rechten Tür alle von Dayton stammen konnten, ebenso das Blut, das auf dem Bürgersteig vor dem GMAC-Gebäude gefunden worden war. Jenny wurde als mögliche Urheberin der oben erwähnten Blutflecken ausgeschlossen.

Die Kriminologen stellten darüber hinaus fest, daß das Blut auf dem ›Regency-Sheffield‹-Messer, das in der Nähe des Tatorts gefunden wurde, Jennys Blut sein könnte. Auch die Blutflecken auf ihrer Jeans, ihrem Sweatshirt und unter dem Beifahrersitz stimmten mit ihrer Blutgruppe überein.

Doch weder die großen Blutflecken unter der Fußmatte des Fahrersitzes von Daytons Pick-up noch die Blutflecken auf dem rechten Absatz der Cowboystiefel der Marke ›Texas‹ stammten von Dayton oder Jenny.

Wessen Blut war es also? fragte sich Turner. Was hatte das zu bedeuten? Es deutete auf etwas Furchtbares hin. Turner gefiel das ganz und gar nicht, und seine Besorgnis wuchs, als Daytons Frau Sherry der Kriminalbeamtin Lynda Estes erzählte, daß weder sie noch ihr Sohn jemals in dem Wagen geblutet hätten. Sherry gab auch an, sich nicht entsinnen zu können, daß Dayton oder jemand anderes jemals in dem Pick-up geblutet habe.

Im Bericht des Kriminallabors las Turner außerdem, daß die Haare aus Daytons Pick-up bei der Untersuchung mit dem bloßen Auge und dem Mikroskop den Haaren ähnelten, die von Rogers' und Jennys Körpern entnommen worden waren. Überraschenderweise waren von beiden keine Schamhaare gefunden worden. Auch auf Daytons Kleidung hatte man keine Haare entdeckt, die mit Jennys Kopf- oder Schamhaaren identisch waren. Auch stammte keines dieser

Haare von Sherry oder ihrem Sohn. In den bei der Autopsie entnommenen Abstrichen von Jennys Mund, After und Vagina war kein Sperma gefunden worden, auch nicht auf ihrer am Tatort sichergestellten Kleidung.

Als weitaus belastender hingegen erwies sich die Analyse der Gegenstände, die sich in der Asche des Holzofens in Daytons Werkstatt befunden hatten. Man verglich sie mit den Teilen des am Tatort entdeckten einzelnen Schuhs. Eine Schuhleiste aus der Sohle dieses Schuhs war in Größe, Form und Breite identisch mit der Schuhleiste aus dem Holzofen. Auch die Leimstoffe beider Schuhleisten waren identisch. Der am Tatort gefundene Schuh wies zwölf Ösen und vier Haken für Schnürsenkel auf – die gleiche Anzahl identischer Haken und Ösen fand man im Holzofen. Es war offensichtlich, daß Dayton oder eine andere Person einen von Jennys Schuhen im Ofen verbrannt hatte.

Die Untersuchung der Asche förderte auch genug Schuhleisten für zwei zusätzliche Schuhpaare zu Tage. Auch fand man Hakenverschlüsse, Knöpfe, Druckverschlüsse, Reißverschlüsse und Teile von Reißverschlüssen, Gürtelschnallen, Schuhnägel, Zierknöpfe, Teile von Ohrringen, Münzen und eine Sicherheitsnadel.

Ein plötzliches Grauen packte Turner, als er das Gelesene überdachte. Warum sollte Dayton Frauenkleidung und Frauenschuhe verbrennen? Wenn er nichts zu verbergen hatte, warum entledigte er sich der Sachen nicht auf die normale Art und Weise und gab sie einer wohltätigen Organisation? Turners Intuition sagte ihm nun, daß Daytons Aktivitäten weit über den Mord an Jenny Smith hinausgingen. Doch falls es noch mehr Opfer gab, wer waren sie? Wie konnte er das herausfinden?

Turner arbeitete sich durch den Stapel von Berichten über Dayton. Diese Berichte kamen sowohl aus seiner eigenen Abteilung, wo man schon vor vielen Jahren auf Dayton aufmerksam geworden war, als auch von den Behörden von anderen Staaten. Nach und nach begann sich in Turners Kopf ein immer klareres Bild von der Sorte Mensch zu formen, mit der er es hier zu tun hatte. Die Berichte führten ihm das

Entsetzen, den Schmerz und die Leiden, die der zweifellos wahnsinnige Dayton seinen Opfern in vielen langen Jahren zugefügt hatte, deutlich vor Augen. Turner wußte, daß sein Gefühl richtig war, daß er sich auf der richtigen Spur befand. Dayton war ein Massenmörder. Doch sollte Dayton – was wahrscheinlich war – nicht gestehen, würde es vielleicht unmöglich sein, seine Verbrechen zu beweisen. Vielleicht würden seine weiteren Opfer niemals entdeckt werden.

ZWEITER TEIL

DIE UNVERMEIDLICHKEIT DES MÖRDERS

ERSTES KAPITEL

Niemand hätte voraussagen können, daß ein hilfloses Kind über die Jahre zu einem Monstrum heranwachsen würde – und doch geschah genau das im Fall des Dayton Leroy Rogers. Es ist tragisch, doch diese Entwicklung war von Anfang an abzusehen: In früher Jugend masturbierte Dayton, wobei er sich die Füße seiner Schwestern vorstellte, und als Teenager fand er ein voyeuristisches Vergnügen daran, seine Schwestern beim Umziehen zu beobachten. Unglücklicherweise war man zu jener Zeit nicht so aufgeklärt wie heute, und nur wenige Menschen waren für diese Alarmsignale empfänglich. Dayton wurde also nicht von seiner immer ausgeprägteren Perversion geheilt, und viele jener Unglücklichen, die ihm begegneten, wurden erbarmungslos niedergemacht und dann weggeworfen wie der Müll von gestern, all das, um die Verwirklichung seiner bizarren sexuellen Wünsche zu ermöglichen. Ob die von ihm Angefallenen überlebten oder nicht, er hinterließ immer ein zerstörtes Leben.

Dayton Leroy Rogers wurde am 30. September 1953 in Moscow im Staate Idaho geboren. Seine Eltern paßten gut zusammen, beide waren hingebungsvolle – um nicht zu sagen, fanatische – Anhänger der Adventisten des Siebten Tages, einer Sekte christlichen Glaubens, nach deren Richtlinien sie auch ihre Kinder aufzogen: Dayton, zwei natürliche und drei adoptierte Schwestern und einen adoptierten Bruder. Daytons Vater, Ortis Noble Rogers, konnte eigentlich Kinder nicht leiden, nicht einmal seine eigenen, und hatte auch nie welche gewollt. Doch Daytons Mutter Jasperelle liebte Kinder über alles. Sie liebte ihre Rolle als Hausfrau und Mutter und war maßgeblich an der Entscheidung, eine so große Familie zu gründen, beteiligt. Ortis erfüllte seine Pflicht, indem er das Geld – so wenig es auch war – nach Hause brachte und dafür sorgte, daß sie immer ein Dach über dem Kopf und Essen auf dem Tisch hatten.

Ortis hatte äußerst altmodische Grundsätze in bezug auf Sex und Religion und war ein Anhänger strenger Zucht und Ordnung, die er durch unnachgiebige Bestrafungen durchsetzte. Es kam oft vor, daß er eins seiner Kinder über die Maßen brutal verprügelte, wobei diese Schrammen oder blutende Wunden davontrugen. Später unternahm er nie den Versuch, sein Verhalten zu erklären oder sich sonst irgendwie dazu zu äußern; er schien seine Taten nur sich selbst gegenüber zu rechtfertigen. Niemals entschuldigte er sich, und seine Kinder wußten nicht, ob die jeweilige Prügel eine korrekte Bestrafung oder eine unwillkürliche Folter darstellte.

»Jedesmal, wenn ich mich in dem Haus aufhielt, sah ich, wie Dayton bestraft wurde«, sagte einer von Rogers' Schwägern, ein Priester. »Ich sah, wie er mit einem Gürtel geschlagen, geohrfeigt oder geboxt wurde. Bei jedem meiner Besuche in der Familie wurde ich Zeuge irgendeiner Form der Züchtigung.«

Einmal wurde Dayton gezwungen, auf einem Stuhl zu sitzen, während ihm der Vater mit der Faust auf die Beine schlug.

»Und anschließend hatten alle Mitleid mit Ortis, weil ihm beim Schlagen ein Blutgefäß in der Hand zerplatzt war. Ortis hatte keinerlei Kontrolle über sich, wenn es um seine Kinder ging. Dayton aber war so diszipliniert, daß er einfach dasaß und alles über sich ergehen ließ. Er hob nicht einmal die Hand, um sich zu beschützen.«

Ortis Rogers' Einstellung zum Sex war einfach und eigennützig: »Ich habe ein Recht darauf.« Er hatte nicht einfach nur Lust auf Sex, er mußte ihn haben, so wie andere essen oder atmen müssen. Ortis predigte seinen Kindern ständig, daß in ihnen das Böse wohne, und er versuchte, sie davon zu befreien, indem er ihnen die Glaubenslehre seiner Kirche unermüdlich einhämmerte und sie zu regelmäßigen Kirchgängen und häufigen Bibelstudien zwang. Darüber hinaus schickte er seine Kinder zu den Schulen der Adventisten-Kirche. Niemals richtete er seinen Blick nach innen, vielleicht hätte er dann begriffen, daß das Böse, daß er in seinen Kindern vermutete, nur ein Auswuchs seiner selbst war.

Auch herrschte in seinem Haus strengste Zensur. Nichts durfte ohne seine ausdrückliche Zustimmung gesehen, gelesen oder gehört werden. Er ging so weit, den mit Gras-Röcken bekleideten Hula-Tänzerinnen auf den Plattenhüllen seiner Sammlung von hawaiianischer Musik mit einem schwarzen Filzstift Kleidung aufzumalen, damit sie außer Gesicht und Händen ja kein nacktes Fleisch zeigten. Wenn irgendein Besucher jemals darauf zu sprechen kam, erklärte Ortis, diese Frauen seien ›Nutten‹, und er könne eine solche Form von Pornographie in seinem Heim nicht dulden. Aber die hawaiianische Musik hörte er gerne. Ortis brachte seinen Kindern auch bei, daß man Frauen, die vorehelichen Geschlechtsverkehr praktizierten oder mit jungen Männern bei Verabredungen knutschten, ›steinigen sollte‹, genau wie die Huren in der Bibel.

Daytons erste Lebensjahre kann man am besten als chaotisch beschreiben. Sein Vater schlug sich als halbausgebildeter Anstreicher, Bäcker und Lehrer in den kirchlichen Schulen durch und zog mit der gesamten Familie um, wenn es ein Job erforderte. Die Familie wechselte häufig, bis zu drei-, viermal im Jahr, den Wohnort. Es kam selten vor, daß die Kinder länger als ein Jahr auf dieselbe Schule gingen, was es sehr schwierig machte, Freunde zu finden oder Beziehungen aufzubauen. Manche Leute sagten sogar, daß Ortis und Jasperelle sehr unsichere Menschen gewesen seien, die eine völlig überzogene Furcht davor gehabt hätten, jemand außerhalb der Familie könnte ihnen die Liebe ihrer Kinder stehlen; deswegen hätten sie ihren Kindern nie gestattet, Freunde zu haben und dauerhafte Beziehungen mit anderen Menschen einzugehen.

Zu all den Wirrnissen jener Jahre kam noch – so schilderte es jedenfalls Daytons Schwager – die Tatsache, daß Ortis und Jasperelle glaubten, Armageddon, der Weltuntergang, sei nahe, und man müsse sich »vor dem verderblichen Einfluß der Großstädte schützen«. Folglich lebten sie vorwiegend auf dem Land, in kleinen Dörfern, »weit weg von allem«. Manchmal lebten sie in Häusern ohne Elektrizität, manchmal in Wohnmobilen, manchmal in Autos. Einmal, als sie nach Idaho zogen, ging es Ortis finanziell so schlecht, daß er mit seiner Familie in einen nicht mehr benutzten Hühnerstall mit einem Lehmboden zog und ihn in ein ›Haus‹ verwandelte.

Bald darauf, als die Familienmitglieder auf so engem Raum zusammenlebten, begann Dayton, sich für die Füße seiner Schwestern zu interessieren. Falls es jemand bemerkt haben sollte, so ließ derjenige sich nichts anmerken, doch die Schwestern waren immerzu auf der Suche nach ihren Schuhen. Nachts, wenn alle schliefen, lag Dayton wach, stellte sich Dinge vor und befriedigte sich selbst. Oftmals hielt er dabei einen Schuh seiner Schwestern in der Hand. Später erzählte Dayton Bekannten, daß seine Schwestern, als die Familie erneut umzog, Huren geworden seien und ihn zu sexuellen Handlungen gezwungen hätten; eine höchst zweifelhafte Geschichte, die er wahrscheinlich erzählte, um seine Eltern für all den Mißbrauch, den er erlitten hatte, bloßzustellen und zu beschämen. Es war wohl seine Art, sie zu bestrafen, doch das reichte ihm nicht. Dayton fand offensichtlich, daß sie noch viel, viel mehr leiden sollten, genauso wie er gelitten hatte.

Als Dayton in die Mittelstufe der Highschool kam, zogen er und seine Familie nach College Place im östlichen Washington, in der Nähe von Walla Walla. Ortis Rogers hatte dort in einer von Verwandten geführten Bäckerei eine Anstellung bekommen. Auch Dayton arbeitete halbtags in der Bäckerei, während er gleichzeitig die ›Wally Wally Academy‹ besuchte, eine von den Adventisten geführte Schule. Dort bekam er gerade noch durchschnittliche Noten. Er war nicht dumm oder unfähig zu lernen. Er interessierte sich einfach nicht für die Schule. Während dieser Zeit, als Dayton in die elfte Klasse ging, geriet er auch zum ersten und einzigen Mal als Jugendlicher mit dem Gesetz in Konflikt. Er und ein Freund, gelangweilt und auf der Suche nach ein bißchen Aufregung, schossen mit einem Kleinkalibergewehr auf vorbeifahrende Autos und versuchten, ihre Windschutzscheiben zu zerschießen. Beide kamen mit Bewährungsstrafen für groben Unfug davon, doch Daytons Vater machte ihm die

Hölle heiß. Dayton windelweich zu prügeln war Ortis' Art, damit umzugehen, statt sich des Problems wirklich anzunehmen. In seinem Kopf galt das Faustrecht.

Jasperelle erzählte später einem Beamten, daß sie immer gewollt habe, daß Ortis mit dem Jungen warm würde, mehr wie ein Vater zu ihm sei, »mehr Dinge mit Dayton machte, so wie es andere Väter tun. Aber er war einfach nicht so ein Kumpel für Dayton, wie ich es mir gewünscht hätte.« Im Gegenteil, je mehr Zeit verging, desto mehr kühlte die Beziehung zwischen Vater und Sohn ab. Parallel dazu nahmen auch innerhalb der Familie die Prügel, die soziale Isolation und die ungeordneten Lebensumstände zu. Dayton begann, seinen Vater und alles, was dieser verkörperte, zu hassen; dieser Haß schloß auch die Mutter mit ein, da sie es nicht wagte, gegen die ungerechtfertigten Taten des Vaters Einspruch zu erheben. Es sollte die Zeit kommen, wo er es ihm heimzahlen würde, ganz gleich zu welchem Preis.

Kurz nach dem Zwischenfall mit dem Kleinkalibergewehr im Jahre 1969 wurde Dayton von seinen Eltern auf das Upper-Columbia-Academy-Internat nach Spangle, Washington, in der Nähe von Spokane geschickt; auch dort gefiel es Dayton nicht, folglich wurden seine Noten noch schlechter. Aber er blieb nicht lang auf dem Internat. Seine Eltern zogen wieder um, nach Pleasant Hills in Oregon. Dort besuchte Dayton im darauffolgenden Schuljahr die Emerald Junior Academy. Er arbeitete auch halbtags bei einem Tischler, hörte jedoch bald mit der Arbeit auf. Seine Wut und sein Haß auf die Eltern wurden immer größer. Seine Noten waren den Berichten der Schule zufolge weit unter Durchschnitt. Mit 16 brach er schließlich, gegen den Willen seiner Eltern, in der Mitte des Schuljahres die Highschool ab und zog nach Corvallis, Oregon. Dort arbeitete er für 2 Dollar und 35 Cents Stundenlohn als Anstreicher. Sein Leben verlief relativ ereignislos, und zwei Jahre später, im Juli 1972, zog er in Richtung Süden nach Eugene. Dort hatte er wieder einen Job als Anstreicher, diesmal bei einem Verwandten mütterlicherseits. Er fing an, mit einer Sechzehnjährigen namens Julie auszugehen, und heiratete sie kurze Zeit später – gegen den

Willen seiner Eltern. Seine junge Braut gehörte einer anderen Kirche, der lutherischen, an und hatte Gerüchten zufolge Drogen- und Alkoholprobleme, weswegen sie einmal sogar in eine Klinik eingewiesen worden war. Daytons Familie empfand seine Heirat mit diesem Mädchen als Schande. Sie konnte einfach nicht verstehen, daß Dayton eine andersgläubige Person heiraten konnte, noch dazu eine, die dem lutherischen Glauben anhing.

Weniger als einen Monat nach der Hochzeit beging Dayton seine erste Straftat als Erwachsener. Er griff ohne Vorwarnung ein fünfzehnjähriges Mädchen aus Eugene mit dem Messer an. Diese Tat bewirkte, daß er den ohnehin schon geringen Kontakt zu seiner Familie vollends verlor. Später erzählte er den Psychiatern, daß ihn seine Familie von diesem Zeitpunkt an als schwarzes Schaf betrachtet habe.

Das Wetter an diesem Abend des 25. August war schwül. Eugene, die Stadt, in der der Fall 72-14342 seinen Anfang nahm, lag inmitten des Willamette-Tals, etwa 170 Kilometer südlich von Portland. Die Einwohnerzahl Eugenes betrug zu jener Zeit fast 100 000, und jedes Jahr im Herbst, wenn die University of Oregon den Studenten ihre Tore öffnete, kamen noch mindestens 15 000 hinzu. Der Streifenpolizist D. A. Norenberg, Ausweisnummer 175, war nicht sonderlich angetan von dem Gedanken, daß bald ein weiteres Universitätsjahr beginnen würde, mit all den Studenten-Partys, den Schlägereien und sonstigen Zwischenfällen. Doch er machte sich keine Illusionen, er wußte, daß das Rowdytum der Studentenschaft zu seinem Leben gehörte – wie zu dem seiner Kollegen. Er war sich auch der drückenden Hitze bewußt – die Temperaturen näherten sich 40 Grad Celsius – und wußte, daß sich bei solch quälender Hitze die Menschen immer von ihrer schlechtesten Seite zeigten. Es dauerte nicht lange, und seine Ahnung wurde bestätigt.

Norenberg hatte etwa die Hälfte seiner Schicht hinter sich, als er um 20 Uhr zum Sacred Heart General Hospital in Eugene beordert wurde. Eine Person war von Dr. Wesley White als verletzt gemeldet worden. Als Norenberg dort ankam, teilte ihm Dr. White mit, daß ein fünfzehnjähriges Mädchen namens Deniece Raymond* um 18 Uhr 20 mit einer Stichwunde im Unterleib in die Unfallaufnahme des Krankenhauses eingeliefert worden war. Die Wunde war ziemlich tief und fast tödlich gewesen, um ein Haar wären lebenswichtige Organe und Schlagadern verletzt worden. Nachdem er die Wunde versorgt und sich der Zustand des Mädchens stabilisiert hatte, sprach Dr. White seinen Angaben zufolge mit ihr, um herauszufinden, was passiert war. Als sie eingeliefert wurde, sagte er, trug sie eine vielfarbige Bluse mit Reißverschlüssen und eine lila Hose mit Knopfverschluß. Gegen die Wunde hatte sie ein weißes Handtuch gepreßt. Norenberg nahm alle Gegenstände als Beweismaterial an sich.

Deniece hatte erklärt, daß sie sich selbst mit einem Jagdmesser verletzt habe, doch die Wunde war so schwer, daß Dr. White nicht glauben konnte, daß das Mädchen sie sich selbst zugefügt haben sollte. Deshalb hatte er unverzüglich die Polizei gerufen. Norenberg bat, sie sehen zu dürfen, doch man teilte ihm mit, daß sie sich auf der Intensivstation befinde und erst in ein paar Tagen Besuch empfangen könne. Dr. White fügte noch hinzu, daß Deniece von einem Mann namens Dayton Leroy Rogers ins Krankenhaus gebracht worden war. Er sagte, er habe das Mädchen blutend, mit starken Schmerzen, auf der Figueroa Street aufgefunden.

Als Officer Norenberg etwas später in jener Nacht Dayton befragte, erklärte dieser gelassen, daß er das Mädchen kaum kenne und ihr erst zwei Tage zuvor erstmals begegnet sei. Sie sei per Anhalter Richtung Eugene gefahren, und er habe sie mitgenommen und nach Hause gefahren. Da er sich von ihr angezogen gefühlt habe, habe er in den vergangenen zwei Tagen mehrmals versucht, mit ihr Verbindung aufzunehmen, doch jedesmal hätten ihm ihre Verwandten gesagt, daß sie nicht zu Hause sei. Er habe dann angefangen, aufs Geratewohl herumzufahren und in ihrer Nachbarschaft nach ihr Ausschau zu halten. Als er sie blutend auf der Figueroa Street herumgehend gefunden habe, habe er sie in den Wagen gesetzt und sofort ins Krankenhaus gefahren. Deniece habe ihm auf dem Weg dorthin nichts über den Zwischenfall erzählt, und er habe nach ihrer Einlieferung nicht mehr mit ihr gesprochen. Norenberg war keinesfalls von Daytons Aufrichtigkeit überzeugt, doch es lag nichts gegen ihn vor, und Norenberg blieb nichts anderes übrig, als einen Bericht zu schreiben.

Am nächsten Tag, Samstag, dem 26. August 1972, wurde Officer Norenberg von der Mutter von Deniece angerufen, nachdem sie einige Stunden zuvor mit ihrer Tochter über die Stichverletzung gesprochen hatte. Der Erzählung von Deniece zufolge war es in einem Wagen älteren Baujahrs passiert, einem roten Volkswagen-Käfer, irgendwo in den Hügeln in der näheren Umgebung.

Deniece hatte ihrer Mutter erzählt, daß sie mit Dayton die 28th Avenue entlanggefahren war, als sie plötzlich einen unerträglichen Schmerz in der Gegend ihres Bauches spürte. Sie blickte an sich hinunter und sah ein großes Jagdmesser aus ihrem Unterleib herausragen. Sie erzählte ihrer Mutter, daß sie das Messer aus ihrem Bauch gezogen und aus dem Fenster geworfen habe. Die Mutter glaubte ihre Geschichte nicht und verlangte, noch mehr Einzelheiten zu hören, doch das Mädchen weigerte sich. Sie wurde ängstlich und sagte: »Ich habe Angst davor, was er ...« Sie beendete den Satz nicht.

Norenberg kehrte zur City Hall, dem Rathaus, zurück und übergab den Fall der Kriminalpolizei.

Am folgenden Montag, dem 28. August 1972, wurden Detective Clifford Miller und Glynn Michael, ein Beamter des Jugendamts, dem Fall zugeteilt. Sie besuchten Deniece Raymond, die einen eingeschüchterten, ängstlichen Eindruck machte. Zuerst wollte sie mit den Beamten nicht sprechen, doch nachdem diese ihr versichert hatten, daß sie auf keinen Fall zulassen würden, daß Dayton sie ›kaltmache‹, nannte sie Dayton als den Verursacher der Stichwunde. Die Aussage, die sie dann machte, war grundlegend verschieden von der, die sie bei ihrer Einlieferung ins Hospital abgegeben hatte.

Deniece gab an, sie habe Dayton einen Tag, bevor er sie

anfiel, kennengelernt und sei mit ihm in eine bewaldete Zone außerhalb der Stadt gefahren. Zunächst hätten sie sich nur geküßt und gestreichelt, doch später sei es dann zum Geschlechtsverkehr gekommen. Anschließend habe er sie nach Hause gefahren und gefragt, ob er sie wiedersehen könne. Sie sei einverstanden gewesen, und er habe sie am 25. August zu Hause abgeholt und ihr versprochen, mit ihr aufs Land zu fahren, wo sie aus Holz Trillerpfeifen für Kinder machen wollten. Anstatt Trillerpfeifen anzufertigen, seien sie erneut in romantische Stimmung gekommen.

»Wir hielten uns bei den Händen und liefen einfach rum«, sagte sie. »Dann setzten wir uns auf den Boden. Er kitzelte mich an den Beinen und sagte, ich solle die Augen schließen, und dann legten wir uns hin. Dann fühlte ich den Stich. Zuerst dachte ich, daß mich eine Klapperschlange oder so etwas gebissen hätte. Dann dachte ich, daß es sich anfühlte, als ob mich ein Pferd getreten hätte. Ich sah an mir runter, und da steckte dieses Jagdmesser. Dayton sagte: ›Ich konnte dir einfach nicht mehr trauen.‹ Ich zog das Messer mit meiner linken Hand raus. Ich blutete. Ich sagte: ›Dayton, ich liebe dich.‹ Und er sagte: ›O Gott, was habe ich getan?‹«

Dann habe ihr Dayton einen Heiratsantrag gemacht, obwohl er schon verheiratet sei, während sie ihn angefleht habe, sie ins Krankenhaus zu bringen. Endlich habe er sich überreden lassen, sie ins Sacred Heart Hospital zu fahren, aber nur, wenn sie den Ärzten erzähle, daß sie sich selbst verletzt habe.

Nach der Vernehmung von Deniece Raymond befragten die Kriminalbeamten Daytons Frau Julie. Nachdem sie den Grund ihres Besuches dargelegt hatten, fragten sie Julie nach den Aktivitäten ihres Mannes am Tag des Geschehens. Sie antwortete, daß sie zu Hause gewesen sei, um auf ein paar Kinder aufzupassen, und daß Dayton spät nach Hause gekommen sei.

»Ich ging mit den Kindern bei einem Bekannten schwimmen, und Dayton sagte, er müsse jetzt ins Krankenhaus fahren, da sich einer seiner Freunde verletzt habe. Ich wollte Einzelheiten wissen, und er gab zu, daß es sich um eine Geliebte von früher handelte. Ich sagte ihm, daß ich es nicht für richtig halte, daß er ins Krankenhaus geht, um seine Ex-Freundin zu besuchen.« Julie sagte, sie habe Dayton bei seinem Besuch begleitet, in erster Linie aus Neugier.

»Es war komisch. Sie war blond und blauäugig und sah genauso aus wie ich. Das hat mich wirklich erschreckt. Davor hatte er immer beim Anblick einer Blondine gesagt: ›Die sieht genauso aus wie du.‹ Das war irgendwie, ich weiß nicht, komisch.«

Nach dem Gespräch mit seiner Frau riefen die Beamten Dayton in der Malerfirma, wo er arbeitete, an. Sie sagten ihm, daß sie mit dem Mädchen gesprochen hätten und noch einige Dinge mit ihm klären wollten. Dayton erklärte sich bereit, sie um 12 Uhr 15 vor dem Albertson's-Supermarkt, an der Ecke 18. Straße und Chamber, zu treffen. Nachdem ihm von den Beamten seine Rechte verlesen worden waren, kam Dayton ihrer Aufforderung nach, sie zum Verhör ins Polizeihauptquartier in der City Hall zu begleiten.

Dort, in dem unpersönlichen, kahlen Verhörzimmer, machte Dayton von seinen Rechten nicht Gebrauch und erlaubte den Polizisten, das Verhör mit einem Tonband mitzuschneiden. Dayton saß den Beamten an dem grauen, rechteckigen Stahltisch gegenüber und vermied es fortwährend, sie anzusehen, während sie ihn mit durchdringenden Blikken musterten. Er wiederholte im großen und ganzen das, was er ihnen bereits erzählt hatte.

»Komm schon, Dayton. Wir haben uns mit dem Mädchen unterhalten«, sagte Miller und stellte ein weiteres Tonbandgerät auf den Tisch zwischen ihnen. »Sie hat uns gesagt, daß sie sich keinesfalls selbst mit dem Messer verletzt hat, weder gewollt noch ungewollt. Möchtest du die Aufnahme hören?«

Ohne auf eine Antwort zu warten, beugte sich Miller nach vorn und drückte auf den Abspielknopf. Geschockt und der Panik nahe hörte Dayton die Stimme des Mädchens. Seine Hände begannen zu zittern.

»Hast du verstanden, was sie da sagt, Dayton?« fragte Miller, als er das Gerät wieder abstellte. Mit bleicher, verdrossener Miene nickte Dayton nur stumm.

»Na, was hast du dazu zu sagen, Dayton? Sagt sie die Wahrheit?«

Dayton verneinte mit einem Kopfschütteln, sagte aber nichts.

»Es ist nur zu deinem Besten, wenn du jetzt die Wahrheit sagst«, sagte Officer Michael.

Dayton sah auf seine Hände, suchte einen Fingernagel, an dem er kauen konnte, und entschloß sich schließlich für den am Daumen seiner linken Hand. Er knabberte eine Weile daran herum und bat die Beamten schließlich mit einem leicht einfältigen Gesichtsausdruck, ihm noch ein paar Minuten Zeit zu geben, er müsse seine Gedanken ordnen. Er wolle ihnen alles in seinen eigenen Worten erklären und dabei die Wahrheit sagen.

»Ich bin verheiratet«, begann er schließlich. »Ich bin erst seit ungefähr einem Monat verheiratet, und in letzter Zeit habe ich ein paar Probleme mit meiner Frau gehabt.« Seine Frau sei noch so jung, erzählte er den Beamten, und habe Schwierigkeiten, sich an das Verheiratetsein zu gewöhnen. Er habe sich mit Deniece Raymond nur unterhalten wollen, er habe einen Menschen gesucht, dem er seine Sorgen wegen seiner Frau anvertrauen konnte. Das sei alles gewesen, was er vorgehabt habe, als er mit Deniece den Ausflug in die Wälder unternahm. Doch die Dinge hätten sich verselbständigt, sagte er, und bevor er wußte, was überhaupt geschah, hätten sie am Boden gelegen, und er habe ihre Beine und Füße gestreichelt. Dann, als er sich über sie gebeugt habe, um sie zu küssen, sei es passiert.

»Sie rührte sich gar nicht, legte nicht einmal die Arme um mich«, sagte Dayton. »Beim Küssen passierte es. Sie krümmte sich auf einmal, und ich wich erschreckt zurück. Ich sah an ihr hinunter und sah das Messer in ihrem Bauch. Sie hielt es mit beiden Händen umklammert und versuchte es herauszuziehen. Völlig außer mir stand ich auf und sagte: ›O Gott, was habe ich bloß getan?‹ Ich muß vom Teufel besessen gewesen sein, sonst hätte ich so was nie gemacht.« Dayton sagte, sein Verstand habe kurz ausgesetzt, bevor er sie attackierte.

»Hast du das Mädchen gefickt, Dayton?«

»Nein, nein. Wir haben uns nur geküßt.«

»Was ist dann mit ihrem BH?«

»Ihr war nur heiß, und sie wollte ihn ausziehen.« Dayton räumte ein, daß er ihr beim Ausziehen geholfen habe; er habe aber keinen Geschlechtsverkehr mit ihr gehabt. Er habe nach dem Messerangriff den BH, das Messer und das Futteral ins Gebüsch geworfen, und zwar in der Nähe des Izaac-Walton-League-Schießplatzes, unweit des Lorane Highways. Er bot an, die Kriminalbeamten zu dem Ort zu führen, um die Gegenstände einzusammeln.

Kurz vor zwei Uhr nachmittags trafen Dayton und die Beamten an der angegebenen Stelle ein. Dayton führte sie auf ein an den Wald angrenzendes Feld und zeigte ihnen die Stelle, wo er das Mädchen mit dem Messer angegriffen hatte. Dann zeigte er in Richtung Osten, über einen Zaun, der das Feld von dem Schießplatz trennte, und erklärte, er habe den Büstenhalter in jene Richtung geworfen. Detective Miller fand den BH bald darauf und auch das Messerfutteral ein paar Meter nördlich davon. Dayton führte die Beamten noch etwas weiter in nördlicher Richtung, wo sie im Gebüsch, unter einem Stacheldrahtzaun, das Messer fanden.

Auf dem Rückweg gestand Dayton Detective Miller, daß er Geschlechtsverkehr mit Deniece Raymond gehabt hatte. Er fügte hinzu, daß sich der Geschlechtsakt am Tag davor zugetragen habe, auf einem Feldweg in der Nähe der Gemeinde Fern Ridge. Er sagte, er hätte wohl auch am darauffolgenden Tag Sex mit dem Mädchen gehabt, wenn er sie nicht zuvor wegen ihres offensichtlichen Mangels an Zuneigung mit dem Messer angegriffen hätte. Er beharrte darauf, daß der Geschlechtsakt von beiden gewollt gewesen sei. Bei seiner Ankunft im örtlichen Gefängnis wurde Dayton wegen Körperverletzung ersten Grades verhaftet, später jedoch gegen Kaution auf freien Fuß gesetzt.

Der Staatsanwalt des Lane Countys ordnete für Dayton eine psychiatrische Untersuchung an, die am 27. Oktober 1972 durchgeführt wurde. Der untersuchende Arzt war der in Eugene ansässige Psychiater Dr. J. Alan Cook. Dayton kam um 13 Uhr 30 in der Praxis des Arztes an. Er war sorgfältig frisiert und normal gekleidet. Er machte einen bemerkenswert ängstlichen und angespannten Eindruck.

Die Untersuchung bestand aus einem Interview und einer Reihe formaler psychiatrischer Tests: ›Minnesota Multiphasic Personality Inventory‹, ›Sentence Completion‹ und einem ›Draw-a-person‹-Test. Dayton schnitt im großen und ganzen recht gut ab und schien sich in allen Bereichen einigermaßen zurechtzufinden. Er nahm jedoch seine dem Detective Miller gegenüber gemachte Aussage, daß er Deniece Miller attackiert habe, zurück. Er erzählte Dr. Cook, daß Deniece sich selbst verletzt habe und seiner Meinung nach zum Zeitpunkt des Unfalls unter dem Einfluß irgendeiner Droge gestanden habe.

Am Ende der Untersuchung verfaßte Dr. Cook einen Bericht über seinen diagnostischen Eindruck:

»Während der Befragung gab es keinen Anhaltspunkt dafür, daß seine Urteilskraft vermindert ist; er schien über ein bemerkenswertes psychiatrisches Verständnis zu verfügen. Meiner Meinung nach hat der Angeklagte zu diesem Zeitpunkt keinen psychischen Defekt, der eine Strafmilderung wegen Unzurechnungsfähigkeit nach den Gesetzen des Staates Oregon rechtfertigen würde. Während der psychiatrischen Untersuchung beharrte der Angeklagte darauf, daß er sich im vollen Besitz seiner geistigen Kräfte und keinesfalls unter dem Einfluß von Alkohol oder irgendeiner Droge befinde, die seine Wahrnehmungsfähigkeit beeinträchtigen könnte. Meine diagnostische Einschätzung des Angeklagten lautet: depressive Neurose, vielleicht mit einer zugrunde liegenden langjährigen schizoiden Persönlichkeitsstörung. Es gibt zum jetzigen Zeitpunkt keinen Anhaltspunkt dafür, daß die erwähnten emotionalen Störungen den Angeklagten in irgendeiner Weise daran hindern, zwischen richtig und falsch zu unterscheiden und den verbrecherischen Charakter einer Körperverletzung zu erkennen; auch vermindern die diagnostizierten emotionalen Störungen nicht seine Fähigkeit, eine solche Tat zu planen.«

Wie es seine Gewohnheit werden sollte, handelte Dayton auch hier die Anklage auf Körperverletzung zweiten Grades herunter, derer er sich am 13. Februar 1973 schuldig bekannte. Das Ergebnis war, daß er nicht ins Gefängnis mußte, sondern mit einer vierjährigen Bewährungsstrafe davonkam.

Weniger als sechs Monate später erregte Dayton erneut die Aufmerksamkeit der Polizei des Lane County. Dem Polizeibericht zufolge hatten Dayton und seine junge Frau zwei weibliche Teenager, die von zu Hause weggelaufen waren, bei sich aufgenommen.

Dayton fing bald an, große Mengen Alkohol zu trinken. In alkoholisiertem Zustand knutschte er mit den Mädchen herum und verlangte sexuelle Gefälligkeiten von ihnen. Die Beziehung zu ihnen entwickelte sich bis zu dem Punkt, da eines der Mädchen in verführerischer Weise begann, ihn von seiner Frau zu entfremden. Schließlich verließ ihn seine Frau wegen seiner sexuellen Ausschweifungen mit den Mädchen. Da sie sonst nirgendwo hingehen konnte, zog Julie zu zwei Männern, die sie kannte. Dayton, betrunken, fand heraus, wo sie wohnte, und verlangte, daß sie nach Hause zurückkehrte. Als ihre Wohnungsgenossen intervenierten, wurde Dayton gewalttätig. In der darauffolgenden Schlägerei behielt er die Oberhand und drohte seiner Frau und den beiden Männern, daß er alle drei umbringen würde, falls er sie noch mal zu Gesicht bekäme. Trotz dieser Drohungen kehrte Julie schließlich wieder heim zu Dayton und seinen minderjährigen Hausgästen, doch nur vorübergehend.

Während seiner Saufgelage gab sich Dayton oft gewalttätigen Fantasien hin und ließ sie in seine sexuellen Aktivitäten einfließen. Am Abend des ersten Augusts 1973 schließlich verlor er den Rest von Selbstbeherrschung, der ihn seit dem Angriff auf Deniece Raymond vor sich selber bewahrt hatte. Ohne Vorwarnung griff der betrunkene, entfesselte Dayton die beiden Teenager mit einer Bierflasche an, die er ihnen wie ein Rasender wiederholt auf die Köpfe schlug. Als er begriff, was er getan hatte, geriet er in Panik und floh in seinem weißen 1967er Camaro. Beide Mädchen hatten

Schnittwunden und bluteten, doch glücklicherweise war keine von ihnen ernsthaft verletzt, und sie konnten die Polizei rufen. Dayton wurde unweit von seinem Zuhause verhaftet, nachdem er die Kontrolle über seinen Camaro verloren hatte und mit einem anderen Auto zusammengestoßen war. Er wurde wegen Körperverletzung zweiten und dritten Grades angeklagt – Fall Nummer 73-3262. Wie auch bei dem Fall des Messerangriffs auf Deniece Raymond wurde eine psychiatrische Untersuchung angeordnet. Dayton wurde gegen Kaution entlassen, bis ein Urteilsspruch gefällt war.

Julie fürchtete sich nun vor ihrem Mann mehr als je zuvor. Während er in Untersuchungshaft war, hatte sie seine Pistole und sämtliche scharfen Messer verschwinden lassen. Als Dayton das merkte, bekam er einen Wutanfall. Doch angesichts der Anklage gegen ihn vermied er es, sie körperlich anzugreifen; er hatte keine Lust, ins Gefängnis zurückzugehen.

Dayton nahm sich von der Arbeit in der Malerfirma seines Onkels frei, um sich am 6. September, am 30. September und am 2. Oktober 1973 von dem Psychiater Dr. George C. D. Kjaer untersuchen zu lassen. Dayton fand sich pünktlich zu den vereinbarten Terminen in der Arztpraxis ein. Nach einer langen Reihe psychiatrischer Tests wurde Dayton – zum ersten Mal in seinem Leben – als das benannt, was er war: ein Soziopath.

Dr. Kjaers Diagnose lautete auf pseudosoziopathische Schizophrenie mit antisozialen Tendenzen:

»Mit großer Wahrscheinlichkeit war jeder der Beweise für Schizophrenie (wie anfangs vermutet wurde) nur vorgetäuscht, und dieser Mann stellt einen Fall von soziopathologischer Persönlichkeit mit antisozialer Ausprägung dar. Aufgrund seiner Jugend und seiner Bewußtheit seines Mißverhaltens erscheint es als möglich, daß er auf psychiatrische Beratung und Therapie anspricht, selbst wenn er in obige Diagnosekategorie fällt. Meiner Ansicht nach muß dieser Mann behandelt werden. Da alle drei Fälle der Körperverletzung zumindest äußerlich mit sexuellen Aktivitäten verbunden sind, sollte er auch als möglicher Triebtäter definiert werden. Es wird nachdrücklich empfohlen, daß Mr. Rogers intensive stationäre Behandlung in einer geschlossenen Anstalt zuteil und er erst entlassen wird, wenn das Gericht ihn als geheilt ansieht.«

Obwohl die Anklage das Gericht aufforderte, die Bewährung rückgängig zu machen und Dayton ins Gefängnis zu stecken, lautete das Urteil der Richterin des Lane County Circuit Court, Helen Frye, auf nicht schuldig wegen Geisteskrankheit. Sie ordnete an, Dayton in das Oregon State Hospital in Salem einzuweisen. Dort wurde er am 6. März 1974 eingeliefert.

ZWEITES KAPITEL

Dayton machte bei seiner Ankunft im Oregon State Hospital einen sehr eingebildeten, selbstbezogenen Eindruck. Seine Gedankengänge und seine Pläne waren nicht realitätsbezogen, er schien vielmehr in einer erweiterten Fantasiewelt zu leben, in die er seine neue Umgebung sowie die Welt draußen nach Belieben mit einbezog. Er war im Trakt Nummer 34, einem Hochsicherheitstrakt, untergebracht, verbrachte viel Zeit mit sich selbst und hielt sich von den anderen fern. Bald fand er jedoch heraus, daß solch eine anmaßende Haltung seinen Aufenthalt in dem Hospital für geistig Kranke nur verlängern würde, also begann er, auf Gruppentherapie und Einzelberatung ›anzusprechen‹, und seine Eigensucht schien nachzulassen. Nachdem er bewiesen hatte, daß er sich beim Zusammensein mit anderen Patienten nicht ›auffällig benahm‹, wurde er zwei Wochen später in den Trakt 63 verlegt, einen Trakt mittlerer Sicherheitsstufe. Er hatte schnell gelernt, das System zu seinem Vorteil zu manipulieren.

Obwohl ihm einige weibliche Mitglieder des Personals immer wieder versicherten, »wir glauben nicht, daß du hier jemals wieder herauskommst«, und »vielleicht bringst du eines Tages noch jemanden um«, wurde Dayton einer Gruppe von Männern zugeteilt, die wegen sexueller Belästigung einsaßen, und man verlegte ihn erneut, diesmal in den Trakt 82, mit minimaler Sicherheitsstufe. In der neuen Therapiegruppe bemerkte Dayton, daß seine sexuellen Tagträume immer gewalttätiger wurden. Er begann, sie in die Kategorien ›Fantasievorstellungen‹ und ›Halluzinationen‹ einzuteilen. Wenn er fantasierte, verlor er anscheinend nicht die Kontrolle über seine Handlungen in der unmittelbaren Gegenwart, dem Hier und Jetzt. Halluzinierte er hingegen, verlor er den Kontakt zur Wirklichkeit. So zumindest erklärte er es. Er war sich der Tatsache bewußt, daß er, hatte er mal eine Aktivität begonnen, sich auch dazu angetrieben fühlte, sie zu Ende zu führen, daß er dann wie von selbst, automatisch, handelte. Als Beispiel führte er den Sex mit seiner Frau an: Seit der Heirat gebe es für ihn kein Vorspiel mehr. Statt dessen trete er in einen halluzinatorischen Bewußtseinszustand ein, bei dem der Geschlechtsverkehr ohne bewußte Kontrolle ablaufe.

Gelegentlich, so gab er an, schlossen die sexuellen Aktivitäten mit seiner Frau auch Fesselungen und spielerische Unterwerfung mit ein. Beim Verkehr mit seiner Frau stelle er sich vor, Frauen zu vergewaltigen und ihnen körperliche Schmerzen zuzufügen. Das stelle er sich auch beim Masturbieren, seinem Lieblingszeitvertreib, vor, wobei er auch Fesselungsfantasien habe. Manchmal spüre er etwas Bedrohliches, seine Fantasien und Halluzinationen richteten sich gegen ihn, und er stelle sich vor, daß Frauen ihn angriffen. Er sagte, daß seine gewalttätigen Fantasien ihn erregten. Er verstehe das nicht und habe seine Gefühle nicht im Griff – er bestand darauf, daß sie wie von selbst kämen. Er genieße die Selbstbefriedigung mit gewalttätigen Fantasien sehr, er sagte, sie seien besser als wirklicher Sex mit einer Frau, da er die absolute Kontrolle über das Geschehen habe. Er könne seinen Orgasmus weitaus genauer und zielgerichteter steuern, um nicht vor Ende der Fantasie schon den Höhepunkt zu erreichen.

Daytons Frau Julie war unterdessen aus der gemeinsamen Wohnung geflohen und nach Kalifornien gegangen, um ihrem geisteskranken Ehemann zu entkommen. Sie wollte nichts mehr mit ihm zu tun haben und reichte mit Unterstützung der kalifornischen Rechtshilfe die Scheidung ein. Dayton konnte das nicht so leicht verkraften. Sobald er Gelegenheit zum Telefonieren hatte, fand er die Telefonnummer von Julies Eltern heraus und rief dort an, weil er vermutete, daß Julie bei ihnen sei. Als er sie am Apparat hatte, erzählte er ihr, er sei Arzt geworden und verdiene wirklich ausgezeichnet. Das war selbstverständlich eine unverfrorene Lüge, und Julie merkte es sofort. Glaubte er etwa, sie sei blöde? Dayton flehte sie an, zu ihm zurückzukehren, alles tue ihm so leid, und er werde sich nie wieder in einer solchen Weise ihr gegenüber verhalten. Doch Julie sagte ihm, daß es zu spät sei, daß sie schon genug Probleme mit ihm gehabt und jetzt die Scheidung eingereicht habe.

»Warum willst du dich scheiden lassen?« fragte Dayton.

»Sieh dich doch an«, sagte Julie. »Sieh dir an, in was für einer Verfassung du dich befindest. Du bist in einem Sanatorium für geistig Kranke. Dann erzählst du mir, daß du Arzt bist. Ich kann's nicht mehr ertragen.« Sie legte den Hörer auf und hörte nie wieder etwas von ihm.

Dayton konnte mittlerweile an nichts anderes mehr denken als daran, wie er wieder aus dem Hospital herauskommen könnte. Er war jedoch vorsichtig und vermied es, das Krankenhauspersonal seine Unrast merken zu lassen, arbeitete statt dessen hart daran, die Ziele, die ihm die Therapeuten gesetzt hatten, zu erreichen. Er befolgte ihre Anweisungen, die Vorschriften, was man tun und lassen durfte, genau.

Nachdem er bewiesen hatte, daß er mit Arbeit und der damit verbundenen Verantwortung umgehen konnte, wurde es Dayton erlaubt, das Krankenhaus zu verlassen, um in einer Möbellackiererfirma in Salem zu arbeiten. Er schloß auch mit dem örtlichen Pastor Freundschaft und begann, regelmäßig in die Kirche zu gehen. Sollte er in dieser Zeit jemals Drogen oder Alkohol zu sich genommen haben, so war das der Aufmerksamkeit der Ärzte entgangen. Am 18. November befand Dr. J. H. Treleaven, der Leiter der Sicherheitsabteilung für psychisch Kranke des Hospitals, Dayton scheine »von seiner Geisteskrankheit in einem solchen Maße genesen zu sein, daß er keine Bedrohung mehr für sich oder andere darstellt. Es besteht kein Anlaß mehr für eine stationäre Behandlung. Folglich wird seine Entlassung aus dem Krankenhaus empfohlen.«

Dayton befolgte weiterhin gehorsam alle Anweisungen des Personals und verhielt sich ruhig. Am 12. Dezember 1974 wurde er schließlich offiziell entlassen. Er war nun wieder auf freiem Fuß.

Dayton fühlte sich von seiner Familie verstoßen, die inzwischen nach Eugene gezogen war, und entschloß sich, in

Salem zu bleiben. Dort bekam er einen Job als Anstreicher und bezog eine Wohnung, zusammen mit einem Meßdiener der Kirche, die er während seines Krankenhausaufenthalts besucht hatte. Er wurde immer noch von seinen gewalttätigen Träumen heimgesucht und masturbierte bei jeder Gelegenheit, um seinem verstörten Geist eine Möglichkeit zur Entspannung zu bieten.

Drei Monate später lernte er Sherry Miller kennen, ein unschuldiges, naives, ebenso wunderschönes wie sexuell unerfahrenes Mädchen aus einer religiösen Familie, die im nahegelegenen Dorf Canby wohnte. Er war von ihrer soliden, liebevollen Familie begeistert, vor allem von Sherrys Vater, Roy Miller. Er zog bald darauf aus der Wohnung, die er sich mit dem Meßdiener teilte, aus und nahm sich ein Apartment in Woodburn, in der A Street Nr. 357, um näher bei Sherry und ihrer Familie zu sein. Trotz der Beziehung mit Sherry blieben seine sexuellen Wünsche weiterhin unbefriedigt. Ohne daß Sherry davon wußte, schaute er sich woanders um und ließ sich mit einigen Frauen ein, die er nur flüchtig kannte. Ungeachtet seiner sexuellen Eskapaden heirateten er und Sherry am 25. Oktober 1975. Sherry und ihre Familie hofften, daß sie beide bis an ihr Lebensende glücklich sein würden. Leider konnten sie nicht sehen, wie geschickt es Dayton verstanden hatte, sein wirkliches Wesen vor ihnen zu verbergen.

Nur Wochen nach der Hochzeit begannen die Schwierigkeiten. Wegen Problemen mit der Gewerkschaft mußte die Malerfirma, in der Dayton arbeitete, schließen, Dayton wurde arbeitslos und war auf die Unterstützung von Sherry und ihrer Familie angewiesen. Der Geschlechtsverkehr mit seiner Frau befriedigte ihn nicht mehr, und seine Seitensprünge mit flüchtigen Bekannten, die er in Bars und Restaurants auflas, wurden häufiger. Trotz der Fülle von Sex, die ihm zur Verfügung stand, wurden seine Gelüste nicht befriedigt. Er wurde immer mürrischer und fing an, regelmäßig und maßlos zu trinken. Auch gewöhnte er sich an, Marihuana zu rauchen und Amphetamine zu sich zu nehmen. Dayton begann, an schweren Kopfschmerzen zu leiden.

Weder der außereheliche Sex noch die Drogen und der Alkohol wirkten sich günstig auf seine Verfassung aus, und bald war er so depressiv und rastlos wie nie zuvor. Je deprimierter er war, desto mehr fühlte er sich von seinen Freunden und seiner Familie entfremdet. Statt daß er sich nach außen gewandt und therapeutische Hilfe gesucht hätte, richtete er sich gegen die, die ihm am nächsten standen, besonders gegen seine Frau Sherry.

Am 4. Dezember 1975 entlud sich die in ihm aufgestaute Wut, nachdem Sherry ihn wegen seiner nächtlichen Aktivitäten zur Rede gestellt hatte. Er bekam einen Wutanfall, stritt sich mit Sherry und stürmte aus dem Haus. Er wollte nach Eugene fahren, sagte jedoch nichts zu Sherry. Er ging einfach. Seine Frau hörte erst wieder von ihm, als er wegen Vergewaltigung und Nötigung eines achtzehnjährigen Mädchens aus Canby verhaftet wurde.

DRITTES KAPITEL

Um ein Uhr früh am 5. Dezember 1975 wurde Dayton, der in Salem herumfuhr, auf einen Wagen aufmerksam, der an der Ecke des Fairgrounds Boulevard und der Portland Road geparkt war. Er fuhr mit seinem blauen 1967er Chevrolet Malibu daran vorbei und sah, daß der einzige Wageninsasse ein attraktives junges Mädchen war. Er lenkte seinen Wagen von der Straße und parkte direkt vor ihr. Er näherte sich ihrem Wagen mit einem breiten Grinsen, das ein Teil seiner gewöhnlichen Umgangsformen geworden war.

»Hi! Ich bin aus Eugene«, sagte er. »Wo geht man hin, wenn man sich hier amüsieren will? Ich kenne mich hier nicht aus. Es gibt sicher irgendeinen Treffpunkt für junge Leute wie uns.«

»Es gibt schon ein paar«, antwortete sie, »wenn du über 21 bist. Ich bin erst 18, und sie wollen am Eingang immer meinen Ausweis sehen.«

»Das ist blöd. Ich weiß, wie das ist.«

Sie unterhielten sich weiter und nannten sich ihre Namen. Cindy Jones* sagte, sie sei allein, langweile sich und wisse nicht, wo sie um diese Zeit noch hingehen könne. Normalerweise arbeite sie als Kellnerin, doch zur Zeit sei sie arbeitslos und lebe daheim bei ihren Eltern. Sie wisse eigentlich nicht, was sie noch machen wolle, nur heim wolle sie nicht. Cindy, naiv wie sie war, akzeptierte Daytons Einladung, etwas Marihuana zu rauchen, Bier zu trinken und ein bißchen herumzufahren. Der jugendliche Dayton, mit seinem Schnurrbart und seinem schulterlangen Haar, sah gut aus und schien vertrauenswürdig zu sein.

Sie fuhren durch die Nacht, rauchten einen Joint und tranken Bier, und irgendwann kam das Gespräch auf Hunde. Cindy erzählte Dayton, daß sie einen Irish-Setter-Welpen als Weihnachtsgeschenk für ihre Eltern kaufen wolle, aber aufgrund ihrer Arbeitslosigkeit über kein Geld verfüge. Dayton schaltete schnell und log ihr vor, daß er Welpen für 50 Dollar pro Exemplar verkaufe, ihr aber einen umsonst geben werde, wenn sie mit ihm fahre, um einen zu holen. Er sagte, die Welpen seien im Hause eines Onkels und einer Tante in der Nähe von Woodburn. Trotz der späten Stunde war Cindy bereit mitzufahren, und Dayton brachte sie in eine verlassene Gegend in der Nähe Canbys. Er stellte den Wagen auf der South Barlow Road ab, einem Kiesweg einen halben Kilometer westlich der Knights Bridge Road. Doch es gab keine Häuser ringsum, da war weit und breit kein Ort, wo sie einen Hund für ihre Eltern holen könnten. Cindy hatte keine Ahnung, wohin er sie gebracht hatte, und wurde mißtrauisch. Sie blieb trotzdem ruhig sitzen, während Dayton weiter trank und gelegentlich ausstieg, um sich zu strecken und zu urinieren.

Ungefähr eine halbe Stunde nach ihrer Ankunft in dieser verlassenen Gegend stürzte sich Dayton ohne Vorwarnung auf Cindy, packte sie und drückte sie zwischen den Vordersitzen hindurch auf den Rücksitz des Wagens. Er holte einige elektrische Kabel vom Boden hervor und fesselte schnell ihre Hände und Füße. Er drohte ihr Prügel an und zog ihre Hose hinunter, so weit es ging. Sie hatte ihre Periode, doch das hielt ihn nicht auf. Er zog den befleckten Tampon aus ihrer Scheide und drang gewaltsam in sie ein. Seine Größe ließ sie aufschreien, doch sie konnte sich nicht verteidigen. Ihre Blutung faszinierte ihn.

Nachdem er sie zweimal auf diese Weise angefallen hatte, überredete ihn Cindy, ihre Fesseln zu lösen, damit sie urinieren könne. Sie zog ihre Hose hoch und ihre Oberbekleidung wieder hinunter, stieg aus und entfernte sich ein paar Meter. Ihrem Instinkt folgend, rannte sie von Dayton und seinem Wagen weg, so schnell sie konnte. Zu ihrer Überraschung versuchte Dayton nicht, sie zu verfolgen, und sie rannte weiter. Es schien ihr eine Ewigkeit zu dauern, bis sie endlich ein Haus an der Barlow Road erreichte. Sie hämmerte schreiend gegen die Tür, bis der Bewohner des Hauses ihr öffnete. Es war fast fünf Uhr früh.

Um 5 Uhr 11 wurden die Polizisten Wayne C. Flint und

Hugh M. Swaney vom Clackamas County Sheriff's Department zu dem Haus an der Barlow Road beordert, um der Meldung einer Vergewaltigung ersten Grades nachzugehen. Als sie dort eintrafen, teilte man ihnen mit, daß ein Beamter der Polizei von Canby bereits versuche, das Fahrzeug des Tatverdächtigen ausfindig zu machen. Cindy erklärte, was passiert war, und zeigte den Polizisten die roten Druckstellen an ihren Fuß- und Handgelenken, wo sie gefesselt worden war. Sie sagte, die sexuellen Angriffe hätten sich in einer Zeitspanne von drei bis vier Stunden zugetragen.

Kurze Zeit später kehrte Officer Geiger vom Canby Police Department mit Dayton auf dem Rücksitz seines Streifenwagens zurück. Er sagte, daß er ihn ein paar hundert Meter entfernt aufgefunden habe, auf dem Beifahrersitz seines Pickups, der im Schlamm steckengeblieben sei. Flint und Swaney gingen mit Cindy zu dem Wagen hinüber. Sie spähte durch das Wagenfenster und identifizierte Dayton als den Mann, der sie vergewaltigt hatte. Danach brachte man Cindy zur Behandlung in das Willamette-Falls-Krankenhaus in Oregon City.

Dr. Brian Murphy ging nach der bei Vergewaltigungsopfern üblichen Methode vor, untersuchte Proben aus ihrer Schamgegend und nahm einen Abstrich aus ihrer Vagina. Als er seine Untersuchung gerade beendet hatte, traf Cindys Vater ein und brachte ihr saubere Kleidung. Die Kleidung, die sie zum Zeitpunkt des Überfalls getragen hatte, wurde Detective Sergeant W. H. Burnum übergeben. Der Beamte fuhr mit Cindy und ihrem Vater ins Präsidium nach Oregon City. Dort befragte er Cindy ausführlich unter vier Augen. Die Fragen, so erklärte er ihr, waren nicht leicht zu beantworten, doch er mußte sie stellen. Sie gab ihre Zustimmung.

»Du warst in den frühen Morgenstunden das Opfer einer Vergewaltigung?« fragte Burnum.

»Ja«, sagte Cindy.

»Weißt du, wo diese Vergewaltigung stattgefunden hat?«

»Ich weiß nicht genau, wie die Straßen hießen. Aber ich weiß, daß es in der Nähe von Canby war.«

»Wer hat dich vergewaltigt?«

»Ich weiß seinen Namen nicht, aber es war der Typ in dem blauen Malibu.«

»Und du bist freiwillig mitgegangen?«

»Zuerst nur, um ein bißchen rumzufahren, sonst nichts.«

»Was ist dann passiert?«

»Er besorgte ein paar Bier in einem Geschäft.« Cindy beschrieb, wie sie über Hunde gesprochen hatten und daß Dayton ihr versprochen hatte, ihr einen Welpen zu geben.

»Könntest du seinen Wagen beschreiben?«

»Er war blau, ein blauer Malibu, ich weiß nicht, welches Baujahr. Mit zwei Türen, mit blauen Fellstücken an den Türgriffen. Die Sitze sind schwarz, und hinten unter der Rückscheibe ist ein brauner Teppichboden, auch auf den Armlehnen. Der Fahrersitz hat Löcher im Polster.«

»Als er auf der Barlow Road anhielt, hast du da irgendwas gesagt?«

»Ich habe gefragt, was wir dort sollten, und er sagte, er wolle sein Bier austrinken und sich ein bißchen ausstrecken, bevor wir weiter zu dem Haus fahren, wo die Hunde sind.«

»Wie lange wart ihr dort, bevor er dich sexuell nötigte?«

»Ungefähr eine halbe Stunde.«

»Und dann?«

»Dann wurde er aggressiv.« Sie hätten sich zu diesem Zeitpunkt bereits auf dem Rücksitz befunden. »Ich sagte ihm, er solle aufhören, doch er machte weiter. Er hat mir die Arme nach hinten gebogen und meine Handgelenke gefesselt. Ich habe mich kurz von ihnen befreit, doch dann hat er sie noch fester gefesselt. Ich drohte ihm, daß ich ihm auch gefesselt noch weh tun würde, und dann hat er auch meine Füße gefesselt, und dann hat er mich vergewaltigt.«

»Womit hat er dich gefesselt?«

»Mit irgendeinem dicken Kabel. Ein Metalldraht, der mit farbigem Plastik umwickelt ist – so sah es jedenfalls aus.«

»Hat er dich ausgezogen?«

»Nicht ganz. Er hat mein Oberteil hochgeschoben, so daß mein Busen nackt war, und hat mir die Hose bis zu den Knöcheln hinuntergezogen.«

»Hattest du einen Slip an?«

»Ja.«
»Was hat er mit ihm gemacht?«
»Er hat ihn zusammen mit meiner Hose hinuntergezogen.«
»Hast du gerade deine Periode?«
»Ja, schon seit drei Tagen.«
»Hast du eine Binde getragen?«
»Einen Tampon.«
»Hat er ihn herausgenommen?«
»Ja.«
»Und dann ist er in dich eingedrungen?«
»Mhm.« Sie errötete leicht.
»Hat er dir irgendwie gedroht, daß er gewalttätig werden würde, wenn du ihm nicht nachgibst?«
»Na ja, er hat so ein paar Sachen gesagt. Daß er ein Messer oder eine Pistole haben könnte.« Sie habe zwar keine Waffen gesehen, sagte Cindy dem Beamten, doch habe sie sich durch seine Andeutungen über das Messer und die Pistole bedroht gefühlt.
»Wie lange hat der Geschlechtsverkehr gedauert?«
»Ich habe keine Ahnung. Ich habe nicht auf die Uhr geschaut.«
»Hat es lange gedauert?«
»Ja.«
»Hat er dich währenddessen geküßt?«
»Ja.«
»Deine Hände waren hinter deinem Rücken gefesselt?«
»Mhm.«
»Hat er weitergemacht, bis er einen Höhepunkt hatte?«
»Ja.«
»Woher weißt du das?«
»Weil er es mir gesagt hat.«
»Was hat er dann getan?«
»Er ist von mir runtergegangen. Ich habe eine Weile mit ihm geredet, und dann war er einverstanden damit, meine Hände und Füße loszubinden, damit ich mich normal hinsetzen konnte. Ich fragte ihn, wann er mich zu meinem Wagen zurückbringen würde, und er sagte, ich würde das viel-

leicht nicht so genau wissen wollen. Dann sagte er, er werde mich zurückbringen, wenn er mit mir fertig wäre, wenn er es ein zweites Mal getan hätte. Dann ist er noch mal über mich hergefallen, aber er konnte nicht zum Höhepunkt kommen und gab schließlich auf.«

»Du hast dir nach dem ersten Mal deine Kleidung nicht wieder hochgezogen?«

»Nein.«

»Hast du auf dem Rücksitz gesessen oder gelegen?«

»Gesessen.«

»Mit heruntergezogener Hose?«

»Na ja, ich wollte sie gerade wieder hochziehen, als er sagte, daß er es noch mal tun wollte. Er hat mich in den Sitz gedrückt.«

»Hat er seine Kleidung ausgezogen?«

»Ja.«

»Ganz?«

»Seine Hose.«

»Hat er seine Unterhose ausgezogen?«

»Ja.«

»Beim zweiten Mal hat er eine Weile Geschlechtsverkehr mit dir gehabt, ist aber nicht zum Höhepunkt gekommen. Stimmt das?«

»Mhm.«

»Was hat er gesagt?«

»Nur, daß er bald aufgeben würde. Er hatte eine wunde Stelle oder so. Ich habe ihn gefragt, ob er mich zu meinem Wagen zurückbringen würde, und er sagte, wenn er sich's recht überlege, warum nicht. Aber als er wieder wegfahren wollte, ist sein Auto im Schlamm steckengeblieben, und er hat sich's anders überlegt. Er sagte, er werde mich nicht gehen lassen und mich entführen. Er sagte, daß er Sachen mit mir anstellen wollte, wirklich gemeine, widerliche Sachen.«

»Und dann bist du weggelaufen?«

»Ich habe ihm gesagt, ich wolle frische Luft schnappen, und dann, daß ich aufs Klo müsse, irgendwas, nur um aus seinem Wagen rauszukommen. Irgendwann hat er mich zum Pinkeln aussteigen lassen, und ich bin weggerannt.«

»Er ist dir nicht hinterhergelaufen?«

»Nein.«

»Hattest du Angst vor ihm?«

»Ja, sehr.«

»Aber er hat wirklich Gewalt angewendet, er hat dich nicht nur eingeschüchtert?«

»Er hat Gewalt angewendet.«

»Völlig gegen deinen Willen?«

»Mhm.«

»Hast du mit ihm Bier getrunken?«

»Ja, ein Bier.«

»Das er in Salem gekauft hatte?«

Cindy nickte, ja.

»Hat er irgendwelche Drogen genommen?« fragte Burnum.

»Gras. Er hat Gras geraucht.«

»Hast du mit ihm Gras geraucht?«

»Ja, habe ich. Ich habe einmal an einem Joint gezogen. Ich habe ihm gesagt, daß ich kein Gras rauche, und er sagte immer: ›Komm schon, es ist okay.‹ Also habe ich einmal gezogen. Er hat zwei Joints geraucht, glaube ich.«

»Hast du in den letzten 72 Stunden Geschlechtsverkehr gehabt?«

»Nein.«

Dayton protestierte unterdessen gegen seine Festnahme und schien überrascht zu sein, als man ihn davon unterrichtete, daß Cindy Jones angab, er habe sie vergewaltigt. Er blieb bei Deputy Swaney, der ihm seine Rechte verlas. Swaney teilte ihm mit, daß er im Moment noch nicht verhaftet sei, daß es aber in seinem Interesse wäre, seine Version der Geschichte zu erzählen, damit man die Sache klären könne. Während Dayton von Swaney befragt wurde, wurde sein Chevrolet Malibu aus dem Schlamm gezogen und an eine Verwahrstelle gebracht. Dayton unterzeichnete eine Erlaubniserklärung zur Durchsuchung des Fahrzeugs.

Dayton teilte Swaney mit, daß er Cindy Jones nicht gekannt habe, daß er ihr einige Stunden vorher, um halb zehn Uhr abends, zum ersten Mal begegnet sei. Am Donnerstag abend also, nicht am Freitag morgen gegen ein Uhr früh, wie Cindy gesagt hatte. Nachdem Cindy einverstanden war, mit ihm mitzufahren, seien sie zum Cascade Park in Salem gefahren, wo sie einige Biere getrunken und ›herumgeknutscht‹ hätten. Dayton sagte, daß er sie geküßt, ihre Brüste gestreichelt und sie mit der Hand an den Beinen und über ihrem Slip gestreichelt habe. Er sagte, daß er mit seiner Hand zu der Zeit noch nicht in ihren Slip gegriffen habe. Er bestand darauf, daß alles in gegenseitigem Einvernehmen geschehen sei und sie seine Annäherungen nicht abgewiesen habe.

Irgendwann seien sie dann zu Cindys Auto zurückgefahren, da sie dort mit einem anderen Mann verabredet gewesen sei. Der Mann sei aber nicht aufgetaucht, also hätten sie beschlossen, weiter herumzufahren, und seien irgendwann in der Barlow Road in der Nähe von Canby gelandet. Dayton sagte, er kenne sich dort aus, weil er dort schon angeln war, und es sei ihm als der geeignete Ort für ihre Liebesspiele erschienen.

Nachdem sie ein bißchen herumgemacht hätten, sei Cindy auf den Rücksitz geklettert, und er, Dayton, sei ihr gefolgt. Er habe seine Hose heruntergezogen und Cindy dabei geholfen, ihre herunterzuziehen, und dann hätten sie Geschlechtsverkehr gehabt, bis er, Dayton, den Höhepunkt erreicht habe. Er habe sich wieder auf den Vordersitz gesetzt, wo er einige Minuten ausgeruht habe, dann habe er Cindy gefragt, ob sie »es noch mal treiben« wolle. Cindy habe ihn gefragt, ob sie sich ganz ausziehen solle, und Dayton habe ja gesagt. Im Gegenzug habe ihn Cindy dann gebeten, sich auch ganz auszuziehen, und er habe sich bis auf die Socken ausgezogen. Nachdem er zurück auf den Rücksitz geklettert sei, hätten sie mehrere verschiedene Stellungen ausprobiert, einige mit Dayton oben, einige mit Cindy oben, und einmal habe sich Cindy hingekniet und Dayton habe versucht, von hinten in sie einzudringen.

»Ich wollte es ihr von hinten machen, doch ich konnte nicht zum Höhepunkt kommen«, berichtete Dayton dem Officer Swaney. »Also habe ich aufgehört.« Er sei zurück auf den Vordersitz geklettert.

Cindy habe sich zwischen den Vordersitzen nach vorn gelehnt und angefangen, ihn damit aufzuziehen, daß sie ihn wegen Entführung und Vergewaltigung anzeigen würde. Ihre Späße seien bald in Ernst umgeschlagen, und sie habe mit ärgerlicher Stimme Drohungen ausgestoßen. Sie habe ihm erzählt, daß sie schon einmal in Schwierigkeiten geraten und in einer Jugendstrafanstalt inhaftiert gewesen sei. Sie habe gesagt, daß Männer sie süß fänden und sie deswegen schon mehrere Male vergewaltigt worden sei. Sie habe mit ihren großen Brüsten geprahlt und gesagt, ihre Körbchengröße sei 36-D, und es sei ihr deshalb ein leichtes, Männer anzulocken.

Nachdem sie von ihm verlangt habe, sie heimzufahren, habe er, Dayton, versucht, sein Auto rückwärts von der Stelle, wo er es geparkt hatte, wegzufahren, sei jedoch im Schlamm steckengeblieben. Auf Daytons Vorschlag hin habe sich Cindy ans Steuer gesetzt, und er habe geschoben, es habe jedoch nichts genützt. Cindy sei ärgerlich geworden, aus dem Wagen gestiegen und habe angekündigt, zu Fuß zu gehen. Das letzte, was er von ihr gesehen habe, sagte Dayton, sei gewesen, wie sie die Barlow Road in östlicher Richtung hinunterging. Dayton beharrte im Verlauf der gesamten Aussage immer wieder darauf, daß der Sex von beiden Seiten gewollt gewesen sei.

»Sie wollte es genauso wie ich«, sagte er.

Im Verlauf der Durchsuchung seines 1967er Malibus beschlagnahmten die Beamten des Sheriffs ein Plastiksäckchen mit ›grüner Pflanzensubstanz‹, vermutlich Marihuana, zwei etwa 50 Zentimeter lange elektrische Kabel, eines schwarz und eines rot, ein Knäuel Lautsprecherkabel von sechs Meter Länge und ein Putztuch. Nach der Durchsuchung wurde Dayton sein Wagen zurückgegeben und er selbst vorläufig aus der Haft entlassen.

Als Dayton wieder nach Hause kam, erzählte er seiner Frau Sherry nichts von dem, was geschehen war. Sie fand es schließlich heraus, doch Dayton beteuerte, er sei das Opfer einer Verwechslung und irrtümlich angeklagt. Da sie frisch verheiratet, jung und naiv war, wollte sie seine Geschichte unbedingt glauben und tat es auch. Am 13. Januar 1976 jedoch wurden ihre Hoffnungen zunichte gemacht: Dayton wurde vom Schwurgericht des Clackamas County wegen Vergewaltigung ersten Grades angeklagt. Bis zur Verhandlung im Mai durfte er auf freiem Fuß bleiben.

Am Freitag, dem 20. Februar 1976, ging die attraktive, neunzehnjährige Anna Buchanan* auf der rechten Seite des Highway 22 in Richtung Salem. Sie kam gerade vom Staatsgefängnis von Oregon, wo sie ihren Freund besucht hatte, der dort einsaß, und befand sich auf dem Weg zum Greyhound-Busbahnhof in Salem. Dort wollte sie einen Bus in das 40 Kilometer entfernte Oregon City nehmen und dann noch einen Bus zu ihr nach Hause, in das Dorf Beavercreek. Sie war mit ihren Gedanken woanders und hätte den Wagen, der an ihr vorbeifuhr, vielleicht nicht bemerkt, wenn er nicht von hellgelber Farbe gewesen wäre. Er war sehr auffällig, und sie blickte auf, als er an ihr vorbeirauschte. Es war ein 1970er Ford Mustang, und er fuhr in Richtung Bend, 250 Kilometer weiter im Südosten, in der Mitte Oregons. Es war halb vier Uhr nachmittags, ein bewölkter, nebliger Tag. Anna war durchnäßt und müde – sie wollte heim.

Bevor Anna wußte, was geschah, hatte der Fahrer des gelben Mustang seinen Wagen gewendet und hielt neben ihr.

»Hi! Soll ich dich mitnehmen?« Der Fahrer grinste Anna breit an.

Anna überlegte kurz. Sie fuhr zwar grundsätzlich nicht per Anhalter, doch es war eine Gelegenheit, diesem unfreundlichen Wetter zu entkommen. Und der Typ schien in Ordnung zu sein. Außerdem würde sie mit dem Auto viel schneller zum Busbahnhof gelangen, als wenn sie dorthin laufen müßte. So hätte sie vielleicht vor der Abfahrt des Busses noch Zeit, etwas zu essen.

»Okay. Danke«, sagte sie und setzte sich auf den Beifahrersitz.

»Warst du jemals im Silver Falls State Park?«

»Nein. Ist der in der Nähe?«

»Es ist nicht weit. Ich habe ein bißchen Gras zum Rauchen

da und auch ein paar Flaschen Bier. Möchtest du mit mir dorthin fahren?«

Sie dachte einen Augenblick lang über sein Angebot nach. Die Aussicht, Marihuana zu rauchen, war sehr verlockend, verlockender als der ursprüngliche Plan, etwas zu essen zu besorgen.

»Gern. Aber ich habe nur ein paar Stunden Zeit, bis mein Bus abfährt.«

»Oh, bis dahin sind wir längst zurück.«

Er wendete seinen Ford Mustang erneut, fuhr eine kleine Weile und bog dann auf den Oregon 214 Highway ab. Sie waren bald in einer menschenleeren Gegend, doch Anna achtete nicht auf den dichten Wald ringsum, während sie den Joint rauchte, den er ihr angeboten hatte. Sie reichte ihrem neuen Kumpel den Joint, dabei bemerkte sie ein Straßenschild, das anzeigte, daß der Park nicht mehr weit war.

Sie plauderten ungezwungen, als sie in den Silver Falls State Park hineinfuhren – beide waren mehr als nur ein bißchen von dem Marihuana berauscht. Da es immer noch Winter war, befanden sich nur wenige Menschen in dem Park. Die meisten Leute in der Umgebung beendeten gerade ihren Arbeitstag, und für die anderen war es einfach zu kalt und zu spät, um noch draußen zu sein. Dayton und Anna fuhren tiefer hinein und besichtigten alle Wasserfälle, besonders den größten von ihnen, nach dem der Park benannt worden war. Dann fuhren sie auf einen Kiesweg, der in den dichten Wald führte; dort waren sie nun völlig allein.

»Ich muß aufs Klo«, sagte der Mann; er hielt eine ›Budweiser‹-Bierdose in der Hand. Er stieg aus und ging ins Gebüsch. Nach ein, zwei Minuten kam er zurück, sein Bier schlürfend.

»Hören wir ein bißchen Musik«, sagte er. »Warum setzt du dich nicht hinten auf den Rücksitz und gibst mir die Schachtel mit den Musikkassetten nach vorne? Du kannst hinten bleiben, wenn du willst. Das ist bequemer.«

Nach vier weiteren Bieren und drei weiteren Joints teilte Anna dem Mann mit, daß es spät geworden sei und sie zurück zum Busbahnhof müsse. Sie versuchte, wieder auf den

Vordersitz zu klettern, doch der Mann hielt sie davon ab, sagte, er müsse erst etwas wegräumen, damit sie Platz zum Sitzen habe. Einen Augenblick später öffnete er das Handschuhfach und nahm ein Messer heraus. Starr vor Angst, konnte Anna den Blick nicht von der Messerklinge abwenden.

»Tu, was ich sage, und ich werde dir nicht weh tun«, sagte er tonlos. Er befahl ihr, sich auf der Rückbank mit hinter dem Rücken verschränkten Armen hinzuknien. Anna rührte sich nicht. »Ich werde jetzt bis zehn zählen, und wenn du bis dahin nicht gemacht hast, was ich dir sage, werde ich dir weh tun.«

Anna sah auf die Klinge, sah die Boshaftigkeit in seinen Augen – sie wartete nicht ab, bis er zu zählen anfing. Sie tat, was er befohlen hatte.

Auf ihren Knien drehte sich Anna um, ihre Augen in Richtung der Rückscheibe, und verschränkte die Hände hinter dem Rücken. Der Mann nahm ein langes Stück Draht und wickelte es fest um ihre Handgelenke, sehr fest und doch gerade so, daß ihr Blut noch zirkulieren konnte. Dann befahl er ihr, sich mit dem Gesicht nach unten auf den Sitz zu legen.

»Warum hast du mich gefesselt?« weinte Anna.

»Ich werde dich ficken«, antwortete er. »Ich will nicht, daß du mich verletzen kannst.« Dann band er ihren linken Fuß an ihre Handgelenke, der rechte Fuß blieb frei.

Er nahm das Messer und schnitt Annas Hemd auf. Dann legte er das Messer auf den Sitz und riß das Hemd mit den Händen in zwei Teile. Mit ihrer Hose und ihrem Slip tat er das gleiche. Als sie nackt war, berührte er ihre Brüste, knetete sie. Er ließ seine Hand zwischen ihre Beine wandern und steckte seinen Mittelfinger in ihre Scheide. Anna zog scharf die Luft ein, und ihr ganzer Körper wurde stocksteif, während er den Finger immer tiefer hineinstieß und diesen Vorgang rhythmisch wiederholte. Als er müde wurde, rutschte er weiter hinunter, zu ihren Füßen, und fing an, sie zu beißen und zu küssen.

Der Mann murmelte die Vornamen anderer Frauen, während er seinen Fußfetischismus auslebte, gerade so, als ob er sich vorstellte, Anna sei jemand anderes, vielleicht ein Mitglied seiner Familie. Er war nun wirklich sehr erregt und fing an, immer merkwürdigere Dinge zu murmeln. Er redete davon, daß er als Kind mit seiner Mutter und mit seinem Vater geschlafen habe, und er murmelte etwas von einem Vetter, der Fußfetischist sei, der ihm beigebracht habe, die Füße von Frauen zu küssen und zu beißen. Er erzählte Anna, daß er das, was er gerade mit ihr anstellte, auch schon mit anderen Frauen getan habe und daß es ihn sexuell wirklich sehr errege. Das sei für ihn eine der wenigen Methoden, Sex zu genießen, sagte er.

Plötzlich kam wie aus dem Nichts ein roter Pick-up und brauste in unmittelbarer Nähe ihres Parkplatzes vorbei. Der Mann wurde abrupt aus seiner Fantasie gerissen und geriet in Panik. Hatte der Fahrer des Pick-ups sie gesehen? Hatte er Zeit gehabt, sich seinen Wagen gut einzuprägen? Aufgestört, wie er war, fuhr der Mann seinen Mustang zu einer anderen Stelle im Park. Nachdem er versucht hatte, sich davon zu überzeugen, daß sie dort niemand entdecken konnte, wollte er weitermachen, wo er aufgehört hatte. Doch es war einfach nicht mehr dasselbe. Er war völlig entnervt und hatte Angst, daß man ihn gesehen hatte. Er band Anna los und warf den Draht aus dem Fenster.

»Ich werde dich umbringen müssen«, sagte er zu dem verängstigten Teenager.

»Warum? Ich werde niemandem was erzählen! Laß mich einfach gehen.«

»Halt's Maul! Ich muß nachdenken, wie ich dich am besten umbringe.«

Er murmelte, daß er sie entführen und Lösegeld erpressen werde. Doch Anna sagte ihm, daß ihre Eltern kein Geld besäßen.

»Das macht nichts. Die Polizei wird das Lösegeld bezahlen«, sagte er. Er gab Anna ein weißes T-Shirt und ihre orangefarbene Lederjacke zurück und erlaubte ihr, die Sachen anzuziehen. Dann fuhr er, ohne ein Wort zu sagen, den Highway 22 zurück bis zur Interstate Nr. 5. Anna fragte sich, wohin er sie bringen wollte. Mit stumpfen, geistesabwesendem Blick fuhr er weiter bis zur Ausfahrt Woodburn, fuhr auf dem Highway 99E in nördlicher Richtung durch die Gemeinde Canby. Dort bog er auf den Highway 213 und wandte sich nach Süden, Richtung Molalla-Wald. Es war inzwischen dunkel geworden, als er auf einen entlang des Molalla-Flusses verlaufenden Forstweg abbog. Er parkte den Mustang auf einem schmalen Wendeplatz direkt vor einer Holzfällerbrücke am Fluß.

»Ich kann dich nicht gehen lassen«, sagte er ruhig, »du würdest zur Polizei gehen.«

»Nein, nein, das würde ich nie tun«, versicherte ihm Anna und wich auf der Rückbank so weit vor ihm zurück, wie es ging. »Du könntest mich bei meiner Großmutter rauslassen, sie hat ein Haus in Oregon City. Sie ist nicht da, aber ich kann rein. Ich könnte was zum Anziehen finden, bevor ich nach Hause gehe. Du wirst sehen, ich werde es niemandem sagen.«

»Geh wieder auf die Knie«, befahl er. »Ich bring' dich gefesselt zum Haus deiner Großmutter, und wenn sie nicht da ist, lasse ich dich dort.«

Er fesselte Anna auf dieselbe Weise wie vorher. Da er das Kabel im Silver Falls State Park weggeworfen hatte, benutzte er diesmal Stoffstreifen, die er aus ihrer Jeans schnitt. Als er sie zu seiner Zufriedenheit gefesselt hatte, riß er ein Stoffband aus ihrer Bluse und ging ihr an den Hals.

»Ich muß dich umbringen«, sagte er, wickelte das Stoffband fest um seine Hände und kam näher. »Ich habe keine Wahl.«

Anna wehrte sich verzweifelt, als er das Stoffband um ihren Hals schlang und es zuzog, sie wehrte sich so stark, daß sie eine Hand frei bekam. Geistesgegenwärtig packte sie einen ihrer Schuhe, die neben ihr auf dem Sitz lagen, und hieb ihn mit aller Kraft auf seine Schläfe. Benommen ließ der Mann das Stoffband fallen und wich zurück. Er wirkte seltsamerweise nicht mehr bedrohlich, sondern schien statt dessen selbst Angst zu bekommen. Anna schlug weiter wie wild um sich, bis sich alle Fesseln gelöst hatten, und kämpfte mit ihm, um auf den Vordersitz zu kommen. Doch er stieß sie immer wieder zurück. Schließlich blieb sie ruhig sitzen und fing wieder an, über das Haus ihrer Großmutter zu sprechen – sie wollte seine Gedanken von seiner Absicht, sie zu töten, ablenken. Annas Reden und der Anblick zweier Fahrzeuge, die die Brücke überquerten, veranlaßten den Mann, den Wagen zu starten und wegzufahren. Er fuhr in Richtung Oregon City.

Um 20 Uhr parkte er den Wagen vorm Haus ihrer Großmutter. Er ließ sich sein T-Shirt zurückgeben und ließ Anna, die nun nur noch mit ihrer orangefarbenen Lederjacke bekleidet war, aussteigen.

Als sie sich im Haus und in Sicherheit befand, rief Anna das Clackamas County Sheriff's Department an.

Ein Streifenpolizist nahm noch am selben Abend einen Bericht auf, und Anna wurde in das örtliche Krankenhaus gebracht, wo sie untersucht und dann nach Hause geschickt wurde. Aufgrund des Wochenendes würde der Bericht des Überfalls auf Anna Buchanan erst am Dienstag der darauffolgenden Woche an die Kriminalpolizei weitergeleitet werden.

VIERTES KAPITEL

Unglücklicherweise dauerte es zu lange, bis Detective Sergeant W. H. Burnum vom Clackamas County Sheriff's Office die Gelegenheit hatte, Anna Buchanan zu befragen, zwei und zwei zusammenzuzählen und Dayton Leroy Rogers als Hauptverdächtigen in Annas Fall zu erkennen. Dayton ging in der Zwischenzeit wieder im gelben Ford Mustang seiner Frau auf den Straßen Salems auf die Jagd. Er hatte die Gelegenheit, seiner langen Liste noch zwei weitere junge Opfer hinzuzufügen – all das, während Burnum und Detective Jan Cummings vom Marion County Sheriff's Office Anna Buchanan am 24. Februar 1976 verhörten.

Um drei Uhr nachmittags war Anna mit dem Bericht über ihr schreckliches Erlebnis fertig, und die beiden Beamten hatten nur noch ein paar Fragen an sie. Als sie das Gesprächszimmer des Polizeipräsidiums des Marion County verließen, das sich im Untergeschoß des Gerichtsgebäudes befand, wurden Burnum und Cummings zwei weitere Berichte von sexuellen Attacken gemeldet. Diese Berichte lagen erst seit zwei Stunden vor und hatten noch nicht den üblichen bürokratischen Weg durchlaufen. Einen aufmerksamen und verantwortungsbewußten Beamten machten die Gemeinsamkeiten zwischen den beiden neuen Fällen und dem, der von Burnum und Cummings gerade bearbeitet wurde (ganz zu schweigen von dem Fall Cindy Jones, den Burnum gerade geklärt hatte), stutzig, und er leitete die Berichte ohne Umwege weiter. Sonst hätten die Beamten Burnum und Cummings vielleicht erst ein paar Tage später davon erfahren. So aber konnten sie Befragungen der beiden Opfer schon für den Vormittag des nächsten Tages ansetzen.

Kurz nach elf Uhr vormittags am darauffolgenden Tag tauchten die beiden Mädchen im Polizeipräsidium auf und wurden in das kalte, unpersönliche Vorzimmer geführt. Sie waren beide nervös und sichtlich erschüttert von ihrer Begegnung mit dem Gewalttäter in dem gelben Mustang, die am Tag davor stattgefunden hatte. Linda Morris*, 15, und Janine Phall*, 16, setzten sich nebeneinander auf zwei Stühle, gegenüber den Beamten. Verlegen und beschämt sahen sie zu Boden und spielten nervös mit ihren Händen, als sie erzählten, was passiert war.

»Ich bin aus dem Haus und zu meinem Auto gegangen, um zur Schule zu fahren«, sagte Janine. »Das war gegen halb neun Uhr morgens. Dann hat mich Linda angerufen, weil sie den Bus verpaßt hatte und mit mir mitfahren wollte. Aber mein Wagen ist nicht angesprungen.«

Janine sagte, sie habe Linda angerufen und mit ihr verabredet, daß sie zu Fuß zu ihrem Haus in der Pentiction-Court-Northeast-Straße in Salem laufen würden. Eine Viertelstunde später, gegen Viertel vor neun, sei sie bei Linda eingetroffen. Nachdem sie beschlossen hätten, die ersten beiden Schulstunden blau zu machen, hätten die Mädchen das Haus gegen 10 Uhr 30 verlassen und seien in Richtung der McNary-Highschool gegangen. Auf der Höhe der Chemawa Indian School in der Chemawa Road, nahe der Kreuzung Interstate Nr. 5 und Chemawa Road, weniger als zwei Kilometer von Lindas Haus entfernt, hielt ein gelber Mustang neben ihnen.

»Ich hatte ihn nicht vorbeifahren sehen«, sagte Janine. »Er kam wie aus dem Nichts. Es regnete in Strömen. Er hat gefragt, ob er uns in seinem Auto mitnehmen sollte. Wir sagten ja. Nachdem wir ins Auto gestiegen waren, sagten wir ihm, daß wir zur McNary-Highschool müßten. Er sagte, er wolle vorher bei Bob's Big Boy anhalten, um etwas zu essen. Es war mittlerweile schon elf Uhr. Er hat uns einen Hamburger mit Pommes und eine Cola spendiert. Er war eigentlich ein netter Typ. Wir hatten keine Angst vor ihm. Dann war's schon Mittagspause, also mußten wir auch für eine Weile nicht zur Schule.«

»Was ist dann passiert?« fragte Burnum.

»Er hat gefragt, ob wir gerne angeln gehen und ob wir mit zum Cascade Park gehen wollten, um die Angler anzusehen«, sagte Janine. »Wir sagten, daß wir in die Schule müßten, und er hat versprochen, uns rechtzeitig zurückzubringen. Wir sind also zum Cascade Park gefahren und haben anderen Leuten beim Angeln zugeschaut. Er ist dann in ein Geschäft gegangen und hat zwei Sechserpacks Bier gekauft. Ich glaube, das Geschäft war auf der 12 Street Southeast. Dann fuhr er auf eine Tankstelle auf der Zwölften, und wir alle sind nacheinander aufs Klo gegangen.«

»Habt ihr Bier mit ihm getrunken?«

»Er hat uns welches angeboten. Ich habe während der ganzen Zeit vielleicht zwei Flaschen getrunken. Ich habe immer wieder gesagt, daß wir zurück in die Schule müßten. Er sagte, es sei zu spät, die Schule sei schon aus. Es war schon drei Uhr. Er fragte, ob wir jemals auf der Wheatland-Fähre gewesen seien, die den Willamette-Fluß überquert. Ich schon, doch Linda war noch nie dort gewesen. Er sagte, das müsse sie unbedingt mal sehen. Er war immer noch sehr nett.«

Janine fuhr fort: »Er fuhr über die Brücke in West-Salem und hielt in einem Park, der ungefähr drei Kilometer davon entfernt war. Er stieg aus und pinkelte. Wir hatten immer noch keinen Grund, Angst vor ihm zu haben. Er parkte im Kies bei der Polk-County-Seite des Wheatland-Fährbetriebs. Ich glaube, er hat dann das zweite Sechserpack Bier und das meiste vom ersten ausgetrunken. Linda und ich saßen beide auf dem Rücksitz. Es war ungefähr halb vier, glaube ich, und ich habe ihm gesagt, daß ich nach Hause müßte. Er sagte, er müsse noch die Flasche Bier austrinken.

Er trank das Bier aus und tat die Flasche in die Schachtel zurück. Er sah aus dem Wagenfenster, dann drehte er sich um und sagte: ›Tut, was ich sage, und ich werde euch nicht weh tun.‹ Er sagte, wir sollten uns mit dem Gesicht zum Rückfenster hinknien und die Arme auf den Rücken legen. Ich sagte, daß ich es nicht tun würde. Er sagte, daß er ein Messer habe, und ich sagte, er könne keins haben, weil ich keins gesehen hätte. Dann machte er das Handschuhfach auf und zog ein ungefähr acht Zentimeter langes schwarzes Messer hervor, mit einem braunen Holzgriff.

Wir fingen dann an zu weinen und machten, was er gesagt hatte. Er fragte immer, was es denn zu weinen gebe. Er nahm ein Stück braune Schnur aus dem Handschuhfach und fesselte meine Hände und Füße, und dann die Füße an die Hände. Ich war immer noch auf den Knien. Er stieß mich weg und fesselte Linda zwischen dem Vordersitz und der Rückbank. Ich machte meine Hände los, und er sagte: ›Komm her, ich werd' dich losbinden.‹ Aber dann hat er mich mit einer weißen Schnur noch mal gefesselt. Er sagte, er wolle mit uns Liebe machen. Er sagte, er habe einen Vetter, der ihm beigebracht hat, wie man es macht und wie man es anstellt, daß man nicht erwischt wird.«

Burnum und Cummings wechselten einen bedeutungsvollen Blick. Sie hatten denselben Gedanken: Die Szene, die Art und Weise, wie der Mann vorging, war dieselbe wie bei Anna Buchanan. Und damit nicht genug, diese beiden Mädchen waren auch blond, so wie Cindy Jones und Anna Buchanan. Sie warteten jedoch noch ab und ließen Janine ihre Geschichte zu Ende erzählen.

»Er ließ den Wagen an und fuhr uns zu dem Park zurück, und dann sagte er uns, daß er uns losbinden und gehen lassen würde. Er sagte, wenn wir tun würden, was er sagte, werde er uns nicht weh tun. Wir waren immer noch auf dem Rücksitz. Linda weinte jetzt richtig und drehte völlig durch. Ich sagte ihm, er könne alles mit mir tun, was er wollte, doch er solle Linda in Ruhe lassen. Er zog mir die Schuhe und Socken aus. Linda lag zusammengerollt in der Ecke, sie hatte einen schweren Schock. Er sagte, ich solle meine Bluse ausziehen. Er zog mir die Hose runter und sagte, ich solle sie ganz ausziehen. Seine hatte er nur heruntergerollt. Ich lag auf dem Rücksitz, und er lag zwischen den Vordersitzen.

Er hat seinen, äh, Penis in mich eingeführt. Er war steif. Er lag ungefähr eine Minute lang auf mir drauf. Er sagte, sein Vetter hat ihm geraten, nicht zu kommen, weil ihn sein Sperma verraten könnte. Er sagte, daß sein Vetter es schon mal so gemacht habe und nicht erwischt worden sei. Er hat dann aufgehört und uns gesagt, daß er uns heimbringt. Ich fragte, ob ich pinkeln gehen dürfe, und er sagte ja. Ich zog alle meine Sachen wieder an. Linda stieg auch aus. Er wollte, daß sie dablieb, doch sie weigerte sich. Er sagte auch, daß sie ihre Handtasche dort lassen solle, aber das wollte sie nicht. Ich hatte meinen Gürtel drinnen gelassen, und Linda ging zurück. Er griff nach ihrer Handtasche. Sie sagte »Fuck you« und lief weg. Wir rannten beide zur Wheatland Ferry Road. Er rief uns hinterher, ob er uns helfen könne. Wir merkten uns seine Autonummer. Dann gingen wir zu einem Haus in der Nähe der Anlegestelle der Fähre und riefen meinen Dad an.«

»Du erinnerst dich an alles genau so, wie sie es erzählt hat?« wandte sich Burnum an Linda.

»Ja, alles ist genau so passiert«, sagte Linda. Sie sagte, daß der Mann ihr befohlen habe, aus dem Fenster zu sehen, als er mit Janine Geschlechtsverkehr hatte.

»Ich habe nichts davon gesehen«, fuhr Linda fort. »Ich saß auf der Rückbank, und Janine lag in der Mitte. Ich habe nicht gesehen, wie sie Sex hatten. Ich hörte, wie Janine sagte, daß es ihr weh tue, und er sagte: ›Entspann dich.‹ Janine weinte. Er gab ihr ihre Kleidung und ihre Schuhe zurück.«

Janine und Linda beschrieben den Täter als einen erwachsenen Mann weißer Hautfarbe, 1,70 bis 1,80 groß, ungefähr 80 Kilo schwer und Anfang Zwanzig. Er hatte braunes Haar, braune Augen, eine ›komische‹ Nase und einen hellbraunen Schnurrbart. Er trug eine braune Lederjacke, ein weißes Hemd und eine braune Hose. Die Mädchen gaben an, er habe gesagt, er wohne in Ost-Salem, sein Name sei Steve Davis, und seine Eltern lebten in Mexiko. Er habe behauptet, er sei Geschäftsmann.

Beide Mädchen beschrieben ›Steves‹ Wagen unabhängig voneinander als einen gelben Ford-Mustang-Zweisitzer, mit schwarz verkleidetem Innenraum und automatischer Gangschaltung. Im Innenraum habe sich ein blaues Panasonic-Autoradio befunden, auf dem Boden eine Pappschachtel mit Musikkassetten und ein schwarz-grauer Essensbehälter. Sie sagten, sein Autokennzeichen sei KXY 646.

Um der üblichen Prozedur zu folgen, sagte Burnum, werde er anhand des Autokennzeichens den Fahrer ermitteln lassen, doch es sei eigentlich nicht notwendig. Er wußte bereits, daß der Fahrer des gelben Ford Mustang Dayton Leroy Rogers war, derselbe Mann, der Cindy Jones und Anna Buchanan überfallen hatte. Es war in diesem neuen Fall nur ein anderer Wagen im Spiel. Offenbar fuhr Dayton seinen blauen Malibu nicht mehr.

Die Mädchen waren im Marion County aufgelesen worden, doch Dayton war mit ihnen über die Regionalgrenze in das Yamhill County, in die Nähe des angrenzenden Marion County und Polk County, gefahren, wo der Überfall stattgefunden haben sollte. Folglich mußten Burnum und Cummings bei Daytons Verhaftung die Polizeibehörde des Yamhill County hinzuziehen.

Dayton wurde schließlich wegen der Vergewaltigung ersten Grades von Anna Buchanan im Clackamas County angeklagt. Im Yamhill County wurde er wegen Vergewaltigung ersten Grades und sexueller Nötigung im Zusammenhang mit dem Überfall auf Janine Phall und Linda Morris angeklagt. Er plädierte auf nicht schuldig wegen geistiger Unzurechnungsfähigkeit. Am 14. Mai 1976 wurde er von dem Vorwurf der Vergewaltigung von Anna Buchanan freigesprochen.

Am 25. Juni 1976 wurde die Bewährung der Haftstrafe für den Messerangriff auf Deniece Raymond, den er fast vier Jahre vorher im Lane County verübt hatte, widerrufen. Er wurde wegen Verletzung seiner Bewährungsauflagen zu fünf Jahren Gefängnis verurteilt.

Am 27. August 1976 sprach ein Geschworenengericht Dayton vom Vorwurf der Vergewaltigung von Janine Phall und Linda Morris frei, verurteilte ihn aber wegen sexueller Nötigung. Er bekam die Höchststrafe fünf Jahre Gefängnis.

»In jener Zeit war man noch nicht so aufgeklärt wie heute«, sagte der Staatsanwalt des Yamhill County, John L. Collins, »die Gerichte gingen häufig davon aus, daß man einen Mann für eine Vergewaltigung nicht verurteilen konnte, wenn das Opfer irgendwie dazu beigetragen hatte. In diesem Fall war der Freispruch meiner Ansicht nach auf die Tatsache zurückzuführen, daß die Mädchen Bier mit ihm getrunken und Marihuana mit ihm geraucht hatten.«

In einem Bericht, der nach Daytons Verurteilung am 4. Januar 1977 an den staatlichen Bewährungsausschuß geschickt wurde, setzte sich Collins dafür ein, daß Dayton auf keinen Fall vorzeitig entlassen werden sollte, da er äußerst gefährlich sei.

»Bei meiner Arbeit mit Straftätern«, schrieb Collins, »bin ich nie einem Menschen begegnet, den ich für gefährlicher halte als Dayton Leroy Rogers ... wenn ich nur ein halbes Dutzend der gefährlichsten Menschen, mit denen ich je zu tun hatte, auswählen müßte – Dayton Leroy Rogers wäre einer von ihnen.«

Auch Darryl H. Lawson, der zu jener Zeit noch Staatsanwalt des Lane County war (heute ist er Richter im Lane County), schrieb einen Bericht, nachdem Daytons Bewährung widerrufen worden war: »Dieser Mann stellt eine extreme Bedrohung für seine Umwelt dar, insbesondere für junge Frauen. Er ist gewalttätig, auch in sexueller Hinsicht, und er ist ohne Zweifel ein Mörder in spe.«

Trotz der zwei fünfjährigen Haftstrafen und der dringenden Bitten der Staatsanwälte, ihn hinter Gittern zu behalten, wurde Dayton Leroy Rogers im Januar 1982 auf Bewährung aus dem Staatsgefängnis von Oregon entlassen. Ein Jahr später wurde seine Bewährungsaufsicht beendet. Dayton war ein freier Mann, der wieder nach Belieben in den Straßen umherstreifen konnte.

Detective John Turner hatte nun sämtliche Berichte über Daytons Vergangenheit durchgelesen, und in seiner Eigenschaft als Mann des Gesetzes erschien es ihm als absolut unverständlich, daß Dayton Leroy Rogers für seine schändlichen Verbrechen von einem System, das eben zur Bestrafung solch widerwärtigen Tuns geschaffen worden war, nur so milde bestraft wurde. Nach Turners Ansicht hatte das Rechtssystem in Daytons Fall kläglich versagt. Natürlich, er war bestraft worden, doch die Strafe war den begangenen Verbrechen nicht angemessen. Dayton hatte vergleichsweise für all die Schmerzen und das Leid, das er anderen zugefügt hatte, nur einen Klaps auf den Hintern erhalten. Doch wenn es nach ihm, Turner, ging, würde sich das ändern. Er würde dafür sorgen, daß Dayton nie wieder frei herumlaufen durfte.

DRITTER TEIL

DER MOLALLA-
FOREST-KILLER

ERSTES KAPITEL

Es war Montag, der 31. August 1987, der achte Tag der behördlich genehmigten Jagdzeit für Rotwild in Oregon, und der sechsundvierzigjährige Everett Lee Banyard, der mit der Armbrust jagte, war fest entschlossen, noch vor der Abenddämmerung im Molalla-Wald eines jener sanften Tiere zu erlegen. Banyard verließ sein Haus im nahe gelegenen Ort Molalla gegen sieben Uhr abends und fuhr auf dem Highway 211 in Richtung Osten. Sein Ziel war eine abgelegene, bergige Gegend weitab der Straße, inmitten einer 90 000 Morgen großen Waldnutzfläche, die einer Holzhandelsfirma von der Ostküste der USA gehörte. Dieses Jagdgebiet war nur etwa 15 Kilometer von Molalla entfernt, aber es war nicht leicht zu finden, es sei denn, man kannte sich aus. Banyard kannte sich aus. Er war dort im Laufe der Jahre schon viele Male gewesen.

Er bog an der Mathias-Kreuzung vom Highway 211 rechts ab, fuhr etwa einen halben Kilometer, bis er zur Fryer Park Road kam, bog dort links ab und folgte der Straße bis zur South Dickie Prairie Road. Dort bog Banyard rechts ab, in südöstlicher Richtung, überquerte den Molalla-Fluß auf der Glen-Avon-Brücke und fuhr dann rechts auf die Molalla Forest Road. Diese Straße folgt den Windungen des Molalla-Flusses und ist ein beliebtes Ausflugsziel für Angler, Schwimmer, Jäger, Wanderer und sonstige Naturfreunde. Nach etwa 500 Metern gelangte er an eine Weggabelung. Rechts befand sich eine abgesperrte Kiesstraße. Banyard hielt sich links und fuhr etwa fünf Kilometer, bis er eine Holzfällerstraße, Molalla Forest Nr. 75 (MF 75), erreichte. Dieser folgte er tiefer und tiefer in den unwirtlichen Bergwald.

Er fuhr auf der steilen, von Erde und Steinen bedeckten Straße in westlicher Richtung, an einer von Farnkraut und niedrigen Bergtannen bewachsenen Hochebene vorbei, bis die Straße erneut für einen halben Kilometer steil anstieg und in südlicher Richtung um den Berg herumführte.

An dieser Stelle zweigt eine schmale Waldstraße, die teilweise mit Kies aufgeschüttet ist, in nördlicher Richtung ab. Diese Abzweigung nahm Banyard, bis er nach etwa 70 Metern auf eine weitere Weggabelung stieß. Ein Arm der Gabelung führte geradeaus, war jedoch aufgrund umgestürzter Bäume und des dichten Gebüschs unbefahrbar, der andere Teil der Straße führte steil weiter aufwärts und endete nach etwa 100 Metern an einer flachen Stelle. Dort stellte Banyard seinen Pick-up ab, direkt vor der Weggabelung, wobei er den Wendeplatz als Parkfläche benutzte. Es blieb ihm ungefähr eine Stunde Tageslicht.

Ein großer Teil des Geländes war mit Patronenhülsen, Schutt und Müll bedeckt; offensichtlich wurde dieses Areal häufig von Schützen zum Zielschießen, von Jägern und minderjährigen Biertrinkern besucht – und von Menschen, die rücksichtslos ihren Müll hier abluden. Banyard wußte, daß man hier gut jagen konnte, und er kam immer wieder her.

Mit seiner Armbrust und einem Köcher voller Pfeile bewaffnet, stieg Banyard aus seinem Pick-up und warf einen prüfenden Blick auf das Gelände ringsum. Er suchte nach Spuren von Rotwild oder anderen Waldtieren, insbesondere Losungen, Hufabdrücke oder einem Pfad, der aus dem Wald hinaus führte. Bald schon hatte er einen Strauch entdeckt, der zerdrückt worden war, und weiter am Waldrand sah er eine frische Spur, die von einem vorbeilaufenden Hirsch stammen konnte. Er war neugierig und überdies angespornt von dem Gedanken an saftiges Wildbret – er entsicherte seine Armbrust und ging der Spur nach, in den Wald hinein.

Nach nur wenigen Metern bemerkte er einen unangenehmen Geruch, doch da er in einer Düngemittelfabrik arbeitete, machten ihm seine Nasenhöhlen häufig Schwierigkeiten, und sein Geruchssinn war beeinträchtigt. Ein Mensch mit gesundem Geruchssinn wäre wohl angewidert gewesen, doch Banyard störte der Gestank anfangs nicht besonders, und er ging weiter in den Wald hinein. Bald stellte er fest, daß das, was er für eine Hirschspur gehalten hatte, wohl eher von Menschen verursacht worden war, vielleicht von jugendlichen Biertrinkern oder Zielschützen.

Auf einer schmalen Lichtung auf der rechten Seite, kurz vor einem abschüssigen Waldstück, das immer steiler abfiel und schließlich an einer Felsenklippe endete, sah Banyard noch mehr niedergetretene, braune und abgestorbene Sträucher. Von dem Platz aus, wo er stand, sah es danach aus, als liege etwas unter ihnen, doch er konnte nicht sehen, was es war. Er näherte sich den Büschen, um zu sehen, was da lag, und der unangenehme Geruch wurde stärker. Er dachte dann, daß da wohl jemand vor der Eröffnung der Jagdsaison einen Hirsch gewildert und die Eingeweide unter den Sträuchern versteckt hatte. Doch nichts war weiter von der Wahrheit entfernt.

Mit den Stiefelspitzen schob er die Sträucher sanft beiseite. Doch statt auf Wildeingeweide zu blicken, sah er zu seinem Entsetzen das entblößte Hinterteil, Oberschenkel und Wade eines Menschen. Taumelnd vor Furcht und Ekel, rannte Banyard die kurze Strecke zu seinem Wagen zurück, startete ihn und fuhr nach Hause. Zitternd und außer sich rief er das Clackamas County Sheriff's Department an und meldete seine schreckliche Entdeckung.

Deputy Randy Oxford beantwortete den Anruf. Er war gerade in der Nähe, als die Meldung kam, und kurze Zeit später traf er bei Banyard ein. Er nahm eine kurze Stellungnahme des erschütterten Mannes auf. Banyard erklärte sich dann bereit, den Beamten zu dem Platz im Molalla-Wald zu führen, wo er die Leiche entdeckt hatte. Als sie ankamen, war es völlig dunkel.

Sie gingen den Weg zu der Lichtung hinauf, wobei sie Taschenlampen benutzten. Auch Oxford bemerkte bald den verräterischen Verwesungsgeruch. Er leuchtete die Stelle mit seiner Taschenlampe an – mehr mußte er nicht sehen. An diesem abgelegenen Ort befand sich tatsächlich ein toter Mensch. Oxford ging zu seinem Streifenwagen zurück und bestätigte Sergeant Sam Metzger in der Kriminalabteilung, daß die Meldung über die Leiche der Wahrheit entsprach. Da es ein so entlegener Ort war, konnte er höchstwahrscheinlich nicht leicht gefunden werden, folglich wurde Oxford dazu veranlaßt, andere Beamte und die Polizeiärzte vor einem Supermarkt am Highway 211, gleich bei Molalla, zu treffen, sie zum Leichenfundort zu führen und das Areal während dieser Nacht abzusichern.

Am späteren Abend rief Sergeant Metzger Detective Mike Machado bei ihm zu Hause an und beauftragte ihn mit der Untersuchung des Falles. Metzger machte Machado mit den Begleitumständen des Geschehens bekannt und riet ihm, nicht vor dem nächsten Morgen mit den Ermittlungen zu beginnen. Er wies Machado an, sich um 8 Uhr morgens im Polizeipräsidium einzufinden, wo man hoffentlich mit weiteren Einzelheiten auf ihn warten werde.

Am nächsten Morgen war Machado eine halbe Stunde früher als abgemacht im Präsidium. Er traf dort auf Sergeant Metzger und Detective Jim Strovink, der ebenfalls auf den Fall angesetzt worden war. Die Beamten John Gilliland und Jeff Lamarche wurden auch zum Fundort beordert. Da sie es mit einem Verbrechensschauplatz in der Wildnis zu tun hatten, forderte Machado zusätzlich die Unterstützung von Detective Mark White, einem Fährtensucher, an.

Der Leichenbeschauer des Clackamas County, George Coleman, der in der Nacht zuvor die Leiche untersucht hatte, teilte Machado mit, daß der Körper fast mumifiziert war und einen lederartigen, schimmernden Anblick bot. Er wußte nicht, ob es ein weiblicher oder ein männlicher Körper war, doch die Leiche war nackt. Sie lag auf dem Bauch, inmitten abgefallener Blätter und Kompost. Er sagte, daß eine Hand sichtbar sei, in einer ungewöhnlichen Haltung, als hätte man den Körper zwischen die Sträucher geworfen.

Eineinhalb Stunden später trafen die Beamten an dem Leichenfundort ein. Dort empfing sie Hilfsdeputy Denis Ward, der den Forstweg etwa 70 Meter vom Schauplatz entfernt bewachte. All die anwesenden Beamten parkten ihre Wagen in dieser Entfernung vom Tatort, um nicht potentielles Beweismaterial auf der Straße und im umliegenden Wald zu vernichten. Aus demselben Grund war auch die Anzahl der Beamten auf ein Minimum reduziert worden. Ward hatte die Stelle die ganze Nacht hindurch bewacht, und man sah es ihm an.

Sie gingen auf dem grasbewachsenen Mittelstreifen des Wegs, als Ward die Beamten Machado, Strovink und White zum Leichenfundort hinaufführte. Ward deutete auf einen von der Straße aus sichtbaren Teil der Leiche. Detective White, der Fährtensucher, übernahm die Führung, und sie näherten sich der Leiche, wobei sie den gleichen Weg benutzten wie die Polizisten in der Nacht. White bewegte sich langsam vorwärts, besah sich die Pflanzen am Weg genau. Als er sich der Leiche näherte, inspizierte er sorgfältig die Sträucher, mit denen sie verdeckt worden war.

»Die Spuren an den Sträuchern scheinen alt zu sein«, erklärte White den anderen, »die Sträucher, unter denen der Leichnam lag, sind nicht abgeschnitten, sondern abgebrochen worden, da die Enden gezackt und unregelmäßig sind.«

Der Körper war von der Gürtellinie abwärts sichtbar, nackt, und es lag keine Kleidung in unmittelbarer Entfernung. Der Oberkörper zeigte in südöstliche Richtung, die Beine in nordwestliche. Das linke Bein lag unter dem rechten und war gestreckt. Das rechte Bein war leicht angezogen, der Knöchel lag auf dem linken Bein in der Nähe des linken Knöchels auf. Eine weiße Plastikflasche lag neben dem linken Bein, die Flaschenöffnung zeigte auf den Knöchel, und daneben lag eine rostige Blechdose. Die Beamten Gilliland und Lamarche betraten das Gelände und fingen an, alles zu fotografieren. Die Tatsache, daß die Leiche nackt war, ließ keinen Zweifel aufkommen, daß sie es mit einem Mord zu tun hatten.

Um 10 Uhr 22, nachdem sie die erste Phase ihrer Fotoarbeit abgeschlossen hatten, kam der Leichenbeschauer George Coleman hinzu. Er fing an, loses Strauchwerk vom Körper des Opfers zu entfernen. Er nahm die Sträucher von Kopf und Oberkörper der Leiche, bis sie vollkommen exponiert war. Der linke Arm des Opfers war parallel zum Oberkörper gerade ausgestreckt, der rechte Arm unter dem Körper angewinkelt, so daß die rechte Hand zwischen den Beinen lag. In der Unterleibsgegend war eine auffallende Anzahl von Maden, und offensichtlich waren große Mengen Verwesungsflüssigkeit in das umliegende Gesträuch und in die Erde ringsum geflossen.

Der Schädelknochen war an der Stelle sichtbar, wo sich der Haaransatz und das lockige hellbraune, fast blonde Haar im Verwesungsprozeß nach hinten geschoben hatten. Der linke Fuß war offenbar knapp unterhalb des Knöchels vom Bein abgetrennt worden und nicht in der Nähe zu sehen. Die Beamten wußten nicht, ob dieses Abkauen des Fußes das Werk wilder Tiere oder des Täters war.

Coleman fuhr fort, Sträucher und Blätter von der Stelle, wo die Leiche lag, zu entfernen, bis er, drei Minuten später, eine zweite Leiche aufdeckte. Coleman, von seiner Entdeckung erschreckt, hielt inne und rief nach Machado. Die Beamten stellten fest, daß die zweite Leiche in Embryohaltung zusammengerollt auf der rechten Seite, in nordöstlicher Richtung, lag. Der linke Arm war ausgestreckt, und die Hand war geöffnet, die Finger ausgestreckt. Es fehlten beide Füße; sie waren offenbar auf Knöchelhöhe abgesägt oder abgehackt worden. Es war nun klar, daß das nicht wilde Tiere getan hatten. Auch dieser Körper war nackt und verwest. Alle verließen den Schauplatz, bis auf Lamarche, der weiterhin Fotos machte.

Nachdem Lamarche fertig war, begannen sich Machado und Strovink vom Ende der Straße zu den Leichen vorzuarbeiten, wobei sie Beweismaterial sicherstellten. Auch wollten sie einen übersehbaren Teil des Geländes um die Leichen säubern, damit sie dort arbeiten konnten, ohne befürchten zu müssen, sie könnten mögliches Beweismaterial verschmutzen oder sonstwie zerstören.

Sie sammelten Erdproben, Strauchwerk, womit die Toten zugedeckt worden waren, die weiße Plastikflasche, die rostige Blechdose und ein Stück Schnur aus rotem Fiberglas. Machado entdeckte eine Glasflasche in der Nähe der ersten Leiche und eine Dose Bud-Lite-Bier in der Nähe der linken Hand des Opfers, außerdem eine kleine Flasche mit klarem

Schnaps, die im Gestrüpp zwischen beiden Leichen lag. Um 12 Uhr 30 rief Strovink Machados Namen.

»He, Mike!« rief er. »Komm mal hier rüber! Ich habe gerade noch eine gefunden!«

»Noch eine was?«

»Noch eine Leiche!«

Die dritte Leiche befand sich etwa fünf Meter nördlich des Fundorts der beiden anderen Leichen. Sie war mit dem Rükken an einen Baum gelehnt, der linke Arm nach unten ausgestreckt. Auch diese Leiche war nackt. Der Verwesungsgeruch war sehr stark, und Machado bemerkte eine klaffende Schnittwunde vom Unterleib bis zum Brustbein. Sie war so tief, daß Machado die Wirbelsäule und das linke Darmbein sehen konnte. Überall wimmelte es von Maden, die sich vor allem auf die rechte Kopfseite konzentrierten.

Machado wurde sich bewußt, daß die Lage weitaus ernster war, als er ursprünglich angenommen hatte. Er wies alle Beamten an, den Wald zu verlassen und sich unten am Parkplatz einzufinden. Gilliland, Lamarche, Strovink und er selbst würden sich das Stück des Weges vom Parkplatz bis zum Leichenfundort vornehmen und es auf Beweismaterial hin durchkämmen. Das mußte zur Sicherung aller Beweise getan werden, ehe man sich dem Leichenfundort wieder nähern konnte. Machado entschied sich, Verstärkung anzufordern und einen Kommandoposten zu errichten.

Um zu verhindern, daß die Nachricht von diesem Massengrab durch unbefugtes Abhören des Polizeifunks an Presse und Fernsehen gelangte, verließ Machado das Gelände und rief Captain James Grolbert sicherheitshalber von einer Telefonzelle aus an. Grolbert war der Chef der Einsatzleitung des Clackamas County Sheriff's Office. Er befürwortete das Vorgehen Machados und versprach, unverzüglich zusätzliche Leute und technische Geräte zu schicken.

Machado kehrte um halb drei Uhr nachmittags an den Schauplatz des Verbrechens zurück. Wenige Minuten später stieß Senior Deputy D. A. Dennis Miller in Begleitung von Deputy D. A. Andy Aubertine und D. A. Investigator Tom Kusturin – alle vom Büro des Staatsanwalts – hinzu. Strovink gab ihnen einen kurzen Bericht über das bisher Vorgefallene, so daß sie sich ein Bild davon machen konnten, woran die Kriminalbeamten gerade arbeiteten. Dann berieten sich Machado und Strovink, wie man wohl am besten vorginge, und entschieden sich schließlich dafür, jeden einzelnen Fundort wenn möglich auf die gleiche Weise zu bearbeiten: Jeder Fundort wurde in ein 8 × 8 Meter großes Planquadrat eingeteilt und numeriert. In derselben Reihenfolge, in der man die Leichen gefunden hatte, würde jede Stelle einzeln bearbeitet werden, indem man zunächst einmal zusätzliche Aufnahmen machte, das Areal des Planquadrats durchsuchte und alle Beweisstücke untersuchte und fotografierte. Außerdem sollte jede Leiche, bis sie identifiziert war, mit einer Nummer versehen werden.

Um fünf Uhr nachmittags traf die Beamtin Robin Swanson von der Hundestaffel des Clackamas County Sheriff's Department am Schauplatz ein. Zusammen mit ihrem Suchhund, einem deutschen Schäferhund namens Colt, fing die Polizistin unverzüglich an, das Gelände in unmittelbarer Nähe der Leichen abzusuchen. Eine Viertelstunde später fand Colt die Leiche Nr. 4. Sie befand sich etwa zwölf Meter nördlich von Leiche Nr. 3; sie lag zwischen Gestrüpp und Blaubeersträuchern auf dem Rücken und war teilweise mit Erde bedeckt. Unterleib und untere Wirbelsäule waren etwas nach rechts gebogen, so daß ein Teil ihres Brustkorbs sichtbar war. Man fand keine Kleidung an dem oder in der Nähe des Körpers.

Diese Leiche war, anders als die anderen, weitgehend skelettiert, ein Indiz dafür, daß sie sich schon länger an diesem Ort befand. Am Schädel war mit Ausnahme eines kleinen Stücks lederartigen, ausgetrockneten Gewebes in der linken Schläfengegend kein Fleisch mehr vorhanden. Langes Haar lag lose um den Schädel herum, und ein schmaler Streifen vertrockneter Haut spannte sich um den unteren Unterleib und den rechten Schenkel. Die Leiche war so skelettiert, daß Swanson keinen Verwesungsgeruch feststellen konnte. Wie die anderen Fundorte wurde auch dieser gewissenhaft bearbeitet und die Leiche nicht von der Stelle bewegt.

Um 18 Uhr 35 gab der Reserve Deputy Jim Brown, der bei der Suche nach weiteren Leichen assistierte, durch lautes Rufen bekannt, daß er die Leiche Nr. 5 gefunden habe. Vom Fundort der anderen durch die Straße getrennt, lag Nr. 5 etwa 50 Meter westlich von Leiche Nr. 4, in einer schmalen Waldlichtung in Form eines Dreiecks. Wie alle anderen war auch Nr. 5 nackt.

Leiche Nr. 5 befand sich noch im Stadium der Verwesung, war jedoch teilweise mumifiziert. Sie lag auf dem Bauch, das Gesicht nach unten in einem dichten Gebüsch aus Farnkraut. Die rechte Schädelhälfte war skelettiert, doch nicht so sehr wie bei Leiche Nr. 4, ein weiteres Indiz dafür, daß die letztere vielleicht ein paar Tage länger dort gelegen hatte. Die Hände waren hinter dem Rücken mit einem etwa zweieinhalb Zentimeter breiten dunkelgrünen Gürtel – vielleicht einem Hundehalsband – gefesselt. Im unteren Rückenbereich und im Gesäß waren einige ringförmige sowie unregelmäßig geformte Verletzungen sichtbar. Der rechte Fuß war abgesägt oder abgehackt worden.

Als der erste Tag der Suchaktion um 19 Uhr 20 für beendet erklärt wurde, äußerten Polizisten und Anwohner der umliegenden Gegend gleichermaßen die Befürchtung, der ›Green River Killer‹ habe seine Aktivitäten nach Süden verlagert und sei von Washington nach Oregon gezogen. Schließlich waren 1985 in der Nähe der Gemeinde Tualatin, einem Vorort von Portland, die Leichen von vier jungen Frauen gefunden worden. Zwei der Leichen konnten damals identifiziert werden, die dreiundzwanzigjährige Denise Darcel und die achtzehnjährige Shirley Marie Sherill. Beide waren Prostituierte aus Seattle, und die Morde wurden dem Green River Killer zugeschrieben. Die anderen beiden Opfer, die in der Nähe des Dorfes Tigard gefunden worden waren, galten offiziell nicht als Opfer des Green River Killers, doch war diese Vermutung von offizieller Seite auch nicht dementiert worden.

Die Leichen im Molalla-Wald waren ebenso wie die vielen Opfer des Green River Killers (der nach dem Fluß benannt worden war, in dessen Nähe die ersten Opfer, junge

Frauen und Mädchen, gefunden worden waren) zu mehreren an einem Sammelplatz in der freien Natur abgeladen worden. Pflichtgemäß verständigte Machado also die Green-River-Killer-Sondereinheit in Seattle im Staate Washington. Sein Gesprächspartner in Seattle war Detective Dave Reichert, der versprach, ein Mitglied der Sondereinheit nach Oregon zu schicken, damit man die Ermittlungen im Molalla-Wald genauer beobachten könnte.

Für diesen Tag war die Suche beendet, doch die Sicherheitsvorkehrungen blieben weiterhin streng. Polizeibeamte der Reserve wurden an allen Zufahrtswegen postiert, ebenso zusätzliche Wachen an den umzäunten Fundorten. Machado und Strovink verbrachten die Nacht ebenfalls in der Nähe des Schauplatzes, doch keiner von beiden konnte schlafen. Die scheußlichen Verbrechen, die hier offensichtlich begangen worden waren, gingen ihnen nicht aus dem Kopf, und sie fragten sich unablässig, wieviel Leichen sie wohl noch finden würden.

ZWEITES KAPITEL

Am frühen Morgen des nächsten Tages wurde eine mobile Kommandozentrale in einem speziellen Funkwagen an der Straße unterhalb des Leichenfundorts eingerichtet. Da Sheriff Bill Brooks und seine Ermittler damit rechneten, daß die Suche noch einige Tage dauern würde, war die Funkzentrale installiert worden, damit die Suchtrupps ständig Verbindung zum Polizeihauptquartier in Oregon City halten konnten. Eine große Zeltplane war aufgespannt worden, um die Beamten vor der drückenden Hitze des Spätsommers sowie dem gelegentlichen Nieselregen zu schützen (Oregon ist für sein extrem wechselhaftes Wetter berühmt). Um die Arbeitsbedingungen noch weiter zu erleichtern, stellte Chief Deputy Sheriff W. Risley Bradshaw denjenigen, die dort übernachten mußten, sein privates Reisemobil zur Verfügung.

Im Laufe des Tages wurden etwa 70 Beamte des Clackamas County Sheriff's Office zum Schauplatz geschickt, um bei der Suchaktion zu helfen. Als weitere Verstärkung kamen Beamte folgender Einheiten hinzu: die Clackamas County Sheriff's Law Enforcement Explorer Post Nr. 715 und die Multnomah County Sheriff's Search and Rescue Explorer Post Nr. 631. Das Marion County Sheriff's Office schickte seine Bergungseinheit. Auch Ermittler des Büros des Staatsanwalts und des offiziellen Leichenbeschauers fanden sich am Fundort im Molalla-Wald ein. Viele dieser Beamten wurden dazu eingesetzt, Sträucher und Gestrüpp beiseite zu schaffen, damit das in Raster unterteilte Gelände von anderen Beamten, die sich auf Händen und Knien vorwärtsbewegten, Zentimeter für Zentimeter durchkämmt werden konnte. In großen Sieben wurden Erde und Dreck aus unmittelbarer Nähe der Leichenfundorte auf eventuelles Beweismaterial hin durchsucht. Die Suchtrupps arbeiteten mit schmalen Schaufeln und Bürsten, so daß ein uninformierter Beobachter das Ganze vielleicht für eine archäologische Ausgrabung hätte halten können. Die Suchaktion erstreckte sich auf ein weites, bergiges Areal, und an einigen besonders steilen Abhängen mußten die Ermittler Seilschaften bilden.

Deputy Bill Davis hatte die Aufgabe, mit einem Kompaß und genauer, mehrmaliger Vermessung das gesamte zu durchsuchende Areal in Planquadrate zu unterteilen. Davis assistierte auch dem Beamten John Gilliland und half ihm, als Beweisstücke vermessen werden mußten. In der Zwischenzeit hielten Sheriff Bill Brooks und Lieutenant Donald A. Vicars eine Pressekonferenz ab, in der sie nur einen Bruchteil der bereits gewonnenen Erkenntnisse an die Presse weitergaben. Die Beamten wußten zu diesem Zeitpunkt noch sehr wenig über die Morde, und das behielten sie für sich. Auf diese Weise konnten sie schnell erkennen, wer sich fälschlich zu den Verbrechen bekannte, denn bei einem solchen Fall tauchen immer Menschen auf, die die Morde gestehen, ohne sie tatsächlich begangen zu haben. Die Tatsachen waren also weiterhin nur der Polizei und dem Mörder bekannt.

Die Publikmachung der Leichenfunde löste jedoch eine Flut von Anrufen von Menschen, die ihre Angehörigen vermißten, aus. Nach Angaben des Deputy Candace Dufur war die Anzahl der vermißten Personen im Clackamas County nur gering. Man mußte mit anderen Vermißtenabteilungen, etwa der von Portland oder des Multnomah County, Verbindung aufnehmen. So konnten die Ermittler des Clackamas County die Leichen schneller identifizieren. Eines war jedoch klar: Es war sehr unwahrscheinlich, daß auch nur eines der Opfer aus Molalla kam, jener kleinen Holzfällerstadt mit gerade mal 3000 Einwohnern, in der kaum jemand als vermißt gemeldet worden war.

Am Vormittag des zweiten Tages wurde John Turner vom Fall der Jenny Smith abgezogen und der Suchaktion im Molalla-Wald zugeteilt. Aufgrund der Komplexität dieses Falls wurden auch Dr. Larry Lewman in seiner Funktion als oberster Leichenbeschauer des Staates Oregon und seine Stellvertreterin Dr. Karen Gunson aufgefordert, Turner zum Leichenfundort zu begleiten. In Molalla trafen sie auf Machado, der gerade wegfahren wollte. Er unterrichtete sie über den Stand der Ermittlungen. Turner, Lewman und Gunson meldeten sich dann bei der Kommandozentrale und stiegen den Hügel zum Fundort der Leichen hinauf.

Gilliland erwartete sie und führte sie zu Leiche Nr. 1. Lewman und Gunson beugten sich vor, um die Leiche in Augenschein zu nehmen; Turner sah sich um und hörte gleichzeitig mit, als der Leichenbeschauer in ein Diktiergerät sprach:

»Der Körper ist fest, lederartig und weitgehend mumifiziert. Das Feingewebe befindet sich im aktiven Zustand der Verwesung, und ein starker Verwesungsgeruch ist bemerkbar.

Der Schädel ist angehoben und trägt weibliche Merkmale: kleine Schädelausmaße, kleiner Stirnkamm und kleine Backenknochen. Das Haupthaar hat sich vom Schädel gelöst. Die Kinnlade befindet sich in normaler Position, post mortem sind mehrere Zähne ausgefallen. Die Weisheitszähne sind weder im Ober- noch im Unterkiefer gezogen worden. Einige ausgefallene Zähne befinden sich in einem Plastikbeutel mit der Aufschrift ›Nr. 1‹. Die Halswirbelsäule ist intakt. Die Fundstelle ist markiert. Der Körper liegt auf der rechten Seite. Der größte Teil der Brusthöhle und die Bauchdecke sind intakt, mit Ausnahme der rechten Brustseite. Das Brustbein ist sichtbar. In der Gegend des Unterleibs sind Maden vorhanden, und eine große Menge Leichenflüssigkeit ist ausgetreten. An den Händen befindet sich kein Schmuck. Zahlreiche Verletzungen sind am Mittelrücken und unterhalb beider Schulterblätter zu bemerken, die meisten von ihnen auf der rechten Seite. Der linke Fuß wurde abgetrennt und ist in der Nähe der Leiche nicht gefunden worden. Die Knochenränder deuten darauf hin, daß der Fuß abgeschnitten oder abgehackt wurde.«

Lewman und Gunson legten die Überreste des Körpers in einen gelben Leichensack und schrieben ›Nr. 1‹ darauf. Unterdessen wurde in der Nähe der linke Fuß gefunden. Man steckte ihn in einen separaten Plastiksack.

Turner sah sich um; er war immer noch in Gedanken versunken. Er hatte das meiste von Lewmans Diktat mit angehört, würde aber später den Bericht des Leichenbeschauers nochmals durchlesen müssen, um über alle Einzelheiten im Bilde zu sein. Seine Gedanken waren woanders, wanderten von der Untersuchung des Mordes an Jenny Smith zur Suchaktion hier im Molalla-Wald. Als er auf dem Boden rechts neben der Leiche Nr. 1 einen einzelnen Gegenstand erblickte, war ihm plötzlich alles klar. Dort, inmitten des Gestrüpps und kaum sichtbar, lag es, ein Miniaturfläschchen, in dem sich Smirnoff-Wodka befunden hatte. Diese erschreckende Entdeckung, dieser Geistesblitz machte ihn fast euphorisch, wie der Drogenrausch eines Süchtigen. Er wandte sich nach dem in der Nähe stehenden John Gilliland um und zeigte auf das Fläschchen.

»Ich will, daß du jede Flasche, die so aussieht wie diese da, aufsammelst«, sagte Turner.

»Die liegen hier überall herum«, antwortete Gilliland, »wir haben in fast jedem Planquadrat eine gefunden.«

»Paß einfach verdammt gut auf, daß keine hiergelassen wird«, sagte Turner und lächelte schlau.

»Zum Teufel! Du weißt schon, wer's war, oder?« fragte Gilliland.

»Ich glaube ja. Paß nur verdammt gut auf, daß du alle Flaschen einsammelst.«

Als Machado an jenem Nachmittag zum Molalla-Wald zurückkehrte, gingen er und Turner ein bißchen spazieren, um die neuesten Entwicklungen zu besprechen und ihre Vermutungen auszutauschen. Sie nahmen den Feldweg, der vom Leichenfundort weg den Hügel hinunterführte. Turner erzählte Machado, daß er vor kurzem mit einer Kassiererin aus dem Spirituosengeschäft in Woodburn gesprochen habe. Sie habe ausgesagt, daß Dayton Leroy Rogers seinen Schnaps, den Wodka der Marke ›Smirnoff‹, immer in diesen kleinen Fläschchen kaufe. Es war zwar nur ein Gefühl, doch Turner war felsenfest davon überzeugt, daß der Täter vom Molalla-Wald sich bereits unter Mordanklage im Fall Jenny Smith im Gewahrsam der Polizei des Clackamas County befand. Machado kannte diese Intuitionen Turners. Sie waren fast immer richtig.

Nur etwa einen halben Kilometer von der Kommandozentrale entfernt und immer noch die Möglichkeit einer Verwicklung Daytons in den Molalla-Wald-Fall erörternd, bemerkten die Polizisten plötzlich jenen ekelerregenden, verräterischen Verwesungsgeruch. Turner und Machado sahen sich an. Sie brauchten kein Wort zu wechseln, es war klar, was sie entdecken würden.

Sie wandten sich nach links und gingen in östlicher Richtung in den Wald hinein, dem Geruch folgend, der von einem Gelände herüberwehte, das noch nicht durchsucht worden war. Minuten später fanden sie eine nackte Leiche in etwa zehn Metern Entfernung von der Straße. Offensichtlich war sie von dem Pfad, der zu einem Felsabhang in einem dichtbewaldeten Areal führte, auf den jetzigen Fundort geworfen worden. Die Leiche Nr. 6 war skelettiert, und die Beamten konnten nur Haare und einige Rippenknochen des Opfers sehen. Rumpf und Beine waren nicht sichtbar, was Turner und Machado veranlaßte weiterzusuchen. Nachdem sie ungefähr zehn Meter gegangen waren, bemerkten sie einen dunklen Fleck am Boden, der etwa die Form eines Menschen aufwies. Sie kamen schnell zu dem Schluß, daß dort ein verwesender Körper gelegen hatte und der dunkle Fleck von der Leichenflüssigkeit herrührte, die in den Boden gesickert war; dies war auch die Quelle des Verwesungsgeruchs. Doch wo war die Leiche? War das die ursprüngliche Stelle, an der Leiche Nr. 6 gelegen hatte, bevor sie vielleicht von wilden Tieren weggeschleppt und vernichtet worden war? Oder war es ein Anzeichen dafür, daß sich irgendwo noch eine siebte Leiche befand?

Sie suchten weiter und entdeckten ein schwarzes Stück Stoff in der Nähe der Straße, zwischen dem Fundort der Leiche Nr. 6 und der durchnäßten Stelle. Nach wenigen Metern sahen sie einen Tierpfad und folgten ihm. Bald fanden die beiden Kriminalbeamten die Leiche Nr. 7, etwa 20 Meter von Leiche Nr. 6 und der durchnäßten Stelle entfernt.

Die Leiche war weitestgehend skelettiert. Man konnte sehen, daß ein Tier daran gekaut hatte, und in der lederartigen Haut über der Brust sah man Löcher, die von Insekten verursacht worden waren. Obwohl sich der Körper in einem bereits so weit fortgeschrittenen Stadium der Verwesung befand, konnten die Beamten Stichwunden in der linken Brusthälfte erkennen.

Die Leichenbeschauer Lewman und Gunson untersuchten unterdessen die Leiche Nr. 2. Wie Leiche Nr. 1 war auch sie mumifiziert, befand sich im Stadium der Verwesung und strömte einen starken Verwesungsgeruch aus. Auch diese Leiche hatte weibliche Merkmale. Langes blondes, lockiges Haar umgab den Schädel. Das Gebiß war bis auf den linken Schneidezahn, der abgefallen war und auf dem Boden neben dem Schädel lag, intakt. Lewman fiel auf, daß die Zähne außergewöhnlich gerade waren.

Er bemerkte auch eine Tätowierung an der linken Seite des Oberkörpers und konnte unter anderem das Wort ›Bitch‹ entziffern. Eine weitere Tätowierung war auf dem linken Schulterblatt sichtbar. Als er und Gunson den Körper herumdrehten, um ihn in einen Leichensack zu legen, sahen sie die abgeschnittenen Füße, die unter der Leiche gelegen hatten. Beide waren etwa sieben Zentimeter über dem Knöchel abgehackt oder abgesägt worden, und die Wadenknochen beider Füße wiesen eine Vielzahl von Schnittwunden auf. Man würde es nie mit absoluter Sicherheit wissen können, doch Lewman sah keinen Grund zu der Annahme, daß die Opfer bereits tot gewesen waren, als ihre Füße abgetrennt wurden. Wer immer dieses Blutbad begangen hatte, hatte den Opfern unerträgliche körperliche Schmerzen zugefügt und es genossen, ihr Blut fließen zu sehen. Es gab keinen Zweifel, hier war ein besonders sadistischer Teufel am Werk gewesen.

Am selben Tag wurde John Turner davon unterrichtet, daß eine Suchmannschaft des Clackamas County Sheriff's Office an zwei Stellen Schnürsenkel gefunden hatte. Beide waren am Ende miteinander verknotet, als hätte man sie als Fesseln benutzt. Als Turner sie begutachtete, sah er sofort, daß sie denen, die am Tatort des Mordes an Jenny Smith gefunden worden waren, aufs Haar glichen.

Detective Jim Strovink bekam den Auftrag, Everett Banyard, den Finder der Leiche Nr. 1, zu befragen, um herauszufinden, ob er noch Hinweise liefern könne, die für die Untersuchung relevant waren.

»Warum haben Sie sich an jenem Tag auf diesem Gelände aufgehalten?« fragte Strovink.

»Na ja, wie ich schon sagte«, antwortete Banyard, »ich wollte ein bißchen auf die Jagd gehen, bevor es dunkel wurde. Darum habe ich dort geparkt und dann die Leiche gefunden.«

»Haben Sie dort früher schon einmal gejagt?«

»O ja, viele Male. Ich war da sicher schon hundertmal im Lauf der Jahre. Meine Töchter sind da oft entlanggeritten, es war ein Weg, den wir häufig benutzten, um von unserem Haus zum Fluß zu gelangen.«

»Waren Sie in diesem Sommer schon dort gewesen?«

»Ja, ein paarmal.«

Banyard erklärte, daß er schon bei früheren Gelegenheiten einen leichten Verwesungsgeruch bemerkt habe. Er habe aber angenommen, daß irgend jemand einen toten Hund oder Müll da oben abgeladen habe. Das sei bei den Bewohnern dieser Region so üblich.

»Ist Ihnen auf dem Gelände jemals etwas Merkwürdiges aufgefallen?« fragte Strovink.

»Nun, es gibt eine Menge Leute, die dort raufgehen. Einmal fuhr ich dorthin – vor der Jagdsaison –, parkte meinen Wagen unten an der Straße und wollte den Hügel hochgehen und ein paar Fährten nachgehen. Das muß Ende Juli oder Anfang August gewesen sein.«

»Was ist Ihnen bei dieser Gelegenheit aufgefallen?« fragte Strovink.

»Da stand ein kleiner blauer Pick-up. Er fuhr langsam auf den Wendeplatz zu. Dann hielt er ganz in der Nähe.«

»War der Fahrer allein?«

»Ja, er war allein.«

»War es ein männliches Subjekt?«

»Ja, ja, es war ein Mann. Er sah nicht besonders groß und kräftig aus, wissen Sie. Mehr kann ich nicht sagen, denn er saß ja im Wagen, als er an mir vorbeifuhr.«

»Könnten Sie den Mann wiedererkennen, wenn Sie ihn nochmals zu Gesicht bekämen?«

»Nein, ich könnte ihn ja nicht einmal annähernd beschreiben.«

»Was tat er?«

»Er hielt ganz in der Nähe an. Ich hab' gesehen, wie ein paar Tauben aufflogen, und dachte mir, daß er ein paar Brieftauben losschickt – ich fand es nicht ungewöhnlich.«

Es war weitaus wahrscheinlicher, überlegte Strovink, daß der Mann in dem blauen Pick-up einen Schwarm Vögel aufscheuchte, als er in den Wald hineinging oder etwas dort hineinwarf.

DRITTES KAPITEL

Am 3. September, einem Donnerstag, nachdem die Leichenfunde im Molalla-Wald der breiten Öffentlichkeit bekannt gemacht worden waren, fing John Turner an, die Vermißtenmeldungen, die von verschiedenen anderen Polizeidienststellen an das Clackamas County Sheriff's Office geschickt worden waren, zu sortieren. Er ahnte es noch nicht, doch er und seine Kollegen würden im Laufe der Zeit ein halbes Dutzend umfangreiche Aktenordner mit Berichten über verschwundene Frauen aus dem gesamten Nordosten der USA füllen. Noch mehr Aktenmaterial würde sich ansammeln, Berichte über verdächtige Gerüchte im Molalla-Waldgebiet, über verdächtige Personen, Kleiderfunde, über Telefonanrufe von Prostituierten, die helfen wollten. Turners Akten allein würden am Ende der Untersuchung 35 Ordner füllen.

Während Turner den Vermißtenmeldungen nachging, kehrte Mike Machado zum Schauplatz im Wald zurück, wo die Suche nach weiteren Leichen und zusätzlichen Beweisen weiterging. Auch Dr. Lewman und Dr. Gunson fuhren fort, die Leichen zu untersuchen und sie in Plastiksäcke für den Transport ins Leichenschauhaus von Portland zu legen. Machado besah sich gerade die Arbeit eines Entomologen, der am Schauplatz Insekten einsammelte, als er zur Kommandozentrale gerufen wurde. Ein Lastwagenfahrer namens Mike Travis warte unten auf dem Forstweg auf den Beamten. Er habe eine Aussage zu machen, es gehe um ein Mädchen, das er einige Monate zuvor aufgelesen habe.

Travis erklärte, daß er im Juli, einige Tage nach dem Unabhängigkeitsfest, etwa sieben Kilometer entfernt mit seinem Lastwagen entlanggefahren sei. Das Mädchen, das er mitgenommen hatte, sei aus einem vor ihm fahrenden Datsun Pick-up gesprungen. Es habe ihm gesagt, daß der Fahrer des Pick-ups versucht habe, es umzubringen. Nachdem er das Mädchen, das sich beim Herausspringen aus dem fahrenden

Auto verletzt hatte, aufgelesen habe, habe er den Pick-up noch mal gesehen, doch der Fahrer sei ihm irgendwie entwischt. Machado dankte Travis für seine Hilfe und fuhr zur Polizeistation in Molalla; von dort aus rief er Turner an. Es war mittlerweile 18 Uhr 30.

Machado fing an, Travis' Geschichte zu erzählen, doch Turner unterbrach ihn. Er sagte, daß diese Geschichte ihm irgendwie bekannt vorkomme; er habe schon einmal dieses Gefühl gehabt, nämlich während der Untersuchung des Mordes an Jenny Smith. Er hatte den Bericht, der von einem Streifenpolizisten aufgenommen worden war, schon einmal gelesen. Während er sprach, fand er die Akte. Es ging um eine gewisse Heather Brown, die auf der Union Avenue in Portland aufgelesen worden war. In dem Bericht war auch Heathers Adresse vermerkt, und die beiden Beamten einigten sich darauf, daß sie noch am selben Abend gemeinsam zu ihr fahren würden.

Auf der Fahrt nach Portland erzählte Machado Turner von einem Telefonanruf, den er vorher von einem Mann namens Paul Samarin erhalten habe. Er habe Informationen bezüglich Dayton Rogers und dem Molalla-Wald-Fall weitergeben wollen. Samarin teilte Machado mit, daß er von den Leichenfunden im Molalla-Wald gehört und seine Frau ihm eine Landkarte des Geländes gezeigt habe, die im ›Statesmen Journal‹, einer Salemer Zeitung, erschienen war. Als er sich die Karte genauer angesehen habe, sagte Samarin, sei ihm bewußt geworden, daß er mit Dayton in derselben Gegend schon einmal beim Angeln gewesen sei. Samarin gab an, es sei Daytons Lieblingsplatz gewesen. Die Kriminalbeamten fanden es ungewöhnlich, daß jemand jetzt schon auf eine mögliche Verbindung Daytons zu den Molalla-Morden hinwies, denn davon war in den Presseberichten noch nicht die Rede gewesen – Daytons Name war in diesem Zusammenhang noch nicht aufgetaucht.

Um 19 Uhr 30 trafen die Beamten in der Northeast Sacramento Street Nr. 103 ein. Das Haus lag an der nordwestlichen Ecke der Straßenkreuzung der Sacramento Street und der Rodney Avenue. Es war mit Brettern vernagelt; zunächst sah es danach aus, als ob es unbewohnt wäre, doch sowohl auf der Vordertreppe als auch auf der Veranda hinter dem Haus brannte Licht. Machado klopfte an der Vordertür, während Turner um das Haus herumging und an die Hintertür klopfte. Im Haus blieb es still.

Bevor sie wieder aus Portland herausfuhren, ersuchten die Beamten die örtliche Polizei um Unterstützung bei der Suche nach Heather Brown. In ihrer Akte stand, daß sie eine Prostituierte war, was Turner beim ersten Lesen des Berichts schon vermutet hatte. Auch wurde ihnen ein Fahndungsfoto mitgegeben. Die Polizeizentrale in Portland sagte Turner und Machado zu, sie sofort zu kontaktieren, sobald man Heather Brown ausfindig gemacht habe.

Turner verfügte nun über ein Foto von Heather und rief Mike Travis von Portland aus an. Er wollte ihm noch ein paar Fragen stellen und wissen, ob man ihn noch aufsuchen könne, obwohl es schon spät wurde. Travis hatte nichts dagegen. Um 21 Uhr 45 klingelten Turner und Machado bei Travis' Apartment in Molalla.

»Ja, das ist sie«, sagte Travis, als ihm die Beamten das Foto von Heather zeigten. »Das ist das Mädchen, das ich auf dem Forstweg mitgenommen habe.«

Turner zeigte Travis dann eine Zusammenstellung von sechs Aufnahmen, die der im Mordfall Jenny Smith benutzten Zusammenstellung sehr ähnlich war. Travis sah sich die Aufnahmen genau an.

»Nein, ich glaube nicht, daß es einer von denen war«, sagte er. Er fügte hinzu, daß er den Fahrer nicht sehr gut habe sehen können.

»Ich bin ziemlich sicher, daß der Fahrer des Pick-ups hier nicht drauf ist.« Er besah sich zwar immer wieder das Foto Nr. 3, oben rechts, das von Dayton Leroy Rogers. Doch er schüttelte den Kopf. »Nein, ich könnte es nicht beschwören.«

Turner zog ein paar Fotos von Daytons Pick-up hervor.

»Ja, so sah sein Pick-up aus. Er hat genau die gleiche Farbe. Beim Nummernschild bin ich mir nicht sicher, aber es war ein wirklich schöner Pick-up, so wie dieser hier. Die gleiche Farbe, auf jeden Fall.«

Travis sah wieder auf die Fotos der möglichen Verdächtigen und fixierte das Foto Nr. 3.

»Ich kann Ihnen genau sagen, welcher von denen es nicht war«, sagte er schließlich und zeigte auf die Fotos Nummer eins, zwei, vier und fünf, starrte jedoch weiterhin auf Foto Nr. 3. »Ich könnte es einfach nicht beschwören …«

Um halb elf Uhr abends war Turner zurück in seinem Büro. Er hatte eigentlich vorgehabt, für diesen Tag Schluß zu machen und nach Hause zu gehen, doch als er den Raum betrat, klingelte das Telefon. Am anderen Ende der Leitung meldete sich eine Frau namens Lisa Daniels*. Sie sagte, sie wolle ihm von einer angsteinflößenden Begegnung mit Dayton Leroy Rogers erzählen. Turner hörte den Namen Rogers und war sofort hellwach. Der Schlaf konnte noch warten.

Obwohl Dayton der Öffentlichkeit noch nicht als Hauptverdächtiger im Mordfall Jenny Smith bekannt war, hatte Lisa Daniels von seiner angeblichen Verstrickung in diesen Fall und der äußersten Brutalität des Mordes gehört und sofort an ihr Erlebnis mit Dayton denken müssen. Sie erinnerte sich nicht an das genaue Datum, doch sie habe Dayton im Jahr 1984 auf dem Highway 99E in Woodburn kennengelernt. Sie sei eines Nachmittags zu Fuß zu der Gemeinde Hubbard gegangen, als sich ihr von hinten ein Pick-up genähert habe. Der Fahrer habe neben ihr angehalten und sie von Kopf bis Fuß gemustert. Er sei ein paar Meter vorausgefahren und habe dann erneut angehalten.

Der Fahrer habe das Fenster heruntergelassen und gesagt: »Du bist eine wunderschöne Frau.« Er habe sie gefragt, wie es ihr gehe, was sie mache, wohin sie wolle – er habe sie mit allen Mitteln in ein Gespräch verwickeln wollen. Schließlich habe er angeboten, sie in seinem Pick-up ein Stück mitzunehmen, und sie sei nicht ängstlich und habe sein Angebot angenommen. Lisa beschrieb den Wagen als einen Nissan neueren Baujahrs, von brauner Farbe und mit Goldstreifen an den Seiten.

»Sind Sie sich bezüglich der Farbe absolut sicher?« fragte Turner.

»O ja, ich bin mir absolut sicher.«

Lisa sagte, das Wageninnere sei sehr sauber und die Sitze seien aus schwarzem Leder gewesen. Dayton habe im Autokassettenrecorder Rockmusik laufen lassen. Bei ihrem Apartment in Hubbard angelangt, habe der Mann sie gefragt, was sie später am Abend noch so vorhabe. Sie habe geantwortet, daß sie nichts geplant habe, und er habe sie um eine Verabredung gebeten. Sie habe ihn gefragt, ob er verheiratet sei, worauf er geantwortet habe: »Nein, in meinem Wohnwagen in Canby gibt's nur mich und meine Katze.« Er komme gerade von der Arbeit in dem Coast-to-Coast-Geschäft in Woodburn. Lisa sei einverstanden gewesen, mit ihm an diesem Abend auszugehen, und er habe sie gegen sieben Uhr abends in ihrem Apartment abgeholt.

Sie seien wieder in demselben braunen Pick-up gefahren, sagte Lisa, und Dayton habe ›scharf‹ ausgesehen. Er habe fabrikneue Jeans, ein Cowboy-Hemd und ›echt edle‹, glänzende braune Cowboystiefel getragen. Sie hätten an dem Spirituosengeschäft in Woodburn angehalten, wo Dayton noch Wodka für Mixgetränke gekauft habe.

»Erinnern Sie sich an die Wodka-Marke?« fragte Turner.

»Nein, aber die Flaschen waren winzig.«

»Sie meinen Miniaturfläschchen, wie sie zum Beispiel auf Linienflügen angeboten werden?«

»Ja, genau die. Er hatte mindestens fünf davon in einer Tüte. Dann hielt er an einem Safeway-Supermarkt und kaufte Orangensaft.«

Anschließend seien sie auf der Interstate Nr. 5 in Richtung Süden gefahren. Das Ziel sei die Gemeinde Eugene gewesen, die etwa 160 Kilometer entfernt war. Während der Fahrt habe Dayton seine Hand auf ihren Schenkel gelegt und sie gestreichelt. Sie habe eine Hose getragen und sagte, daß er sie auf der Fahrt nicht sexuell berührt habe. Lisa sagte, sie habe auf der Fahrt nach Eugene nichts getrunken, erst nachdem sie angekommen waren. Dayton habe sie in ein Restaurant zum Abendessen eingeladen, und hinterher seien sie noch in eine Bar gegangen. Er schien einen Haufen Geld zu haben und habe sie in Lokale ausgeführt, die ihr ›protzig‹ vorgekommen seien.

Als sie Eugene verließen, sei es schon spät gewesen. Sie könne sich nicht an die genaue Zeit erinnern, sagte Lisa, doch irgendwie seien sie plötzlich im Randgebiet von Molalla gewesen. Sie seien dort auf Forstwegen herumgefahren, an einem Gewässer vorbei, von dem sie nicht mehr sagen könne, ob es ein See, ein Tümpel oder ein Fluß gewesen sei.

»Wir fuhren so dahin«, erzählte Lisa, und Dayton sagte plötzlich, daß er mir die Hände hinter meinem Rücken zusammenbinden will. Zuerst habe ich gedacht, daß er einen Witz macht. Doch als wir weiterfuhren, legte er seinen Arm um die Rückenlehne meines Sitzes. Auf einmal hat er nach mir gegriffen und mich gegen die Beifahrertür gedrückt. Er hat es geschafft, meine Hände hinter meinen Rücken zu biegen, während er mit der linken Hand immer noch das Steuer hielt. Ich wußte gar nicht, was er wollte. Er holte ein Stück Seil vom Rücksitz und fesselte mich mit einer Hand. Dann sagte er, er wolle meinen Busen abschneiden. Ich hatte keine Ahnung, ob er das ernst meinte oder was.«

Lisa erklärte, daß sie dermaßen verängstigt gewesen sei, daß sie sich unter das Handschuhfach auf der Beifahrerseite auf den Boden gesetzt habe. Sie habe nicht gewußt, wie sie hätte entkommen können, und sich deshalb einfach dort hingesetzt und sich vor Angst nicht rühren können.

»Er fragte mich, was los sei«, sagte sie. »Ich fragte ihn, ob er wirklich meinen Busen abschneiden würde. Er fragte mich: ›Was glaubst du denn?‹ Er hat dann nie mehr davon gesprochen, meine Brüste abzuschneiden.«

Sie seien noch eine Weile herumgefahren, doch Dayton habe schließlich kurz angehalten, um ihre Fesseln zu lösen. Er sei noch ein Stück gefahren und habe den Wagen dann geparkt. Es seien dort auch andere Leute gewesen, die genauso geparkt hätten wie sie und Dayton. Sie sei sich nicht sicher gewesen, wo sie sich befanden, nehme jedoch an, daß sie in einem Park gewesen seien. Sie sei sich absolut sicher, daß sie nicht an einer Straße oder Autobahn geparkt gewesen seien. Er habe sie gezwungen, noch mehr Wodka zu trinken, sagte sie, und zwar noch zwei Flaschen ›auf ex‹. Dann habe er ihr irgend etwas zu rauchen gegeben. Er habe ihr die

Zigarette in den Mund gesteckt. Lisa sagte, sie sei sich nicht sicher, was es war, sei jedoch überzeugt davon, daß es auf keinen Fall Marihuana gewesen sei. Von dem Alkohol und dem Rauschgift sei ihr schlecht geworden, und sie habe sich übergeben müssen. Bevor sie weggefahren seien, habe Dayton noch alle Wodkaflaschen und die Orangensaftbehälter aus dem Wagenfenster geworfen. Er habe sie gegen drei Uhr früh wieder vor ihrem Apartment abgesetzt.

»Ich habe ihn nicht angezeigt«, erklärte Lisa, »weil ich eine regelrechte Paranoia vor ihm hatte. Ich wußte nicht, was er tun würde, wenn ich ihn anzeigte. Ich bin ihm später noch ein paarmal begegnet«, fuhr sie fort. »Ich bin noch ein paarmal in den Coast-to-Coast-Laden gegangen. Ich wußte eigentlich immer noch nicht, ob das nicht alles nur ein Scherz gewesen war oder was. Als ich im Laden war, kam er rüber und bedankte sich dafür, daß ich mit ihm ausgegangen war. Er sagte, er habe noch nie in seinem Leben soviel Spaß gehabt. Ich wußte wirklich nicht, was ich darauf antworten sollte. Als ich ihn aufs Fesseln und seine Drohungen ansprach, hat er abgestritten, das jemals getan zu haben. Er sagte, daß er sich überhaupt nicht daran erinnern könne.«

Turner fand Lisas Geschichte mehr als interessant. Darüber hinaus war er wirklich erstaunt über die Tatsache, daß am selben Tag zwei Anrufer eine Verbindung zwischen Dayton und den Molalla-Morden hergestellt hatten – obwohl Dayton der Öffentlichkeit noch nicht als Verdächtiger präsentiert worden war. Das einzige, was nicht ins Bild paßte, war die Farbe von Daytons Pick-up; Lisa hatte angegeben, er sei braun gewesen. Turner überlegte und kam zu dem Schluß, daß es vielleicht doch ins Bild paßte: Der Zwischenfall mit Lisa hatte sich im Jahr 1984 zugetragen, und Daytons hellblauer Nissan war ein Modell von 1985. Lisa konnte sich nicht an das Datum ihrer Begegnung mit Dayton erinnern; es war jedoch sehr gut möglich, daß sie stattgefunden hatte, bevor die neuen 1985er Modelle – Ende 1984 – auf den Markt gekommen waren. Dayton hatte einfach ein anderes Auto gefahren.

VIERTES KAPITEL

Mit den Autopsien der Leichen begann Dr. Larry V. Lewman am späten Freitag nachmittag, am 4. September, im staatlichen Leichenschauhaus in Portland. Turner und Machado waren anwesend, ebenso Detective Matt Haney von der Green River Task Force, der Sondereinheit aus Seattle. Er war nach Portland geschickt worden, um herauszufinden, ob die Molalla-Leichenfunde in irgendeiner Verbindung zum Green River Killer standen.

Die Leichen wurden vor der Autopsie fotografiert und mittels eines Fluoroskops durchleuchtet. Nach der Autopsie würden die Hände jeder Leiche entfernt und zu Lieutenant Colleen Aas im Hauptquartier der Polizei, Abteilung Fingerabdrücke, geschickt werden. Die Beamtin Colleen Aas würde die Hände untersuchen und Fingerabdrücke anfertigen. Die Kriminalbeamten hofften, daß dann identische Fingerabdrücke in den Akten der Polizei gefunden wurden, anhand derer man die Personalien der Toten feststellen konnte.

Die Autopsie begann. Leiche Nr. 1 war eine Frau weißer Hautfarbe, etwa 1 Meter 57 groß, ungefähr 20 Jahre alt, rötlich-braunes Haar. Lewman nahm zu Protokoll, daß die Frau in der Hüft- und Unterleibsgegend bereits operiert worden war. Der Unterschenkelknochen war an der Stelle, wo ihr linker Fuß abgetrennt worden war, zu etwa 80 Prozent durchgesägt, der Rest dann durchgebrochen. Es gab Spuren, die zweifellos von einem Werkzeug herrührten; Lewman schloß mit Sicherheit aus, daß sie durch die Zähne eines Tieres entstanden sein könnten. Er notierte auch Verletzungen am rückseitigen Rumpf von 0,5 bis 2 Zentimeter Durchmesser und von runder oder elliptischer Form. Mit großer Wahrscheinlichkeit seien es Stichwunden.

Auch die Leiche Nr. 2 war die einer Weißen, zum Todeszeitpunkt wahrscheinlich Anfang Zwanzig, etwa 1 Meter 67 groß, lange, leicht gelockte braune bis rötlich-braune Haare.

Lewman observierte eine Vielzahl von Schnittwunden, möglicherweise von einer Säge, auf jeden Fall aber von irgendeiner Art von Werkzeug herrührend, an der Hinterseite des linken Oberschenkelknochens, etwa sechs Zentimeter oberhalb des Kniegelenks. Beide Füße waren etwa 15 Zentimeter oberhalb des Knöchels abgehackt oder abgesägt worden. Lewman entdeckte im Haar der Toten winzige grüne, glasartige Partikel, die er für eine genauere Untersuchung in einem Beweisbehälter bewahrte.

Man drehte den Körper herum, und Lewman entfernte ein tätowiertes Stück Haut von der linken Gesäßhälfte im Lendenbereich. Das Hautstück wurde ins Wasser gelegt, um die Einzelheiten klarer herauszubringen, und das Wort ›HARLEY‹ und ein Motorrad-Emblem waren deutlich sichtbar. Bei genauem Hinsehen las Lewman: »BIKER HARLEY DAVIDSON BITCH.« Auf dem linken Schulterblatt befand sich noch eine weitere Tätowierung, eine kunstvolle Zeichnung von Pegasus oder einem Einhorn.

Lewman fand zwei fast senkrechte, drei bis vier Zentimeter lange Stichwunden in der Gegend der Harley-Davidson-Tätowierung und dazu passende Wunden im darunterliegenden Gewebe. Zwölf Zentimeter weiter links fand er noch eine Stichwunde und zwei weitere links der Wirbelsäule.

Leiche Nr. 3 war gleichfalls eine Frau, eine Weiße oder eine Asiatin mit teilweise weißen Vorfahren. Sie hatte langes braunes Haar, und Lewman schätzte ihr Alter zum Todeszeitpunkt auf Ende Zwanzig bis Anfang Dreißig. Sie war schon einmal am linken Kiefer operiert worden und etwa 1 Meter 67 groß. Zu Lebzeiten mußte sie an einem bemerkenswerten Kieferschiefstand gelitten haben.

Lewman notierte, daß die Brauchdecke des Opfers vom Schambein bis zum Brustbein aufgeschnitten worden war. Der Schnitt war sehr tief und hatte auch Muskeln und Gewebe unter der Haut verletzt. Wenn das Opfer bei Bewußtsein gewesen war, als der Schnitt vorgenommen wurde, mußte es einen grausamen Tod gestorben sein. Brustwarze und Warzenhof der linken Brust fehlten, statt dessen klaffte dort eine etwa vier Zentimeter breite, ovale Schnittwunde, die einem

Opfer bei vollem Bewußtsein unerträgliche Schmerzen verursacht haben würde.

Die Einsicht traf Turner wie ein Keulenschlag, als er sich an seine Unterhaltung mit Lisa Daniels erinnerte, in der sie ihm erzählt hatte, daß Dayton Leroy Rogers gedroht habe, ihre Brüste abzuschneiden. Mit was für einem sadistischen Monster hatte er es hier zu tun? Gab es überhaupt irgend etwas, wovor Dayton auf der Suche nach Befriedigung seiner krankhaften sexuellen Zwangsvorstellungen haltmachte? Turner und seine Kollegen hatten keinen Grund zu der Annahme, daß die Opfer bewußtlos waren, als ihnen all diese Verletzungen zugefügt wurden – im Gegenteil, alles schien darauf hinzudeuten, daß sie lebendig und bei vollem Bewußtsein waren, als sie von ihrem Mörder gefoltert wurden. Wahrscheinlich bekamen sie währenddessen einen Schock und wurden ohnmächtig.

Während er Lewman bei der Arbeit zusah, rief sich Turner wieder die Säge ins Gedächtnis, die er in Daytons Werkstatt beschlagnahmt hatte, erinnerte sich, daß er damals gedacht hatte, daß eine solche Säge sehr brauchbar wäre, wenn man durch Fleisch und Knochen eines menschlichen Opfers schneiden wollte, wie es bei den Leichen Nr. 1 und 2 der Fall gewesen war. Es waren jedoch keine Blut- oder Gewebespuren auf der Säge gefunden worden. Das schloß natürlich nicht aus, daß sie nach Gebrauch sorgfältig gereinigt worden war. Dayton war schließlich ein Sauberkeitsfanatiker.

Auch Leiche Nr. 4 war eine Weiße, Ende Zwanzig bis Anfang Dreißig, langes, gelocktes braunes Haar und etwa 1 Meter 62 groß. Lewman fand keine Schnittwunden in den langen Schenkelknochen, doch als er die Überreste auf den Bauch drehte, bemerkte er einige waagerechte Stichwunden im Lendenbereich, auf beiden Seiten der Wirbelsäule. Vier der Wunden waren etwas über einen Zentimeter lang, und eine maß zwei Zentimeter. Ihr Tod konnte durch die Stichwunden im unteren Rückenbereich herbeigeführt worden sein.

Leiche Nr. 5 war eine Weiße, wahrscheinlich Anfang bis Mitte Dreißig, mit einer geschätzten Größe von 1,62 bis 1,67.

Das Opfer hatte schlechte Zähne, und die Spange, die die Frau getragen hatte, war immer noch da. Ihr hatten einige Zähne gefehlt, und der rechte Fuß war oberhalb des Knöchels abgetrennt. Wie bei den Leichen Nr. 1 und 2 waren auch bei diesem Opfer am Beinstumpf Werkzeugspuren sichtbar. Im Gegensatz zu den anderen jedoch waren die Hände dieser Leiche hinter ihrem Rücken mit einem grünen Lederband gefesselt, das wie ein Hundehalsband aussah und dessen Schnalle sich am linken Handrücken befand.

Zweifellos waren alle Opfer gefesselt gewesen, um dem Täter die Folter und Verstümmelung zu erleichtern. Turner fand es jedoch seltsam, daß der Killer Opfer Nr. 5 gefesselt gelassen haben sollte und die anderen nicht. Warum hatte er sich nicht die Zeit genommen, sie loszubinden? War er von irgend etwas oder irgend jemandem erschreckt worden, der in seine Folterkammer unter freiem Himmel eindrang? Turner erinnerte sich an Everett Banyards Aussage über die auffliegenden Tauben, die er gesehen hatte, nachdem kurz zuvor ein Mann in einem blauen Pick-up dort angehalten hatte. War es vielleicht so gewesen, daß Dayton den noch gefesselten Körper des Opfers in den Wald trug und die Fesseln nicht abgemacht hatte, weil er von Banyard erschreckt worden war? Turner kam zu dem Schluß, daß er das nie mit absoluter Sicherheit herausfinden würde, denn Banyard hatte keine Personenbeschreibung des Fahrers des Pick-ups liefern können und war sich überdies des genauen Datums nicht sicher.

Lewman nahm einige kreisförmige bis unregelmäßig geformte Wunden auf dem Rücken sowie der rechten Gesäßhälfte des Opfers zu Protokoll. Auf der linken hinteren Hüfte befand sich eine klaffende, vier Zentimeter lange horizontale Stichwunde, eine weitere Stichwunde mit sehr unregelmäßigen Schnitträndern in unmittelbarer Nähe davon.

Die Autopsie der Leichen Nr. 6 und 7 war weitaus komplizierter, da die Überreste verstreut gewesen waren. Soweit Lewman sehen konnte, war die Leiche Nr. 6 eine erwachsene Frau im Alter von 20 bis etwa 32 Jahren. Sie war ungefähr 1 Meter 52 groß gewesen, korpulent, und zwei der oberen

Vorderzähne waren nach innen gewachsen. Aus dem linken dieser beiden Zähne war ein Stück herausgebrochen worden. Lewman schätzte die ethnische Herkunft des Opfers als gemischtrassig ein, die eine Hälfte womöglich von den Indianern oder von Asiaten stammend, die andere Hälfte weißen Ursprungs. Lewman fielen auch Spuren von Werkzeug in der Knöchelregion auf – ein Anzeichen dafür, daß der Killer die Absicht gehabt und vielleicht auch schon begonnen hatte, den Fuß des Opfers abzuschneiden, und dann aus unbekanntem Grund aufgegeben hatte.

Leiche Nr. 7 war eine Weiße, Mitte Dreißig, ungefähr 1 Meter 70 groß, dunkles braunes Haar. Lewman konnte keine Sägespuren an ihren Beinen entdecken, doch die Knochenenden beider Beine waren von Tieren vollständig abgekaut worden. Die Nasenknochen des Opfers waren unregelmäßig, mit einer leichten Abweichung nach rechts – möglicherweise von einem früheren Nasenbruch. Wie bei den anderen fand Lewman auch bei dieser Leiche mehrere Stichwunden im unteren Rücken, die wahrscheinlich zum Tode geführt hatten.

Lewman erklärte, daß vier der Leichen sich für einen Zeitraum von einem bis drei Monaten am Leichenfundort im Molalla-Wald befunden hätten. Die anderen befänden sich schon länger dort, es sei jedoch unmöglich, mit abschließender Gewißheit zu sagen, wie lange. Das Verwesungsstadium der Leichen sei sehr stark beeinflußbar, wenn sie zum Beispiel Sonnenlicht ausgesetzt seien.

Er gab den Beamten an, daß vier der Opfer noch genügend Fleisch an den Händen hätten, so daß man Fingerabdrücke anfertigen könne. Er fügte noch hinzu, daß an allen Opfern aufwendige Zahnoperationen durchgeführt worden waren.

»Wenn es einen Hinweis darauf geben sollte, mit wem wir es hier zu tun haben, können wir meiner Ansicht nach schon einige Menschen als Verdächtige ausschließen.«

Während der Autopsie wurde darauf hingewiesen, daß diese Opfer sich von den Opfern des Green River Killers sehr unterschieden und er somit als möglicher Täter nicht in

Frage komme. Turner ging noch einen Schritt weiter und sagte, Dayton Leroy Rogers könne unmöglich der Green River Killer sein, da er sich zum angenommenen Zeitpunkt der Ermordung der ersten Opfer des Green River Killers im Gefängnis befunden hatte.

Zusammenfassend sagte Lewman, daß alle Opfer mehrere Stichwunden im unteren Rückenbereich aufwiesen. Angesichts des fortgeschrittenen Stadiums der Verwesung sei es aber unmöglich, mit abschließender Gewißheit die Todesursache der Opfer zu benennen. Auf den Todesurkunden, die er diesen ›Jane Does‹ ausstellte, würde er vielmehr angeben, daß der Tod durch »nicht näher bestimmbare mörderische Gewalt« eingetreten sei. Er erklärte, daß er unmöglich mit Sicherheit erkennen könne, ob die Messerwunden vor oder nach dem Tod der Opfer entstanden seien. Lewman fuhr fort, die Wunden seien offenbar von einem einschneidigen Messer mit einer ein bis zwei Zentimeter breiten Klinge verursacht worden. Die Wunden der Opfer aus dem Molalla-Wald hätten, so schloß er seinen Bericht ab, auch von dem Messer stammen können, mit dem Dayton Rogers Jenny Smith getötet hatte.

FÜNFTES KAPITEL

Am Samstag nachmittag, dem 5. September, kontaktierte ein Beamter des Clackamas County Sheriff's Office über Funk John Turner auf dem Gelände der Suchaktion im Molalla-Wald, um ihm mitzuteilen, daß man Heather Brown ausfindig gemacht habe. Polizeibeamte Portlands hätten Heather gegen halb fünf Uhr nachmittags auf der Union Avenue aufgelesen und warteten mit ihr in einem Gesprächszimmer des Justizgebäudes in der Innenstadt. Turner und Machado trafen dort kurz vor sieben Uhr abends ein und wurden in den 13. Stock zu Heather gebracht.

Turner wies Heather nochmals darauf hin, daß sie hier seien, um ihrer Entführungsanzeige vom 7. Juli nachzugehen. Sie hatte angegeben, in die Umgebung Molallas verschleppt worden zu sein. Angesichts der grausigen Funde, die man dort gemacht hatte, erklärte ihr Turner, sei es von größter Wichtigkeit, daß sie sich jede Einzelheit des Vorfalls wieder ins Gedächtnis rufe. Heather war gewillt, ihr möglichstes zu tun.

»Fiel Ihnen an dem Mann, der Sie im Auto mitnahm, irgend etwas Seltsames oder Ungewöhnliches auf?« fragte Turner.

»Nein, zuerst gar nicht«, sagte Heather. »Er machte einen ganz netten Eindruck.«

»Warum sind Sie zu ihm in den Wagen gestiegen?«

»Er bot mir 50 Dollar für ein Treffen an. Er sagte, er fahre nach Oregon City und wolle nur ein bißchen Gesellschaft haben. Während der Fahrt hielt er einmal bei einem ›7-Eleven‹-Geschäft und kaufte Orangensaft, dann hielt er noch mal und kaufte kleine Fläschchen mit Wodka.«

»Was für ein Wodka war es?«

»Oh, die Flaschen sind so winzig ... Smirnoff, glaube ich.« Mit Daumen und Zeigefinger zeigte sie die Größe der Fläschchen an.

»Hat er eine ganze Schachtel von dem Wodka gekauft?«

»Ja.«

»Worüber haben Sie sich während der Fahrt unterhalten?«

»Er hat gesagt, daß er ein Gigolo aus Las Vegas sei und gerne Frauen fessele.«

»Hat er beschrieben, auf welche Art er sie am liebsten fesselt?«

»Nicht wirklich. Er hat erzählt, daß er gerne Frauen fesselt und sie dann fickt, bis sie ohnmächtig werden, und lauter solches Zeug. So wie er redete, war mir klar, daß er geisteskrank war. Er sagte, er habe diese Vorliebe für Füße. Er war so seltsam ... dann zog er die Schuhe aus und sagte, er liebe es, mit seinen Füßen rumzumachen.«

»Hat er versucht, seine Zehen in Ihre Vagina zu stecken oder so etwas in der Art?«

»Schon, ja. So in der Art.« Heather zündete sich eine Zigarette an und sog tief den Rauch ein. »Er wollte mit meinen Füßen herummachen, in oder auf meinen Füßen. Er wollte meine Füße bumsen.«

Heather fuhr fort, daß der Mann, der sie aufgelesen habe, ihr erzählt habe, daß er eine orientalische Freundin habe, sie aber schon eine Weile nicht mehr gesehen und sich jetzt für Heather entschieden habe. Auf der Fahrt habe Heather ihn gefragt, warum sie denn so weit wegfahren müßten, um Sex zu haben. Er habe geantwortet, daß er die Stelle, wo er sie hinbringe, sehr möge und schon viele Mädchen dort hingebracht habe.

»Hat er gesagt, wo genau er sie hingebracht hat?« fragte Turner.

»Nein. Nur daß er sie in den Wald brachte.«

»Hat er erzählt, wo er diese anderen Mädchen getroffen hat?«

»Na ja, bestimmt auf der Union Avenue.«

»Haben Sie auf dem Weg etwas von dem Wodka getrunken?«

»Fast gar nichts. Und er wurde irgendwie sauer, weil ich nicht mehr getrunken habe. Er sagte die ganze Zeit: ›Komm, trink schon, trink schon‹ und hielt mir das Zeug unter die Nase.«

»Womit hat er den Wodka gemixt?«

»Er kaufte kleine Plastikflaschen mit Orangensaft, dann nahm er ein bißchen Orangensaft weg und füllte den Wodka hinein. Es sah so aus, als würde man einfach nur Orangensaft trinken.«

»Waren es kleine Achtelliterflaschen?«

»Ja, genau die.«

Hat er Ihnen von seinem Zuhause erzählt? Hat er gesagt, wo er lebte? Ob er verheiratet ist oder Kinder hat?«

»Er sagte, daß er nicht verheiratet ist und daß er keine Kinder hat.«

»Ich habe hier einige Fotos, die ich Ihnen zeigen möchte. Der Fahrer des Pick-ups ist vielleicht dabei, vielleicht auch nicht. Bitte, sehen Sie sich die Fotos genau an, und sagen Sie mir, ob Sie irgendeinen der abgebildeten Männer wiedererkennen. Okay?«

Turner breitete die Mappe mit den sechs Fotos auf dem Tisch vor ihr aus. 14 Sekunden später zeigte sie auf das Foto Nr. 3.

»Okay. So sah er aus.«

»Sind Sie sich absolut sicher?«

»Das ist er! Diese Nase, ich kann mich genau an diese Nase erinnern.«

Sie zeigte auf das Foto von Dayton Leroy Rogers.

Das ganze Wochenende lang durchkämmten die Beamten des Clackamas County Sheriff's Office und die Bergungsmannschaften der umliegenden Distrikte den Molalla-Wald auf der Suche nach Beweismitteln. Ihre Anstrengungen machten sich bezahlt. Die Suchtrupps fanden ein ›Regency-Sheffield‹-Küchenmesser – genau so ein Messer hatte man am Schauplatz des Mordes an Jenny Smith gefunden. Wenn Turner noch irgendeinen Zweifel daran gehabt haben sollte, daß Dayton Leroy Rogers der Mörder vom Molalla-Wald war – der Fund des Messers machte ihn zunichte.

Es wurden keine zusätzlichen Leichen mehr gefunden,

doch die Beamten hatten mehr als 500 Beweisstücke einzeln in Tüten gepackt, darunter auch neun Smirnoff-Wodka-Miniaturfläschchen. Sie entdeckten auch vier leere Schnapsflaschen, mehrere Strumpfhosen – einige davon waren zusammengeknotet und hatten vermutlich als Fesseln gedient –, einen Garfield-Slip, eine Bluejeans, einen BH und noch einen Slip, einen Anhänger mit Playboy-Hasen, ein geflochtenes Stück Schnur, Draht, verknotete Stoffstreifen, ein Hundehalsband aus Leder und Teile miteinander verknoteter Schnürsenkel, wie sie auch am Tatort des Mordes an Jenny Smith gefunden worden waren. Sie fanden überdies vier leere Orangensaft-Achtelliterflaschen aus Plastik, alle zusammen in der Nähe eines Leichenfundorts, wo man übrigens auch die Schachteln entdeckte, in denen die Wodkafläschchen gewesen waren. Eine dieser Schachteln befand sich noch in recht gutem Zustand, während die andere viel älter und mitgenommener – als hätte sie schon Jahre dort gelegen – aussah. Turners Überzeugung wuchs, daß Dayton schuldig war. Alle Beweise deuteten darauf hin. Doch die skelettierten Leichenreste und die alte Wodkaschachtel beunruhigten ihn. Auch diese Beweise belasteten Dayton; die Schlußfolgerung war jedoch, daß er im Molalla-Wald schon zu einem viel früheren Zeitpunkt als ursprünglich angenommen sein Unwesen getrieben hatte.

Wieviel früher? Das wußte niemand. Lagen etwa noch mehr Leichen da oben herum? Höchstwahrscheinlich. Doch das Areal war viel zu groß und unzugänglich, als daß man ohne einen festen Anhaltspunkt – etwa den Fund einer Leiche in einem anderen Gebiet – eine großangelegte Suchaktion hätte starten können. Diese Suchaktion würde beinhalten, daß man jeden Quadratmeter in dem riesigen Molalla-Wald durchsuchen müßte, und sie verfügten einfach nicht über genug Leute, geschweige denn über das Geld für ein solches Unterfangen. Wenn auf dem Gelände, das die Polizei im Augenblick durchsuchte, nicht noch weitere Leichen gefunden würden, hatte man wohl keine Wahl, als die Suchaktion zu beenden – und darauf zu warten, daß noch ein Ahnungsloser wie Everett Banyard über eine Leiche stolperte.

SECHSTES KAPITEL

Am Montag morgen, dem 7. September, bearbeitete Detective Mike Machado die Personenbeschreibungen, die ihm die Vermißtenabteilung des Polizeihauptquartiers in Portland zugesandt hatte – und kam zu dem Schluß, daß die Leiche Nr. 2 wahrscheinlich die als vermißt gemeldete Lisa Marie Mock war. Die Tätowierungen auf dem Körper des Opfers stimmten mit denen, die in ihrer Vermißtenakte beschrieben waren, überein. Dem Bericht entnahm Machado auch, daß Lisa kurz vor ihrem Verschwinden mit ihrer Großmutter gesprochen hatte. Machado machte Lisas Großmutter in Kalifornien ausfindig und rief sie an – vielleicht konnte sie ihm irgendeinen Anhaltspunkt geben, was Lisa zuletzt getan hatte und ob es eine mögliche Verbindung zum Molalla-Fall gab.

Lisas Großmutter gab an, ihre Enkelin habe sie am 22. Juli um 19 Uhr 42 angerufen, ein R-Gespräch, und sich 28 Minuten mit ihr unterhalten. Die Familie war um Lisa sehr besorgt, und nach dem Gespräch riefen sie die Telefongesellschaft an und ließen die Herkunft des Anrufs ermitteln (was bei R-Gesprächen möglich ist). Sie wurden informiert, daß Lisa von einer Autowerkstatt in Portland aus angerufen hatte. Lisa hatte berichtet, daß ihr Ehemann sie öfters verprügele und daß sie ihn verlassen wolle. Sie war wieder auf Heroin und plante, in eine Entzugsklinik zu gehen, sobald sie ihren Mann abgeschüttelt hatte.

Machado fragte nach besonderen Merkmalen oder Tätowierungen, und Lisas Großmutter teilte ihm mit, daß Lisa einen Schmetterling auf ihrem linken Oberarm tätowiert habe; eine weitere Tätowierung befinde sich am unteren Rücken, und dort sei das Wort ›Bitch‹ zu lesen. Sie erklärte, daß Lisa eine Phase gehabt habe, in der sie mit einer Motorrad-Gang herumgehangen sei – den ›Hell's Angels‹, glaubte sie. Lisas Großmutter sagte, daß Lisa noch eine Tätowierung auf einem Schulterblatt habe, doch sie könne nicht sagen, auf welchem. Sie stelle ein Einhorn dar.

Machado rief daraufhin Lisas Vater an, James Holden, der auch in Kalifornien lebte. Der Beamte erklärte ihm, daß die Polizei seine Tochter Lisa an erster Stelle in ihrer Liste möglicher Opfer führe. Die Tätowierungen, die sowohl Holden bei der ersten Befragung durch Polizeibeamte Portlands als auch Lisas Großmutter beschrieben hätten, stimmten mit denen der Leiche Nr. 2 überein. Auch falle Lisas Verschwinden in den gleichen Zeitraum, in dem das Opfer aus dem Molalla-Wald umgebracht worden war.

Holden erzählte Machado, daß er von Lisa zum letzten Mal am 22. oder 23. Juli gehört habe, als sie anrief, um ihm mitzuteilen, daß sie im Begriff sei, ihren Ehemann zu verlassen, weil er sie schlage und ihren Wagen mit all ihren Kleidern darin verpfändet habe.

»Sie sagte, sie habe nur eine Shorts und eine Bluse«, sagte Holden. »Sie bat mich um 150 Dollar. Sie hatte irgendwas genommen, aber sie wollte mir nicht sagen, was. Sie war wirklich völlig außer sich.«

Holden gab Machado die Telefonnummer von Lisas Zahnarzt, und dieser erklärte sich bereit, Lisas Patientenakte unverzüglich nach Oregon zu schicken. Nachdem die Akte in Oregon angekommen war, wurde Leiche Nr. 2 unter Ausschluß jeden Zweifels als Lisa Marie Mock, 23, identifiziert.

Da im Molalla-Wald keine weiteren Leichen gefunden wurden, wurde die Suchaktion beendet. Angesichts der Ungeheuerlichkeit der begangenen Verbrechen rief Sheriff Bill Brooks eine Sondereinheit ins Leben, die Molalla Forest Task Force, die zum großen Teil aus den Kriminalbeamten bestand, die ohnehin schon mit dem Fall beschäftigt waren, und setzte John Turner als Leiter dieser Einheit ein. Bill Brooks gab die Anweisung, daß die Task Force außerhalb des normalen Polizeibetriebs und im geheimen operieren sollte, um eine störungsfreie Arbeit zu gewährleisten. Man wollte die Ablenkungen durch ewig neugierige Presseleute vermeiden. Captain Lloyd ›Lonnie‹ Ryan, Lieutenant Donald Vicars und Deputy Candace Dulfer hatten die Aufgabe, die Presse mit genau so viel Informationen zu versorgen, wie man es im Sinne der Ermittlungen für angebracht hielt.

Die Beamten Dave Broomfield und Charles Bowen, Computerspezialisten der Kriminalpolizei, bauten ihre Computeranlage in Turners engem Büro auf. Wenn alles angeschlossen wäre, würden sie ihre Rechner mit unzähligen, scheinbar irrelevanten Informationen füttern und darauf hoffen, daß der Computer irgendein Muster erkennen würde. Auf der gegenüberliegenden Seite des Zimmers richteten Detective Machado und Detective Strovink ihre Schreibtische ein. Sie wollten so nahe wie möglich zusammenarbeiten, um sich untereinander austauschen zu können, ohne den Schreibtisch verlassen zu müssen. An der Wand brachten sie eine große Pinnwand mit Merkzetteln, Notizen und Plänen an. In einem Büro auf der anderen Seite des Flurs hing eine große, in Raster unterteilte Landkarte, auf der die Fundorte der Leichen und der Beweisstücke eingezeichnet waren. Ein Team von Hilfskräften war einige Büros weiter damit beschäftigt, die handschriftlichen Notizen der Detektive abzutippen und die schier endlose Flut von Telefonanrufen entgegenzunehmen.

Kurz nach der Einrichtung der Spezialeinheit wurde öffentlich bekannt gegeben, daß Dayton Leroy Rogers der Hauptverdächtige im Fall der Morde im Molalla-Wald sei. Captain Ryan betonte, daß Dayton zwar der wahrscheinlichste, keinesfalls jedoch der einzige Verdächtige sei und man auch anderen Spuren nachgehe. Die Fahnder hofften natürlich auf Hinweise aus der Bevölkerung.

Es dauerte nicht lange, bis das Morddezernat mit Anrufen bombardiert wurde. Überraschenderweise war unter den Anrufern auch Anna Buchanan, die Dayton vor zwölf Jahren attackiert hatte und die jetzt in Portland als Prostituierte arbeitete. Annas Anruf wurde zu John Turner durchgestellt, und als Anna ihm den Grund ihres Anrufs mitteilte und von ihrer Begegnung mit Dayton erzählte, erklärte sich Turner sofort bereit, sich mit ihr zu treffen.

Bei der Befragung berichtete Anna, daß sie erst vor kurzem von dem Mord an Jenny Smith erfahren habe. Sie kenne Jenny und habe sie an jenem Morgen des 7. August in der Nähe der Straßenkreuzung zwischen der Northeast Union Avenue und der Wygant Street in Portland gesehen. Sie habe beobachtet, wie Jenny die Straße überquerte und auf einen hellblauen Pick-up neueren Fabrikats zuging. Turner zeigte ihr ein Foto von Daytons Pick-up, und Anna erschrak.

»Das ist er!« sagte sie.

»Würden Sie das vor Gericht bezeugen?« fragte Turner.

»Darauf können Sie wetten.«

Am Donnerstag, dem 10. September, traf sich Detective Jim Strovink mit einer dreiundzwanzigjährigen Prostituierten namens Beth Crane* in einem Apartment im Südostteil Portlands. Beth hatte bei der Mordkommission angerufen und angegeben, daß sie über eine Information im Zusammenhang mit Dayton Leroy Rogers verfüge, die die Ermittler vielleicht interessiere. Sie behauptete, sie habe im November 1986 ein furchteinflößendes Erlebnis mit einem Mann gehabt, auf den Daytons Personenbeschreibung passe. Sie habe den Mann gegen Mitternacht auf dem Parkplatz vor dem ›Shilo Inn‹, in der Union Avenue, getroffen. Sie sei in seinen Pick-up eingestiegen und habe einen Preis von 50 Dollar für normalen Sex ausgehandelt. Der Mann habe jedoch nicht in ihr Motel gehen wollen. Er habe ihr mitgeteilt, er wolle in die Wälder fahren, etwa eine Dreiviertelstunde entfernt, wo er alle seine Mädchen hinbringe.

»Können Sie das Fahrzeug des Mannes beschreiben?« fragte Strovink.

»Es war ein 85er Nissan Pick-up, hellblau, fast graublau. Es scheint, Nissan verwendete im Jahr 1985 nur diese Farbe.«

»Woher wissen Sie, daß es ein 85er Nissan Pick-up war?«

»Na ja, als ich in den Wagen stieg, versuchte ich das Fenster herunterzukurbeln, aber es ging nicht. Ich wurde nervös und versuchte die Tür aufzumachen, aber die Klinke, ich meine der Griff, war ab. Ich kriegte richtige Angst und fing an, über irgendwas zu reden, vor allem über mein Auto, ein

84er Sentra. Er hat dann gesagt, daß seiner ein 85er Nissan mit fünf Gängen ist.«

»Hat er Ihnen irgendwie erklärt, warum sich das Fenster oder die Tür nicht öffnen ließ?«

»Nein, er grinste nur schlau vor sich hin, als wäre das alles Teil des Plans.«

»Hat Ihnen dieser Mann seinen Namen gesagt?«

»Ja, hat er. Er hat gesagt, sein Name sei Steve, und er sei aus Reno. Er hat mich gefragt, ob ich nicht nach Reno mitkommen wolle; seine Schwester arbeite dort als Prostituierte, sagte er.«

»Worüber haben Sie sonst noch mit ihm gesprochen?«

»Er hat mir erzählt, daß ihn seine Schwester als Kind gequält hat, er sagte, sie habe versucht, ihm seinen Penis abzubeißen.« Beth lachte verlegen. »Er sagte, daß sie noch andere Sachen mit ihm angestellt hätte, wie zum Beispiel, daß sie ihren Finger in seinen After gesteckt habe.«

»Hat er Ihnen etwas zu trinken angeboten?«

»Ja. So kleine Wodkafläschchen, Miniaturfläschchen.«

Beth sagte, sie habe nichts getrunken, da sie keinen Alkohol anrühre; sie wisse aber, daß es Wodka war, weil sie es gerochen habe, als er den Alkohol mit Orangensaft vermischte.

»Können Sie sich erinnern, was für ein Orangensaft das war?«

»Die Flaschen hatten ein grünes Etikett und waren aus Plastik. Solche gibt es im Supermarkt. Sie haben einen grünen, abreißbaren Plastikdeckel. Ich kann mich erinnern, daß er ein bißchen Orangensaft weggeschüttet und dann zwei oder drei von diesen Wodkafläschchen hineingegossen hat. Er hat es zusammengemixt.«

»Wo hat er den Wodka aufbewahrt?«

»Im Handschuhfach.«

»Haben Sie im Handschuhfach noch irgend etwas anderes bemerkt?«

»Ja, Lederriemen. Die kann man in Sex-Shops kaufen. Es war braune Riemen, zwei bis drei Zentimeter dick, mit einer Schnalle zum Zuziehen.«

»Hat er auf der Fahrt in den Wald von Ihnen verlangt, sich ein Kleidungsstück auszuziehen?«

»Ja, er wollte, daß ich meine Schuhe ausziehe. Er hat gesagt, daß er Fantasien hat, so eine Art Fuß-Fetischist.«

»Hatten Sie Angst vor ihm?«

»Ja, ich hatte ganz schön Angst. Beim Fahren langte er unter den Sitz und holte eine Pistole hervor. Er hat sie nicht auf mich gerichtet, sie dann aber neben sich auf den Sitz gelegt. Er fing an, davon zu reden, daß er alle Menschen haßt, besonders Frauen, wegen dem, was seine Schwester ihm angetan hat. Ich habe gedacht, daß er der Green River Killer sei. Ich hatte wahnsinnige Angst.«

»Was ist passiert, als Sie mit ihm im Wald waren?«

»Er fing an, mit meinen Füßen rumzuspielen, dann hat er meine Beine und Füße gestreichelt. Die ganze Zeit hat er mir erzählt, wie er Füße liebt, besonders den Spann. Er hat seine Hose aufgemacht, seinen Penis rausgeholt und ihn gegen meine Füße gerieben.«

»Hat er verlangt, daß Sie sich ausziehen?«

»Ja, ich zog mir Hemd und Hose aus, dann fragte ich ihn, ob ich mir wirklich alles ausziehen müsse, und er sagte ja. Ich habe dann meinen BH und mein Höschen ausgezogen, und dann wollte er, daß ich mich auf den Bauch lege. Ich habe gedacht, daß er mich jetzt umbringt, und habe ihn gefragt, ob er das vorhabe. Er sagte, ich solle den Mund halten. Er hat mir befohlen, die Hände auf den Rücken zu legen und meine Finger zu verschränken, so daß meine Handgelenke näher zusammen waren. Er hat mir einen Riemen um die Handgelenke und die Fußknöchel gebunden. Dann hat er ein Stück Draht genommen, ich glaube, einen Kleiderbügel, und ihn um die beiden Riemen gebunden, so daß meine Füße und Hände hinter meinen Rücken gebogen wurden. So eine Art Todesfessel, wissen Sie, mit den Händen und Füßen, die hinter dem Rücken zusammengebunden sind.«

»Was geschah dann?«

»Er hat dann angefangen, an mir herumzuknabbern, zuerst nur ganz leicht. Er hat oben am Rücken angefangen und ist weiter nach unten gegangen. Als er bei meinem Po war, hat er angefangen, richtig hart zuzubeißen. So hart, daß mein Po blutete. Dann ist er weiter runtergegangen, an der Rückseite meiner Beine entlang, und er hat immer wieder gesagt, wie schmerzunempfindlich ich doch sei. Er sagte, er könne einfach nicht glauben, wieviel Schmerz ich ertragen könne. Er hat mich in die Füße gebissen und mich dann herumgedreht. Er hat mir in die Brüste gebissen. Er hat zugebissen, bis meine Brustwarzen zu bluten anfingen. Er hat richtig zugebissen, als wollte er sie abbeißen. Er hat mich an meiner Scheide überhaupt nicht berührt.«

»Was hat er Ihnen noch angetan?«

»Er hat sich vor allem auf meine Brüste und auf meinen Bauch konzentriert. Er hat mich in die Handflächen und in die Fußsohlen gebissen. Auch in meine Zehen – ich dachte, er beißt sie ab.«

»Hat es geblutet, als er in Ihre Zehen biß?«

»Ja. Am nächsten Morgen konnte ich nicht auftreten, so sehr haben meine Füße weh getan. Meine Hände auch. Jede Berührung hat weh getan.«

»Hat er sich irgendwann selbst befriedigt?«

»Er hat beim Beißen die ganze Zeit onaniert.«

»Mit welcher Hand?«

»Mit seiner linken Hand, daran kann ich mich erinnern, weil da seine Armbanduhr dran war.«

»Hat er gesagt, daß er Sie umbringen wird?«

»Nein. Er hat nur angefangen, mir zu erzählen, wie sehr er Frauen haßt. Und immer, wenn ich ihn gefragt habe, ob er mich umbringen wird, sagte er: ›Halt's Maul, du Schlampe.‹«

»Wie lange hat das Beißen gedauert?«

»Drei oder vier Stunden.«

»Was hat er mit den leeren Flaschen gemacht?«

»Er hat sie alle rausgeworfen. Er sagte, daß er den Wagen nicht schmutzig machen wollte, wissen Sie.«

Als alles vorbei war, schleifte der Mann die nackte, völlig zerstörte Beth mindestens drei Meter weit über den Schotter. Es war sehr kalt, und Beth weinte. Er machte die Riemen ab und nahm sie mit; den Drahtbügel jedoch warf er in ein Gebüsch. Er nahm Beth' Kleider und warf sie aus dem Auto. Dann ging er zu ihr hinüber.

»Er war weniger als einen Meter von mir weg. Ich habe zu ihm hochgeschaut, und ich wollte eigentlich aufspringen und weglaufen, aber ich hatte überhaupt keine Kraft. Er hat nur gesagt: ›Ich hoffe, du stirbst‹, dann fuhr er weg.«

Beth gab an, daß sie später einen Lastwagen angehalten habe, dessen Fahrer sie zum einem Restaurant in Molalla gebracht habe, wo sie sich waschen konnte. Er habe sie dann aus Mitleid zurück in ihr Motel in Portland gefahren.

»Was hat Sie veranlaßt, uns jetzt diese Geschichte zu erzählen?« wollte Strovink wissen.

»Als ich vom Molalla-Wald und all den toten Mädchen hörte, mußte ich an ihn denken. Ich mußte sehr oft an ihn denken, weil er der erste Mensch war, den ich traf, als ich von Seattle zurück nach Portland zog und das erste Mal auf die Straße ging. Das war vier oder fünf Monate, nachdem er mir all das angetan hat. Er saß draußen vor einem Restaurant in der Nähe der Third Avenue, Ecke Burnside, in der Innenstadt.«

Strovink legte die Zusammenstellung mit den sechs Fotos vor sie hin und fragte, ob sie den Täter auf einem der Bilder entdecken könne.

»O mein Gott! Das ist er – o Gott, das ist er! Ich könnte sein Gesicht nie vergessen!« Sie deutete auf das Foto Nr. 3, das Dayton Leroy Rogers zeigte.

Der Anruf von Beth Crane war nur einer von unzähligen Anrufen von Prostituierten, die in Portland oder der näheren Umgebung arbeiteten und angaben, von Dayton Leroy Rogers mißhandelt worden zu sein. Fast alle Frauen waren von ihrem Folterer mit dem Messer verletzt oder gebissen worden, und fast alle sagten aus, ihr Freier habe sich ›Screwdriver‹-Drinks gemixt, indem er Smirnoff-Wodka aus Miniaturfläschchen und Orangensaft aus Wegwerf-Plastikflaschen zusammenschüttete. Alle Verbrechen geschahen also nach einem bestimmen Muster; im Laufe der Ermittlungen sprachen die Kriminalbeamten mit fast 50 Prostituierten, von denen 26 über ihre Begegnungen mit Dayton Leroy Rogers so detailliert Auskunft gaben, daß die Ermittler ihre Aussagen vor Gericht verwenden konnten, um Dayton eine Verbindung zu den Morden im Molalla-Wald nachzuweisen. Der Computerexperte Deputy Dave Broomfield fütterte seinen Rechner mit Tausenden von Hinweisen und bruchstückhaften Informationen – er mußte einen Katalog der Ähnlichkeiten in diesem Fall zusammenstellen, um die Masse an Erkenntnissen überschaubar zu machen.

Broomfields Katalog zeigte klar, wie Daytons Vorgehensweisen sich änderten oder gleichblieben, je nachdem, mit welcher Prostituierten er es zu tun hatte. Broomfield legte einen Ordner an, der nach 43 verschiedenen Kriterien unterteilt war: wie Dayton seine Opfer gefesselt, wie oft er sich mit ihnen getroffen hatte, ob er sie vor Schmerz schreien sehen wollte oder nicht, ob er Waffen einsetzte (und wenn ja, welche), wie er sie verletzte, ob er masturbierte oder nicht, ob er Geschlechtsverkehr hatte und so fort. Broomfields Katalog gab auch darüber Auskunft, zu welchem Restaurant der ›Denny's‹-Kette Dayton die Mädchen brachte, ob er sie nach Molalla brachte oder nicht, an welche anderen Orte er sie brachte, welche Teile der Kleidung der Prostituierten verlorengingen und so weiter. Die Gemeinsamkeiten waren erstaunlich, und die Ermittler waren nun in der Lage, mit einem Blick neue Erkenntnisse zu gewinnen. Die einzige Frage, die unbeantwortet blieb, war die, warum er sich in einigen Fällen entschieden hatte, seine Opfer am Leben zu lassen.

SIEBENTES KAPITEL

Am nächsten Tag, Freitag, dem 11. September, bearbeitete Machado einen Stapel von Vermißtenakten, die das Polizeihauptquartier in Portland geschickt hatte. Es fanden sich einige Personenbeschreibungen, die möglicherweise mit den – im besten Falle sehr dürftigen – Beschreibungen der Opfer aus dem Molalla-Wald übereinstimmten, doch nur eine davon schien Detective Machado vielversprechend zu sein. Eine junge Frau, die sechsundzwanzigjährige Maureen Ann Hodges, wurde vermißt; sie hatte sich in ihrer Jugend die Nase gebrochen. Machado mußte sofort an den Autopsiebericht von Leiche Nr. 7 denken: Dr. Lewman hatte eine leichte Krümmung der Nase nach rechts, wahrscheinlich aufgrund einer lange zurückliegenden Verletzung, konstatiert. Machado rief bei einem von Maureens Familienmitgliedern an, um herauszufinden, wer ihr Zahnarzt war. Er wollte ihre Patientenakte so schnell wie möglich einsehen.

Machado und Strovink gingen unterdessen in das Gefängnis vom Clackamas County, um Dayton Rogers zu verhören. Angesichts all der Anrufe von Prostituierten aus Portland, mit denen er sich getroffen hatte, waren die Beamten nahezu versessen darauf, mit ihm zu sprechen. Sie hatten ihn noch nicht zu den Leichenfunden im Molalla-Wald befragt; er hatte also keine Gelegenheit gehabt, sein Recht der Verweigerung der Aussage, um sich nicht selbst zu belasten, in Anspruch zu nehmen. Sie hegten keine allzu große Hoffnung, daß er mit ihnen sprechen würde, doch sie mußten zumindest sagen können, daß sie es versucht hatten. Das Verhör fand im Büro der Gefängnisverwaltung statt.

Dayton wurde in den Raum geführt; er hielt einen großen Briefumschlag und einen Notizblock in der Hand. Er kannte die Polizisten noch nicht, trotzdem nahm er bei ihrem Anblick eine abweisende, kühle Haltung ein. Er starrte sie durchdringend an.

»Einen Augenblick«, sagte er. »Seid ihr Typen etwa Polizisten?«

»Ich bin Detective Jim Strovink, und das ist Detective Mike Machado.« Strovink lächelte höflich und streckte seine Hand aus. Dayton nahm sie nicht.

»Ich will nicht mit Ihnen sprechen«, sagte Dayton bestimmt.

»Weil Sie es nicht wollen oder weil Ihr Anwalt nicht will, daß Sie mit uns sprechen?« fragte Strovink.

»Mein Anwalt hat mir davon abgeraten, und ich folge seinem Ratschlag. Ich will nicht mit Ihnen sprechen.«

Es hatte keinen Sinn, es weiter zu versuchen. Dayton hatte von seinem Recht der Aussageverweigerung Gebrauch gemacht, und es gab nichts, was Strovink und Machado dagegen unternehmen konnten. Dem Gesetz nach durften sie ihn nicht verhören, es sei denn, er ersuchte die Polizei aus freien Stücken um ein Gespräch. Da Dayton nicht aussagen und die Dinge selbst aufklären wollte, mußten die Beamten ihre Antworten wohl oder übel auf andere, mühsamere Weise finden, indem sie nämlich Zeugen befragten und Hinweisen nachgingen. Die Flut von Anrufen, die das Büro der Spezialeinheit überschwemmte, war eine große Hilfe.

Ein solcher Anruf kam von einem Deputy des Multnomah County Sheriff's Office und veranlaßte Turner und Machado dazu, sich erneut auf den Weg zum Justizgebäude in Portland zu machen. Man sagte ihnen, daß dort einige Prostituierte inhaftiert seien, die von einem Mann sprachen, der sich Steve nannte und behauptete, ein Berufsspieler aus Nevada zu sein. Dieser Mann zahle angeblich zwischen 40 und 80 Dollar, manchmal sogar 150 Dollar, für Sex mit Fesselung. Die Mädchen berichteten, daß er von ihnen verlange, sich vollständig auszuziehen. Dann fessele er sie an Händen und Füßen, mit Schnur, Hundehalsbändern, Draht, Strumpfhosen, Schnürsenkeln – egal was, Hauptsache, es hielt ihre Arme und Beine sicher zusammengebunden, während er sie stundenlang quälte und verstümmelte. Fast alle dieser Frauen erzählten Turner und Machado, daß dieser Typ ein Fuß-Fetischist sei und den Spann ihrer Füße sexuell erregend finde. Die Treffen fanden immer in seinem Pick-up statt, und unweigerlich wurden ›Screwdriver‹-Drinks konsumiert, die aus Wodka aus Miniaturfläschchen und Orangensaft aus Wegwerf-Plastikflaschen gemixt wurden. Alle Prostituierten sagten übereinstimmend aus, daß der Mann während der Fesselungen heftig masturbiere.

Eine der Prostituierten erzählte Turner und Machado, daß der Mann mit einem sehr großen Penis ausgestattet sei. Alle anwesenden Prostituierten sagten daraufhin, daß er niemals Geschlechtsverkehr mit ihnen verübt, sondern immer nur onaniert habe.

»Sie sollten den mal sehen«, sagte eine Frau. »Dieser Typ hat wirklich ein riesiges Teil – Gott sei Dank hat er mich nie gefickt.«

Eine der Prostituierten berichtete den Beamten, daß sie am 11. Juli auf der Union Avenue in der Nähe der Sumner Street angeschafft habe, als sich ihr gegen halb zwölf Uhr nachts ein Mann in einem Nissan Pick-up genähert habe. Er habe sie um ein Treffen gebeten, und sie habe gesagt, es koste 40 Dollar, womit er einverstanden gewesen sei. Nachdem sie in seinen Truck eingestiegen, mit ihm zu einem Winchell's Donut Shop in der Nähe gefahren war und sie dort geparkt hatten, habe sie um den vereinbarten Betrag gebeten.

»›Du Hure, du kriegst gar nichts von mir‹, hat er geschrien. ›Ich werde dich umbringen. Ich werde euch Huren alle umbringen.‹ Ich sagte: ›Einen Scheiß wirst du tun‹, machte die Tür auf und sprang raus. Er holte von irgendwo unter seinem Gürtel eine Pistole raus und schoß einmal. Als nächstes weiß ich nur noch, daß ich im Krankenhaus aufgewacht bin.«

Eine fünfunddreißigjährige Prostituierte namens Darla Johnson erinnerte sich, daß sie irgendwann im Winter 1987, im Januar oder im Februar, an der Ecke Union Avenue und Wygant Road (diesen Platz teilte sie sich manchmal mit Jenny Smith) gegen halb zwei Uhr morgens von einem Mann angesprochen worden sei. Sie habe nur ihr dünnes Oberteil und einen Minirock angehabt und nicht länger in dieser kalten Nacht herumstehen wollen, also habe sie sein Angebot, für 50 Dollar mit ihm mitzugehen, angenommen. Er gab ihr das Geld.

Auf der Fahrt in eine Waldregion – von der Darla dachte, sie befinde sich auf dem Weg nach Salem – habe der Mann sie aufgefordert, Schuhe und Strumpfhosen auszuziehen, damit er ihren Spann ansehen könne. Er habe von ihr verlangt, ihre Füße auf die Ablage über dem Handschuhfach zu legen, damit er sie besser sehen könne. Als sie seiner Aufforderung nachgekommen sei, habe er angefangen, sie zu streicheln. Er habe begonnen, von Fesselungen zu sprechen, was Darla Angst eingejagt habe. Aber sie seien schon auf der Autobahn gewesen, und sie habe nichts tun können, um von ihm wegzukommen. Er habe ihre Angst gespürt und versucht, sie zu beruhigen, indem er sagte, daß er alle seine Mädchen fessele, wenn er sie mit in den Wald nehme.

Nachdem sie in der Waldregion angelangt seien, sei Darla völlig verängstigt gewesen. Sie habe alles getan, was er von ihr verlangt habe, und in kurzer Zeit sei sie vollständig gefesselt gewesen. Er habe ihren Minirock heruntergezogen und begonnen, ihre Schenkel und ihr Gesäß zu streicheln. Dann habe er ihre Strumpfhose heruntergezogen und sei von hinten in ihre Vagina eingedrungen. Irgendwann habe er dann sein Geschlechtsteil herausgezogen und masturbiert, bis er auf ihren Rücken ejakuliert habe. Anschließend habe er sie gebissen, hauptsächlich in ihre Füße. Er habe einige Male ziemlich hart zugebissen – doch aus irgendeinem Grund fügte er Darla nicht so starke Schmerzen zu wie vielen der anderen Mädchen.

Turner und Machado kamen später zu dem Schluß, daß Dayton Darla deshalb nicht so leiden ließ, weil er bereits ejakuliert und Darla weniger Widerstand geleistet und auch weniger Furcht gezeigt hatte als die meisten. Die Ermittler gingen mittlerweile zu Recht davon aus, daß Dayton durch Angst erregt wurde, daß die Angst seiner Opfer seine sexuelle Raserei erst auslöste. Es sah danach aus, als ob diejenigen Prostituierten, die den Schmerz ausgehalten und sich nicht gewehrt hatten, den Wald lebend hatten verlassen können.

»Sind Ihnen andere Mädchen bekannt, die dieser Mann mitgenommen hat?« fragte Machado.

»Nein.«

»Und was ist mit Jenny Smith?«

»Ach so, ja. Ich erinnere mich, wie ich ihn einmal nachts beobachtete. Ich wollte nicht in seinen Pick-up einsteigen, und er fuhr um die Ecke und parkte gegenüber von Jenny. Es sah so aus, als ob er zu ihr gefahren wäre, aber ich saß bereits im Wagen eines Freiers und habe nicht gesehen, ob er sie mitgenommen hat. Das muß jetzt vielleicht vier Wochen her sein.« Etwa um dieselbe Zeit wurde Jenny ermordet, dachte Machado.

»Haben Sie Jenny seither gesehen?«

»Nein.«

»Gibt es sonst noch Mädchen, die Sie längere Zeit nicht gesehen haben?«

»Ja, Christine Adams. Ich habe sie jetzt schon über zwei Monate nicht mehr auf der Straße gesehen. Sie ist meine beste Freundin. Ich mache mir Sorgen, weil sie normalerweise immer in meiner Wohnung in der Rodney Avenue vorbeischaute und weil ihre Kinder auch nicht wissen, wo sie ist. Sie ist jetzt schon seit zwei oder drei Monaten verschwunden.«

»Sonst noch jemand?«

»Ich kannte Lisa.«

»Lisa Mock?«

»Ja.«

»Okay. Wie sieht Christine aus?«

»Sie ist, äh, korpulent. Sie hat langes braunes Haar, fast bis zu den Hüften, und blaue Augen. Sie ist eine Weiße. Sie ist ungefähr so groß wie ich, 1,65.«

»Können Sie ihr Gewicht schätzen?«

»Sie ist ziemlich dick. Vielleicht 80 Kilo, vielleicht sogar noch ein bißchen mehr.« Darla gab den Beamten Namen und Telefonnummern von Christines Verwandten.

Als Turner ihr ein Foto von Daytons Pick-up zeigte, erstarrte Darla, sichtlich verstört.

»Das ist der Pick-up, mit Sicherheit«, sagte sie. »Ich werde den mein ganzes Leben nicht vergessen.«

Als man ihr die Fotozusammenstellung zeigte, dauerte es keine zwei Sekunden, bis sie Dayton gefunden hatte. Tränen stiegen ihr in die Augen, und sie sagte: »Das ist er, das ist er.«

Die Prostituierten Portlands, auch die ehemaligen, erzählten Turner und Machado eine nach der anderen fast dieselbe Geschichte. Bei den ersten Treffen war der Mann, der sich Steve nannte, nie brutal, verlangte nichts Außergewöhnliches und schien auf den ersten Blick harmlos zu sein. Beim dritten Treffen war Steve für alle Prostituierten, die er noch nicht gefoltert hatte, ein ›Stammfreier‹; gewöhnlich hatten sie beim dritten Treffen keine Einwände dagegen, gefesselt zu werden, da er bisher nicht gewalttätig geworden war. Es schien, als habe er langsam und geduldig ihr Vertrauen gewonnen.

Eine Prostituierte, die Steve mit absoluter Gewißheit als Dayton Rogers identifizierte, berichtete Turner und Machado, daß Dayton bei ihrem dritten und letzten Treffen ihren Kopf in den Autositz gedrückt und sie ins Gesicht geschlagen habe. Je mehr Angst sie gezeigt habe, desto härter habe er zugeschlagen.

Nachdem er sie gefesselt habe, habe er sie irgendwann mit dem Messer in den linken Fußknöchel gestochen. Unter Tränen erzählte sie den Beamten, daß Dayton gesagt habe, er wolle ›ihre Füße abnehmen‹. Die Lichter eines vorbeifahrenden Pick-ups hätten ihn jedoch so erschreckt, daß er sie losgebunden und laufengelassen habe. Die Prostituierte sagte außerdem, daß sie Lisa Mock kenne und sie zuletzt im Juli gesehen habe. Sie kenne auch Maureen Hodges und Christine Lotus Adams; Maureen sei eine gute Freundin, und sie habe sie zuletzt am 2. Juli gesehen.

Als nächste Zeugin brachte ein Gefängniswärter die Prostituierte Lena Hastings* in das Zimmer. Sie war blond, 21, hatte blaue Augen – und sah aus, als benötige sie dringend einen Schuß Heroin. Sie setzte sich an den Tisch und berichtete den Polizisten, daß ein Mann sie im Juli oder August des vorigen Jahres vor einem Supermarkt auf der 82. Straße in der Nähe der Flavel Street aufgelesen hatte. Sie identifizierte ihn als Dayton Rogers. Seine Haare seien fettig und zurückgekämmt gewesen, mit einem Seitenscheitel. Es hatte nicht natürlich ausgesehen, doch Lena hatte damals noch keine Ahnung davon gehabt, daß er möglicherweise versuchte, sich zu verkleiden. Gegen zehn Uhr vormittags an einem wunderschönen, warmen Sommertag habe er in seinem Pick-up neben ihr angehalten. Er habe ihr 80 Dollar geboten, wenn sie mit ihm im Wagon Wheel Park in der Nähe von Molalla nackt baden ginge. Sie fühlte sich elend und brauchte einen Schuß, also akzeptierte sie.

Sie fingen an zu trinken. Lena dachte, daß der Alkohol vielleicht ihre Entzugserscheinungen lindern würde. Sie erzählte ihm nicht, daß sie heroinabhängig war, und sie hatte gegen die lange Fahrt keine Einwände, da er anfangs einen freundlichen Eindruck machte.

»Irgendwann ist er rechts rangefahren und hat mich gefragt, ob ich ihn dabei beobachten wolle, wie er sich selber einen bläst«, sagte Lena. »Er sagte: ›Hast du jemals gesehen, wie ein Mann sich selber einen bläst?‹ Er wollte nicht einmal Sex mit mir haben, also habe ich gesagt: ›Scheiße, das muß ja wirklich irre sein, so was zu sehen. Für soviel Geld schaue ich mir das natürlich an.‹ Er wollte dabei meine Füße sehen und wollte, daß ich mich selbst befriedige, während er sich einen bläst. Dieser Typ hat wirklich 'ne Meise.«

Sie habe ihm bei der Fellatio zugesehen, dann seien sie weitergefahren. Unterdessen hatte Lena einen eigenen Plan gefaßt. Sie wollte, wenn sie am Fluß hielten, um nackt baden zu gehen, zum Pick-up zurückrennen und seinen Geldbeutel stehlen. Doch sie hätten nicht angehalten. Sie seien am Wagon Wheel Park vorbeigefahren und irgendwann auf eine Waldstraße abgebogen.

»Wir fuhren und fuhren«, sagte sie. »Ein Haufen Leute war da unten am Fluß, und er sagte, daß er weiter rauf fahren wollte. Ich habe ihm immer wieder Stellen gezeigt, die total okay aussahen, aber er hielt einfach nicht an. Er sagte immer: ›Vertrau mir, vertrau mir. Ich gehe hier immer jagen und kenne eine wirklich gute Stelle.‹ Plötzlich bog er rechts auf eine holprige Straße ab; der Fluß lag links von uns. Ich zeigte darauf, und er zog eine Machete raus. Das größte Messer, das ich je in meinem Leben gesehen habe. Er hielt es mir an die Kehle und sagte: ›Du Hure, halt's Maul. Wenn du die Tür auch nur anrührst, schneide ich dir deine verdammte Kehle durch.‹ Eben noch war ich besoffen gewesen, aber auf einmal war ich ganz nüchtern, wissen Sie.«

Lena erzählte, daß sie auf einen Berg hinaufgefahren seien, wo keine Leute mehr gewesen seien. Sie hätten an einem Feldweg geparkt, inmitten von Bäumen und hohen Büschen.

»Mit der Machete hat er meine Bluse aufgeschlitzt. Ich konnte sehen, daß er ein Sadist ist, der gerne foltert. Er sagte: ›Du hast doch gesagt, daß du es gerne hast, wenn's ein bißchen weh tut. Wir werden ja sehen, vielleicht stehst du ja auf mich.‹ Er hat nach meiner Titte gegrabscht und das Messer an sie rangehalten, als ob er sie abschneiden will. Dann hat er reingebissen und das Blut getrunken. Es tat sehr weh. Ich hatte eine Todesangst. Und die ganze Zeit hielt er die Machete zwischen meinen Beinen und sagte: ›Eine falsche Bewegung, und ich stoße sie rein!‹«

Turner und Machado wechselten einen Blick, sagten aber nichts. Lenas Geschichte hatte sie an etwas erinnert, bei dem es ihnen kalt den Rücken hinunterlief. Die Leiche Nr. 3 war so gefunden worden, von der Vagina bis zum Brustbein aufgeschnitten. Sie fragten sich, ob jenes Opfer versucht hatte zu fliehen und daraufhin mit der Machete niedergemetzelt worden war.

»Nach einer Weile hat er angefangen, mich zwischen die Beine zu boxen, so fest er konnte«, sagte Lena. »Er hat versucht, seine Faust in meine Möse zu rammen, aber es ging nicht. Es hat höllisch weh getan. Dann hat er mich mit Daumen und Zeigefinger in meinen Kitzler gezwickt. Er hat mir die Schamhaare einzeln abgeschnitten, und auch meine Kopfhaare. Er wollte, daß ich schreie und kreische, doch ich machte das nicht. Ich habe nicht tun wollen, was er von mir verlangte. Er hat mir dann ein blaues Auge geschlagen.

Als er in meinen Kitzler zwickte, sagte er: ›Tut das weh? Gefällt es dir? Ich dachte, daß du gesagt hast, daß es dir gefällt.‹ Dann hat er mich geohrfeigt und gesagt: ›Gefällt dir das Messer? Lächle, du Schlampe.‹ Ich lächelte, aber ich war nicht besonders froh. Schließlich sagte ich ihm, daß er einfach tun soll, was er will, zum Teufel.

Es tat so wahnsinnig weh«, fuhr Lena fort, »daß ich mir schließlich dachte, wenn dieser Kerl mich sowieso umbringt, kann ich genauso gut versuchen abzuhauen, statt einfach dazusitzen und mich foltern zu lassen. Ich habe nach dem Türgriff gepackt, und er zielte mit der Machete auf meine Scheide, aber sie ging nicht rein, sondern hat nur ins Bein geschnitten. Ich hörte, wie ein Auto den Hügel raufkam, und sprang raus und schrie, so laut ich konnte. Er fuhr sofort weg. Drei Typen in einem Laster hielten an, und ich lag da, nackt und blutend, mit zerschlitzten Kleidern. Sie nahmen mich mit zurück in die Stadt.«

»Hat er sonst noch etwas mit Ihren Füßen angestellt?« fragte Machado.

»Er hat versucht, sie zu ficken«, sagte Lena lachend. »Er ist echt ein Perverser. Und die ganze Zeit hielt er mir die Machete an die Kehle.«

Als Turner und Machado zum Polizeipräsidium in Oregon City zurückkehrten, teilte man ihnen unverzüglich mit, daß die Leiche Nr. 7 anhand der Patientenakte ihres Zahnarztes mit absoluter Gewißheit als Maureen Ann Hodges identifiziert worden war.

ACHTES KAPITEL

Es war Montag, der 14. September, und Machado war mit seiner Arbeit bereits ein beträchtliches Stück weitergekommen. Der Detective hatte aus der Liste mit Angaben zu verschwundenen Frauen, die Deputy Dave Broomfield angefertigt hatte, diejenigen Personenbeschreibungen herausgesiebt, die am ehesten zu den Toten im Molalla-Wald paßten. Er konzentrierte sich dabei auf Frauen, die zwischen Januar und August 1987 aus Portland und der näheren Umgebung verschwunden waren, und forderte – soweit vorhanden – Patientenberichte ihrer jeweiligen Zahnärzte an. Im Zuge der Ermittlungen war auch eine gewisse Christine Lotus Adams erwähnt worden, eine Prostituierte, von der man glaubte, daß sie verschwunden war; ihre Zahnarztakte zu bekommen stand im Augenblick ganz oben auf Machados Liste.

Turner und Machado suchten unterdessen Irene James, Maureen Hodges' Mutter, auf, um die nächsten Angehörigen von Maureens Tod zu informieren. Sie wollten auch Hintergrundmaterial über Maureens Lebensumstände sammeln – möglicherweise bekamen sie auf diese Weise neue Namen, neue Hinweise, denen sie nachgehen konnten.

»Seit Mitte Juli hatten weder ich noch ihre Freunde etwas von Maureen gehört«, sagte Frau James. Maureen sei drogenabhängig gewesen, habe jedoch mehrere Anläufe unternommen, die Sucht zu besiegen.

»Ich weiß heute, daß sie bereits in der Schule mit den Drogen anfing, mit 14 oder 15«, sagte Frau James. »Am Anfang wußten wir nicht, daß sie Heroin nahm. Wir dachten, es wären Tabletten oder Marihuana. Ich erfuhr erst von Maureens Drogenproblem, als sie schon 20 war.«

Obwohl sie anfangs in der Schule immer gute Noten gehabt hatte, brach Maureen die Highschool vorzeitig ab. Sie trieb sich herum und arbeitete als Putzfrau in Altenheimen und Motels. Sie bekam ein Kind, das sie anschließend zur

Adoption freigab, und wurde schließlich Prostituierte, um ihre Drogensucht finanzieren zu können.

»Sie hat immer davon gesprochen, einen Entzug zu machen«, sagte Frau James. »Als sie verschwand, habe ich mir vorgestellt, daß sie vielleicht irgendwo in einer Entzugsklinik ist. Ich weiß, daß so etwas geheimgehalten werden soll. Darauf hoffte ich.«

Die letzte Nachricht, die Frau James von Maureen bekommen hatte, lag etwa zehn Monate zurück. Kurz vor dem Erntedankfest hatte Maureen einen Zettel an die Eingangstür von Frau James' Haus gehängt, auf dem folgendes stand:

»Ich bin geborgen, und mir geht's gut. Ich bin dabei, die Kurve zu kriegen. Ich habe gute Freunde, die mir helfen, keine Junkies. Ich sage das nicht bloß, damit Du Dich besser fühlst. Es ist wirklich so. Ich werd' Dich bald mal anrufen. Ich liebe Dich sehr. Maureen.

PS: Eine Menge ist passiert, aber es geht mir gut, und ich baue keinen Mist mehr.«

Turner und Machado sahen, daß Frau James vom Tod ihrer Tochter sichtlich mitgenommen war, und beschlossen, die Befragung abzubrechen. Frau James brauchte nun etwas Zeit für sich allein, um mit der Nachricht fertig zu werden und ihren Verlust zu betrauern. Bevor sie gingen, teilte ihnen Frau James jedoch noch mit, daß ihr zwei Menschen eingefallen seien, die den Beamten noch zusätzliche Informationen über Maureen geben könnten. Der eine sei Maureens Ex-Mann Albert Black*, der andere Tim Wilson, Maureens letzter Freund. Von beiden hatte sie Adressen und Telefonnummern.

Um 13 Uhr 40 suchten Turner und Machado Tim Wilson auf, der nach dem bisherigen Wissensstand Maureens letzter fester Freund gewesen war. Sie trafen ihn in seinem Hotelzimmer im Fairfield Hotel in der Innenstadt von Portland. Wilson erzählte den Beamten, wie er ›Mo‹ in einer Bar kennengelernt habe und daß sie kurze Zeit später bei ihm eingezogen sei. Auch von ihrem Streit berichtete er; Mo sei weggegangen und niemals zurückgekehrt.

Wilson sagte aus, daß Mo im Mai auf der Union Avenue vergewaltigt worden sei, es aber nicht der Polizei gemeldet habe. Sie sei eine abgebrühte Frau gewesen und habe es einfach als Berufsrisiko abgetan.

Einmal, erzählte Wilson, habe er eine witzig gemeinte Bemerkung über ihre Füße gemacht, daß ein Fuß-Fetischist sie sicher lieben würde. Sie sei ärgerlich geworden und habe ihn angefahren, er solle mit dem Unsinn aufhören. Wilson habe nie verstehen können, warum sie so reagiert hatte, doch er habe nie wieder mit ihr über ihre Füße gesprochen.

Weder Turner noch Machado hatten dieses Thema angesprochen.

Um 15 Uhr 20 trafen sich Turner und Machado mit Mos Ex-Mann Albert Black in einem Restaurant im Norden Portlands. Black sagte, Mo sei verrückt nach Drogen und würde praktisch alles tun, um welche zu bekommen. Die Beamten fragten nach Freiern, von denen sie vielleicht erzählt habe, die ihr seltsam vorgekommen seien. Black sagte, er erinnere sich, daß Mo einmal von einem Typen gesprochen habe, der seine Mädchen gerne in den Wald fuhr, sie fesselte und dann etwas mit ihren Füßen anstellte. Black wußte nicht, wie der Mann hieß, er wußte nur, daß Mo eine Heidenangst vor ihm gehabt habe. Mo habe ihm erzählt, daß dieser Mann gerne ihre Füße ›fickte‹ und das mit einer Reihe anderer Mädchen auch tat. Eine von ihnen, Tracie Baxter, sei mit völlig zerschnittenen Füßen nach Hause gekommen, sagte Black.

Nachdem Turner die sechzehnjährige Tracie Baxter ausfindig gemacht hatte, ließ er sie zur Befragung ins Büro der Spezialeinheit bringen. Als sie hörte, daß Mo eines der Opfer aus dem Molalla-Wald war, begann sie zu weinen. Sie beschrieb, wie sie in den Wald gebracht worden war, wie ihr Freier ihre Hände und Füße hinter dem Rücken gefesselt und sie in den Fuß geschnitten hatte, wie er nach stundenlanger Folter gedroht hatte, sie umzubringen.

»Hat er stark zugebissen?« fragte Machado.

»Bis es blutete«, sagte Tracie. »Bis ich an meinen Titten und meinen Füßen blutete.« Sie überlegte einen Augenblick. »Das Komische dabei ist, daß er mich nur eine Sekunde lang gefickt hat. Das war's. Den Rest der Zeit hat er gewichst, von sieben Uhr abends bis ein Uhr nachts, als er mich in Portland wieder rausließ.«

»Hat er während der Folter von jemand anderem gesprochen?«

»Er sagte, daß er mal vergewaltigt worden ist, als er jünger war. Ich dachte, daß er mir deshalb so was antut. Wie um sich zu rächen.«

»Hat er erzählt, wer ihn vergewaltigt hat, als er jünger war?«

»Eine Gruppe von Mädchen, mehr hat er nicht gesagt.«

Man fragte sie, ob sie sich an irgend etwas Auffallendes bei dem Mann oder seinem Wagen erinnern könnte. Tracie sagte, sie sei irgendwie von seinem im Zündschloß steckenden Schlüsselbund fasziniert gewesen. Es sei eine Art Plastikhaken daran befestigt gewesen, und sie erinnerte sich, daß sie während der Fahrt dem Hin- und Herpendeln des Hakens mit den Augen gefolgt war.

Turner entschuldigte sich für einen Moment und verließ das Zimmer. Ein paar Minuten später kam er zurück und legte drei Schlüsselbunde auf den Tisch vor Tracie hin. Einer war sein eigener, ein anderer gehörte der Beamtin Lynda Estes, und den dritten hatte er aus der Verwahrstelle des Polizeipräsidiums besorgt.

Er fragte Tracie, ob sich der Schlüsselbund, an den sie sich erinnere, darunter befände. Ohne zu zögern, zeigte sie auf den dritten Schlüsselbund, an dem ein schwarzer Plastikhaken hing. Es war der von Dayton Leroy Rogers. Auch als ihr die Fotozusammenstellung mit sechs Abbildungen möglicher Verdächtiger gezeigt wurde, zeigte sie auf Dayton Rogers' Foto.

»So ähnlich schaut er aus. Ja. Das ist er – mit den traurigen Augen und der komischen Nase!«

Am Montag, dem 21. September, kam ein Anruf aus dem Leichenschauhaus. Man teilte Turner mit, daß die Leiche Nr. 5 mit absoluter Gewißheit als Christine Lotus Adams identifiziert worden sei. Kurz nachdem diese Nachricht durch die Presse gegangen war, rief Darla Johnson, die Turner und Machado ursprünglich auf das Verschwinden von Christine aufmerksam gemacht hatte, bei der Task Force an.

»Wir waren ein Team«, sagte Darla. »Keiner versteht, was es heißt, sich auf der Straße durchzuschlagen. Wenn man jemanden findet, der gut ist, läßt man ihn nicht wieder gehen. Wie ich und Christine. Wir hielten uns aneinander fest. Wir hatten den gleichen Stammplatz. Christine liebte Spaß und war manchmal ein bißchen verrückt. Wie wir alle, eigentlich. Sie machte sich um ihr Gewicht Sorgen und träumte davon, irgendwann einmal einem netten Mann zu begegnen und ihn zu heiraten. Aber es war nur ein Traum. Wir taten, was wir taten, um zu überleben. Wir hatten nichts gelernt. Wir arbeiteten auf der Straße, um die Miete zahlen und unseren Kindern etwas kaufen zu können.«

Darla sagte, Christine sei in Portland als drittes von fünf Kindern geboren und aufgezogen worden. Sie habe die Highschool mit 16 abgebrochen, geheiratet, sei schwanger geworden und habe ein Baby bekommen. Sie habe noch zweimal geheiratet und zwei weitere Kinder auf die Welt gebracht. Obwohl sie einen Job in einem Lebensmittelgeschäft hatte, habe sie als Prostituierte gearbeitet und sei deshalb auch schon vorbestraft worden. Darla berichtete, sie habe zwar gelegentlich Drogen konsumiert, sei aber nicht heroinabhängig gewesen. Sie habe mit 20 begonnen, sich zu prostituieren, um für ihre Kinder sorgen zu können.

»Wir hatten jede Nacht da draußen Angst«, sagte Darla. »Wir sind beide schon von Freiern verprügelt und vergewaltigt worden. Aber wir konnten sonst nichts, also arbeiteten wir weiter an unserer Ecke. Es kam öfters vor, daß eine von uns für eine Weile abhaute, also dachte ich, daß sie verreist sei. Doch die Monate vergingen, und ich hörte nichts von ihr. Sie rief weder mich noch ihre Kinder an, und da habe ich angefangen, mir Sorgen zu machen. Als dann all die Leichen gefunden wurden, bekam ich richtig Angst. Ich habe mich darauf vorbereitet, daß sie vielleicht tot ist. Aber als ich es jetzt gehört habe, brach es mir das Herz.«

Während der nächsten Tage kontaktierten Turner, Machado und Lynda Estes eine Anzahl von Prostituierten, die sie als Zeugen vernommen hatten. Sie wollten herausfinden, ob die Frauen sich eventuell an den Weg, den ihr Freier Dayton Rogers zum Molalla-Wald genommen hatte, erinnern könnten. Jede Zeugin stieg alleine an derselben Stelle, an der Dayton sie aufgelesen hatte, in den Streifenwagen ein, und die Polizisten fuhren los – und baten sie, ihnen zu sagen, welche Autobahn man nehmen, wo man abbiegen sollte. Einige der Frauen konnten die Beamten bis zur Molalla Forest Road und der Gegend um die Glen-Avon-Brücke bringen, und einige andere kamen bis in die Nähe des Leichenfundorts. Zwei der Frauen führten die Detectives sogar zu dem Wendeplatz auf der Molalla Forest Road 75, wo die ersten fünf Leichen gefunden worden waren.

Eine der beiden, die fünfunddreißigjährige Lydia Clark*, hatte ursprünglich mit dem Detective Joe Goodall vom Polizeipräsidium in Portland gesprochen, weil sie Daytons Foto im ›Oregonian‹, einer örtlichen Tageszeitung, gesehen hatte. Sie sagte aus, sie habe den Mann immer nur als Steve gekannt, bis sie Daytons Foto sah, obwohl sie sich in den letzten drei bis vier Jahren viele Male mit ihm getroffen habe.

Das erste Mal sei sie Dayton begegnet, als sie per Autostop unterwegs gewesen sei. Er habe einen kleinen, ausländischen Wagen gefahren; Lydia glaubte, es war ein Honda. Dayton habe sich ihr als Steve vorgestellt und einen Preis von 50 Dollar für ein Treffen ausgehandelt. Er habe gesagt, er wolle nicht in der Gegend von Portland bleiben, da es hier zuviel Polizei gebe; er wolle statt dessen zu einem Rastplatz an der Autobahn, außerhalb der Stadt, fahren. Lydia habe ein komisches Gefühl gehabt und vorgeschlagen, statt dessen in ein Hotel zu gehen. Doch Dayton habe sich geweigert, und Lydia, die sich immer unbehaglicher gefühlt habe, habe abgelehnt mitzufahren und ihm sein Geld zurückgegeben.

Ein paar Wochen später habe er sich ihr erneut genähert. Dayton sei dieses Mal einen braunen Pick-up gefahren. Das sei irgendwann im Jahre 1984 gewesen, doch sie könne sich nicht an das genaue Datum erinnern.

Dieses Küchenmesser der Marke "Regency-Sheffield" wurde am Leichenfundort im Molalla-Wald entdeckt. Mit einem ebensolchen Messer wurde Jenny Smith ermordet.

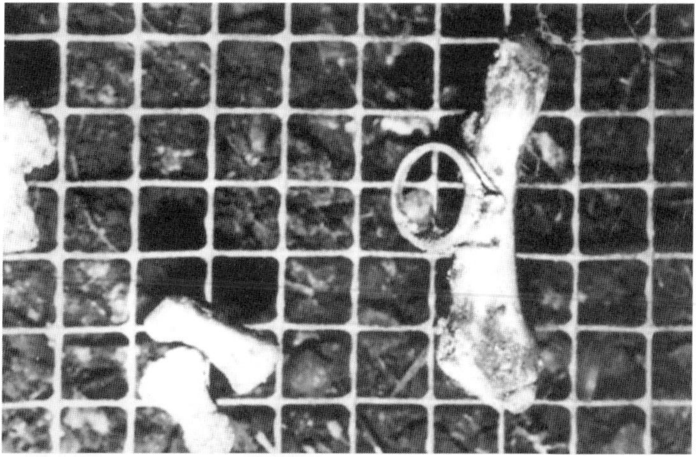

Ein Ring, Knochen und ein Miniaturfläschen, das Orangensaft enthalten hatte, wurden an der Grabstätte im Molalla-Wald gefunden.

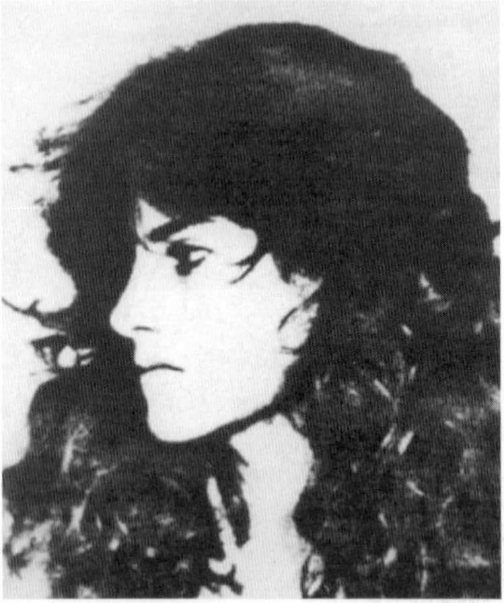

Unter den bisher bekannten Opfern von Dayton Leroy Rogers sind auch diese Frauen (von links nach rechts): Cynthia "Dee Dee" Diane DeVore mit 13 und mit 20 Jahren; Maureen Ann Hodges, 26; Reatha Marie Gyles, 16.

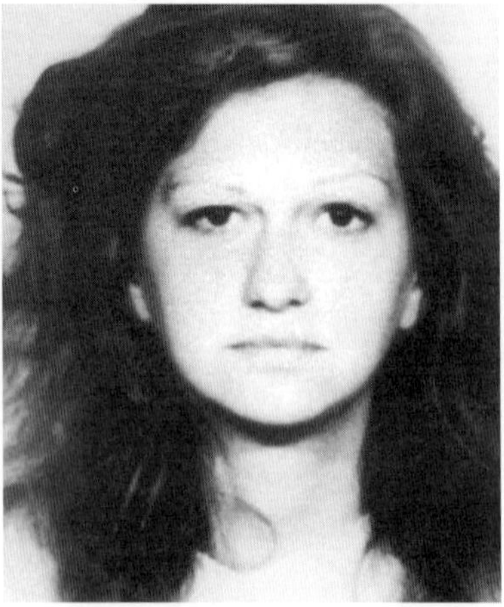

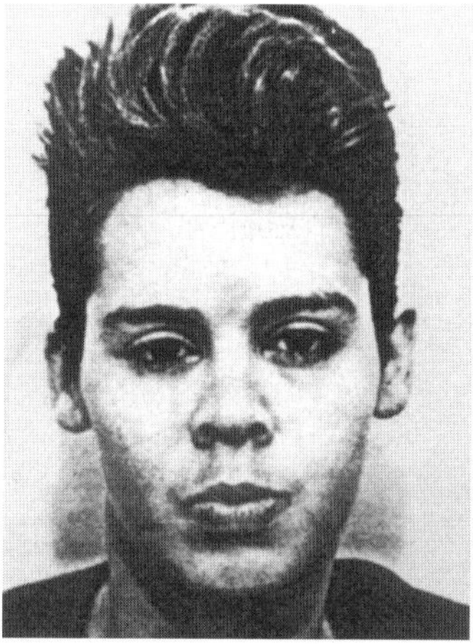
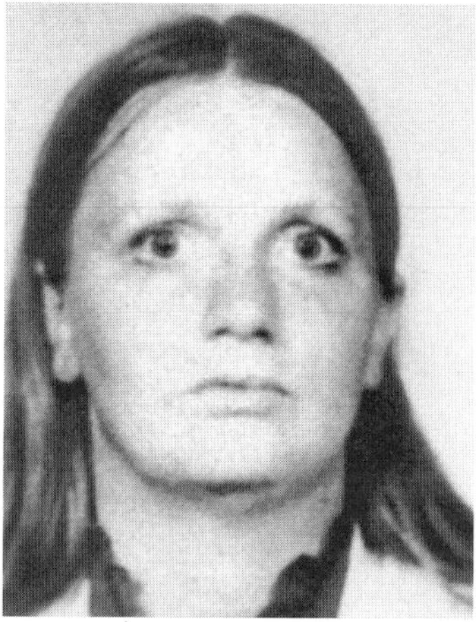

(von links nach rechts): Nondace “Noni” Kae Cervantes, 26; Christine Lotus Adams, 35; Jennifer Lisa Smith; Lisa Marie Mock, 23

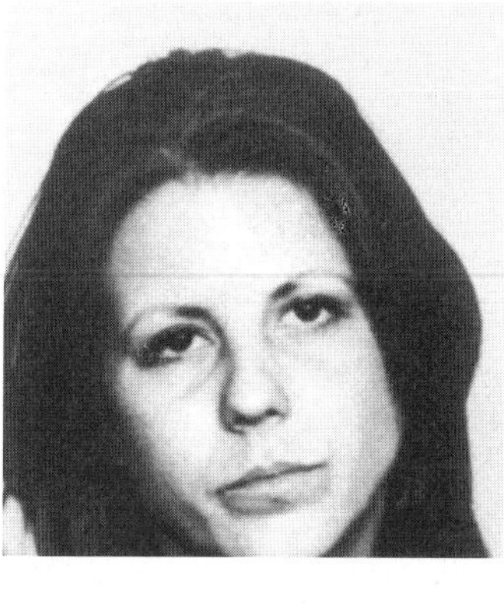
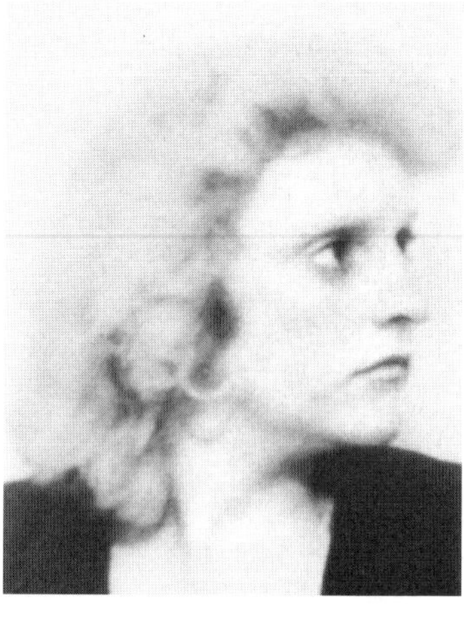

Sheriff Bill Brooks, Clackamas County, Oregon

Detective John Turner, Clackamas County Sheriff´s Office

Die Kriminalbeamten der Sondereinheit "Molalla Forest Task Force" (von links nach rechts): Jim Strovink, Mike Machado und John Turner

Er habe mit ihr ausgehen wollen, sagte sie, und verlangt, daß sie einige Stunden mit ihm verbringe, wobei er sich betrinken wollte. Er habe einige Miniaturfläschchen mit Alkohol dabeigehabt, unter anderem Smirnoff-Wodka, Bacardi-Rum und Jack-Daniels-Whisky. Den Schnaps habe er im Handschuhfach aufbewahrt. Lydia habe beschlossen, mit ihm mitzugehen – ihr erstes Treffen also.

Sie seien zu einem Heim für ältere Menschen in der Gegend von Eastmoreland bei Portland gefahren, gleich beim McLoughlin Boulevard. Nachdem sie in einer dunklen Ecke des Parkplatzes angekommen seien, habe er ihr erzählt, daß er gerne Frauen fessele. Sie habe darauf bestanden, daß er sie nicht wirklich fesseln dürfe, doch sie würde so tun, als ob. Dayton sei einverstanden gewesen, und Lydia habe sich ausgezogen. Sie habe ihre Hände und Füße hinter ihrem Rücken festgehalten und sich auf dem Beifahrersitz nackt auf den Bauch gelegt – so sei es ihr lieber gewesen. Dayton habe sie angestarrt und masturbiert.

Es habe danach noch andere Treffen gegeben, und alle seien ähnlich abgelaufen. Als erstes habe er immer von ihr verlangt, sie solle sich die Schuhe ausziehen. Wenn ihre Füße schmutzig gewesen seien, habe Dayton irgendwo angehalten, damit sie sie waschen konnte. Bald habe er begonnen, mit ihren Füßen herumzuspielen, an ihnen zu knabbern, schließlich in sie hineinzubeißen.

Die Treffen hätten zu wechselnden Zeiten stattgefunden, sagte Lydia, manchmal mittags, manchmal gegen zwei Uhr nachmittags. Es sei nicht ungewöhnlich gewesen, daß er um acht Uhr abends, um Mitternacht oder um zwei Uhr früh bei ihr aufkreuzte. Manchmal sei er sogar um vier Uhr morgens noch unterwegs gewesen. Er schien für die Treffen keine bestimmte Zeit vorzuziehen.

Sie hätten begonnen, auf Rastplätze entlang der Interstate 5 zu fahren, die über 40 Kilometer südlich von Portland gelegen seien. Sie habe ihm immer mehr vertraut, da er sie nicht körperlich verletzt habe. Sie seien dann öfters zu einer abgelegenen Gegend in der Nähe von Molalla gefahren. Lydia gab an, mindestens 15 oder 16 Male mit Dayton dorthin gefahren zu sein; es würde ihr keine Schwierigkeiten bereiten, sagte sie, die Beamten zu der Stelle zu führen.

Machado saß am Steuer; Lydia gab Anweisungen: Sie fuhren den McLoughlin Boulevard in südlicher Richtung, bis zur Kreuzung der Highways 213 und 99E; dort bogen sie auf den Highway 213 nach Süden. Sie fuhren durch Oregon City, über den Hügel, auf dem ein Großteil der Stadt steht, und weiter in Richtung Molalla.

Auf der Fahrt fragte Turner, ob Dayton sich jemals ausgezogen habe. »Niemals«, sagte sie. Er habe nicht einmal seine Schuhe ausgezogen. Er habe immer nur seine Hose so weit heruntergezogen, daß er masturbieren konnte. Sie hätten niemals Geschlechtsverkehr gehabt.

Lydias Bericht zufolge wuchs ihr Vertrauen in Dayton mit jedem Treffen, und sie erlaubte ihm bald, sie zu fesseln. Er verwendete manchmal Strumpfhosen, um sie zu fesseln, manchmal auch Draht oder Elektrokabel. Dann fing er an, Lederriemen zu verwenden, um ihre Füße und Hände zu fesseln. Die Riemen waren mindestens 15 Zentimeter lang und mit Schnallen versehen. Mit starkem Draht – Lydia glaubte, daß es ursprünglich ein Kleiderbügel gewesen war – verband er die Riemen an Händen und Füßen miteinander. Das Endergebnis war, daß Lydia an allen vieren zusammengebunden war.

Bei den darauffolgenden Treffen benahm sich Dayton immer gleich. Wenn Lydia sich beschwerte, daß die Fesseln zu eng waren, biß er sie ein bißchen fester, als es ihr lieb war. Aber wenn sie ihm sagte, er solle sich zurückhalten, tat er das, doch sie merkte, daß es ihn ärgerte. Erst bei ihrem letzten Treffen wurde er brutal.

Im Februar oder März 1987 las er sie in der Innenstadt, an der Ecke 6th Avenue und Burnside, zum letzten Mal auf. Es war einige Stunden nach Mitternacht, und sie fuhren wie gewöhnlich Richtung Molalla.

Als sie sich beklagte, daß die Fesseln zu eng seien, zog Dayton sie noch fester zu. Er fing an, sie zu beißen, und biß dabei sehr fest zu. Je mehr sie schrie und ihn anflehte aufzuhören, desto mehr schien er es zu genießen. Er sagte, er würde ihre Füße zerschneiden, was er dann auch tat.

Dayton schnitt mehrmals in ihre linke Fußsohle; sie versuchte zu sehen, womit er das tat, doch so, wie sie dalag, konnte sie nicht erkennen, ob es ein Messer war. Sie dachte, es sei vielleicht ein kurzer Teppichschneider gewesen.

Sie schrie ihn an, flehte, er solle aufhören. Sie sagte, sie werde ihm das Geld zurückgeben, wenn er nur aufhörte, sie zu verletzen. Doch er fuhr noch ungefähr eine Dreiviertelstunde fort, sie mit dem Messer zu stechen und zu beißen. Schließlich wurde die völlig entkräftete Lydia schlaff. Sie hatte den Punkt erreicht, wo sie einfach aufgab.

Drei Minuten nachdem sie zu schreien aufgehört hatte, ließ Dayton von ihr ab. Mit vor Zorn blitzenden Augen fragte er sie, wohin sie geschnitten werden wolle, in ihren Hintern oder in die Brust. Sie sagte ihm, daß er, wenn er sie schon schneiden müsse, sie lieber in den Hintern schneiden sollte. Das tat er. Danach löste er die Riemen und erlaubte ihr, sich anzuziehen. Auf der Fahrt zurück in die Stadt fragte ihn Lydia, warum er aufgehört, warum er sie nicht getötet habe. Er sagte, daß er noch nie jemanden getötet und daß er aufgehört habe, weil sie sich nicht mehr gewehrt habe.

Es war nach fünf Uhr morgens, als sie wieder in Portland ankamen. Lydias Füße taten entsetzlich weh, und ihre Strumpfhose war blutdurchtränkt. Sie konnte kaum laufen und benötigte Hilfe, um in das Hotel hineinzugehen, wo sie lebte. Dayton küßte sie zum Abschied auf die Wange und verschwand.

Normalerweise hatte er sie immer an derselben Stelle aussteigen lassen, wo er sie aufgelesen hatte, sagte Lydia. Manchmal jedoch setzte er sie bereits in Woodburn ab, bei der Auffahrt zur Interstate 5, und sie mußte sehen, wie sie nach Portland zurückkam. Das tat er meistens, wenn es sehr spät geworden war, gegen fünf, sechs Uhr morgens. Es habe den Anschein gehabt, daß er es eilig habe, nach Hause zu kommen, oder daß er sonst zu spät zur Arbeit komme.

Nachdem sie Molalla passiert hatten, wies Lydia Machado an, weiter auf dem Highway 213 Richtung Süden zu fahren. Sie fuhren bis zum ›Y-Drive-In‹-Rastplatz. Dort sagte sie Machado, er solle auf die Freyrer Park Road und von dort auf die Dickie Prairie Road fahren. Sie führte die Beamten zu der Kreuzung an der Glen-Avon-Brücke und dann wieder auf der Molalla Forest Road nach Süden. An der Abzweigung der Molalla Forest Road 75 wurde Lydia plötzlich aufgeregt.

»Bingo – das ist's«, sagte sie. »Ich wußte, daß wir die Straße erst sehen würden, wenn wir direkt davorstehen.«

Sie ließ die Beamten den Hügel hinauffahren und an einer Haarnadelkurve anhalten. Sie stiegen aus, und Lydia ging über die Straße und spähte in das dichte Gebüsch.

»Er hat mich immer hierher gebracht.«

»Sind Sie sicher, daß das der Ort war?« fragte Turner.

»Ja. Hier war es. Ich fühle es im Bauch. Es war genau hier.«

Sie befanden sich an dem Leichenfundort im Molalla-Wald.

NEUNTES KAPITEL

Turner und Machado nahmen Kontakt mit dem Büro des Leichenbeschauers auf und bestätigten die Identität der Leiche Nr. 5. Detective Jim Strovink befragte den zweiundvierzigjährigen Mel Crouch*, der im Büro der Task Force angerufen und behauptet hatte, er besitze Informationen über Dayton Leroy Rogers. Er berichtete Strovink, daß Dayton regelmäßig Mels Wohnungsgenossen, Tommy Parker*, besucht habe, als Mel Crouch und Parker ein gemeinsames Apartment im Norden Portlands bewohnten. Der Zweck dieser Besuche, so Crouch, sei homosexueller Kontakt mit Parker gewesen.

Crouchs Aussage zufolge hatten sich Dayton und Parker bereits als Teenager angefreundet, als beide in dieselbe Adventisten-Schule gingen. Sie hatten im Laufe der Jahre den Kontakt nie abreißen lassen.

»Wann haben Sie Dayton das letzte Mal gesehen?« fragte Strovink.

»Irgendwann im vergangenen Winter – im Februar oder März dieses Jahres«, sagte Crouch. »Dayton hatte im Laufe der Zeit einige Male homosexuelle Begegnungen mit Tommy gehabt.«

»Glauben Sie, daß Dayton demnach ein hundertprozentiger Homosexueller ist?«

»O nein. Er ist höchstens bisexuell. Ich erwähne das nur, weil, na ja, es könnte sich wohl eine Menge Wut aufstauen, wenn er, Sie wissen schon, irgendwie seine sexuelle Neigung bekämpft.«

»Hat Ihnen Tommy jemals etwas Ungewöhnliches von ihren sexuellen Aktivitäten berichtet? War Dayton sadomasochistisch veranlagt oder etwas in der Art?«

»Ich glaube, Tommy hat erwähnt, daß Dayton manchmal ein bißchen grob war, aber nicht bösartig grob. Ich weiß nicht mehr genau, wie Tommy es ausdrückte, aber irgendwie sagte er, es gehe mehr in Richtung Frustration oder so etwas Ähnliches.«

»Mel, sind Sie homosexuell?«

»Ja.«

»Okay. Dann reden Sie also offen mit Tommy – Sie sind jemand, dem er sich anvertrauen würde?«

»Ich schätze schon. Ich war ein paarmal da, als Dayton und Tommy zusammen nach oben gingen. Es dauerte nie lang, ihre Begegnungen waren immer bald zu Ende. Mir liegen solche Beziehungen überhaupt nicht.« Crouch lachte.

»Ich verstehe«, sagte Strovink.

»Schnell und bald vorbei. Aber sie taten es offensichtlich schon, als sie noch Kinder waren.«

Crouchs Stimmung verdüsterte sich, und Strovink hatte das Gefühl, daß ihn etwas ganz anderes beschäftigte. Schließlich sagte Crouch, daß der wahre Grund seines Anrufs bei der Sondereinheit nicht der gewesen sei, die homosexuelle Beziehung Tommys zu Dayton Rogers aufzudecken. Eigentlich wolle er ihm von einer schwarzen Prostituierten berichten, die am Morgen nach einem der Besuche Daytons auf einem leerstehenden Grundstück in der Nähe tot aufgefunden und offensichtlich Opfer eines Mordes geworden war. Er sagte, er habe bei Dayton immer ein komisches Gefühl gehabt und hege nun den Verdacht, daß Dayton irgendwie für den Tod der Frau verantwortlich sein könnte.

»Ich habe Dayton nie verdächtigt, bis diese ganze Molalla-Geschichte passiert ist«, sagte Crouch.

»In welchem Monat war das?« fragte Strovink.

»Im Februar, glaube ich. Ich weiß nur, daß Dayton am Abend hiergewesen ist. Am Morgen fand man gleich in der Nähe dann die Leiche der jungen Schwarzen.«

»Wissen Sie, was für ein Fahrzeug Dayton benutzte?«

»Es war ein kleiner ausländischer, heller Pick-up vor dem Haus geparkt und daneben noch ein Wagen. Es war so gegen neun Uhr abends. Draußen war es etwas laut. Zwei Typen unterhielten sich eine Weile, dann ging der Typ aus dem Pick-up zu dem anderen hinüber und setzte sich in dessen Auto. Ich dachte, daß sie ein Drogengeschäft oder so etwas abwickeln, und wollte gerade die Polizei rufen, als sie wegfuhren.« Strovink hatte den Eindruck, als sei der Mann in dem Pick-up Dayton gewesen, doch Crouch hatte nichts dergleichen angedeutet.

»War dieser kleine Pick-up der Wagen, den Sie auch mit Dayton in Verbindung brachten?« fragte Strovink.

»Eigentlich ja. Sehen Sie, Dayton kam später rein. Er hat gehalten und an die Tür geklopft.«

»Das war, nachdem Sie die beiden Männer vor dem Haus beobachtet hatten?«

»Ja. Es war ungefähr zehn, als er vorbeischaute. Ich habe ihn reingelassen, weil ich wußte, daß er vorbeikommt, um Tommy zu besuchen. Doch Tommy war zu einem Treffen der Nationalgarde gegangen. Dayton bat um eine Tasse Kaffee, und ich sagte: ›Kein Problem, mach dir einen in der Küche.‹ Er setzte sich ein paar Minuten hin und erzählte mir irgendeinen Scheiß über irgendwelche Maschinen, und dann ging er. Er tat immer das gleiche, wenn Tommy nicht da war.«

»Sie lebten ja damals bei der Union Avenue in der Nähe des Rotlichtbezirks – haben Sie jemals beobachtet, daß Dayton in der Nachbarschaft eine Prostituierte ansprach?«

»Einmal, an einem Nachmittag im Spätsommer, sah ich Dayton auf der Union stehen. Da waren ein paar Mädels, die ihren kleinen Tanz aufführten. Sie gingen weg, und Dayton stand da und starrte ihnen nach. Aber jeder Mann tut das.«

»Fällt Ihnen sonst noch irgend etwas ein, das uns vielleicht weiterbringen könnte?« fragte Strovink.

»Nein. Es schien mir nur immer, als ob Dayton und Tommy irgend etwas ausleben mußten, das sie schon lange mit sich rumschleppten. Ich glaube, daß sich Dayton wegen seiner schwulen Aktivitäten sehr schuldig fühlt – wenn er nun überdies einen Haß auf Frauen hat, könnte das wohl ziemlich brutal werden.«

Strovink teilte seine neuen Erkenntnisse Turner und Machado mit, und allmählich zeichnete sich ein ganz anderes Bild von Dayton ab. Wenn er wirklich ein Homosexueller war und nur geheiratet hatte, um es zu verstecken und weil es praktischer war — dann könnte sich hinter der Fassade des Familienvaters in der Tat eine ganze Menge Zorn aufstauen. Hatte er sein ganzes Erwachsenenleben hindurch Frauen dafür leiden lassen, daß er mit seiner eigenen Sexualität nicht zurechtkam? Den Ermittlern schien es zumindest möglich zu sein. Hatte er tatsächlich die schwarze Prostituierte getötet? Auch das war durchaus vorstellbar. Doch würden sie es beweisen können?

Am Dienstag, dem 22. September, ging Strovink einem Hinweis nach, der ihn zum ›Lyon's‹-Restaurant auf der Union Avenue in Portland führte. Dort traf er sich mit der fünfundzwanzigjährigen Debra Solorio. Sie arbeitete als Barfrau in der Cocktail-Bar des Restaurants. Solorio hatte im Büro der Sondereinheit angerufen, nachdem sie Daytons Bild im Fernsehen gesehen hatte, und vorgeschlagen, jemanden zu ihr zu schicken, um ihre Aussage aufzunehmen. Sie arbeite nun schon seit fünf Jahren an der Bar, sagte sie, und Dayton sei von Dezember 1984 bis August 1987 oft dagewesen. Sie kenne ihn jedoch nur als Steve.

Solorio berichtete, daß Dayton normalerweise einmal pro Woche, gelegentlich auch öfter, die Bar aufsuche, um einen ›Golden Cadillac‹ oder einen ›Screwdriver‹ zu sich zu nehmen. Er habe behauptet, ein Glücksspieler aus Nevada zu sein; er habe oft auch Prostituierte, die hereinkamen, um einen Drink zu nehmen, angesprochen.

Sie könne sich an mindestens eine Gelegenheit erinnern, bei der Dayton zu ihr gesagt habe, daß er nicht verstehen könne, warum manche Frauen ihren Lebensunterhalt durch Prostitution verdienten, und daß er der Meinung sei, daß Frauen ihre Körper nicht für Geld verkaufen sollten. Sie fügte jedoch hinzu, daß er sich trotz seines offensichtlichen Abscheus oft mit Prostituierten an der Bar unterhalten habe. Solorio gab an, daß eines seiner Opfer, Christine Adams, eine Stammkundin gewesen sei und sie sie beim Versuch, Freier in der Bar anzulocken, beobachtet habe. Sie könne sich jedoch nicht erinnern, Dayton und Christine jemals zusammen gesehen zu haben.

»Er machte einen ziemlich intelligenten Eindruck«, sagte sie. »Er führte manchmal Zaubertricks vor. Einer war besonders bemerkenswert, bei dem er Asche auf mysteriöse Weise von der einen in die andere Hand wandern ließ.«

Normalerweise habe er Jeans oder Cordhosen getragen und unter seinem Hemd ein T-Shirt. Die oberen zwei Knöpfe seines Hemdes habe er nicht zugemacht und auf diese Weise einen offenen Hemdausschnitt gehabt. Sie sagte, Dayton habe sie ein paarmal gebeten, mit ihm auszugehen, doch sie habe immer abgelehnt.

»Wissen Sie vielleicht, was für einen Wagen Dayton fuhr?« fragte Strovink.

»Nein, aber er erzählte, daß er einmal in Reno einen Unfall hatte und danach einen neuen Pick-up kaufte«, sagte sie. »Er redete ziemlich oft über diese Autos.«

Strovink setzte sich bei seiner Rückkehr ins Präsidium mit der Verkehrsbehörde Oregons in Verbindung. Man teilte ihm mit, daß Dayton Rogers einen 1984er Datsun Pick-up von brauner Farbe besessen hatte. In Kalifornien jedoch hatte er damit einen Totalschaden gehabt und sich bald darauf den blauen 1985er Nissan Pick-up gekauft.

Strovink unterrichtete Turner von der neuen Erkenntnis, und Turner erinnerte sich an die Unterhaltung, die er mit der jungen Lisa Daniels gehabt hatte, die im Jahre 1984 mit Dayton nach Eugene fuhr, um Steaks und Drinks zu sich zu nehmen, bevor sie in den Molalla-Wald gebracht wurde. Sie hatte also doch recht gehabt. Es war tatsächlich ein brauner Pick-up gewesen, in dem er sie mitgenommen hatte. Sowohl Lydia Clark als auch Debra Solorio hatten ausgesagt, daß Daytons Pick-up braun gewesen war.

Die Tage vergingen, und es wurde Oktober. John Turner und seine Kollegen arbeiteten lange – oft über zwölf Stunden täglich – daran, Dayton Rogers zu überführen. Der Staatsanwalt James O'Leary hatte die Absicht, zwei separate Mordanklagen gegen Rogers zu erheben: eine wegen Mordes an Jenny Smith und eine wegen Mordes an den Frauen im Molalla-Wald. Es war also die Aufgabe der von Turner geleiteten Sondereinheit, Beweise und Zeugenaussagen zu sammeln, die für die eine oder die andere Anklage von Belang waren. Leider konnte man nicht alle Beweise und Zeugen für beide Fälle einsetzen – man mußte also Akten für zwei separate Fälle anlegen.

Als Tommy Parker erfuhr, daß sein ehemaliger Wohnungsgenosse Mel Crouch mit der Task Force gesprochen hatte und daß man ihn jetzt sprechen wolle, rief er im Büro der Sondereinheit an und verabredete ein nächtliches Treffen mit Detective Jim Strovink im ›Alibi‹ in Portland, an der North Interstate Avenue. Als Strovink dort eintraf, zeigte sich Parker zunächst nicht sehr hilfsbereit und gab seiner Wut, daß die Polizei sein Privatleben wegen seiner homosexuellen Beziehung zu Dayton Rogers ausspioniere, laut Ausdruck. Er beruhigte sich erst, als Strovink ihm versicherte, daß man nur versuche, Informationen über Daytons Hintergrund zu sammeln, und keinesfalls an Parkers Privatleben interessiert sei.

Parker lernte Dayton im Jahre 1964 kennen, als sie beide elf Jahre alt waren. Sie gingen auf eine Adventisten-Schule, als sie ihre erste gemeinsame homosexuelle Erfahrung hatten.

»Lausbubenstreiche«, sagte Parker.

Parker gab an, ihre homosexuelle Beziehung sei in den Jahren von 1964 bis 1969 sehr beständig gewesen, und sie hätten viel Zeit miteinander verbracht. Zwischen 1969 und 1975 habe sich die Beziehung abgekühlt und in eine eher flüchtige, schnellebige Affäre verwandelt.

Parker beschrieb Dayton als einen Menschen mit sehr hohem Intelligenzquotienten – er schätzte Daytons IQ auf ungefähr 145. Dayton sei ein guter Geschäftsmann mit ausgeprägtem Gespür fürs Geschäft, er sei ein sehr fleißiger, hart arbeitender Mensch, der über großes handwerkliches Geschick verfüge. Doch er, Parker, habe auch erkannt, daß Dayton ein sehr verschlossenes, berechnendes Wesen habe. Er schien immer von einer Aura des Geheimnisvollen umgeben zu sein.

Bei Daytons Heirat mit Sherry sei er, Parker, Trauzeuge gewesen. Er beschrieb Sherry als eine wunderschöne Frau, die leider übermäßig religiös und verklemmt sei. Parker glaubte, daß Dayton denjenigen Mitgliedern von Sherrys Familie, die sich über seine nächtlichen Aktivitäten und außerehelichen Beziehungen zu anderen Frauen Sorgen machten, gesagt habe, sie sollten sich da heraushalten. Parker war auch der Meinung, daß Dayton und Sherry eine Abmachung hinsichtlich des Geldes hatten, wonach Dayton seinen eigenen Lebensunterhalt mit der Werkstatt in Woodburn und Sherry den ihren in einer Versicherungsagentur in Salem verdiente.

In der Nacht vor der Hochzeit hätten Parker und Dayton eine homosexuelle Begegnung gehabt, bei der jeder von ihnen ein Polaroid-Foto des anderen mit erigiertem Penis gemacht habe. Dayton habe ihm hinterher erzählt, daß er die Fotos seiner Frau Sherry gezeigt hatte. Warum Dayton das getan habe, wisse er nicht. Er nahm an, daß es Dayton erregte, ihr die schmutzigen Fotos zu zeigen. Was immer auch der Grund gewesen sein mochte, Parker war sich sicher, daß Sherry von der homosexuellen Beziehung zwischen ihm und Dayton wußte.

Einmal habe er Dayton im Staatsgefängnis von Oregon besucht, als der wegen Vergewaltigung dort einsaß. Während dieses Besuchs habe ihm Dayton erzählt, daß er homosexuelle Beziehungen zu seinen Mithäftlingen pflege. Parker beschrieb Dayton als sehr sanften Mann und guten Liebhaber, der schmutzigen Sex und Sex-Spielzeug ablehne. Nach seiner Entlassung aus dem Gefängnis sei Dayton oft nach Portland gefahren, um ihn zu besuchen, mindestens vier- bis fünfmal im Monat. Er habe ihn, Parker, öfters vom ›Denny's‹ aus angerufen, nur um ihn wissen zu lassen, daß er in der Stadt sei.

Dayton habe ihm bei einer Gelegenheit gesagt: »Ich wünschte, du hättest unsere Beziehung aufrechterhalten. Du hättest mich sicher davon abgehalten, meine erste Frau – oder Frauen überhaupt – zu heiraten.« Parker war sich sicher, daß Dayton Sherry nur geheiratet habe, um seine homosexuelle

Neigung zu verbergen und eine bürgerliche Fassade zu errichten, die seine Mitmenschen akzeptieren konnten.

Einmal habe ihm eine von Daytons Schwestern in bezug auf Daytons Charakter gesagt: »Dieser Mann hat eine dunkle Seite.«

Parker erinnerte sich an ein sexuelles Erlebnis von Dayton. Dayton habe geschildert, wie sich ein männlicher Verwandter eine Nadel in den Penis stach, während Dayton zugesehen habe. Dieser Akt der Selbstverletzung habe Dayton damals zutiefst schockiert. Daytons Erzählung dieses Vorfalls habe sich unauslöschlich in sein, Parkers, Gedächtnis eingebrannt.

Strovink sah es als erwiesene Tatsache an, daß Daytons sexuelle Abweichung davon herrührte, daß er als Kind mißbraucht und Zeuge perverser Akte geworden war. Vor diesem Hintergrund war es nicht erstaunlich, daß er sich nur durch gewalttätige sexuelle Handlungen ausleben konnte. Man hätte ihm vor langer Zeit helfen sollen; doch diese Hilfe war ihm unglücklicherweise nie zuteil geworden.

ZEHNTES KAPITEL

Je mehr Einzelheiten aus Daytons Leben Detective Turner und die anderen Beamten der Molalla Forest Tasc Force aufdeckten, desto deutlicher schien Daytons Charakterprofil mit der Beschreibung des klassischen Massenmörders übereinzustimmen, die Jahre zuvor FBI-Agent John E. Douglas im FBI-Institut für Verhaltensforschung in Quantico, Virginia, angefertigt hatte. Douglas und mehrere seiner Kollegen definierten Massenmord als »Mord an verschiedenen Opfern, wobei zwischen den Morden eine unbestimmte Zeitspanne liegt«. Diese Zeitspanne kann aus nur wenigen Stunden bestehen, doch oftmals sind es Tage, Wochen oder gar Monate. Während dieser Zeitspanne findet ein ›Cooling Off‹, ein Abkühlen der Mordlust, statt. Douglas' Beschreibung traf in allen Punkten auf Dayton zu.

Bereits zu Anfang der Untersuchung, noch bevor er die überlebenden Opfer befragt hatte, war sich Turner darüber im klaren gewesen, daß Daytons Verbrechen sexueller Natur waren. Es war offensichtlich. Alle Leichen, die man geborgen hatte, waren nackt gewesen. Die zahlreichen Stich- und Schnittwunden in ihren Körpern deuteten darauf hin, daß die Morde sexuell motiviert waren und während des Auslebens einer sadistischen Fantasie begangen wurden. Da die Leichen so lange im Wald gelegen hatten und stark verwest waren, war es den Kriminologen unmöglich gewesen, die Existenz von Samen zu bestätigen, geschweige denn Proben davon zu nehmen. Das Sperma war einfach nicht mehr in einer nachweisbaren Erscheinungsform vorhanden. Es bestand wenig Zweifel an der Tatsache, daß Dayton Rogers an den Symptomen einer Störung litt, die in Fachkreisen als »aggressives, episodisch auftretendes Verhalten« bezeichnet wurde.

Daytons destruktives Verhalten war in erster Linie von rituellem Charakter, wobei dieser Begriff nicht unbedingt auf eine zeremonielle Ausprägung seiner Taten hindeutet. Turner hatte herausgefunden, daß Daytons Verbrechen, ob er seine Opfer nun tötete oder nicht, einem klar erkennbaren Muster folgten und somit rituell waren. Dieses Muster änderte sich kaum, blieb von Verbrechen zu Verbrechen stets das gleiche; es schien, als sei Dayton Rogers unfähig gewesen, davon abzuweichen und seine Vorgehensweise zu ändern. Er suchte sich grundsätzlich Prostituierte aus, leichte Beute für ihn, die ihn aller Wahrscheinlichkeit nach sogar von selbst angesprochen hatten, als er die Straßen der Stadt durchstreifte. Es war offensichtlich, worin sein Ritual bestand: Fesselung, Folter, sexuelle Abweichung, Verstümmelung und Mord. Um es stark vereinfacht auszudrücken: Sein ritualisiertes Verhalten bildete den Rahmen, in dem er seine dunkelsten Fantasien ausleben und gleichzeitig vor sich selbst rechtfertigen konnte.

Aus den Zeugenaussagen der überlebenden Opfer schloß Turner, daß Daytons Ritual auch in den Einzelabschnitten dem Ritual entsprach, dem typische Massenmörder folgen. Daytons Ritual begann immer mit einer Fesselungsfantasie, in der er sich vorstellte, welch gewaltige Macht er über die bewegungsunfähigen Frauen hatte. Diese Fantasie erregte ihn, feuerte ihn an, wurde der Funke, der ihn zur Aktion trieb. Als nächstes fing er an, sich in den übel beleumdeten Gegenden der Stadt herumzutreiben und seine potentiellen Opfer mit Geld anzulocken.

Hatte das Opfer seinen Köder erst mal geschluckt und befand sich in seinem Wagen, bewies er ihm, welche Macht er über es ausübte. Stunden später, nachdem seine sexuelle Raserei ihren Höhepunkt überschritten hatte, ermordete er seine Opfer auf die unvorstellbar grausamste Art und Weise. Nach dem Mord nahm er Erinnerungsstücke seiner Tat mit sich, zumeist Schmuck oder Kleidungsstücke. Diese Andenken halfen seinem gestörten Bewußtsein, seine Tat wieder und wieder nachzuerleben. Es ist vorstellbar, daß er ursprünglich geplant hatte, auch Körperteile als Trophäen mitzunehmen, doch da er die abgetrennten Füße und verwesten Überreste der Leichen am Tatort zurückließ, ist das reine

Spekulation. Doch irgendwann wurde es ihm zu langweilig, das Erlebte wieder und wieder nachzuspielen, und sein Blutdurst regte sich aufs neue. Daytons Verlangen nach einem neuen Opfer, nach frischem Blut geriet außer Kontrolle, ein paar Tage oder auch nur Stunden später verfiel er in Depressionen, und der Teufelskreis begann von neuem. Die Gedankenprozesse und Gefühle ähnelten denen anderer Sexualtäter, etwa Exhibitionisten oder Vergewaltigern, nur die Folgen der Verbrechen von Dayton und anderen Massenmördern waren weitaus schwerwiegender.

Die Abweichungen in Daytons Vorgehensweise waren minimal, wenn man überhaupt welche finden konnte. Im Gegensatz zu anderen Serienmördern schien er die Leichen seiner Opfer nicht in irgendwelchen besonderen oder auffälligen Positionen liegen zu lassen, die auf eine zeremonielle Ausprägung seines Rituals hindeuten würden. Er lud sie einfach im Molalla-Wald ab, einer Gegend, die er schon seit vielen Jahren kannte, in der er sich wohl fühlte. Er schien es im Gegensatz zu anderen Massenmördern nicht darauf anzulegen, daß die Leichen seiner Opfer gefunden wurden – wenngleich er sich auch keine Mühe gab, sie zu vergraben oder zumindest gut zu verstecken. Es wird allgemein angenommen, daß ihm die Abgelegenheit dieses Ortes und das spezielle Klima als ausreichende Garantie dafür erschienen, daß die Leichen nicht gefunden werden würden. Ganz offensichtlich suchte er nicht nach Berühmtheit oder Anerkennung, er beging seine monströsen Taten aus einem Trieb heraus, den Gesunde nur schwer verstehen können.

Zu den Verhaltensmustern, die die Sonderkommission aufdeckte, gehörte auch Daytons Versuch, wie viele andere Serienmörder die Fassade der Normalität aufrechtzuerhalten. Er wollte seine Neigung zur Homosexualität und seine Mordlust nicht lediglich vor den anderen geheimhalten, er wollte gleichzeitig ein geachtetes Mitglied seiner Gemeinde sein. Seine scheinbare Normalität bestand in der Tatsache, daß er Frau und Kind hatte und ein recht erfolgreicher Geschäftsmann war. Es gelang ihm, sein Vorstrafenregister vor den meisten Menschen, mit denen er Umgang hatte, zu verbergen oder zu beschönigen. Als alles vorbei war, erschien es tatsächlich so, als sei er eine gespaltene Persönlichkeit.

Dayton war obsessiv, was sich bei ihm in seiner Pedanterie zeigte. Alles war blitzsauber und aufgeräumt, sein Wagen, seine Werkstatt, sein Zuhause. Alles mußte ordentlich auf seinem Platz sein.

Dayton war auch, wie Turner herausfand, ein chronischer Lügner. Wenn er ein früheres Opfer wieder traf und von ihr zur Rede gestellt wurde, log er, beteuerte seine Unschuld oder gab vor, das Geschehen vergessen zu haben. Auch log er gewöhnlich seine Frau an, gab vor, noch spät nachts in der Werkstatt zu arbeiten, während er in Wirklichkeit draußen war und Frauen quälte und ermordete.

Dayton wies, wie Turner herausfand, sowohl Merkmale des planvollen als auch des planlosen Verbrechers auf. Unterm Strich jedoch überwog in der Ausführung seiner Verbrechen das planvolle Element. Planlose Verbrecher scheinen ihre Verbrechen meistens unweit von zu Hause zu begehen, innerhalb ihrer Sicherheitszone, und kümmern sich nicht darum, ob sie eventuelles Beweismaterial am Tatort zurücklassen. Dayton verließ seine Sicherheitszone – das heißt, er beging seine Verbrechen nicht in der Nähe seines Heims. Doch er suchte stets dieselben Orte auf, die Union Avenue, die 82nd Avenue und den Molalla-Wald, die, so könnte man argumentieren, seine Sicherheitszone bildeten. Auch ließ er am Tatort Fesseln, leere Alkoholflaschen, Plastikflaschen und ein Messer zurück, so wie ein planloser Mörder es tun würde.

Er war ein Raubtier, als er noch frei herumlief, und selbst hinter Gittern war er – wie die meisten Massenmörder – ein Psychopath. Sein Lebensmotto schien es zu sein, daß Gesetze dazu da sind, übertreten zu werden, und sein ganzes Leben lang zeigte er chronisch antisoziale Verhaltensmuster. Auch schien Dayton seine Verbrechen sorgfältig zu planen und vorzubereiten – er hatte immer das Werkzeug dabei, das er für seine entsetzlichen Taten benötigte, darunter Seile, elastische Bänder, Messer, Riemen, Halsbänder … alles Hilfsmittel, um seine Opfer leichter in seine Gewalt bringen zu können. Und noch ein weiteres Merkmal des planvollen Massenmörders war bei Dayton Rogers vorhanden: Trotz eines hohen IQ hatte er schlechte Noten in der Schule.

Ein planvoller Mörder neigt also dazu, weniger Fehler zu begehen und seine Opfer nicht in seiner Sicherheitszone zu suchen. Im Gegensatz zum planlosen Mörder wird er demnach mit höherer Wahrscheinlichkeit eine größere Anzahl von Morden begehen können, bevor er gefaßt wird. Offensichtlich verfügte nun Dayton Rogers über Merkmale sowohl des einen als auch des anderen Typus des Serienmörders, und es war schwierig, ihn endgültig einer dieser Kategorien zuzuordnen. Der Fall Dayton Rogers war also auch ein gutes Beispiel für die komplizierte Charakterstruktur solcher Verbrecher.

Daytons aggressives, episodisch auftretendes Verhalten wurde durch folgende Faktoren vermutlich noch verstärkt: seine offensichtliche Hypersexualität, die Wahrscheinlichkeit eines erlittenen Kindsmißbrauchs und eine Vorliebe für Drogen und Alkohol. Für Turner gab es keinen Zweifel daran, daß schon lange, lange Zeit in Dayton ein Massenmörder geschlummert hatte. Er war froh, daß Rogers hinter Gittern war, und wollte sichergehen, daß es auch so blieb.

Im Laufe der Ermittlungen nahm Turner mit vielen Menschen Kontakt auf, die den Mordverdächtigen gekannt hatten. Daytons ehemaliger Assistent Kenneth Wertz erzählte Turner, daß er einmal brennbaren Müll in der Werkstatt aufgesammelt und Dayton gefragt hatte, ob er die Abfälle im Ofen verbrennen solle. Dayton habe ihm den Müll abgenommen und gesagt, er werde das lieber selbst tun, was Wertz seltsam vorgekommen sei. Bei einer anderen Gelegenheit habe er, Wertz, einen Damenschuh mit hohem Absatz neben dem Ofen stehen sehen und müsse nun seit dem Bekanntwerden der Molalla-Morde ständig über diese merkwürdige Einzelheit nachdenken.

Bei einer Unterhaltung mit Wertz, die sich um das Thema Familie drehte, habe Dayton gesagt, daß er seine Familie hasse und daß man ihm als Kind eine Religion aufgezwungen habe. Als sie über Daytons Frau und seinen 18 Monate alten Sohn gesprochen hätten, habe Dayton die Bemerkung gemacht: »Seine Familie verringert das Sex-Leben.« Sonst sei ihm an Dayton oder seinen Gewohnheiten nie etwas Ungewöhnliches aufgefallen.

Lynn B. Johnson, ein Geschäftsfreund Daytons, ein Werkzeugvertreter, der selbst einige Geräte bei Dayton in Reparatur gegeben hatte, sagte Turner gegenüber aus, daß Dayton immer in kürzester Zeit hervorragende Arbeit geleistet habe. Im Mai oder Juni 1987 jedoch sei Dayton etwas nachlässig geworden. Er habe in dieser Phase einen erschöpften, übernächtigten Eindruck gemacht. Dayton sei mit seinen Reparaturen um Monate im Verzug gewesen, und er, Johnson, habe ihn zuletzt nur noch selten in der Werkstatt angetroffen. Er habe nicht gewußt, was mit Dayton geschehen sei, jedoch den Eindruck gehabt, daß irgend etwas in Daytons Privatleben sehr im argen liegen müsse.

Turner nahm mit Robert Ancisco, 45, Verbindung auf, nachdem dieser bei der Task Force angerufen hatte. Ancisco war der leitende Verkäufer des ›Coast-to-Coast‹-Eisenwarenhandels in Woodburn gewesen, als Dayton – bevor er seine eigene Werkstatt eröffnete – dort noch in der Reparaturabteilung beschäftigt war. Ancisco und Dayton hatten zwei Jahre miteinander gearbeitet, und obwohl sie einen schlechten Start gehabt hatten, schlossen sie später Freundschaft.

»Was hielten Sie von Dayton?« fragte Turner.

»Ich fand ihn nett«, sagte Ancisco. »Ich hätte mir niemals vorstellen können, daß er so was tun könnte, wie es jetzt in den Zeitungen steht. Er hatte seine Launen, und manchmal war er ein bißchen seltsam. Ich glaubte ihm nie so ganz, wenn er immer erzählte, wie er nach Portland fuhr, wie er mit Mädchen ausging und so weiter.«

Dayton sei oft vorzeitig, manchmal bis zu einer Stunde früher, an seinem Arbeitsplatz erschienen. Ein paarmal habe er dabei Papiertüten mitgebracht, doch er, Ancisco, wisse nicht, was darin gewesen sei.

»Manchmal beobachtete ich ihn dabei, wie er mit einem Sack, einem braunen Sack, im Geschäft hin und her lief. Ich habe immer den Verdacht gehabt, daß er Werkzeug stiehlt. Er räumte dann irgendwelches Zeug in seinem Pick-up um, ganz früh am Morgen, und verschwand.«

»Waren die Tüten groß oder klein, war etwas Schweres darin oder etwas Leichtes?« fragte Turner.

»Es sah so aus, als ob nichts Schweres darin war, da er nicht viel Kraft aufwandte, um sie zu tragen. Sie paßten unter den Fahrersitz seines Pick-ups. Ich habe ihn nur deswegen nicht gefeuert, weil mein Chef ihn immer verteidigt hat.«

»Was wollen Sie damit sagen? Inwiefern verteidigt?«

»Jedesmal, wenn ich etwas an Dayton auszusetzen hatte, sagte der Chef: ›Laß ihn in Ruhe. Ich werde mich drum kümmern.‹ Sie wissen schon, der übliche Mist.«

Es sei für Dayton nicht ungewöhnlich gewesen, sich vor der Arbeit umzuziehen, und er habe oft frische Sachen zum Umziehen in seinem Pick-up mitgeführt.

»Manchmal habe ich ihn gefragt: ›Dayton, warum hast du frische Sachen in deinem Pick-up?‹ Und er sagte: ›Na, weil ich nach der Arbeit nach Portland fahre.‹ Und im Klo zog er sich dann um. Er wusch sich, rasierte sich, nahm Parfüm und kam raus wie ein anderer Mensch.«

»Haben Sie jemals gesehen, daß er Kleidung wegwarf?« fragte Turner.

»Nein, er hat die Sachen, auch die schmutzigen, immer hinten in seinem Pick-up aufbewahrt. Manchmal hingen da ein oder zwei Kleiderbügel an einem Haken im Wageninneren.«

Da waren sie schon wieder, diese verdammten Kleiderbügel. Wie oft war Dayton schon von den Zeugen mit Kleiderbügeln in Verbindung gebracht worden? Unzählige Male, und jedesmal traf ihre Erwähnung Turner wie ein Keulenschlag.

An manchen Tagen habe Dayton das Geschäft untertags verlassen und sei nach Portland gefahren, sagte Ancisco, und zwar immer dann, wenn der Besitzer des Ladens geschäftlich verreist war. Im Laufe der Zeit habe Dayton das immer öfter getan.

»Dayton kam dann so um neun Uhr vormittags zu mir

und sagte, daß er nach Portland müsse. Wenn ich nach dem Grund fragte, behauptete er immer, er müsse zu Black & Decker oder Homelight Chainsaws, Firmen, mit denen wir Geschäfte machen. Dann sagte ich also: ›Okay. Wann bist du zurück?‹ Normalerweise versprach er, um ein Uhr wieder da zu sein. Er sagte immer, daß er im Anschluß gleich seine Mittagspause nehmen würde, bevor er zur Arbeit zurückkehre. Doch dann kam er nicht zur vereinbarten Zeit wieder.«

»Kam er überhaupt nicht zurück?« fragte Turner.

»Doch, schon, aber erst um drei, vier Uhr nachmittags. Ich sagte dann: ›Dayton, wo zum Teufel hast du gesteckt?‹ Und er behauptete gewöhnlich, daß er im Verkehr steckengeblieben sei. Als er merkte, daß ich ihm nicht glaubte und sauer wurde, sagte er, daß er auf der Union Avenue gewesen sei. ›Du hättest die Mädchen da drüben mal sehen sollen‹, sagte er. Ich sagte: ›Was zum Teufel hast du auf der Union Avenue gemacht, wo doch Black & Decker auf der anderen Seite des Willamette-Flusses ist?‹ Er sagte dann immer ganz beiläufig, er habe da irgendwas erledigen müssen.«

»Haben Sie jemals beobachtet, daß er irgend etwas wegwarf, wenn er von diesen Ausflügen zurückkam?« fragte Turner.

»Nein, er hat nur immer seine braunen Papiertüten zwischen Geschäft und Auto hin und her getragen und unter seinem Sitz verstaut.«

Einmal, sagte Ancisco, hätten er und Dayton sich im Laden unterhalten, und das Gespräch sei irgendwann auf das Thema Frauen gekommen. Dayton habe den geschiedenen Ancisco aufgefordert, auszugehen und ›Frauen abzuschleppen‹. Dayton habe auch von einer jungen Blondine gesprochen, der Tochter von einem von Anciscos Freunden. Dayton habe ihn, Ancisco, gebeten, sie ihm vorzustellen.

»›Warum stellst du mich ihr nicht vor‹«, zitierte Ancisco Daytons Frage. »›Ich würde gern mit ihr ausgehen.‹ Ich sagte: ›Laß die Finger von ihr. Du weißt, daß sie verheiratet ist, und du bist es auch.‹ Er schüttelte dann immer den Kopf und sagte: ›Ich würde wirklich gerne mit ihr ausgehen.‹«

»Fiel Ihnen sonst noch irgend etwas Merkwürdiges an Dayton auf?« fragte Turner.

»Einmal hat er mir erzählt, daß er auf einem seiner Ausflüge nach Portland diese zwei Mädchen aufgerissen hat, die ihn angeblich mit nach Hause nahmen, wo er dann wilden Sex mit ihnen gehabt haben wollte«, sagte Ancisco. »Aber um offen zu sein, ich habe ihm das nie geglaubt. Reden kann jeder, und er hatte eine wunderschöne Frau, eine sehr nette Person, und einen neugeborenen Sohn. Ich habe das einfach nie ernst genommen.«

Wenn sie einmal in ein Restaurant oder eine Bar gingen, belästigte Dayton gelegentlich die Kellnerinnen.

»Er erzählte ihnen dreckige Witze und machte obszöne Handzeichen. Ich sagte ihm, ich verstünde nicht, wie er die Mädchen so behandeln könne, und er zuckte die Schultern und sagte: ›Ach, die stehen drauf, weißt du.‹ Ich schüttelte den Kopf und sagte ihm, daß er verrückt sei, und er sah mich an, lachte sein albernes Lachen und sagte: ›Bobby, du kennst mich einfach nicht.‹«

»Haben Sie ihn jemals als launisch erlebt?«

»O ja. Manchmal war er wirklich nett. Dann wieder verlor er die Beherrschung. Einmal kriegten wir uns in die Haare wegen der Art, wie er die Kunden behandelte. Er nahm einen Hammer und drosch ihn auf die Werkbank, als wolle er mich damit schlagen. Ich sagte: ›Dayton, halt dich zurück. Du hast die Kunden nicht so zu behandeln.‹ Und er gab nach. Es schien, als hätte er zwei Seiten. Manchmal war es so, als wäre er gar nicht da, als ob er in Gedanken ganz woanders wäre.«

Einmal habe ihn Dayton gefragt, ob er jemals perversen Sex oder Sex mit Folterungen gehabt habe. Obwohl er schockiert gewesen sei, habe Ancisco Daytons Bemerkung nicht ernst genommen; er habe gedacht, der mache entweder einen Scherz oder sei völlig übergeschnappt.

»Er fragte mich: ›Hast du jemals dreckigen Sex gehabt?‹ Ich sagte: ›Nein. Was meinst du mit dreckigem Sex?‹ Er sagte: ›Sex mit Folter.‹«

Einmal sei er, Ancisco, mit Dayton in seinem Pick-up zum

Mittagessen gefahren, habe während der Fahrt versehentlich das Handschuhfach geöffnet, und ein Messer sei herausgepurzelt. Als Ancisco es aufhob, habe ihm Dayton einen eiskalten Blick zugeworfen, es ihm aus der Hand genommen und wieder in das Handschuhfach gelegt.

»Er erzählte mir von Frauen und Gewalt«, sagte Ancisco und fügte hinzu, daß Dayton keine Frau, bei der er gewalttätig geworden sei, beim Namen genannt habe. »Ich sagte ihm: ›Weißt du, Dayton, wenn irgend jemand jemals meinen Töchtern was antun würde, würde ich ihn finden und mich rächen.‹ Er lachte bloß und sagte: ›Klar, Bobby. Wenn du nur ein bißchen mehr über mich wüßtest …‹«

Wenn die Sprache mitunter auf Gewalttätigkeiten gekommen sei, von denen sie in der Zeitung gelesen hatten, habe Dayton immer darüber gelacht, und ihm, Ancisco, sei es manchmal so vorgekommen, als finde Dayton Gewalt gegen Frauen lustig.

»Ich sagte zu ihm: ›Dayton, ich finde das nicht lustig, weil ich zwei Töchter habe, Teenager, und falls jemand ihnen was zuleide tun würde, würde ich den Typen fertigmachen, der's getan hat. Das würde ich wirklich machen, Dayton, denn sie sind mein Fleisch und Blut.‹ Ich würde niemanden ungestraft mit so was davonkommen lassen«, fuhr Ancisco fort, »und deswegen habe ich Sie angerufen, Detective Turner. Wenn er diese Jennifer und die anderen Mädchen da oben im Molalla-Wald umgebracht hat – also, egal, was sie im Leben getan haben, sie waren menschliche Wesen, und niemand hat das Recht …«

Ancisco verstummte, und er ließ den Satz unbeendet. Doch Turner wußte auch so, was er meinte.

»Sie sehen das genauso wie ich«, antwortete der Beamte. »Das ist der einzige Standpunkt, der für mich in Frage kommt – ich mache einfach meinen Job, und es ist mir vollkommen egal, woher diese Mädchen kamen. Sie hatten das Recht zu leben, und jemand hat ihnen dieses Recht genommen.«

Turner wurde von der Oregon Liquor Control Commission (OLCC), der staatlichen Kontrollbehörde für Alkohol, darüber informiert, daß der Wodka der Marke Smirnoff von der Hublein Corporation in Flaschen abgefüllt wurde. Er rief also bei der Firma an und sprach mit deren Verkaufs-Manager, Thomas D'Zialo, um mehr über die Miniaturfläschchen, die 50 Milliliter enthielten und auf Linienflügen serviert wurden, herauszubekommen. Turner gab D'Zialo die codierten Produktnummern der im Molalla-Wald gefundenen Wodkafläschchen durch. D'Zialo ließ die Firmenbücher überprüfen und teilte dem Detective schließlich mit, daß besagte Fläschchen am 17. Mai 1987 in Hartford, Connecticut, abgefüllt worden waren. D'Zialo fügte noch hinzu, daß in den Akten auch vermerkt sei, daß ein Teil der Miniaturfläschchen, die an jenem Tag hergestellt worden waren, nach Oregon an die OLCC verschickt worden war. Die OLCC verteilte die Fläschchen dann an die einzelnen Spirituosengeschäfte. Ein Beamter der OLCC unterrichtete Turner davon, daß jeweils am 18. Juni und am 1. Juli eine Ladung dieser Fläschchen an den Spirituosenladen in Woodburn geliefert worden war.

Die Miniaturfläschchen mit Smirnoff-Wodka, die die besagten Code-Nummern trugen, waren vor dem Verschwinden der ersten Opfer aus dem Molalla-Wald in dem Spirituosengeschäft in Woodburn erhältlich gewesen. Sie wurden zu dem Zeitpunkt, als Dayton seine Einkäufe dort machte, in den Regalen dieses Geschäfts zum Kauf angeboten.

Turner beendete das Telefongespräch, und man übergab ihm einen Bericht, der von Elizabeth A. Carpenter, einer Kriminologin des Polizeilabors, verfaßt worden war. In dem Bericht stand, daß auf dem ›Regency-Sheffield‹-Küchenmesser, das am Tatort im Molalla-Wald gefunden worden war, ein kleines Stück menschlichen Gewebes geklebt habe, ungefähr so groß wie ein Reiskorn. Die Kriminologin hatte nur herausfinden können, daß es menschlichen Ursprungs war – sie sei nicht in der Lage gewesen, die Blutgruppe festzustellen oder es anderweitig zu klassifizieren.

Turner las auch den Bericht des FBI-Agenten John L. Quill

durch, der Spezialist für Fasern war. Quills Bericht enthielt eine gute und eine schlechte Nachricht. Die gute Nachricht war, daß Quill festgestellt hatte, daß die Schnürsenkel, die im Molalla-Wald gefunden worden waren, an beiden Enden jeweils mit zwei normalen Knoten und in der Mitte mit einer Schleife (wie man auch Schuhe bindet) miteinander verknüpft waren. Dieselbe Kombination von Knoten war auch bei den am Tatort des Mordes an Jenny Smith gefundenen Schnürsenkeln verwendet worden. Die schlechte Nachricht war jedoch, daß diese Art von Knoten in der breiten Bevölkerung sehr oft angewendet wird, da sie keine besondere Geschicklichkeit verlangt. Quill nahm Bezug auf Turners Anfrage und erklärte es für unmöglich festzustellen, ob die Knoten von einem Rechts- oder einem Linkshänder geknüpft worden waren.

Am 7. Oktober 1987 wurde Dayton Leroy Rogers vom Geschworenengericht des Clackamas County des Mordes an Jenny Smith angeklagt. Die Anklage warf Dayton vor, daß er Jenny ermordet habe, nachdem er sie entführt, vergewaltigt, sexuell mißbraucht und gefoltert habe. Man ging auch davon aus, daß er sie ermordet hatte, um zu verhindern, daß die vier oben genannten Verbrechen entdeckt wurden. Sollte Dayton wegen dieser Verbrechen verurteilt werden, erwartete ihn die Todesstrafe oder aber lebenslanges Gefängnis.

Dayton plädierte auf nicht schuldig und verpflichtete zu seiner Verteidigung Arthur B. Knauss, einen Strafverteidiger aus Oregon City. Zur Überraschung aller Beteiligten gab Knauss bekannt, daß Dayton hinsichtlich der Mordanklage im Fall Jenny Smith auf Notwehr plädieren werde. Den meisten wäre diese Verteidigung angesichts all der Indizien für Daytons Schuld wohl lachhaft erschienen, wenn der Fall selbst nicht von so tragischer Natur gewesen wäre.

Im Hinblick auf die Ungeheuerlichkeit des Mordes an Jenny Smith und den Opfern im Molalla-Wald war niemand erstaunt, als Oberstaatsanwalt James O'Leary bekanntgab, daß er seinen ersten Stellvertreter, Andrejs ›Andy‹ Eglitis, mit der Anklageführung beider Fälle betrauen werde. Eglitis galt als unnachgiebiger Ankläger, er war hoch intelligent, wortgewandt und hoch geachtet, und er war von Beginn der Ermittlungen an dabei gewesen. Er hatte in den letzten Jahren ein paar aufsehenerregende Fälle verloren, doch die Zahl seiner gewonnenen Fälle war deutlich höher. Wenn sie für Dayton die Todesstrafe wollten – und James O'Leary wollte sie –, so war Andy Eglitis der richtige Mann.

ELFTES KAPITEL

Anfang Oktober erhielt die Molalla-Wald-Sondereinheit einen telefonischen Hinweis, bei einer der Leichen könne es sich um Nondace ›Noni‹ Kae Cervantes handeln. Sie war 26 und ursprünglich aus Tempe, Arizona. Turner ließ ihre Personalien in das landesweite Computernetz eingeben und fand heraus, daß sie am 6. Juli 1979 in Canby wegen öffentlicher Zurschaustellung verhaftet worden war. Im Jahre 1984 wurde sie nochmals verhaftet, dieses Mal in Portland wegen Hausfriedensbruchs und Körperverletzung. Turner forderte von der Polizei Canbys und Portlands ausführliche Berichte der Verhaftungen an.

Bis die Berichte eintrafen, nahm Turner mit einer Verwandten Nonis Kontakt auf. Die Frau sagte, sie habe Noni zuletzt in Portland am 24. Juli gesehen; Noni habe in einem Hotel in der Innenstadt gelebt. Das Hotel sei eine Heroinhöhle gewesen, dessen Bewohner Ex-Häftlinge, Drogensüchtige und Prostituierte waren.

Die Frau teilte Turner mit, daß Noni Drogen nehme, insbesondere Kokain, Heroin, Marihuana und Alkohol; Noni injiziere sich Kokain und Heroin intravenös. Ob Noni als Prostituierte arbeite, wisse sie nicht. Noni habe in jüngeren Jahren einen Psychiater aufgesucht.

»Ich glaube, sie stand einfach auf Rockgruppen und solche Sachen«, sagte ihre Verwandte. »Sie hatte ziemlich pubertäre Vorlieben, doch wir alle liebten sie. Sie war wunderschön. Die Fotos zeigen das nicht so richtig. Sie hätte ein Fotomodell sein können. Sie war ein großes und schlankes Mädchen.«

Turner spürte eine Bekannte Nonis auf, die die Verschwundene als ›wild‹ bezeichnete. Noni sei Alkoholikerin gewesen, sie habe viele Drogen genommen und sei öfters umgezogen. Die Bekannte fügte hinzu, daß sie Noni einige Zeit nicht gesehen habe.

Ein paar Tage später erhielt Turner den Bericht des Polizeidezernats in Canby in Sachen Noni. Die Streifenpolizisten Dale Janzen und Robert Ek waren zur Ecke Second Avenue und Elm Street in Canby beordert worden, nachdem ein empörter Bürger sie benachrichtigt hatte, daß sich vor der ehemaligen Baptistenkirche eine weibliche Person zur Schau stelle. Als Janzen und Ek eintrafen, sahen sie als erstes ein Bein, das hinter einem Baum vor der alten Kirche hervorsah. Die Beamten gingen näher hin und sahen eine nackte Frau auf dem Rasen vor der Kirche liegen. Sie lag auf dem Rükken, massierte ihre Brust mit der linken Hand und rieb mit der rechten Hand ihre Scheide. Ihre Augen waren geschlossen. Sie hatte die Ankunft der Polizisten gar nicht bemerkt.

Als ihr bewußt wurde, daß man sie beobachtete, setzte sie sich aufrecht hin, ohne jedoch den Versuch zu unternehmen, ihren Körper zu bedecken. Sie schien völlig betrunken zu sein; die Beamten nahmen einen starken Alkoholgeruch wahr.

Es war eine belebte Straßenkreuzung, und einige Wagen hatten beim Vorbeifahren abgebremst, um die nackte Frau anzusehen. Janzen und Ek schafften es schließlich, sie in den Streifenwagen zu setzen; ihre Kleider fanden sie im Gebüsch. Sie zog sich wieder an, nachdem die Beamten sie dazu aufgefordert hatten. Sie fing an zu lachen.

»Kein Grund zur Aufregung«, sagte sie, immer noch lachend. »In Kalifornien mache ich das die ganze Zeit.«

»Warum haben Sie das getan?« fragte Janzen.

»Weil ich schon eine Weile nicht mehr gebumst worden bin. Ich bin höllisch geil, und ihr Typen seid viel zu früh gekommen. Ich hatte nicht mal einen Orgasmus.«

Sie fügte hinzu, daß sie in einer Kirche entjungfert worden sei und ihr daher dieser Kirchenvorgarten als passender Ort zum Masturbieren erschienen war.

»Wie heißen Sie?« fragte Janzen.

»Linda Blair«, antwortete sie. »Und jetzt kotze ich euch voll!«

Sie hatte keinen Ausweis dabei; als sie in der Polizeistation ankamen, sagte sie den Beamten, daß ihr Name nicht

Linda sei, sondern Nondace Kae Cervantes. Sie sei Schauspielerin und wolle ein Pornostar werden. Sie könne nicht begreifen, warum man so ein Gezeter mache, nur weil sie auf dem Rasen vor der Kirche masturbiert habe. Sie sagte, sie habe gegen kein Gesetz verstoßen, schließlich sei sie nackt auf die Welt gekommen und tue diese Dinge die ganze Zeit. Sie wohne zur Zeit in Canby, gab sie an.

Noni wurde wegen unzüchtiger Zurschaustellung vom örtlichen Gerichtshof zu einem Jahr auf Bewährung verurteilt. Das bedeutete eigentlich nichts weiter, als daß sie sich regelmäßig bei einem Bewährungshelfer melden mußte und keinen Unfug mehr begehen durfte.

Nonis Führungszeugnis in Arizona war makellos. Turner fand keine Verhaftungsmeldung bei der Polizei in Tempe, Phoenix oder der Landespolizei.

Am Morgen des 14. Oktobers, einem Mittwoch, erhielt Turner einen Anruf des staatlichen Leichenbeschauers Dr. Larry Lewman. Dieser teilte ihm mit, daß ein Familienmitglied Nonis von Arizona aus angerufen habe, um herauszufinden, ob sie eines der Opfer im Molalla-Wald sei. Lewman habe erfahren, daß Noni am Kiefer operiert worden war, und er halte es für durchaus möglich, daß sie die Leiche Nr. 3 sei.

»Keine Ahnung, wie ihre Familie in Arizona von den Molalla-Morden gehört hat«, sagte Lewman. »Sie gab jedenfalls an, daß man Noni vermisse – außerdem passen die Angaben über Größe, Gewicht und so weiter ziemlich gut ins Bild; vor allem die Operation am linken Kiefer würde passen.«

Turner rief unverzüglich Lieutenant Colleen Aas in der Identifizierungsabteilung der Landespolizei Oregons an. Die Beamtin hatte die Aufgabe, Fingerabdrücke der Leichen aus dem Molalla-Wald mit denen von vermißten Frauen zu vergleichen. Aas teilte Turner mit, daß sie ziemlich gute Fingerabdrücke von Leiche Nr. 3 habe. Als Turner sie von dem Verdacht unterrichtete, daß Leiche Nr. 3 Noni Kae Cervantes sei, erklärte Colleen Aas, sie werde sich mit den Polizeibehörden in Verbindung setzen, die über Nonis Fingerabdrücke verfügten.

Am Nachmittag desselben Tages informierte Colleen Aas Turner davon, daß sich sein Verdacht bestätigt habe. Leiche Nr. 3 war in der Tat Noni Cervantes; sie war das erste Opfer der Molalla-Morde, das anhand von Fingerabdrücken identifiziert worden war.

Turner erinnerte sich, daß Nonis Oberkörper regelrecht ausgeweidet worden war; sie mußte unter entsetzlichen Qualen gestorben sein. Sie war nicht die einzige, auch die anderen waren langsam und unter Schmerzen gestorben. Es war nur so unvorstellbar, daß ein Mensch, selbst ein Geisteskranker, ein Messer, möglicherweise eine Machete, in den Körper einer Frau einführen und sie dann bis zum Brustbein aufschlitzen konnte. Es erschien ihm auch von tragischer Ironie, daß Noni in Canby gelebt hatte, unweit von Dayton Leroy Rogers.

ZWÖLFTES KAPITEL

Um neun Uhr vormittags am 2. November, einem Montag, empfingen die Detectives Turner, Machado und Strovink in Begleitung des Kriminologen John Gilliland in der Verwahrstelle des Clackamas County Sheriff's Office Bill Thompson, den Kriminologen der Landespolizei Oregons. Die Verwahrstelle war eine Art Lagerhalle neben dem Gefängnis. Man wollte einen zweiten Durchsuchungsbefehl betreffend Daytons hellblauen Nissan Pick-up ausführen.

Der Anlaß für diese zweite Durchsuchung war ganz einfach der, daß der Pick-up das erste Mal im Zusammenhang mit dem Mord an Jenny Smith durchsucht worden war. In der Zwischenzeit waren aber die Leichen im Molalla-Wald und eine Unmenge an Beweismaterial entdeckt worden, die Dayton belasteten. Da sie streng genommen zwei unterschiedliche Fälle bearbeiteten, mußten sich die Beamten erst einen zweiten Durchsuchungsbefehl ausstellen lassen, in dem festgelegt war, wonach sie in Verbindung mit dem zweiten Mordfall suchten. Es wurde diesmal nichts dem Zufall überlassen, und alle Vorschriften wurden genau befolgt. Es durfte keine Nachlässigkeiten geben.

Als erstes nahmen sie die Sitzbank des Pick-ups auseinander, dann entfernten sie die linke und rechte Türverschalung und nahmen den Boden heraus. In dem kahlen Innenraum des Pickups sammelten sie zahlreiche Blutproben sowie Haare und Stoffpartikel, die beim Durchsaugen zum Vorschein kamen. Von einer blutdurchtränkten Bodenmatte entfernten sie etwas, das aussah wie Larvenhüllen. Von der Ladefläche des Pick-ups sammelten die Beamten darauf verstreute elastische Schnüre und Seile, von den Kotflügeln kratzten sie die Erde ab. Sie verbrachten den ganzen Vormittag damit.

Um ein Uhr nachmittags brachte der neue Besitzer des gelben Ford Mustang den Wagen zum Büro des Sheriffs. Er war damit einverstanden, daß Turner Haare sowie Stoff- und Gewebeproben daraus entnehmen ließ. Da so viel Zeit vergangen war, seitdem Dayton dieses Auto benutzt hatte, war es unwahrscheinlich, daß die Beamten irgend etwas finden würden, das ihnen weiterhalf. Doch Turner hatte sich nun schon die Mühe gemacht, den Wagen ausfindig zu machen, also konnte er ihn jetzt genausogut durchsuchen lassen. Doch wie sie es schon geahnt hatten, war die Mühe vergebens.

Um 13 Uhr 10 nahm Machado einen Anruf des Deputy Dave Broomfeld entgegen, der ihm mitteilte, daß Leiche Nr. 1 eindeutig als Reatha Maria Gyles, 16, identifiziert worden war. Das Mädchen war von seiner Mutter am 29. Juli als vermißt gemeldet worden. In Broomfelds Computer tauchte sie daraufhin als mögliches Molalla-Opfer auf – ein Vergleich des Gebißmodells, das sie von Reathas Zahnarzt erhalten hatten, mit dem Gebiß der Toten hatte dann die Gewißheit erbracht, daß die Leiche Reatha war. Es gab noch andere Indizien, wie etwa die zahlreichen Hüft- und Unterleibsoperationen, die Lewman bei der Autopsie von Leiche Nr. 1 aufgefallen waren. Reatha hatte mehrere solcher Operationen im Shriner's Hospital in Portland über sich ergehen lassen müssen, da sie von Geburt an verformte Hüften gehabt hatte.

Eine Stunde später fuhren Turner und Machado zum Haus der Gyles, um die traurige Nachricht zu überbringen. Als die Beamten dort eintrafen, war glücklicherweise gerade der Priester der Kirche zu Besuch, zu deren Gemeinde auch die Familie Gyles gehörte. Die Gegenwart des Geistlichen hatte sicher etwas Tröstliches für die Familie, dennoch fiel es Turner und Machado sehr schwer, ihnen mitzuteilen, daß Reatha ermordet worden war.

Reathas Familie erklärte den Beamten, sie hätten gewußt, daß Reatha eine Prostituierte war. Sie habe normalerweise auf der 82nd Avenue in der Nähe des Powell Boulevard gearbeitet. Ihnen sei von den anderen Mädchen der 82nd Avenue nur eine bekannt, die den Namen ›Dee Dee‹ trug. Sie glaubten, daß Dee Dee älter sei als Reatha, so um die 21, und daß sie und Reatha sich oft im ›Game Room‹ auf der 82nd Avenue getroffen hätten, einem beliebten Treff für Jugendliche.

Turner hatte einen Schmuckanhänger dabei, von dem die

Familie sagte, daß sie ihn wiedererkenne; er habe Reatha gehört. Der Anhänger bestand aus zwei Playboy-Hasen, die sich gegenüberstanden, und Reatha trug ihn normalerweise an einer Goldkette. Die Familie identifizierte auch einen Slip, der im Molalla-Wald gefunden worden und mit dem Wort ›Donnerstagskind‹ bestickt war, als zu Reatha gehörig. Auch eine Jeans, die man im Wald gefunden hatte, habe ihr gehört.

Turner machte Reathas Freund Leonard Todd Thornton in einem Washington State Job Corps Center, einer Einrichtung zur Arbeitsbeschaffung der staatlichen Sozialbehörde, ausfindig. Er bestätigte einen Großteil dessen, was Reathas Familie Turner und Machado erzählt hatte. Leonard gab an, er habe Reatha das letzte Mal lebend gesehen, als er sie am 21. Juli zur 82nd Avenue fuhr, damit sie dort nach Kundschaft Ausschau halten konnte. Er sei keinesfalls ihr Zuhälter gewesen, sie habe keinen gehabt. Er sei von der Tatsache, daß Reatha als Prostituierte arbeitete, nicht sonderlich begeistert gewesen, doch das Geld habe ihn angezogen. Leonard erkannte den Anhänger mit den Playboy-Hasen und die Jeans wieder. Er habe Reatha den Anhänger geschenkt. Turner sprach ihn auf Reathas Bekannte Dee Dee an, und Leonard identifizierte sie sofort als Cynthia Diane DeVore. Sie war auch eine Prostituierte.

Turner beauftragte den Computerfachmann Dave Broomfeld, Cynthias Namen in den Computer einzugeben. Sie war nicht als vermißt gemeldet worden, es bestand jedoch ein Haftbefehl gegen sie. Sie war bereits zweimal, im Dezember 1985 und im Juni 1987, im Multnomah County wegen unbefugten Fahrens eines Kraftfahrzeugs verhaftet worden. Bei ihrer zweiten Anzeige hatte sie den Polizisten erklärt, sie sei per Anhalter unterwegs gewesen, und ein Mann habe sie in einem gestohlenen Auto mitgenommen. Die nachfolgenden Ermittlungen hatten jedoch ergeben, daß sie tiefer in den Fall verwickelt war, als sie zugegeben hatte. Zum Zeitpunkt, als Turner anfragte, war nach Aussage von Detective David Simpson vom Polizeihauptquartier in Portland ein Haftbefehl gegen sie ausgestellt, da sie nicht zum Gerichtstermin erschienen war. Turner nahm sie in die Liste der möglichen Molalla-Opfer auf – zusammen mit Hunderten anderer Frauen.

Der größte Teil des Dezembers verging für die Beamten der Sondereinheit mit der Befragung von Prostituierten, die behaupteten, Dayton Leroy Rogers gekannt zu haben. Oft wurden sie auch in die Gegend des Molalla-Walds gerufen, um Schuhe und andere Kleidungsstücke, die Anwohner gefunden hatten, zu untersuchen, oder Berichten von Verwesungsgerüchen im Wald nachzugehen. Sie konnten jedoch nie herausfinden, woher die Gerüche kamen, und Schuhe und Kleidungsstücke waren vor beträchtlicher Zeit im Wald weggeworfen worden. Sie befanden sich bereits im Stadium der Auflösung, und es gab keinerlei Hinweise darauf, daß sie irgend etwas mit dem Fall zu tun hatten. Die Hinweise erwiesen sich also als Blindgänger – dennoch, die Beamten mußten sie immer überprüfen.

Am 28. Dezember jedoch nahmen die Ermittlungen eine neue Wendung. Um 16 Uhr 55 erhielt Detective Jim Strovink den Anruf eines besorgten Bürgers, der ein langjähriger Freund der Familie von Dayton Leroy Rogers war. Der Mann identifizierte sich als ein gewisser Clifford Shirley und hatte eine wichtige Neuigkeit.

Shirley teilte Detective Strovink mit, daß er während der Weihnachtsfeiertage von seiner Frau, Sherry Shirley, eine Information bekommen habe, die diese wiederum von Verwandten Daytons gehört hatte. Seiner Frau sei erzählt worden, daß Dayton seiner Mutter und seiner Schwester gestanden habe, für den Mord an Jenny Smith und die Morde im Molalla-Wald verantwortlich zu sein. Strovink gab diesen bedeutenden Hinweis an Detective Turner weiter, der ihm am nächsten Tag nachging.

Um 9 Uhr 45 am nächsten Morgen trafen Turner und seine Kollegin Lynda Estes am Arbeitsplatz von Clifford und Sherry Shirley in Sherwood ein, einer kleinen Gemeinde südwestlich von Portland. Die Befragung ergab, daß Daytons Schwester Connie einem Freund der Familie gestanden habe, Dayton habe seiner Schwester und seiner Mutter die Morde gebeichtet. Sherry gab an, daß Connie ihr erzählt habe, sie habe Dayton auch gefragt, ob er in die ›Green-River‹-Morde verwickelt sei. Dayton habe das verneint. Als sie ihn jedoch auf die beiden Totenschädel angesprochen habe, die in der Gegend von Tigard gefunden worden waren, habe er ausweichend geantwortet. Shirley könne nicht begreifen, warum Connie diese Information der Polizei nicht gemeldet habe, sei sich aber sicher, daß Connie mit den Beamten sprechen werde, falls diese sie aufsuchten.

Um 11 Uhr 05 klingelten Turner und Lynda Estes an der Tür von Connies Apartment in Tualatin, einem Vorort Portlands. Auf Turners Frage, ob sie bereit sei, mit ihm und seiner Kollegin über Dayton zu sprechen, antwortete Connie: »Ich habe Polizisten gern. Wirklich.« Sie fügte hinzu, daß sie ihr Vorhaben gutheiße, jedoch im Augenblick nicht mit ihnen sprechen wolle.

»Ich bin sicher, daß Sie meine Position verstehen können«, sagte sie. Sie sei davon überzeugt, daß die Beamten von Gott beauftragt seien, ihre Arbeit zu erledigen, doch sie wolle einfach nicht mit ihnen sprechen.

Turner und Lynda Estes nahmen auch mit anderen Familienmitgliedern Kontakt auf, doch keiner erklärte sich bereit, Sherry Shirleys Aussage zu bestätigen, der zufolge Dayton die Morde bereits gestanden hatte.

Am 31. Dezember rief Deputy Lynda Estes bei Clifford Shirley an. Bevor sie ihm den Grund ihres Anrufs mitteilen konnte, sagte Shirley, er sei froh, daß sie anrufe. Er habe ohnehin vorgehabt, sie oder Turner zu kontaktieren, um ihnen mitzuteilen, daß er, zusammen mit seiner Frau, Connie und andere Mitglieder von Daytons Familie besucht habe und sie bei dieser Gelegenheit habe wissen lassen, daß er der Polizei von Daytons Geständnis erzählt habe.

Connie habe ihm, Clifford Shirley, daraufhin erklärt, daß sie dem Rat des Anwalts folge und mit der Polizei überhaupt nicht über den Fall spreche; sie habe sowieso schon viel zuviel gesagt. Sie habe gegenüber Clifford und seiner Frau geleugnet, daß Dayton ihr tatsächlich die Morde im

Molalla-Wald gestanden hätte. Es seien vielmehr ihre eigenen Mutmaßungen, nach denen Dayton schuldig sei. Sie habe angedeutet, daß Dayton ihr schon etwas gebeichtet habe, doch es seien nicht die Molalla-Morde gewesen, und sie werde niemandem sagen, was es war.

Bevor die Shirleys jedoch wieder gegangen seien, habe ihnen Connie noch erzählt, daß Dayton sie an dem Abend, als Turner und Lynda Estes sie besucht hatten, angerufen habe. Sie habe ihm von dem Besuch der Beamten erzählt, und es habe ihn aufgebracht, daß die Polizei immer noch nach Beweisen suche.

Das Jahr 1988 begann. Turner besaß mittlerweile mehr Informationen über Cynthia Diane DeVore, die von ihren Freunden und Freiern Dee Dee genannt wurde. Unter anderem wußte er nun, daß ihre Mutter Alkoholikerin war und Dee Dee ihren Vater nie kennengelernt hatte. Sie wuchs praktisch auf der Straße auf, bis die Behörden einschritten und sie aus ihrer wenig kindgerechten Umgebung wegbrachten. Sie schien immer noch keine klare Vorstellung davon zu haben, was sie mit ihrem Leben machen wollte.

Der Mißbrauch und die Vernachlässigung, der Hunger und die Furcht davor, allein gelassen zu werden – all das hörte auf, als sich das Jugendamt ihrer annahm und sie in ein Heim brachte. Sie war anfangs sehr traurig über die Veränderung in ihrem Leben, bald jedoch lernte sie es schätzen, daß sie nicht mehr von ihrer Mutter für Dinge verantwortlich gemacht wurde, die sie ›falsch‹ gemacht hatte, darunter offensichtlich auch die Tatsache, daß sie überhaupt existierte. Im Alter von elf Jahren wurde sie von einer rechtschaffenen Familie adoptiert, und auf einmal gab es in Dee Dees Leben eine neue Hoffnung. Sie schloß viele Freundschaften, ihre Noten wurden merklich besser, ja, sie begann sogar davon zu träumen, irgendwann aufs College zu gehen.

Im Laufe der Zeit nahm ihr Leben jedoch wieder eine unheilsame Wendung. Sie begann, sich mit anderen Straßenkindern herumzutreiben, sie blieb lange auf, hing in den Spielhallen auf der 82nd Avenue herum. Bald experimentierte sie mit Drogen, erst Alkohol, dann Marihuana, schließlich nahm sie immer härtere Drogen, darunter auch eine Mischung aus Schlankpillen – Amphetaminen, die man ›Crank‹ nennt. Sie wurde die ›bag bitch‹, der Laufbursche ihres Dealers, um sich ihre tägliche Ration zu verdienen. Ihre Lebensumstände waren ungeordnet und chaotisch, doch erst als sie die Highschool abbrach, geriet sie in jenen Sog, der sie unaufhaltsam nach unten zog. Ihre Drogenabhängigkeit wurde immer stärker, und sie taumelte immer näher und näher am Abgrund, rutschte immer weiter ab. Gelegentlich versuchte sie, sich selbst aus dem Sumpf zu ziehen, und ging immer wieder in Entzugskliniken, doch es half nichts. Ihre Adoptiveltern, die anfangs so optimistisch gewesen waren, gaben bald jede Hoffnung auf. Dee Dee kam nicht mehr nach Hause, und fast hätten sie sie aufgegeben. Sie war verloren, für sie schien es kein Zurück zu geben.

Dee Dee hatte breite Hüften, war aber trotz ihres Lebenswandels ein äußerst anziehendes Mädchen, mit langem braunem Haar, blauen Augen, langen, schlanken Armen und einem großen Busen. Sie war fast einssiebzig groß, wog etwa 55 Kilo und wurde naturgemäß von einer Anzahl junger Männer begehrt. Sie ging mit vielen von ihnen ins Bett; mit 19 wurde sie schwanger und gab trotzig bekannt, daß sie das Kind nach der Geburt behalten wolle. Sie nahm immer noch ›Crank‹, wenn auch nicht mehr so häufig, und sie spritzte sich kein Heroin mehr, um ihr ungeborenes Kind zu schonen. Sie mußte jedoch irgendwie überleben, zog die Straße ihrem Zuhause vor, und so sah man sie oft, wie sie mit dickem Bauch, den Bullterrier-Hund (das Geburtstagsgeschenk eines Liebhabers) an ihrer Seite, die Straßen auf und ab ging und sich potentiellen Freiern anbot.

Dee Dees wertvollster Besitz kam jedoch mit der Geburt ihrer unehelichen Tochter. Sie nahm das Baby überallhin mit, wenn sie nicht gerade arbeitete. Ein Beamter des Jugendamtes wurde anonym auf den Lebenswandel der jungen Mutter aufmerksam gemacht. Es wurde entschieden, daß das Kind besser und sicherer in einem Waisenheim untergebracht sei, und Schritte wurden eingeleitet, Dee Dee die

Vormundschaft abzuerkennen. Aber Dee Dee machte es dem Jugendamt nicht leicht. Sie war mittlerweile schwerst tablettensüchtig und zog mit ihren spärlichen Habseligkeiten von einer Drogenkommune in die andere, lebte in billigen Motels oder bei gewissenlosen Männern, die aus ihrem Elend Kapital schlugen.

Turner befragte all seine Kontaktleute und Informanten, und wieder tauchte Tracie Baxters Name auf. Als er mit ihr Verbindung aufnahm, erfuhr er, daß Tracie vielleicht die letzte von Dee Dees Freundinnen und Bekannten gewesen war, die Dee Dee lebend gesehen hatte. Am 11. Juli, zwischen fünf und sechs Uhr abends, beobachtete Tracie Dee Dee auf der 82nd Avenue in der Nähe des Powell Boulevard beim Versuch, Freier anzulocken.

Es war eine Ironie des Schicksals, fand Turner, daß Tracie nur Tage zuvor Dee Dee auf der 82nd Avenue Dayton Leroy Rogers' hellblauen Pick-up gezeigt hatte. Sie hatte ihr (wie allen anderen auch) sogar erzählt, wie der Fahrer dieses Pick-ups sie in den Wald gebracht und gefesselt, daß er ihre Füße mit dem Messer bearbeitet und gedroht hatte, sie umzubringen. Tracie hatte Dee Dee eindringlich vor diesem Mann gewarnt, er sei gefährlich, und sie solle ihn wie die Pest meiden. Doch Dee Dee war spurlos verschwunden – so wie Reatha, Lisa, Noni, Christine und Maureen.

Wie bei den anderen Mädchen hatten sich auch in Dee Dees Fall Freunde und Verwandte bald Sorgen über ihr Verschwinden gemacht und sich gefragt, wo sie wohl stecken könne. Doch wegen ihres unsteten Lebenswandels machte sich keiner die Mühe, sie als vermißt zu melden. Man hoffte einfach, daß sie bald wieder gesund und munter auftauchen würde. Doch das tat sie nicht. Sie blieb verschwunden, wie die anderen Mädchen auch, als hätte die Nacht sie verschluckt.

Am 15. Januar 1988 klärte sich Dee Dees mysteriöses Verschwinden auf. Anhand ihrer Patientenakte der Zahnklinik der Universität von Oregon wurde sie eindeutig als Molalla-Leiche Nr. 4 identifiziert.

DREIZEHNTES KAPITEL

Nach mehreren vergeblichen Versuchen, Dayton Leroy Rogers' Ehefrau Sherry zu bewegen, mit ihm zu sprechen, bat Detective Turner die Beamtin Lynda Estes, das für ihn zu erledigen. Sherry hatte zuvor bereits mit Estes gesprochen; vielleicht würde sie es wieder tun. Turners Entscheidung für Lynda Estes war leicht nachvollziehbar. Sie war, wie Sherry, eine Frau, und obwohl Lynda Estes als unnachgiebige Ermittlerin galt, besaß sie eine freundliche, einfühlsame Art, die es Zeugen leichter machte, sich zu öffnen. Sie konnten Sherry Rogers nicht zwingen, sich befragen zu lassen und gegen ihren Ehemann auszusagen, doch Turner hoffte, daß sie freiwillig mit ihnen reden würde, und sei es nur, um einige Einzelheiten in Erfahrung zu bringen, etwa, wie häufig Dayton nachts fortgeblieben war und ob er jemals Sherrys Wagen benutzt hatte.

Lynda Estes erreichte Sherry im Hause ihres Vaters und teilte ihr mit, daß sie mit ihr sprechen müsse. Sherry zögerte und sagte, sie würde es wirklich vorziehen, nichts zu sagen, wenn sie nicht unbedingt müsse. Sie fügte hinzu, daß sie Dayton auf keinen Fall in Schutz nehmen wolle, sondern nur wünsche, so wenig wie möglich mit der Geschichte konfrontiert zu werden. Die Beamtin erwiderte, daß sie Sherrys Gefühle gut verstehen könne, es sei ihr jedoch zu Ohren gekommen, daß Sherry einmal eine Tüte mit Schmuck gesehen habe, der nicht der ihre war, und Lynda Estes wolle mit ihr darüber sprechen. Sherry wollte jedoch immer noch nichts dazu sagen.

Frau Estes betonte erneut, wie gut sie Sherrys Beweggründe verstehe, fügte jedoch hinzu, daß die Sondereinheit derzeit an sieben Mordfällen arbeite und daß es Hinweise darauf gebe, daß noch mehr Leichen irgendwo da draußen herumlägen. Sherry antwortete, sie verstehe, worauf Lynda Estes hinauswolle – und erklärte sich bereit, mit ihr und dem stellvertretenden Staatsanwalt, Andy Eglitis, zu sprechen. Sherry verabredete sich mit den Beamten im Hause einer Freundin in Canby.

Sherry, die einen etwas geistesabwesenden Eindruck machte, teilte den Beamten Estes und Eglitis mit, daß sie in Daytons Pick-up am 7. August, etwa zwei Wochen vor seiner Verhaftung, eine Tüte mit Schmuck gefunden habe, der nicht ihr gehöre.

Sie und Dayton seien zuvor, am Nachmittag jenes Sonntags Ende Juli, zum Einkaufen zum ›Costco-Wholesale‹-Supermarkt gefahren. Dayton habe Arbeitsgeräte, Sherry hingegen Haushaltsartikel gekauft. Sie könne sich nicht genau daran erinnern, was sie anschließend getan hätten, vielleicht seien sie zum Abendessen in ein Restaurant gegangen. Auf jeden Fall sei es schon dunkel gewesen, als sie wieder zu Hause angekommen seien, und beide seien sie müde gewesen. Dayton sei so erschöpft gewesen, daß er sofort ins Haus ging.

Unter normalen Umständen, erklärte Sherry, hätte sie mit dem Pick-up nichts zu tun gehabt; dieses Mal jedoch habe sie Daytons Einkäufe aus ihrem Auto, einem Honda, ausgeladen und in Daytons Pick-up getan. Da sie ihn verdächtigte, sie zu betrügen, habe sie die Gelegenheit genutzt und beschlossen, ein bißchen herumzuschnüffeln.

Auf den Bodenmatten hätten zwei Papiertüten gelegen, von denen eine Maschinenteile enthalten habe. In der anderen jedoch, die sie als sehr kleine braune Papiertüte beschrieb, habe sie verschiedene Schmuckstücke gefunden. Mit einer Taschenlampe habe sie dann im Handschuhfach nachgesehen und zwei kleine Flaschen Alkohol darin entdeckt. Sie trinke selbst keinen Alkohol und wisse nicht, welche Marke es gewesen sei.

Während sie seinen Pick-up durchsuchte, habe Dayton sie vom Haus her beobachtet. Sie gab an, daß sie sich irgendwie dumm vorgekommen sei, dennoch habe sie beschlossen, die kleine Tüte mit dem Schmuck mit ins Haus zu nehmen. Sie sei unverzüglich ins Badezimmer gegangen, wo sie den Inhalt der Tüte auf die Ablage gekippt habe. Es seien unter anderem zwei zerrissene Silberketten darin gewesen und ein Ring mit einer Einfassung für einen Schmuckstein. Auch ein silbernes Feuerzeug habe sie gefunden, darüber hinaus noch mehrere andere Schmuckgegenstände, doch sie seien alle ineinander verknäuelt gewesen, und sie bezweifle, daß sie sie wiedererkennen könnte.

Sie habe nicht allzuviel Zeit gehabt, den Schmuck zu untersuchen, da Dayton ins Badezimmer gekommen sei, während der Schmuck auf der Ablage gelegen habe. Sie habe die Gegenstände wieder in die Tüte gesteckt und Dayton gefragt, wo er den Schmuck herhabe. Er habe geantwortet, er habe ihn im Müll gefunden. Dayton habe es bei dieser Antwort bewenden lassen und ihr die Tüte aus der Hand genommen. Sie habe den Schmuck nie wieder zu Gesicht bekommen.

»Raucht einer von Ihnen beiden?« fragte Lynda Estes.

»Nein, wir sind beide Nichtraucher.«

»Haben Sie jemals eine Ihrer Strumpfhosen vermißt?« fragte die Beamtin und dachte an all die zusammengeknoteten Strumpfhosen im Molalla-Wald.

»Das wäre mir nicht aufgefallen. Ich habe eine ganze Schublade voll.«

Sherry erklärte, daß sie , wann immer sie eine Laufmasche in der Strumpfhose entdecke, diese in eine dafür reservierte Schublade lege, um sie später unter ihrer Hose zu tragen. Sie habe so viele davon, sagte sie, es sei schwierig festzustellen, ob eine fehle.

»Ist Ihnen beim Wäschewaschen jemals irgend etwas Verdächtiges an Daytons Sachen aufgefallen, Blut zum Beispiel?«

»Nein, niemals.«

»Hatten Sie jemals einen Hund?«

»Ja, wir hatten vor ein paar Jahren zwei Hunde.«

»Trugen die Hunde Halsbänder?«

»Ja. Den zweiten haben wir mitsamt dem Halsband gekauft.«

Sie hätten die Hunde nicht lange behalten, sagte Sherry, sie hätten einfach nicht zu ihrem Lebensstil gepaßt. Auf der

Frage der Beamten nach dem Verbleib der Hundehalsbänder antwortete sie, sie wisse nicht, was mit ihnen geschehen sei.

»Können Sie uns sagen, ob Dayton Alkoholiker ist?« fragte Deputy Estes.

Sherry sagte, daß es eine Periode ihrer Ehe gegeben hatte, in der sie den Verdacht gehabt habe, daß Dayton heimlich trinke. Sie habe jedoch nie einen Alkoholgeruch an seinem Atem bemerkt und sei erstaunt über all die Berichte, die sie nach seiner Verhaftung bezüglich seines Alkoholkonsums gehört habe.

Was das nächtliche Fernbleiben anbelangte, sagte Sherry, habe Dayton immer behauptet, er arbeite in der Werkstatt oder sei mit Freunden zusammengewesen. Auf die Frage, ob sie auch Tommy Parker, Daytons homosexuellen Liebhaber, kenne, antwortete sie mit Ja. Sie habe von Daytons Treffen mit ihm gewußt, glaube aber nicht, daß sie häufig stattgefunden hätten.

Sherry gab an, daß Dayton sich ihr gegenüber nie gewalttätig benommen habe. Zum Zeitpunkt ihrer Eheschließung sei sie davon ausgegangen, daß Dayton wegen seiner früheren Vergehen zu Unrecht verurteilt worden und unschuldig sei. Doch sie gab auch zu, niemals über alle Einzelheiten seiner Vergangenheit unterrichtet gewesen zu sein. Sie sei der Ansicht, daß ihre Beziehung gut funktioniert habe, bis letztes Jahr – da habe sie begonnen, sich zu verschlechtern.

Im Sommer 1987 sei Dayton öfter als normal ausgegangen, doch sie könne nicht genau sagen, wie oft. Sie könne nicht sagen, ob es ein- oder zweimal oder wie oft auch immer pro Woche gewesen sei. Sie habe jedoch bemerkt, daß er in den zwei Monaten vor seiner Verhaftung oft zu Tode erschöpft gewesen sei. Sie wisse nicht genau, wieso.

Sie gab an, sie höre zum ersten Mal davon, daß Dayton den Namen Steve benutzt habe. Sie seien in der Tat nach Reno gefahren, doch immer gemeinsam, normalerweise einmal jährlich.

Auf die Frage der Beamtin Estes gab Sherry an, daß weder sie noch irgend jemand anderes jemals in Daytons Pickup geblutet habe. Sie habe ihn gelegentlich benutzt, jedoch nur selten. Sie habe niemals irgendwelche Schnitte in der Türverschalung oder in den Sitzbezügen bemerkt. Sie sagte, daß sie und Dayton normalerweise immer jeder sein eigenes Auto benutzt hätten. Wenn sie gemeinsam irgendwo hingefahren seien, hätten sie meistens den Honda genommen.

Dayton habe gewöhnlich Jeans oder Freizeithosen und Polo-Shirts getragen. Er habe zwei Paar Cowboystiefel mit nach vorne zulaufenden Schuhspitzen besessen, die er gerne getragen habe. Ein Paar war bei der Hausdurchsuchung beschlagnahmt worden, und Sherry sagte, sie wisse nicht, wo sich das zweite Paar befinde.

»Hat Dayton oft geduscht?« fragte Lynda Estes.

»Nicht zu ungewöhnlichen Zeiten. Manchmal hat er nach der Arbeit geduscht, wenn er sich heiß und verschwitzt fühlte. Und gelegentlich morgens, bevor er zur Arbeit ging.«

»Hat er Ihnen jemals Zauberkunststücke vorgeführt?«

Sherry sagte, er habe das gelegentlich getan, doch es seien nie Tricks mit einem Seil oder irgendwelchen Knoten gewesen. Sie habe auch niemals Seile oder Schnüre in Daytons Pick-up bemerkt.

»Kennen Sie die Küchenmesser der Marke ›Sheffield-Regency‹?«

»Nein, die kenne ich nicht.«

Ihres Wissens nach fehlten im Haus keine Messer – mit Ausnahme derer, die bei der Hausdurchsuchung in Zusammenhang mit dem Mord an Jenny Smith beschlagnahmt worden seien.

Auf die Frage, ob sie jemals mit Dayton am Molalla-Fluß angeln gegangen war, antwortete Sherry, ja, doch Dayton sei nicht oft zum Angeln gefahren, und wenn doch, dann gewöhnlich nicht mit ihr, sondern mit jemand anderem. Bei den wenigen Malen, bei denen er sie mitgenommen habe, seien sie an eine Stelle hinter der Dickie-Prairie-Straße in unmittelbarer Nähe der Molalla Forest Road gefahren.

Lynda Estes und Eglitis beendeten die Befragung, und beide wurden sich plötzlich bewußt, was für ein ungeheuerlicher Lügner Dayton gewesen war. Eine Prostituierte zu täuschen war eine Sache; etwas ganz anderes war es, die eigene Ehefrau über Jahre hinweg hinters Licht zu führen. Dazu brauchte man ziemlich viel Menschenkenntnis und Talent zum Lügen. Und Kaltherzigkeit.

Detective Turner und Deputy Estes befragten einige Familienmitglieder der Opfer aus dem Molalla-Wald zum zweiten Mal, um herauszufinden, ob die Opfer zum Zeitpunkt ihres Verschwindens irgendeine Art von Schmuck getragen hatten, und wenn ja, welchen. Doch erst nachdem sie mit Christine Adams' Kindern Floria, 14, und Tamera, 12, gesprochen hatten, sahen sie eine mögliche Verbindung zwischen dem Schmuck eines Opfers und dem Schmuck, der sich in der Tüte in Daytons Pick-up befunden hatte. Beide Kinder trauerten immer noch sehr über den Tod ihrer Mutter.

»Floria, kannst du mir vielleicht sagen, ob deine Mutter ein Feuerzeug hatte?« fragte Lynda Estes so sanft und freundlich, wie es ihr möglich war.

»Ja«, sagte das Mädchen. »Es war ein langes Feuerzeug aus Silber, mit einem Einhorn drauf. Ein paar Türkise waren auch drauf.«

»Hatte sie sonst noch Schmuck?« fragte die Beamtin.

»Mami hat Ringe getragen.« Floria konnte sie jedoch nicht genau beschreiben, auf einem sei vielleicht ein Diamant gewesen.

Auf die Frage, ob ihre Mutter Ohrringe getragen habe, antwortete Floria, sie glaube, daß ihre Mutter, wenn überhaupt Ohrringe, dann welche aus Gold getragen habe. Sie sei nämlich gegen Metall allergisch gewesen, außer gegen Gold. Sie zeigte auf einen Ohrring, der auf einem der Fotos abgebildet war, die Turner auf dem Tisch vor ihr ausgebreitet hatte, sagte jedoch, daß sie nicht absolut sicher sei, daß er ihrer Mutter gehört habe.

Floria berichtete den Beamten, daß ihre Mutter gewöhnlich Jeans oder schwarze Hosen getragen habe. Sie habe auch ein Paar Tennisschuhe in den Farben Rosa und Weiß besessen. Turner fragte, ob ihre Mutter jemals Kleidung mit Glasschmuck oder Zierknöpfen getragen habe. Floria antwortete, ja, ihre Mutter habe eine Jeans mit sternförmigen Zierknöpfen oder Ösen entlang des Aufschlags getragen. Turner zeigte dem Mädchen eine Aufnahme des Inhalts von Daytons Holzofen. Floria deutete auf eine Abbildung sternförmiger Zierknöpfe und sagte, sie sähen genauso aus wie die auf der Jeans ihrer Mutter.

Turner zeigte Floria und Tamera weitere Fotos des sichergestellten Schmucks, und beide Mädchen deuteten auf einen Hochzeitsring. Sie gaben an, ihre Mutter habe solch einen Hochzeitsring mit einem Diamanten getragen, wie er auf den Fotos abgebildet war. Sie konnten ihn nicht mit absoluter Sicherheit ihrer Mutter zuordnen, doch Floria hatte in Hinsicht auf die sternförmigen Zierknöpfe keinen Zweifel.

VIERZEHNTES KAPITEL

Am 4. Februar 1988 begann der Prozeß gegen Dayton Leroy Rogers wegen Mordes an Jenny Smith. Schon lange vor dem angekündigten Prozeßbeginn um neun Uhr morgens bildete sich eine lange Schlange von Leuten vor dem Gerichtsgebäude, die darauf warteten, der Verhandlung beiwohnen zu dürfen. Der Vorsitzende Richter war Patrick D. Gilroy. Unter den im Prozeßsaal anwesenden Zuschauern befanden sich einige Familienmitglieder Daytons sowie die Familie von Jenny Smith. Doch die meisten kannten weder das Opfer noch den mutmaßlichen Täter, sondern waren nur daran interessiert, das Schauspiel eines der finstersten Mordprozesse in der Geschichte Oregons aus nächster Nähe mitzuerleben.

Der Gerichtssaal war vom beständigen Geraune der halblaut geführten Unterhaltungen erfüllt, während die Zuschauer ihre Plätze einnahmen. Auf einmal legte sich Stille über den Saal. Dayton wurde durch eine Seitentür hereingeführt. Er ging langsam, einerseits weil er seine Schrittgeschwindigkeit den beiden bewaffneten Beamten angleichen mußte, die links und rechts von ihm gingen, andererseits, weil er durch eine Fußfessel behindert wurde, die ihn am Laufen hindern sollte, falls er einen Fluchtversuch unternähme. Er wurde zu seinem Platz neben seinem Anwalt, auf der linken Seite des Saals gegenüber der Richterbank, geführt. Er machte einen ruhigen, fast stoischen Eindruck, als er auf den gelben Notizblock vor sich starrte, gerade so, als sitze er in einem Vortrag, als müsse er hier nicht um sein Leben kämpfen.

Nachdem die Formalitäten beendet waren, richtete der Stellvertretende Oberstaatsanwalt Andrejs I. Eglitis seine Eröffnungsrede an die Bank der Geschworenen. Er trug einen dunklen Nadelstreifenanzug, und die Schatten unter seinen Augen zeugten von den vielen langen Nächten, die er mit der Vorbereitung der Anklage verbracht hatte – und mit jedem Tag des Prozesses würde sein Schlafdefizit zunehmen.

Er trat vor die Geschworenen, fünf Frauen und sieben Männer, und teilte ihnen mit, daß Dayton Rogers Jenny Smith in voller Absicht ermordet habe. Er sei dabei einem Ritual gefolgt, das er davor bei unzähligen Prostituierten so angewendet habe. Eglitis' Ton war mal sanft, mal schneidend, doch immer sachlich, als er Dayton ein bösartiges Raubtier nannte, das aus sexueller Motivation heraus tötete.

»Sie werden im Laufe der Verhandlung erfahren, daß der Grund für seine Ausflüge nach Portland die Befriedigung seiner bizarren sexuellen Gelüste war«, sagte Eglitis. »Sie werden erfahren, daß diese sexuellen Gelüste Fesselung, Masturbation und das Zufügen von großen Schmerzen beinhalteten.«

Daytons Anwalt Arthur B. Knauss hielt dem in seiner Eröffnungsansprache entgegen, daß sie, die Geschworenen, seinen Mandanten nicht sympathisch fänden, doch darum gehe es nicht; sie seien hier, um zu entscheiden, ob Daytons Tat gleichbedeutend mit einer verbrecherischen Handlung sei. Sicher, Dayton habe Jenny Smith getötet, sagte Arthur Knauss. Niemand wolle das abstreiten. Doch er habe sie in Notwehr getötet. Man sitze hier nicht über Daytons Sexualmoral zu Gericht, betonte er.

Knauss behauptete, Jenny habe, als Dayton Orangensaft kaufte, gesehen, daß er mehr als 200 Dollar in seiner Brieftasche bei sich trage. Sie habe beschlossen, den Angeklagten bei der nächsten günstigen Gelegenheit mit einem Messer zur Herausgabe des Geldes zu zwingen. Sie habe gewartet, bis sie sich auf dem Parkplatz vor dem GMAC-Gebäude befunden hätte, habe einige der selbstgemixten Screwdrivers getrunken, und Dayton sei ausgestiegen, um zu urinieren. Sie habe ein Messer aus dem Handschuhfach genommen und es, als der Angeklagte wieder eingestiegen war, ihm an den Hals gehalten und die Herausgabe seiner Brieftasche verlangt. Dayton habe sich jedoch geweigert, und ein Kampf habe stattgefunden, bei dem es hauptsächlich darum gegangen sei, wer das Messer in seinen Besitz bringen konnte. Dabei sei Jenny Smith mehrere Male mit dem Messer verwundet worden und – von Dayton völlig unbeabsichtigt – daran gestorben.

Da war sie wieder, diese ungeheuerliche Behauptung, Dayton habe in Notwehr gehandelt. Eglitis hatte gewußt, daß die Verteidigung diese Strategie anwenden würde, hatte Zeit gehabt, sich darauf vorzubereiten, daß die Verteidigung so argumentieren würde. Er konnte es einfach nicht glauben – doch er nahm es hin. Er wußte, daß er die Geschworenen vom Gegenteil würde überzeugen können. Die Beweise würden die Wahrheit bezeugen.

Die Frauen, die Daytons sadistische Folter überlebt hatten, wiederholten eine nach der anderen auf dem Zeugenstand ihre Aussagen, die sie bereits gegenüber den Beamten der Mordkommission gemacht hatten: wie sie stundenlang gefesselt und gequält worden waren. Andere Zeugen, unter ihnen auch Michael Fielding, beschrieben, daß Jenny Smith mindestens zwei Minuten lang vor Schmerzen geschrien habe, bevor James Dahlke und Kurt Thielke das nackte, blutüberströmte Opfer fanden. Und natürlich erzählte auch Richard Bergio, wie er Dayton Rogers' Pick-up mit hoher Geschwindigkeit verfolgt hatte, bis er das Autokennzeichen erkennen konnte.

Könnte man den Geschworenen tatsächlich weismachen, daß ein Mann, der einen Menschen nur unabsichtlich, bei dem Versuch, sein eigenes Leben zu retten, getötet hatte, vom Schauplatz fliehen würde? Eglitis konnte das nicht glauben.

Im Laufe der Verhandlung ließ Eglitis Teile von Daytons Pick-up als Beweismaterial in den Gerichtssaal bringen. Die Kriminologen und Polizeibeamten wiesen auf belastende Spuren hin: Blutspuren, Messerschnitte und Fingerabdrücke in und auf der Türverkleidung des Pick-ups, den Sitzverschalungen, in den Sitzrahmen, Fußmatten und im Bodenbelag, auf den Sitzhebeln und den Sitzen selbst. Einige der Fingerabdrücke waren von Jenny, und von den Blutflecken nahm man an, daß viele von Jenny, Dayton und anderen stammten.

Dayton trat auch selbst in den Zeugenstand, ein waghalsiges Manöver, welches in Mordfällen von der Verteidigung zumeist nicht angewandt wird, da es der Anklage die Möglichkeit bietet, den Angeklagten ins Kreuzverhör zu nehmen und ihn dazu zu bringen, sich selbst zu belasten.

Daytons Version der Geschehnisse des 7. August zufolge hatte er Jenny 40 Dollar für eine sexuelle Dienstleistung, die eine Fesselung beinhalten sollte, gezahlt. Er erklärte, daß Jenny, nachdem er zum Urinieren den Wagen verlassen hatte, sich von ihren aus Schnürsenkeln angefertigten Fesseln gelöst und ein Messer aus dem Handschuhfach genommen habe.

»Als ich wieder in den Wagen stieg, griff sie mich an«, sagte Dayton.

Sie sei immer noch nackt gewesen, sagte Dayton, habe ihm das Messer an die Kehle gehalten und die Herausgabe seiner Brieftasche gefordert.

»Mach's oder stirb«, habe sie gesagt.

Er habe sich geweigert und gegen sie gekämpft. Aus Angst um sein Leben habe er ihren Arm weggestoßen, mit ihr um das Messer gerungen und es dann auch in seinen Besitz gebracht.

»Ich habe es zu fassen gekriegt und das Messer gegen sie benutzt. Ich habe es einfach in alle möglichen Richtungen hin und her gestoßen«, sagte Dayton. Das war seine Erklärung für die Vielzahl von Stichwunden, die Jenny erlitten hatte. Sie sei dann irgendwann aus dem Pick-up gesprungen, und er habe sie auf dem Parkplatz verfolgt. Er habe sie eingeholt und nach ihr gegriffen. In diesem Moment sei er über sie gestolpert.

»Unsere Füße verdrehten sich ineinander«, sagte er. »Sie fiel nach hinten um, und ich fiel auf sie drauf. Da ist es dann passiert, daß ich sie dort oben mit dem Messer verletzt habe.« Er zeigte auf seine rechte Brustseite, direkt unter der Schulter.

Eglitis zeigte den Geschworenen die Fotografien von Jennys Körper, auf denen die Wunden zu sehen waren, die er ihr bei seiner angeblichen Notwehr zugefügt hatte. Die Stellvertretende Staatliche Leichenbeschauerin Dr. Karen Gunson beschrieb alle Wunden, auch die, die Jennys Leber durchstochen und eine Schlagader verletzt hatten. Sie beschrieb auch in Einzelheiten die Folterverletzungen an Jennys Brüsten und die Schnittwunden, die sie bei ihrer Verteidigung gegen ihren Angreifer davongetragen hatte.

Obwohl vor Gericht bestätigt wurde, daß Dayton Linkshänder war, konnte nie geklärt werden, ob Dayton, wie er behauptete, sich an der rechten Hand selbst mit einer Säge verletzt hatte oder ob die Verletzungen beim Kampf mit Jenny Smith entstanden waren.

Viele Prozeßbeobachter sind der Ansicht, daß Dayton beidhändig war, obwohl das nie bewiesen werden konnte, und daß es wahrscheinlicher war, daß er sich an der rechten Hand geschnitten hatte, als er mit dieser Hand Jenny festhielt und mit der linken auf sie einstach.

»Ich weiß, daß Sie die Beziehungen meines Mandanten zu Prostituierten für ekelhaft und unmoralisch halten«, sagte Knauss in seinem Schlußplädoyer. »Sie empfinden kein Mitleid mit meinem Mandanten. Ich weiß, daß Sie Mr. Rogers nicht mögen, ich weiß, daß Sie nicht mögen, was er diesen Mädchen angetan hat. Doch er hat hier keinen Persönlichkeitswettbewerb zu gewinnen. Wenn er tatsächlich die Absicht gehabt hatte, eines seiner gewöhnlichen Folter- und Fesselungsspiele zu inszenieren, wo wäre er wohl zu diesem Zweck hingegangen? Hätte er sich dazu einen der wenigen Orte in Clackamas County ausgesucht, bei dem bis ein, zwei Uhr nachts noch reger Betrieb herrscht?«

Eglitis wiederum erklärte in seinem Schlußplädoyer: »Er plädiert in diesem Fall auf Notwehr. Notwehr gegen wen? Eine nackte, blutende Frau? Die Behauptung des Angeklagten, Jenny Smith habe ihn berauben wollen, ist ein bloßes Hirngespinst. Wenn eine Prostituierte einen Kunden, einen Freier, berauben will, dann weiß sie, daß sie ihre Flucht sichern muß. Was hätte sie dann wohl sagen sollen? ›Mr. Rogers, bitte halten Sie doch dies Messer hier für einen Augenblick, damit ich mich anziehen und wegrennen kann‹? Jennys Schreie waren furchtbare Schmerzensschreie«, fuhr der Staatsanwalt fort. »So furchtbar, daß Michael Fielding ihre Schreie hören konnte, obwohl die Fenster des Pick-ups geschlossen waren. Sie rissen ihn aus dem Bett! Als nächstes schafft es Frau Smith irgendwie, sich von ihren Fesseln zu befreien. Sie versucht zu fliehen. Sie springt aus dem Pick-up und rennt um ihr Leben.« Eglitis wunderte sich an diesem

Punkt darüber, wie sich ein Mann, der eine nackte, verletzte, blutende Frau verfolgt, auf Notwehr berufen könne.

»Die Absicht des Angeklagten ist im vorliegenden Fall von allergrößter Wichtigkeit«, sagte Eglitis, »und in diesem Fall ist die Absicht völlig klar. Die Absicht war, einer nackten, wehrlosen Frau starke Schmerzen zuzufügen. Er erreichte das durch Fesselung und Unterwerfung. Gibt es irgendeinen Zweifel daran, daß eine kämpfende, schreiende, sich vor Schmerzen windende Frau ihn erregt? Er hat jetzt den endgültigen Akt der Unterwerfung begangen, den er so herbeigesehnt hat. Er hat Jenny Smith nicht nur gefesselt und gequält, sondern er hat sie auch noch getötet.«

Am Ende der zweiwöchigen Prozeßphase, als die Geschworenen auf schuldig oder nicht schuldig zu befinden hatten, stellte sich heraus, daß sie der Verteidigung die Behauptung, Dayton Rogers habe Jenny Smith in Notwehr getötet, nicht abnahmen. Am 20. Februar verurteilten ihn die Geschworenen nach dreizehnstündiger Bedenkzeit wegen Mordes. Dieses Urteil leitete die nächste Phase des Prozesses ein, in der über das Strafmaß entschieden wurde.

In den folgenden zwei Wochen erwogen dieselben zwölf Geschworenen Argumente für und wider die Todesstrafe. Sie hörten zusätzliche Zeugenaussagen, besonders über Daytons frühere Verbrechen und seine Kindheit. Nach den Gesetzen des Staates Oregon hatten sich die Geschworenen vor der Verhängung der Höchststrafe drei Fragen zu stellen: War es ein vorsätzlicher Mord? War es eine Überreaktion auf eine Provokation des Opfers? Stellte Dayton Rogers eine ständige Gefahr für seine Mitmenschen dar? Richter Gilroy wies die Geschworenen darauf hin, daß sie in ihre Überlegungen nicht mit einbeziehen durften, daß Dayton durch Flucht oder Bewährung wieder auf freien Fuß kommen könnte, und daß zur Verhängung der Todesstrafe ein einstimmiges Urteil vonnöten war.

»Niemand will, daß Dayton frei herumläuft«, sagte Knauss wenige Minuten, bevor die Geschworenen den Gerichtssaal verlassen würden, um über das Schicksal seines Mandanten zu entscheiden. »Ich will es nicht. Sie wollen es nicht. Ja, ich frage mich, ob Mr. Rogers das überhaupt will. Dieser Mann muß für immer eingesperrt werden. In seiner Fantasiewelt wurde er zu dem sexuellen Monster, von dem Ihnen diese Mädchen erzählten. Er hat seine Triebe ritualisiert. Es läuft fast automatisch ab, das ist nicht zu übersehen. Er ist ein kranker Mensch. Bringen wir ihn deshalb um? Ist die Todesstrafe für Menschen vorgesehen, die so krank und behindert sind?« fuhr Knauss fort. »Sehen Sie sich an, was geschah: Er tötet Jenny Smith, und danach geht er wieder arbeiten und überlegt sich, ob er in einen Coffee-Shop gehen soll. Die Anklage hat keinen Zweifel mehr daran gelassen, daß dieser Mann krank ist.« Doch er verdiene nicht die Todesstrafe, fand Knauss.

Vier Stunden später kehrten die Geschworenen in den Gerichtssaal zurück, und ihr Sprecher erklärte, daß die Jury Dayton Rogers einstimmig wegen vorsätzlichen Mordes an Jenny Smith verurteile. Ebenso einstimmig hätten sie entschieden, daß dieser Mord keine Überreaktion auf eine wie auch immer geartete Provokation des Opfers gewesen sei. Da jedoch ein Mitglied der Geschworenen die Todesstrafe grundsätzlich ablehne, hätten alle zwölf Geschworenen einstimmig beschlossen, daß Dayton Leroy Rogers keine Gefahr für seine Umwelt darstelle, da ihn eine lebenslange Haftstrafe erwarte. Richter Gilroy verurteilte Dayton daraufhin zu lebenslänglichem Gefängnis.

Detective John Turner und seine Kollegen fühlten sich nach diesem Urteil wie vernichtet. Die Geschworenen dachten offensichtlich, daß die Verurteilung zu lebenslänglichem Gefängnis bedeute, Dayton werde nie wieder freigelassen werden, doch sie irrten sich. Dayton würde irgendwann auf Bewährung freikommen können, und sei es erst in 20 oder 30 Jahren. Die Geschworenen hatten Dayton Leroy Rogers unabsichtlich noch eine weitere Gelegenheit gegeben, durch die engen Maschen des Rechtssystems zu schlüpfen und seiner gerechten Strafe zu entgehen.

Doch es gab ja immer noch den Fall der Molalla-Morde – die Anklage würde noch eine Möglichkeit bekommen, Dayton zum Tode verurteilen zu lassen. Das war die letzte

Trumpfkarte im Ärmel der Polizisten, und sie würden sie ausspielen. In den folgenden zwei Monaten arbeitete die Task Force unter John Turner eng mit dem Büro des Staatsanwalts zusammen, um den schlimmsten Massenmord in der Geschichte Oregons vor dem Geschworenengericht zu präsentieren. Am 4. Mai 1988 wurde Dayton des Mordes an Reatha Gyles, Lisa Mock, Noni Cervantes, Cynthia DeVore, Christine Adams und Maureen Hodges angeklagt. Er wurde nicht wegen Mordes an dem bisher unidentifizierten Opfer angeklagt, obschon sich die Ermittler sicher waren, daß er auch diese Tote auf dem Gewissen hatte. Wie zuvor bekannte sich Dayton auch diesmal für nicht schuldig. Diesmal war Christopher E. Burris sein Anwalt, nicht Arthur Knauss.

Turner und seine Kollegen verbrachten die nächsten acht Monate damit, zusätzliche Zeugen zu vernehmen und bereits vernommene Zeugen nochmals zu befragen. Mit großer Sorgfalt sichteten sie das Beweismaterial und ordneten ihre Akten. Als der Prozeß begann, kannten sie den Fall in- und auswendig. Die Auswahl der Geschworenen, die am 6. Februar 1989 begann, nahm fast zwei Monate in Anspruch. Es war eine Ironie des Schicksals angesichts der Natur der Verbrechen, die Dayton verübt hatte, daß alle zwölf Geschworenen, einschließlich der zusätzlichen, als Ersatz aufgestellten Geschworenen, Frauen waren.

Bei Prozeßbeginn – diesmal war der Vorsitzende Richter Raymond R. Bagley Jr., legte Staatsanwalt Eglitis den Geschworenen den Fall dar, wobei er auch darauf hinwies, daß im Molalla-Wald, in der Nähe des Leichenfundorts, auch ein Messer gefunden worden war, das mit der Tatwaffe im Mordfall Jenny Smith identisch war. Er schilderte die Folterungen, erwähnte alle grausigen Einzelheiten wie die abgetrennten Füße der Opfer, den völlig aufgeschlitzten Körper von Noni Cervantes. Als er zum Schluß seines Eröffnungsplädoyers kam, blieb nur sehr wenig der Fantasie der Geschworenen überlassen.

Während der folgenden fünf Wochen hörten sich die Geschworenen die schockierenden Zeugenaussagen von Tracie

Baxter, Heather Brown, Deniece Raymond, Cindy Jones, Anna Buchanan, Lydia Clark, Linda Morris, Janine Phall, Lisa Daniels, Beth Crane, Darla Johnson, Lena Hastings und vielen anderen Frauen an, die Dayton Leroy Rogers irgendwann mißbraucht und gefoltert hatte. Jede der Zeuginnen beschrieb bis in die entsetzlichen Einzelheiten und oft unter Tränen die Verbrechen, die Dayton an ihnen verübt hatte.

Eine ehemalige Prostituierte berichtete auf dem Zeugenstand von ihrer fünften und letzten Verabredung mit Dayton. Dieses Treffen habe über sechs Stunden gedauert. Er habe sie auf der Southeast 82nd Avenue aufgelesen und in den Molalla-Wald gebracht.

»Er stieg aus dem Pick-up aus«, sagte sie, »und ging auf die andere Seite, von der aus man einen Blick auf den Wald hatte. Er redete davon, wie wunderschön es sei. Ich ging zurück zum Pick-up und fing an, mich auszuziehen. Er näherte sich mir von hinten und legte mir die Fesseln an. Ich beschwerte mich, weil sie zu fest waren und mir in die Handgelenke schnitten. Er antwortete, das wolle er ja gerade.

Er fing an, an meinen Brüsten herumzubeißen«, fuhr sie fort. »Er biß richtig rein und zerrte an ihnen. Ich bat ihn, das nicht zu tun. ›Das ist zuviel! Das geht nicht!‹ schrie ich und flehte ihn an, aufzuhören. Aber je mehr ich weinte und bettelte, desto gemeiner wurde er. Als ich zu laut schrie, wurde er unruhig und drückte mir etwas an die Kehle. Ich glaube, es war ein Messer. Er sagte, ich solle ruhig sein, oder er werde mir einen Grund zum Schreien geben. Ich sagte nichts mehr und versuchte, so wenig wie möglich zu schluchzen.«

»Sagten Sie irgend etwas zu dem Angeklagten?« fragte Eglitis.

»Nein.«

»Was taten Sie also?«

»Ich versuchte zu überleben.«

Auch Roy Miller sagte aus. Er bezeugte, daß er Dayton geholfen habe, sein Unternehmen zu eröffnen, und es nach Daytons Verhaftung wieder aufgelöst habe. Er erzählte von all den verdächtigen Gegenständen, die er im Holzofen in Daytons Werkstatt gefunden hatte. Auf dem Zeugenstand brach Miller zweimal in Tränen aus und vermied es die ganze Zeit, Dayton anzusehen.

Weinend, mit tonloser Stimme, bezeugte Floria Adams, die fünfzehnjährige Tochter des Mordopfers Christine Adams, daß die sternförmigen Zierknöpfe aus Daytons Ofen von der Hose ihrer Mutter stammten. Schluchzend sagte sie den Geschworenen, daß sie die Zierknöpfe wiedererkenne.

Bob Thompson, der staatliche Kriminologe, der sich intensiv mit dem Fall befaßt hatte, berichtete, daß er in Lisa Mocks Haaren farbige Glaspartikel gefunden habe, deren Herkunft er nicht bestimmen könne, die aber den in Daytons Ofen entdeckten Scherben glichen. Auch ähnelten die einzelnen Haare aus Daytons Pick-up den Haaren, die an den Überresten von Lisa Mock, Noni Cervantes und Cynthia De-Vore gefunden worden waren.

»Dieser Mann«, begann Eglitis sein Schlußplädoyer, »ist auf sexuelle Weise von weiblichen Füßen und Unterwerfung völlig besessen. Was ist der endgültige Akt der Unterwerfung? Der endgültige Akt der Unterwerfung besteht darin, diesen Fuß zu entfernen. Wir gehen davon aus, daß das im Molalla-Wald geschah.«

Eglitis wies die Geschworenen auch auf all die Orangensaftflaschen und Miniaturfläschchen mit Wodka hin, die man am Verbrechensschauplatz im Molalla-Wald gefunden hatte. Sie machten Daytons ›Handschrift‹ aus.

»Wenn ein Verbrecher eine gewisse Handschrift hat, dann können Sie sich diese Handschrift ansehen«, sagte Eglitis, »und den Täter daran erkennen. Wie das Zeichen des Zorro. Seine Handschrift. Der Angeklagte hat diese Verbrechen begangen, meine Damen und Herren, er war es. Er hätte ebensogut seinen Namen auf die Körper der Opfer schreiben können.«

Ebenso wie beim Mordfall Jenny Smith bestand auch bei diesem Prozeß von Anfang an kein Zweifel daran, daß Dayton verurteilt werden würde, dieses Mal wegen der Morde im Molalla-Wald. Am 4. Mai 1989, nach nur sechs Stunden Bedenkzeit, befanden die Geschworenen Dayton Rogers des Mordes in allen Anklagepunkten für schuldig. Dayton, der einen konservativen dunkelblauen Anzug trug, zeigte zum ersten Mal in der Öffentlichkeit Gefühle, er schüttelte den Kopf, und man hörte ihn wieder und wieder »Nein« sagen.

Es bleibt nun lediglich die Frage nach dem Strafmaß offen. Der Großteil der Zeugenaussagen, die die Geschworenen hörten, um über Daytons Schicksal zu entscheiden, handelte von Daytons Charakter und dem psychologischen Hintergrund seiner früheren Verbrechen.

James B. Hupy, der Berufsausbilder des Staatsgefängnisses von Oregon, berichtete den Geschworenen, daß er Dayton, als er dort inhaftiert gewesen sei, zum Mechaniker ausgebildet habe. Dayton war wegen seines Überfalls auf die beiden Schulmädchen Linda Morris und Janine Phall aus Keizer, Oregon, inhaftiert gewesen (er hatte die Mädchen aufgelesen, als sie die Schule schwänzten). Dayton sei ein guter Schüler gewesen, sagte Hupy, innerhalb von zwei Jahren habe er sich von einer Person mit wenigen oder nicht vorhandenen technischen Fähigkeiten zu einem geschickten Mechaniker entwickelt. Er habe Dayton wenige Monate vor seiner Entlassung noch zu seinem Lehrling gemacht.

James E. Miller, ein weiterer Ausbilder der Haftanstalt, erklärte, daß er mit Dayton schon vor dessen Gefängnisaufenthalt wegen der 1976 begangenen Vergehen bekannt gewesen sei. Bei Geselligkeiten der Adventisten-Kirche hätten sie Tischtennis miteinander gespielt. Miller erklärte, daß er überrascht gewesen sei, Dayton im Gefängnis zu begegnen. Er habe jedoch beschlossen, ihn ungeachtet seiner Straftaten zu unterstützen. In der Tat habe Dayton ihm geholfen, im Gefängnis Adventisten-Messen zu organisieren, die etwa von einem Dutzend Mithäftlingen besucht worden seien. Dayton habe bei den Feierlichkeiten Gitarre gespielt. Seine religiösen Überzeugungen hätten glaubhaft gewirkt.

Der Psychologe James R. Adams wurde als psychologischer Gutachter angehört. Er erklärte, daß Dayton nur unter gewissen Voraussetzungen Gewaltakte begehe; Fesselung und Fuß-Fetischismus müßten im Spiel sein, auch müsse er das Gefühl haben, emotional oder sexuell betrogen worden zu sein, und das Opfer müsse immer eine wehrlose Frau sein. Darüber hinaus brauche er die Gewißheit, daß er nicht erwischt werden würde, und das Opfer müsse jemand sein, den er nicht als Mensch ansehen müsse, wie etwa eine Prostituierte. Adams war der Überzeugung, daß Dayton nur unter diesen Umständen gewalttätig agieren könne. Im Gefängnis könne er sich nicht die Rahmenbedingungen schaffen und stelle also keine Gefahr für seine Mithäftlinge dar.

Im Gegensatz dazu gab John B. Cochran, der dienstälteste Gerichtspsychologe vom Oregon-State-Krankenhaus, seiner Überzeugung Ausdruck, daß Dayton sehr wohl auch im Gefängnis noch eine ständige Gefahr darstelle. Cochran führte Daytons langjährige homosexuelle Beziehung zu Tommy Parker an und erklärte, es sei nur eine Frage der Zeit, bis sich Dayton im Gefängnis in Ermangelung verfügbarer Frauen Männer als Opfer aussuche.

Cochran hat im Laufe seiner Karriere eine ganze Reihe von Serienmördern untersucht und war bei der ›Green-River-Killer‹-Sondereinheit als Berater tätig. Er sagte, daß der bloße Akt des Mordens sadistisch motivierten Massenmördern wie Dayton große Lust verschaffe.

»Man kann es überhaupt nicht mit alltäglichen sexuellen Erfahrungen gleichsetzen«, sagte Cochran. »Es ist etwas völlig anderes.«

Er führte aus, daß die meisten Serienkiller sich so oft ihren Mordfantasien hingäben, daß sie ihnen sozusagen in Fleisch und Blut übergingen. Manche entwickelten sogar eine sexuelle Beziehung zu dem Mordinstrument, das sie benutzten.

Der Strafverteidiger Christopher Burris bat, Daytons Leben zu schonen, er sei ein kranker Mann, den man für immer einsperren, nicht aber hinrichten müsse. Er führte Daytons gute Führung im Gefängnis an, er sei ein vorbildlicher Häftling gewesen, er habe Kirchentreffen organisiert und nie Streit mit Mitinsassen gehabt. Burris erklärte, daß Dayton seine Verbrechen in nicht zurechnungsfähigem Zustand begangen haben müsse.

Eglitis wiederum beschrieb Dayton als lebende Zeitbombe. Es sei nur eine Frage der Zeit, bis er seine Täuschungsmanöver erneut anwenden würde, er sei sehr schlau –

schlau genug, nicht nur seine Opfer hinters Licht zu führen, sondern auch die Psychologen, die ihn untersuchten. Dayton habe das wieder und wieder getan und werde damit fortfahren, wenn man ihm die Gelegenheit dazu gebe.

Eglitis forderte von den Geschworenen die Todesstrafe: »Er kann sich unter seine Mitmenschen mischen und in jeder Hinsicht harmlos wirken; es gelingt ihm, das Entsetzliche, das er in sich trägt, vollkommen zu verbergen. Dayton Leroy Rogers ist eine wandelnde Zeitbombe. Er ist die Verkörperung einer Gewalttätigkeit, die auf den geeigneten Zeitpunkt und Ort wartet, um passieren zu können. Er besitzt die Fähigkeit, Psychologen zu täuschen. Ich hoffe zu Gott, daß er nicht fähig ist, Sie zu täuschen.«

Am Mittwoch, dem 17. Juni 1989, nach mehr als 17 Stunden nervenaufreibender Debatte, entschieden die Geschworenen einstimmig, daß Dayton seine Opfer vorsätzlich und ohne deren vorherige Provokation ermordet habe und daß er eine ständige Bedrohung der Gesellschaft darstelle, ob er nun im Gefängnis säße oder nicht. Richter Bagley verurteilte Dayton zum Tode durch eine letale Injektion.

»Ein gerechtes Urteil«, sagte Turner, mit ernstem Gesichtsausdruck, doch offensichtlich erfreut über den Ausgang des Prozesses. »Gerecht, weil ihn eine Jury, die nur aus Frauen bestand, verurteilte und über sein Schicksal entschied.«

John Turner und seine Kollegen, Andy Eglitis, sie alle konnten mit dem Ergebnis des Prozesses mehr als zufrieden sein. Doch sie wußten, daß der unheimliche Fall Dayton Leroy Rogers nicht ausgestanden war. Er war noch nicht zu Ende und würde es auch nicht sein, solange sie lebten, selbst wenn Daytons Hinrichtung wirklich stattfinden sollte. Dayton hatte zu viele Tote, zu viele Narben, zu viele zerstörte Leben hinterlassen, nicht nur in seiner eigenen Familie, sondern vor allem in den Familien seiner zahllosen Opfer. Seine grauenhaften Taten können nie vergessen werden.

EPILOG

Mit Ausnahme seiner Zeugenaussage während des Prozesses hat Dayton nie wieder mit den Behörden gesprochen, nachdem er kurz nach seiner Verhaftung wegen Mordes an Jenny Smith und bei dem Verhör durch Turner und Machado im Molalla-Fall von seinem Recht auf Verweigerung der Aussage Gebrauch gemacht hat. Er hat niemals Reue gezeigt. Seine Verurteilungen wurden vom Obersten Gerichtshof des Staates Oregon bestätigt, seine Verurteilung zum Tode wurde jedoch, wie fast alle Todesurteile im Staate Oregon, zurück zum Clackamas County Gerichtshof verwiesen, damit über das Strafmaß erneut entschieden werden kann. Denn die Geschworenen hatten eventuelle mildernde Umstände, die durch seine Vergangenheit bedingt sein könnten, nicht berücksichtigt, als sie über sein Schicksal entschieden. Sollte er nochmals zum Tode verurteilt werden, wird er durch eine tödliche Injektion sterben. Die andere Möglichkeit ist, daß er zu lebenslanger Haft *ohne Aussicht auf Bewährung* verurteilt wird. Seit kurzem besteht diese Option in der Verfassung der USA. Derzeit sitzt Dayton in der Todeszelle des Staatsgefängnisses von Oregon. Alle 24 Stunden darf er seine Zelle für 20 Minuten verlassen, um sich zu waschen oder Sport zu treiben.

Sherry Rogers sagte vor Gericht nicht aus und ließ sich von Dayton kurz nach seiner Anklage wegen der Morde im Molalla-Wald scheiden. Sie führt mit ihrem und Daytons jungem Sohn ein zurückgezogenes Leben irgendwo in Oregon.

Detective Mike Machado wurde zum Sergeant befördert und verließ die Mordkommission. Er arbeitet jetzt in der Verwaltung.

Detective John Turner und Detective Lynda Estes arbeiten weiterhin zusammen, mittlerweile als Partner in der Mordkommission; dort arbeitet auch Detective Jim Strovink. Turner wurde für seine herausragende Ermittlungsarbeit im

Mordfall Jenny Smith und im Molalla-Mordfall im Jahre 1992 von der Zeitschrift ›True Detective‹ zum ›Polizeioffizier des Monats‹ ernannt.

Viele von Daytons Opfern haben einen neuen Anfang gemacht, haben daran gearbeitet, ihre Drogensucht zu besiegen und nützliche Mitglieder der Gesellschaft zu werden. Manche sind mittlerweile an den Folgen ihres Lebenswandels gestorben, und andere arbeiten immer noch als Prostituierte.

Ortis und Jasperelle Rogers, Daytons Eltern, leben völlig zurückgezogen in irgendeinem abgelegenen Winkel Oregons, weit weg von dem verderblichen Einfluß der Großstadt, und warten wahrscheinlich immer noch auf Armageddon.

Das Opfer Nr. 6 aus dem Molalla-Wald konnte noch nicht identifiziert werden; es gibt auch keinerlei Hinweise, wer die Tote gewesen sein könnte.

Im Fall Dayton Leroy Rogers gibt es noch eine fürchterliche Ungewißheit: Wie viele weitere Opfer von Daytons Blutrausch liegen da draußen in den Wäldern Oregons? Sollte sich Dayton nicht irgendwann zu einem Geständnis entschließen, wird diese Frage wohl für immer unbeantwortet bleiben.

Danksagungen

Ich möchte den folgenden Menschen für ihre Unterstützung und Hilfe beim Schreiben dieses Buches danken: Teresita U. King, meiner mehr als bedeutsamen ›besseren Hälfte‹; Michaela Hamilton, meiner Verlegerin, und allen bei NAL/Dutton; meinem Agenten Peter Miller; Sheriff Bill Brooks, John Turner, Mike Machado, W. Risley Bradshaw, John Gilliland, Lynda Estes, Jim Strovink und allen Beamten des Clackamas County Sheriff's Office, ohne Zweifel die beste Gesetzesvollzugsbehörde des Staates Oregon; Frau Rose Mandelsberg-Weiss vom ›True-Detective‹-Magazin; Michael Fielding für seinen Mut, Hinweise auf Jenny Smith' Mörder zu liefern und ihn zu identifizieren; Richard Bergio, James Dahlke, Stan Conner, Charles Gates, Kurt Thielke und Mike Travis für ihren mutigen und wichtigen Einsatz; all den überlebenden Opfern, die die Kraft und den Mut besaßen, in den Zeugenstand zu treten und die Schmerzen und die Gewalt, die ihnen zugefügt worden waren, erneut zu durchleben; Don Moody, meinem Freund und Bruder, der mich inspirierte und mir Mut machte; und dem Reporter Ray Pitz, der mir seine Aufzeichnungen zur Verfügung stellte. Und zu guter Letzt möchte ich Sarah und Kirsten ein sehr spezielles Dankeschön sagen für all die Liebe und Unterstützung, die sie ihrem Vater geben – dem es leid tut, wenn er manchmal keine Zeit für die ›erforderlichen‹ Küsse und Umarmungen hat.